일본근현대문학 총서 2

무라카미 하루키를 논하다

한국일본근대문학회

Publishing Company

일본근현대문학 총서 2

무라카미 하루키를 논하다

초판인쇄 2014년 11월 01일   초판발행 2014년 11월 07일

저자 최재철, 김춘미, 허호, 김용안 (외)
편집 한국일본근대문학회

발행처 제이앤씨
등록번호 제7-220
주소 서울시 도봉구 쌍문동 358-4 3F
전화 (02) 992 / 3253
팩스 (02) 991 / 1285
URL http://www.jncbook.co.kr
E-mail jncbook@hanmail.net
책임편집 김선은

ⓒ 한국일본근대문학회, 2014. Printed in KOREA

ISBN 978-89-5668-397-3 93830   값 20,000원

하루키와 그의 문학

　인간 교제가 서툰 소설가가 그려내는 교제의 서사, 유명인이면서도 은거한 채 작품으로 말하는 작가의 처신, 기존의 소설문법을 허물어가며 미답의 땅으로의 모험을 즐기며, '인습에 젖으려는 자아로부터의 망명'이라는 결연한 해외에서의 글쓰기, 쉽게 읽히면서도 내장된 수많은 코드와 꼬리에 꼬리를 무는 메타포의 정밀한 조합이 만들어가는 추리, 작중인물임에도 데자뷰가 느껴지며 오랜 잔상으로 남는 미묘함.

　이것이 30여년 계속되고 있는 역설, 경이, 회의 등 신드롬의 주인공이자 최근 유력한 노벨문학상후보로 거론되고 있는 무라카미 하루키와 그의 작품세계입니다.

　하루키의 작품이 한국에 번역 소개된 것은 1988년 이후로, 해를 거듭할수록 하루키의 인기는 상승하고 있으며 하루키 연구논문도 매년 증가하고 있습니다. 초창기에는 하루키의 작품을 단순히 읽기 쉬워서 접하던 독자들이 많았다고 한다면, 요즈음 그의 작품 세계를 체계적으로 이해하고 분석하는 경향이 눈에 띄는 변화라고 할 수 있습니다. 그리고 하루키 문학을 텍스트로 습작하는 소설가 지망생도 있다고 합니다.

　하루키의 작품은 죽음의 그림자를 집요하게 추적하며 현대인과 실존의 문제를 은유해내고 있다는 평가도 받지만, 주제와 모럴이 없고 관계성이 부족하다는 점에서 '공허의 세대'의 대표 작가라는 비판 또한 받아왔습니다. 그러나 요즈음 사회문제에도 눈을 돌려, 권력과 폭력, 부조리

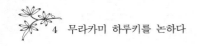

한 사회시스템, 역사와 기억을 주목하는 작가가 되었습니다.

1979년 서른이라는 늦은 나이에 작가로 데뷔하여 올해로 35년을 맞이한 하루키 작품 속의 주인공은 여전히 2, 30대가 주축입니다. 초로를 맞이한 작가이지만 언제나 20대를 작품의 주인공으로 하는 점과 마라톤을 즐기는 모습에서 청춘작가의 청춘문학에 대한 염원이 느껴집니다.

우리나라에서는 『색채가 없는 다자키 쓰쿠루와 그가 순례를 떠난 해』 등 하루키의 작품이 출간된다는 소식만 있으면 매스컴의 표적이 되고 출판 경쟁이 과열되며 대형 서점의 눈높이 판매대에는 그의 신간이 쌓입니다.

독자들이 열광하는 하루키 작품을 분석해 보고자 한 것이 이 『무라카미 하루키를 논하다』입니다. 일본문학 연구자들이 하루키 작품의 주제와 사상을 풀어보고 '하루키 현상'의 원인을 짚어보며 그의 문학이 갖는 위상을 음미해 본 것입니다.

이 책은 한국일본근대문학회가 발간하는 기획총서 중, 작가별 총서 첫 번째에 해당합니다(주제별 총서 첫 번째는 『일본근대문학과 연애』로 2008년 발간). 기획 자체는 2009년에 시작되었지만, 한 해 두 해 미루어오다가 올해 그 결실을 맺게 되었습니다. 이 책에 실린 15편의 글은 무라카미 하루키 작품의 디테일한 의미를 들여다볼 수 있는 참고자료가 될 것이라 확신합니다. 아무쪼록 이 책이 하루키 독자들에게 그의 작품 세계를 열어가는 열쇠가 되기를 희망하며, 마지막으로 책의 간행을 도와주신 제이앤씨출판사와 학회 편집간사 여러분에게 감사드립니다.

2014년 가을
편집위원 최재철 김춘미 허호 김용안

▮ 차 례 ▮

머리말 … 3

〔총론〕

❖ 무라카미 하루키(村上春樹) 문학과 한국
　텍스트와 번역 · 수용 / 최재철(崔在喆) ………………………………… 7

❖ 한국에 있어서의 무라카미 하루키 수용
　김춘미(金春美) …………………………………………………………… 37

〔작품론〕

❖ 『바람의 노래를 들어라』『1973년의 핀볼』『양을 둘러싼 모험』
　『댄스 댄스 댄스』 4부작의 세계
　원환(円環)의 손상과 회복 / 나카무라 미하루(中村三春) ……………… 57

❖ 비현실적으로 범용한 '나'의 여행
　『양을 둘러싼 모험』론 / 사토 히데아키(佐藤秀明) …………………… 71

❖ 『노르웨이의 숲』론
　유은경(劉恩京) …………………………………………………………… 81

❖ 무라카미 하루키의 고도성장기 풍경
　김영옥(金榮玉) …………………………………………………………… 105

❖ 『국경의 남쪽, 태양의 서쪽』론
　부부의 타자성 인식 / 임정(林正) ……………………………………… 127

❖ 『태엽감는새 연대기』에 나타난 '와타야 노보루'의 세계
　송현아(宋炫兒) ·· 147

❖ 『1Q84』와 『색채가 없는 다자키 쓰쿠루와 그가 순례를 떠난 해』
　아카리 지아키(明里千章) ·· 167

〔비교·문화론〕

❖ 미시마 유키오와 무라카미 하루키
　『금각사』와 『노르웨이의 숲』의 비교 고찰 / 허호(許昊) ················ 185

❖ 최초의 남편이 죽는 이야기
　『노르웨이의 숲(ノルウェイの森)』에서 『마음(こゝろ)』에 놓인 다리
　히라노 요시노부(平野芳信) ·· 239

❖ 무라카미 하루키와 요시모토 바나나 소설의 비교읽기
　『토니 타키타니』와 『키친』을 중심으로 / 김용안(金容安) ··············· 269

❖ 무라카미 하루키와 비틀즈
　김화영(金華榮) ·· 295

❖ 서브컬처로서의 하루키 문학
　조주희(趙柱喜) ·· 319

❖ 『세계의 끝과 하드보일드 원더랜드』의 한국어 번역본 검토
　정인영(鄭仁英) ·· 347

찾아보기 ··· 379

무라카미 하루키(村上春樹) 문학과 한국

- 텍스트와 번역·수용 -

최재철*

1. 들어가며

현대 일본의 인기작가로서 세계 각국에 알려진 무라카미 하루키(村上春樹:1949-) 문학 텍스트의 의미를 번역을 통해 다시 읽고, 한국에서 하루키(春樹)문학이 어떻게 읽히고 받아들여지고 있는지 알아보고자 한다. 먼저, 소위 '무라카미 하루키 현상'에 대해 소개하고, 텍스트 분석의 하나로 하루키의 데뷔작인『바람의 노래를 들어라(風の歌を聴け)』(1979)의 '문장론'에 착안하여 작품을 고찰하면서, 한국어 번역 3가지 판본을 비교하여 텍스트 이해의 차이를 확인하고 번역의 과제와 방향을 생각해 본다. 그리고 최근작『색채가 없는 다자키 쓰쿠루와 그가 순례를 떠난 해(色彩を持たない多崎つくると彼の巡礼の年)』(2013)의 '순례'의 의미를 음미함으로써 하루키 문학의 변화를 감지해본다. 그 다음에 한국에서 하루

* 崔在喆 : 한국외국어대학교 일본어대학 일본언어문화학부 교수,
　　　　 일본근현대문학/한일비교문학 전공

키 문학의 번역 및 소개 현황과 연구 동향, 독자의 반응, 평가 등 수용에 대해 살펴보기로 한다.

무라카미 하루키의 문학은 크게 2가지로 나누어 그 특징을 찾아볼 수 있다. 하나는, 데뷔작인 『바람의 노래를 들어라』(1979)에서 시작하여 『노르웨이의 숲(ノルウエイの森)』(1987)과 『색채가 없는 다자키 쓰쿠루와 그가 순례를 떠난 해』(2013)로 이어지는 단순 구도의 리얼리즘적 연애소설이며, 다른 하나는, 초기작 『양을 둘러싼 모험(羊をめぐる冒險)』(1982)을 비롯한 『세계의 끝과 하드보일드 원더랜드(世界の終りとハードボイルド・ワンダーランド)』(1985)와 『해변의 카프카(海辺のカフカ)』(2002), 『1Q84』(2009) 계통으로 사회성을 가미한 복잡한 구도의 판타지소설이라고 하겠다.

그밖에, 『태엽 감는 새 크로니클(ねじまき鳥クロニクル)』(1994)에서는 전쟁의 폭력성을 고발하면서, 개인의 기억과 함께 집단의 기억으로서의 역사에 대해 작가로서의 책무를 의식한 계기를 갖는다. 이 무렵부터, 사이비종교단체의 지하철 사린가스 살포 사건을 취재하여 세밀하게 묘사한 논픽션 『언더그라운드』(1997)를 발표하는 등 사회 문제에 눈을 돌려, 초기작 이래 개인에 함몰되어 사회성이 결여된 인물들을 주로 그린다는 비판에서 벗어나게 된다.

하루키의 소설의 방법은 대체로 추리와 초현실적 세계의 판타지로 재미와 오락성을 배가하고, 음악이 동반되기도 하며 현실 사회의 투영으로서 외톨이, 따돌림, 성과 폭력 등의 소재를 등장시킨다. 하루키 문학의 판타지적 성향은 미국소설 번역에서 힌트를 찾을 수도 있을 것이다.

하루키는 도시적 감성과 현대 젊은이의 감각을 대변하여 국내외에서 폭넓은 대중의 지지를 받고 있는데, 소설 창작 외에도 번역과 에세이, 단편 발표, 대담집 간행 등 왕성하게 문필 활동을 하고 있다.

2. '무라카미 하루키 현상'1)

무라카미 하루키의 장편소설 『노르웨이의 숲』은 1987년 9월에 출간
된 이래 1년 동안에 20판을 낼 정도여서, 이를 두고 일본문단에서 '무라
카미 하루키 현상(現象)'이라고 부를 만큼 화제가 되었다.

미국 현대소설 번역가로 출발한 하루키는 현대 도회지 젊은이의 감
성을 반영하여 특히 2, 30대 독자에게 인기가 있다. 하루키는 『바람의
노래를 들어라』로 월간 문예지 『군상(群像)』(1979.6)의 신인상을 수상하
면서 문단에 등장했다. 이 작품은 지나간 젊음의 한 페이지를 세련된
문체로 잔잔하게 그려낸 것이다. 예를 들면, 작품 〈제7장〉에서 실어증
환자와도 같이 전혀 말이 없던 소년이 정신과 의사의 치료를 받으며
언어를 찾아가는 과정을 묘사한 부분에서도 보이듯이 언어 회복의 과정
을 ON, OFF의 기호를 써가며, 적절한 비유를 삽입하여 재치 있게 풀어
가고 있다. 그래서 자연스럽게 '표현'과 '존재'의 의미를 생각하게 한다.
그리고 일상 속에 여러 개의 편린을 겹치는 수법으로 풋풋하고 유연하
면서도 신선하게 전개시키고 있다. 이 작품은 하루키 문학의 원형으로
서 이후의 여러 작품을 읽기 위한 지침서와도 같다고 할 수 있다. 초기
3부작의 인물 구도로 보아도 '나'와 '나'의 친구 '네즈미(쥐)'의 관계는,
하루키 작품 중 병렬되는 2원 구조의 원점으로 보인다.

『노르웨이의 숲』은 청춘 연애 소설이다. 작가가 겉표지의 띠에 '아주
낡은 명칭이라고 생각하지만 그밖에 딱 맞는 말이 생각나지 않는다. 격
렬하고도 잔잔하며 애절한 백퍼센트 연애 소설이다', '그들이 구하고자
했던 것의 많은 부분은 이미 잃어버렸다. 이젠 거기서 앞으로 나아갈
수도 없고 뒤로 되돌아갈 수도 없는 캄캄한 숲 속에 영원히……'라고
써, 끝없는 상실과 재생을 그리는 가장 격렬한 〈백퍼센트 연애 소설〉이
라고 선전하였다. 이전까지 유행하던 직장 상사와의 연애, 유부녀의 바

람기 등을 소재로 한, 예컨대 와타나베 쥰이치(渡邊淳一)의 「화신」류의 소위 〈불륜 소설〉에 대하여 싫증을 느낀 젊은 층에게 강한 호소력을 갖고, 이를 전환시키고자 하는 반동으로 나타난 〈순애 문화(純愛文化)〉의 붐을 이루게 한 도화선이 바로 『노르웨이의 숲』이다.[2]

　『노르웨이의 숲』의 주인공 '나'는 19세로 고베(神戶)에서 상경한 사립 대학 연극과 학생이다. 시대 배경은 1960년대말의 2년간이며, 37세가 된 '나'는 함부르크공항에 착륙한 보잉 747기 기내에 흐르는 비틀즈의 〈노르웨이의 숲〉 멜로디를 듣고 언제나처럼 혼란에 빠져, 18년 전을 회상하는 장면으로부터 이 소설은 시작된다.

　이 소설에는 현대 젊은이의 천연덕스럽고 냉철한 허무감이 잘 나타나 있다. 작가는 후기에서, 이 소설은 5년 전에 발표한 「반딧불이」라는 단편소설을 바탕으로 한 지극히 개인적인 소설이며, 그리스, 로마에서 서양 대중음악 테이프를 100여 번씩 워크맨으로 들으며 썼고, 이 소설을 작가의 죽어간 몇몇 친구와 살아 있는 몇몇 친구에게 바친다고 적고 있다.

　이 소설이 젊은 날의 삶과 성, 거기에 죽음을 주제로 한 애수 어린 사랑 이야기라는 것을 미루어 짐작할 수 있다. 전부 11장으로 된 이 소설의 도입부 제2장에 친구의 자살을 마주한 '나'의 마음을 표현하는 말——"죽음은 삶의 반대편으로서가 아니라 그 일부로서 존재하고 있다"는 부분을 특별히 굵은 활자로 쓰고 있으며, 이어서 "말로 해버리면 평범하지만, 그때 '나'는 그것을 말로서가 아니라, 하나의 공기 덩어리로서 몸속에 느꼈던 것이다"라고 덧붙이고 있다. 스무 살이 될까 말까 한 감수성이 예민한 나이에 이미 죽음을 피부로 절실하게 느끼고 생의 허무를 체득한 젊은이가 사랑하고 섹스를 즐기며 방황하는 모습에서 현대인의 애수를 읽고 독자들은 공감하는 것일 것이다. 마지막에 주인공이 다시 미도리에게 돌아가 새로운 삶을 지향하려는 듯한 암시를 하는 것으로 이 소설은 끝을 맺는다.

『노르웨이의 숲』의 인기의 요인은 작품의 재미 외에 이와 같은 시대적인 분위기 또한 무시할 수 없을 것이다. 처음에는 20대 여성 독자에게 인기가 있었고, 서서히 남녀, 세대 구분 없이 두루 읽히게 되었는데, 저널리즘에 의한 붐 조성과 더불어 만인의 대화에 오르기 시작하면서 문학이 하나의 소비재로서 일종의 패션이 되는 과정을 밟게 되었다. 이러한 '무라카미 하루키 현상'은 출판사의 대대적인 독자 심리 조사 분석과 홍보 등 판매 전략에도 기인하며, 센스 있으며 드라이한 현대 도회인의 감성과 젊은이의 취향을 파악한 작품 성향과 출판사의 예상이 맞아떨어진 결과라고 볼 수 있다.

3. 『바람의 노래를 들어라(風の歌を聽け)』읽기, 번역의 차이와 텍스트 읽기

1) 작가 자신의 문장론, 표현과 전달의 의미

작가들이 작품 속에서 작가론이나 문장론을 피력하는 경우가 있다. 하루키도 『바람의 노래를 들어라』의 첫머리에서 자연스레 글쓰기의 어려움을 토로하면서, 문장 짓기는 자신과 사물의 거리를 확인하는 작업이고 적확한 문장을 짓기 위해서는 감성보다는 '자'가 필요하며 찬찬히 주위를 관찰하고 불필요한 것을 버리는 절제심이 요구된다는 점을 말하고 있다.

　　(0) '완벽한 문장 따위라는 것은 존재하지 <u>않는다.</u> 완벽한 절망이 존재하지 않는 것처럼 말이야.'

　내가 대학생 시절 우연히 알게 된 어느 작가는 <u>나를 보고</u> 그렇게 말했다. 내가 그 <u>진정한 의미</u>를 이해할 수 있었던 것은 한참 뒤의 일이었지만, 적어도 그것을 일종의 위안으로 삼는 것도 가능했다. 완벽한 문장 따윈 존재하지 않는다, 고.　(중략)

　'문장을 쓴다고 하는 작업은, 바꿔 말하면 자신과 자신을 둘러싼 사물과의 <u>거리를 확인하는</u> 일이다. 필요한 것은 감성이 아니라 자다.'

(『기분이 <u>좋아서 뭔가 나빠?</u>』 1936년)

　내가 자를 한 손에 들고 조심조심 주위를 바라보기 시작한 것은, 분명 케네디 대통령이 죽은 해로, 그리고서 벌써 15년이나 된다. 15년에 걸쳐 나는 실로 여러 가지를 내던졌다.

(『바람의 노래를 들어라』 제1장 첫머리) - (필자 번역)

　(「<ruby>完璧<rt>かんぺき</rt></ruby>な文章などといったものは<u>存在しない</u>。完璧な絶望が存在しないようにね。」

　僕が大學生のころ偶然に知り合ったある作家は<u>僕に向かって</u>そう言った。僕がその<u>本當の意味</u>を理解できたのはずっと後のことだったが、少なくともそれをある種の慰めとしてとることも可能であった。完璧な文章なんて存在しない、と。　（中略）

　「文章をかくという作業は、とりもなおさず自分と自分をとりまく事物との<u>距離を確認すること</u>である。必要なものは感性ではなく、**ものさし**だ。」(「<u>氣分が良くて何が惡い？</u>」1936年)、

　僕がものさしを片手に<u>恐る恐る</u>まわりを眺め始めたのは確かケネディー大統領の死んだ<u>年で</u>、それからもう15年にもなる。<u>15年かけて僕は實にいろいろなものを<ruby>放<rt>ほう</rt></ruby>り出してきた。</u>

(『風の歌を聽け』 第1章 첫머리, 총40장)[3]

위의 글에서 보이는 바와 같이, 완벽한 문장의 추구와 문장을 쓴다는 작업에 대한 작가로서의 견해를 밝히고 있다. 완벽한 문장은 없지만 절망할 일은 아니라며, 문장을 쓴다는 작업은 자신과 사물과의 '거리를 확인하는 일'이 선행되어야 하고 그러기 위해서는, 감성보다도 거리를 인식하기 위해서 정확성을 갖춘 척도가 요구된다는 점을 강조한다. 그래서 이러한 정확한 자를 갖고 '주변을 조심조심' 면밀히 관찰하고, 어휘 표현의 '차이를 확인하며', 군더더기를 '버리고' 응축된 표현을 해야 한다는 등 문장 작법 강의 같은 말로 이 소설은 시작된다.

그리고 그 사이사이에 화자 '나'를 통해, 쓸 수 있는 영역의 제한이나 8년간의 딜레마, 입을 다물고 지낸 20대의 한 시절에 대해 말한다.

> 결국 글을 쓴다는 것은 자기 요양을 위한 수단이 아니라 자기 요양을 위한 자그마한 시도에 불과하기 때문이다.　　　　　　(제1장)

문장을 쓰는 일은 대단히 고통스런 작업이면서, 또 한편으론 즐거운 작업이라고도 말한다. 그래서 10대에 맘 놓고 써봤는데, 거기에 함정이 도사리고 있었던 것이다.

> 그것이 함정이었다고 눈치를 챈 것은 불행하게도 훨씬 뒤였다. 나는 노트 한가운데에 한 줄의 선을 긋고, 왼쪽에는 그동안 얻은 것을 적기시작하고 오른쪽에는 잃은 것을 적었다. 잃은 것, 짓밟은 것, 이미 오래전에 버려버린 것, 희생시킨 것, 배신한 것 …… 나는 그것들을 마지막까지 다 적을 수가 없었다.　　　　　　(제1장)

그리고 화자 '나'가 여기 쓸 수 있는 것은, '그냥 리스트' 라고 말한다. 소설도 문학도 아니고 예술도 아니며, 한 가운데 선이 딱 한줄 그려진 한권의 그저 노트라고 하고, 교훈이라면 조금은 있을지 모르겠다고 말한다. 글쓰기의 즐거움과 동시에 고통과 함정을 함께 거론하는 데에서 문장론의 연장임을 읽을 수 있다. 이와 더불어 제7장에서, 말수가 적은 자폐적 성향의 소년이 정신과 의사에게 제스처 게임 등의 치료를 받고 14년간의 블랭크(공백)를 메우기라도 하듯이 3개월간 계속 봇물 터진 듯 말을 하다가 평범한 소년이 되는 과정의 비유는, 표현과 전달, 작가와 문장 표현의 문제를 생각할 때 시사하는 바가 크다고 본다.

〈표현, 전달과 문명〉의 상관관계 강조

> 문명이란 전달이다, 라고 그는 말했다. 만약 뭔가를 표현할 수 없다면 그건 존재하지 않는 것과 똑같다. 알겠니, 제로다. (중략)
> 문명은 전달이다. 표현하고 전달해야 할 것이 없어졌을 때, 문명은 끝난다. 찰칵……OFF
> (제7장)

위의 인용문은 자폐적 성향의 소년이 치료과정을 통하여 스스로의 표현과 그 전달이 없으면, 배고픔을 채워줄 빵도 없으며 나아가서 문명도 없다는 점을 알아가게 되는 부분이다. 한편, 『바람의 노래를 들어라』의 속편인 『1973년의 핀볼』에는, '매사에는 반드시 입구와 출구가 없어서는 안 된다. 그런 거다.'[4]라는 언급이 있는데, 여기서도 자폐와 관련하여 쥐덫의 비유로 그 돌파구를 연상하게 하는 문맥으로 읽을 수 있을 것이다.

또한, 『바람의 노래를 들어라』 제23장의 '존재이유(레존 데 토르)와 표현, 전달'의 의의에 대한 문장은 잘 알려져 있다.

> 나는 인간의 레존 데 토르에 관하여 계속 생각하여 덕분에 기묘한 버릇에 사로잡히게 되었다. 모든 것을 수치로 치환하지 않으면 배겨낼 수 없는 버릇이다. 약 8개월간, 나는 그 충동에 휘둘렸다. 나는 전차를 타면

우선 승객수를 세고 계단 숫자를 모두 세며 틈만 나면 맥박을 재었다.
(중략)
　　모든 걸 수치로 치환하는 것에 의해 타인에게 뭔가를 전할 수 있을지
도 모르겠다고 진지하게 생각하고 있었다. 그리고 타인에게 전할 뭔가가
있는 한 나는 확실하게 존재하고 있음에 틀림없다 라고.

　시야에 들어오는 모든 사물과 행하는 일들을 수치로 치환해보는 습
관적 행위야말로 존재 이유를 확인해 보기위한 자기표현의 또 다른 반
증일 것이다. 8개월간 피운 담배 개피수와 섹스 횟수 등을 헤아려보기
도 한다. 이러한 존재와 소통을 위한 표현의 절실함은『양을 둘러싼 모
험』에서, '존재가 커뮤니케이션이고 커뮤니케이션이 존재다.'5)라고 언
급하는 데에서 보다 분명해진다.
　그리고, '쿨(cool;냉정)한 성격의 나'와 표현, 글쓰기에 대한 문장(제30장)
은 자폐적 성향과 표현의 문제를 생각할 때 참고가 되는 문맥이다. 말수
가 적은 것을 쿨한 멋으로 생각하기 쉬운 청소년기의 성향을 서리 낀
낡은 냉장고의 쿨함에 비유하는 재치가 돋보이는 부분인데, 말을 적게
하다보니까 결국은 생각하는 것의 반밖에 표현하지 못하는 인간이 되었
다는 자각에서, 표현의 전달자인 작가로서 문장 쓰기 훈련의 필요성과
그 어려움을 유머를 담아 토로하고 있는 셈이다.

2) 한국어 번역본의 차이와 텍스트 이해

　『바람의 노래를 들어라』 한국어 번역본 3종을 비교하여 작품 텍스트
본문 이해의 차이를 확인해보기로 한다. 앞에서 예시한 이 작품 첫머리
의 문장을 예로 들어 보면, 첫 번째 번역 (0)은 비교적 원문에 충실한
필자의 번역문을 참고로 제시한 것이다. 다음에 같은 문장의 3가지 번
역본을 한자리에 인용한다. 밑줄 친 표현에 유의하여 비교해보면 그 차

이점을 알게 된다.

(1) "완벽한 문장 따위는 존재하지 <u>않아.</u> 완벽한 절망이 존재하지 않는 것처럼 말야."　　　　　(중략)

"문장을 쓴다는 작업은, 우선 자기와 자기를 둘러싼 사물하고<u>의 관계를 확인하는 것</u>이다. 필요한 것은 감성이 아니라 잣대(尺)다."

　　　　　　　　(〈기분이 <u>좋다고 안 될 게 뭐야?</u>〉, 1936년)

내가 자를 한 손에 쥐고 주위를 <u>주뼛주뼛</u> 둘러보기 시작한 것은 분명히 케네디 대통령이 죽은 <u>해였고,</u> 그때부터 벌써 십오 년이 지났다. <u>십오년에 걸쳐서 정말로 나는 여러 가지 것들을 버려 왔다.</u>

(2) "완벽한 문장 같은 것은 존재하지 <u>않아.</u> 완벽한 절망이 존재하지 않는 것처럼 말이야."　　　　　(중략)

"문장을 쓰는 작업은, 한마디로 말하면 자신과 자신을 둘러싼 사물과의 <u>거리를 확인하는 일</u>이다. 필요한 것은 감성이 아니라 잣대다."

　　　　　　　　(≪기분이 <u>좋다는데 뭐가 나빠?</u>≫ 1936년)

내가 잣대를 한손에 쥐고 <u>조심조심</u> 주변을 바라보기 시작한 것은 케네디 대통령이 죽은 <u>해였고,</u> 그로부터 벌써 15년이나 지났다. <u>15년 동안 나는 실로 많은 것을 내던졌다.</u>

(3) "완벽한 문장 같은 건 존재하지 <u>않아.</u> 완벽한 절망이 존재하지 않는 것처럼……."　　　　　(중략)

"글을 쓰는 작업은, 단적으로 말해서 자신과 자신을 둘러싼 사물과의 <u>거리를 확인하는 일</u>이다. 필요한 건 감성이 아니라 '잣대'다."

　　　　　　　　(≪기분이 <u>좋으면 왜 안 되는데?</u>≫, 1936년)

내가 한 손에 잣대를 들고 <u>겁에 질려서</u> 주위를 바라보기 시작한 것은 분명히 케네디 대통령이 죽은 <u>해부터다.</u> 그로부터 벌써 15년이나 지났다. <u>15년 동안 나는 참으로 많을 걸 내팽개쳐 왔다.</u>

〈참고한 번역본〉
- 김춘미, 『바람의 노래를 들어라』, 모음사, 1993. (『1973년의 핀볼』 합본, 한양출판, 1991).
- 김난주, 『바람의 노래를 들어라』, 열림원, 1996.
- 윤성원, 『바람의 노래를 들어라』, 문학사상사, 2006. (『1973년의 핀볼』 합본, 1996).

위 인용문에서, '문장을 쓴다고 하는 작업은, 바꿔 말하면 자신과 자신을 둘러싼 사물과의 거리를 확인하는 일이다. 필요한 것은 감성이 아니라 자다.' 라고 말하면서 〈자〉에 특히 방점을 찍어 강조하고 있는 것은, 글쓰기에는 어정쩡한 감성보다 정확한 자(척도)가 필요하고, 그 이유는 자신과 자신을 둘러싼 사물과의 거리를 재어 확인하듯이 적확한 표현을 해야 하기 때문인 것이다. 그러므로 위의 (1)번역처럼 '관계를 확인하는 것'이라는 번역은 원문의 뜻을 제대로 옮겼다고 하기 어렵다고 본다. 아마도 이 역자는 바로 앞의 어구 '자기와 자기를 둘러싼'에 현혹되어 '인간 관계'로 오해하고, 또 의역하는 것이 낫다는 선입관에 갇혀 '관계를 확인하는 것'으로 오역했을 것으로 추정된다. 다시 말해서 〈자〉는 '거리를 재는(확인하는) 도구'라는 기본에 충실하면 되는 것인데, 오히려 〈자〉의 속성(정확한 '거리' 확인)과는 거리가 멀고, 〈감성〉적인 글의 감정과잉의 함정을 경계하는 글쓰기의 기본(마치 자로 잰듯한 '적확한 표현')을 말하고자 하는 작가의 의도를 살리지 못한 오역이 되었다. 즉 '문장을 쓸 때 〈감성〉보다는 〈자〉가 필요하다'는 텍스트 본문의 의미를 바로 이해하고 제대로 번역해야 할 것이다.

이어서, '내가 자를 한 손에 들고 조심조심 주위를 바라보기 시작한 것은'이라는 부분에 대해서 살펴보기로 한다. 여기서 작가가 말하고자 하는 것은 글쓰기 전의 태도에 대한 것으로서 〈면밀한 관찰〉을 강조한 것이라고 하겠다. (1)의 번역에서처럼 자를 들고 '주뼛주뼛'하는 것은 어떤가? 더욱이 (3)의 번역처럼 '겁에 질려서' 관찰할 것까지 뭐 있는가? 자문하고 재고해야 할 번역이라고 본다.

(2)의 번역문에서 '기분이 좋다는데 뭐가 나빠?'의 '좋다는데'가 걸린 다는 점과 '해였고'는 '해로' 라고 번역하는 쪽이 좋을 것이라는 점을 지 적하고자 한다. (나머지 밑줄 친 부분은 참고로 제시함)

번역은 원문의 본뜻과 미세한 차이를 번역문에 어떻게 그대로 반영 하느냐가 관건인데, 무엇보다 원문에 충실한 번역이 바람직하다고 보 고, 먼저 원문에 입각해야 한다는 점과, 번역은 해설과 다르므로 첨삭을 지나치게 자의적으로 하면 작자의 의도를 오역하게 된다는 점을 바로 알아야 하겠다. 결국 번역 어휘의 선택과 문맥의 바른 번역은 본문의 이해도와 어휘력 분석력의 차이, 역자의 개성에 좌우되는데, 좋은 번역 은 시간의 투자와 착상, 노력에 비례한다고 본다.

'완벽한 절망이 존재하지 않는 것처럼' '완벽한 문장 따위란 존재하지 않는다'고 스스로 '위로삼아' 데뷔작 첫머리에 글쓰기의 고충을 토로하 면서 출발한 하루키는 이 첫 문장을 쓰고 첫 작품을 완성하여 30세에 작가로 문단에 이름을 올리기까지 거의 10년의 세월 동안 문장 수업의 시간을 투자한 셈일 것이다. 지금 우리도 '완벽한 문장이 존재하지 않는 것처럼' '완벽한 번역문은 존재하지 않는다'라고 자위할 수는 있다. 그러 나, 하루키의 '완벽한 문장'에 대한 추구는 긴 시간 동안의 '절망적' 문장 수업의 축적 위에 서 있는 회구와도 같은 것이었다고 생각한다.

3) 회한과 상실, 상처의 표현과 치유

서정적인 문장으로 흘러간 과거의 추억을 반추하며 회한을 느끼고 상실감에 젖는『바람의 노래를 들어라』의 다음과 같은 화자 '나'의 모습 에서 대표작중 하나인『노르웨이의 숲』의 주조음을 찾을 수 있다.

　나는 5분쯤 그걸 바라보고 나서 차로 돌아와, 시트를 젖히고 눈을 감고는 잠시 파도소리에 섞인 그 볼을 서로 치고받는 소리를 멍하니 계속 듣고 있었다. 아련한 남풍이 실어오는 바다 내음과 타는듯한 아스팔트 냄새가 나에게 그 옛날 여름을 떠올리게 했다. 여자애 살결의 따스함, 오래된 로큰롤, 막 세탁한 버튼 다운셔츠, 풀장 탈의실에서 피웠던 담배 연기, 아련한 예감, 모두 언제 끝났달 것도 없는 달콤한 여름날의 꿈이었다. 그리고 어느 해 여름(언제였던가?), 꿈은 두 번 다시 돌아오지 않았다.

(제27장)

　여름 내음을 느낀 것은 오랜만이었다. 파도 내음, 먼 기적소리, 여자애 살결의 감촉, 헤어 린스의 레몬 향기, 해질 녘의 바람, 옅은 희망, 그리고 여름날의 꿈……

　하지만 그건 마치 어긋나버린 트레이싱 페이퍼처럼, 모두 다 조금씩 하지만 되돌릴 수 없을 정도로 예전과는 달랐다. 　　　(제35장)

　작가의 여러 작품에서 공통적으로 보이는 이러한 회한과 상실, 상처의 표현에서, 그 상처와 자폐로 부터의 탈출 도구로서 문장(소설)을 쓰고 치유(치유의 문학)를 모색하고자 하는 것일 것이다.

4. 『색채가 없는 다자키 쓰쿠루와 그가 순례를 떠난 해』의 '기도' 의미

　무라카미 하루키의 최근작 『색채가 없는 다자키 쓰쿠루와 그가 순례를 떠난 해(色彩を持たない多崎つくると彼の巡礼の年)』(2013)에 대하여 텍스트 읽기를 통해 그 의미를 생각해보고자 한다.6)

1) 제목이 나타내는 내용

먼저, 이 소설의 제목이 드러내는 내용을 알면 이야기의 흐름을 대개 유추할 수 있다. '색채가 없다/ 색채를 갖지 않다(色彩を持たない)'는 것은, 주요 등장인물인 고등학생 5인 그룹 중 4명(남녀 각 2명)의 성(姓)에는 모두 색깔(적/赤·청/靑·백/白·흑/黑)이 들어 있는데 반해, 주인공 '다자키 쓰쿠루(多崎つくる)'의 성에는 색깔이 없다'는 것으로, 여기서 주인공 스스로의 소외와 불안이 싹트기 시작한다. 쓰쿠루의 '색깔 없음'에 대한 불안은 결국 '조화로운 공동체'에 균열이 생기면서 주인공은 일방적으로 소외당하게 된다.

그런 한편으로, 다자키의 이름 '쓰쿠루(つくる/作る)'는 '만들다, 제작/창작한다'는 뜻으로, 다자키는 실제 어린 시절부터 즐겨 찾던, 사람들이 만나고 떠나는 역(驛)과 관련된 일, 즉 '역사(驛舍)를 짓고 보수 설계'하는 직업을 갖게 된다. 쓰쿠루는 이 '만드는' 일을 통해 소외와 상처의 고통, 죽음의 낭떠러지에 선 절망을 딛고 버티며 살아가고 있는 것이다.

제3의(여섯 번째) 인물 '하이타(灰田)'도 성에 '회색(灰)'을 갖고 있으며, 대학시절 다자키 앞에 불쑥 나타나 한동안 같이 지내다 말없이 사라진 의문의 회색분자, 중간자 같은 존재로 '순수, 또는 진공'의 의미를 풍긴다.

프란츠 리스트 작곡의 소곡집 '순례의 해(巡礼の年)'의 1년 스위스 중 '르 말 뒤 페이(Le Mal du Pays)'는 이 소설의 배경음악이다. 이 피아노곡은 다섯 친구 중 여자 '시로(白)'가 자주 켜던 곡으로 느리고 대개 지루한 느낌을 주는데, '전원이 사람의 마음에 환기시키는 이유 없는 슬픔─향수'를 표현한다. 타자키는 이 곡을 들을 때마다 '시로'를 떠올리는데, 묘하게도 '하이타'도 이 음악을 좋아하여 같이 듣기도 한다. 이 곡의 제목은 쓰쿠루가 과거 16년 전의 소외와 상처의 이유를 확인하러 떠나는 '순례'의 여행, 즉 자기 구제를 향한 여정을 비유한다.

이 소설의 주요한 사건은 다섯 명의 친구 중 한명(다자키)을 따돌려 소외시킨 것과 그에 따른 마음의 상처와 자폐, 죽음을 갈망하는 절망적 상황을 넘긴 후, 세월이 흐른 뒤 '따돌림'의 이유를 찾아 나선 여정을 통해, 여자의 질투와 마음속의 벽 같은 어둠의 그림자, 의문의 사건 등을 확인해가는 '순례'의 이야기이다.

2) 텍스트 읽기

『색채가 없는 다자키 쓰쿠루와 그가 순례를 떠난 해』마무리의 주요 부분을 인용하기로 한다. 핀란드에 사는 '구로(黑)'(구로노 에리)를 만나 '시로'와 관련된 우여곡절의 자초지종을 들은 후의 쓰쿠루의 마음을 읽어보자.

> 이미 되 돌이킬 수 없는 거다. 그렇게 생각하자 슬픔이 어디서부턴가 물처럼 소리도 없이 밀려왔다. 그것은 형체가 없는 투명한 슬픔이었다. (중략) 몸 중심 가까이에 차갑고 딱딱한 것 - 연중 내내 녹을 줄 모르는 냉엄한 동토의 심지 같은 것 - 있다는 것을 문득 알았다. 그것이 마음의 통증과 숨 가쁨을 만들어내고 있는 거다. (중략) 그 차가운 심지를 스스로 이제부터 조금씩 녹여가지 않으면 안 된다. 그러나 그것이 그가 하지 않으면 안 되는 일이었다. (중략) '에리'가 숲속에서 나쁜 난장이들에게 잡히지 않도록 쓰쿠루는 마음으로부터 기도했다. 지금 여기서 그가 할 수 있는 것은 기도하는 일 뿐이다.
>
> (제17장)[7]

되 돌이킬 수 없는 슬픔과 냉엄한 동토의 심 같은 통증과 숨 가쁨 속에서도, 이젠 마음 속 응어리를 조금씩 녹여가지 않으면 안 된다는 각오를 하고, '구로'가 나쁜 무리에게 붙잡히지 않도록 '기도'를 하며 '지금 여기서 그가 할 수 있는 것은 기도하는 일 뿐'이라는 결론에 다다른다. 이 작품이 이전 작품과 차별화되는 것은 상처와 슬픔을 그냥 관망하고 방치

하는 것이 아니라, 이와 같이 구원을 향한 '순례'의 여정을 통해 마음의 통증을 녹이려는 화해의 노력과 기도에 의탁한다는 점일 것이다.

또한, '대단원'에서도 두 번 다시 되 돌이킬 수 없는 과거의 시간에 대해[8] 허무하게 생각하는 것이 아니라 다음과 같이 긍정적인 사고로 전환시키고 있다는 점이 특별하다.

> 그리고 지금 자신이 내밀 수 있는 것을 그것이 무엇이든 몽땅 내밀자. 깊은 숲 속에서 길을 헤매다 나쁜 난장이들에게 잡히기 전에.
> '모든 것이 시간의 흐름에 사라져버린 것은 아니다.' (중략)
> '우리들은 그 때 무언가를 강하게 믿고 있었고, 무언가를 강하게 믿을 수 있는 자기 자신을 갖고 있었다. 그런 생각이 그냥 어딘가로 허망하게 사라져버리는 일은 없다.' (제19장)[9]

'색깔 없음'의 불안으로 '조화로운 공동체'는 균열이 생기고, 따돌림의 상실감과 고절감은 극대화된다. 그러나, 먼저 손을 내미는 것, 화해의 시도를 하여 화합의 길로 함께 가자는 것의 의미는 크다. 자존심 강하고 이기심 덩어리인 이 세대에 있어서 먼저 손을 내미는 것은 커다란 용기 이기도 하다. 결국, '모든 것이 시간의 흐름에 사라져버린 것은 아니며, 무언가를 강하게 믿을 수 있는 자기 자신을 갖고 있었던 시절의 생각이 그냥 어딘가로 허망하게 사라져버리는 일은 없다.'는 긍정의 말이 작가 가 전하고 싶은 메시지 중 하나일 것이다.

또한, 생동감 있는 제3의 여인 '사라(沙羅)'의 부추김에 따라, 과거의 상처와 대면하기 위해 순례의 여정을 떠나 확인하고 용서와 화해를 모 색한다.[10] 핀란드인과 결혼하여 아이들을 키우며 북유럽의 대자연 숲 속에서 흙으로 도자기를 빚는 '구로'의 풍만한 품에서 치유와 회복의 기 운을 받는 장면은 시사하는 바가 크며, 기도로서 대단원을 맺는 쓰쿠루 의 모습에서 구원의 메시지를 읽게 된다. 이는 『1Q84』에서 '주기도문'을 되풀이 되뇌는 것과 상통하는 점을 찾아볼 수 있다. 구원의 '순례'의 길로 나아가 '기도'에 의지한다는 점은 이순(耳順)의 나이를 이미 넘긴 작가의 숙성을 보여주는 표현이기도 할 것이다.

또한, 하루키는 기억(역사)에 대한 관심을 이전부터 표명해 왔는데,[11] 이 『색채가 없는 다자키 쓰쿠루와 그가 순례를 떠난 해』에서도 '기억에 뚜껑을 덮을 수는 있다. 그렇지만 역사를 숨길 수는 없다.'는 말을 하고 있다.[12] 하루키는 기억과 역사의 반추의 의미와, 용서와 화해, 구원에 대한 관심을 보다 적극적으로 표현하고 있다고 하겠다.

5. 한국의 하루키 문학 번역 소개 및 연구 현황

1) 하루키 작품 번역 통계 및 특기사항

하루키 작품 번역은 1988년부터 2011년까지 총 115권(장편소설, 단편소설집, 수필집, 대담집 등, 중복 출간 포함) 간행되었다. 1988-1990년에 4권(『노르웨이의 숲』 3종, 『댄스 댄스 댄스』 1종) 출간 후, 1990년대에 53권(모음집 16권 포함)이 번역 출판됨으로써 일본의 '하루키 현상'이 한국에도 상륙했다는 사실을 보여주는 통계 수치이다. 중복 번역 다수인 작품은 『바람의 노래를 들어라』와 『노르웨이의 숲』으로 각 7종 이상이다.

하루키 작품 번역은, 1988년부터 2004년까지 17년간 73권(연 평균 4.3권)이 간행되었고, 2005년부터 2011년까지 7년 동안에는 42권(연 평균 6권)이 간행되어 동일 작품 중복번역 출판 포함 총 115권(연 평균 4.8권)이 출간되었다. 한 작가의 작품이 짧은 기간에 이렇게 많이 집중적으로 번역 간행된 유례는 이제까지 찾아보기 어려울 것이다. 외국문학 번역 중에서 일본 현대작가 하루키 번역의 편중 현상을 우려하는 목소리도 있

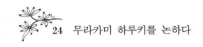

는데, 국내에 하루키 고정 독자가 확보되어 있다는 반증이다.13)

〈초기 번역본의 특징〉

하루키 작품 중에서 최초의 번역은 『노르웨이의 숲』(1988)으로 일본 출간(1987) 직후 일본의 독자들의 인기에 즉시 반응한 것이다. 이 번역본의 특징은 각 장마다 원작과 달리 〈벌레 먹은 무지개〉 〈푸른 계절의 축제〉 〈추억은 아름다워라〉 등 제목을 붙이고 있다는 점이다.

두 번째 번역인 『개똥벌레 연가』(1989)는 번역서명을 원제 『노르웨이의 숲』의 뼈대가 되는 단편 「반딧불(개똥벌레)」에서 따왔다. 또한 본문에서 여주인공이 애인을 호칭할 때 '형'이라고 번역하는 등 1980년대 한국 대학생의 언어감각을 살리려고 한 점이 특이하다.

그리고 『상실의 시대(원제;노르웨이의 숲)』(1989)는 홍보도 작용했겠고 바꿔 단 제목으로 시선을 끌어 독자들에게 널리 알려지게 된 측면도 있다고 본다. 앞선 번역본을 의식했다고 볼 수도 있겠지만, 원제목과 전혀 달라 혼동을 유발한다는 점과 이 경우에 원제목을 굳이 바꿀 이유가 없다고 보아 꼭 바람직한 것만은 아닐 것이다. 이후의 번역 4편은 모두 원제목인 『노르웨이의 숲』으로 번역본 제목을 달았다.

〈일본문학의 해외 번역출판 상황〉14)으로 볼 때, 한국과 중국 등의 번역을 제외하더라도 1990년대에 이미 무라카미 하루키(번역순위 5위, 172건)와 요시모토 바나나(8위, 121건)는 해외 번역의 주 무대로 등장한다. 두 작가의 작품은 100건을 훨씬 넘게 해외 각국에 소개되며, 1990년대 후반과 2000년대에 이미 세계적으로 가장 널리 번역되어 읽히는 작가로서의 입지를 다지게 되었다. 통계 자료를 볼 때 큰 특징은 1990년대에 번역이 본격적으로 시작된 무라카미 하루키가 2000년대 전반(2001-2005년경)에도 일본 작가 중 창작과 동시에 거의 모든 작품이 세계 각국어로 가장 많이 번역되고 있고(1위, 74건), 그 뒤를 요시모토 바나나의 번역(2위,

44건)이 뒤따르고 있다는 점이다.

두 사람의 작품은 현대의 보편적 정서와 일상을 세밀히 들여다보는 감성, 경쾌하고 감각적인 문체와 음악 요리 등 주변 문화와의 결합성 등으로 평가받고 있는데, 이러한 특징들이야말로 국경을 쉽게 넘나들 수 있는 요인이 되었다고 할 수 있다. 일본 작가로서 이미 기존 노벨문학상 수상 작가들의 평균치를 훨씬 넘어선 작품 번역 소개 건수로 보나 지명도로 보나 하루키가 최근 2, 3년간 노벨문학상 후보 중 제 1순위로 거론되고 있는 것은 이유 있다고 본다.

2) 무라카미 하루키 소개 및 연구논문 현황

ㄱ. 학회지 및 잡지 게재 〔1990-2006〕

국내 잡지 등에서 무라카미 하루키를 소개하기 시작한 것은 1990년 경으로 추정된다. 먼저, 필자는 평론 「평화와 자유와 풍요의 다음 -초베스트셀러 소설의 동향과 속성-」(『문학사상』, 1990.1)에서 일찍이 '무라카미 하루키 현상'을 조명하고 있고, 김춘미는 「1990년의 작가」(『현대문학』, 1991.1)라는 글에서 무라카미 하루키와 작품을 소개하고 있다. 이 무렵이 국내에 하루키 관련 평론이 쓰이기 시작한 초창기라고 볼 수 있다. 이후 국내 학회지 및 잡지 등에 하루키를 소개하거나 논문을 발표한 것은 주로 2000년대 들어서이며 총 20 여 편이다.

ㄴ. 국내 대학원 하루키 관련 학위 논문 〔1999-2006〕

국내 대학원에서 무라카미 하루키를 주제로 발표한 논문은 먼저 석사학위논문으로 1999년부터 2006년까지 총 20여편(교육대학원 석사논문 10여편 포함)이다. 대부분 작품론이 중심이며 작품 소재별 순위는 다음과 같다.

초기 3부작(『바람의 노래를 들어라』 포함)론: 8편, 『노르웨이의 숲』론 3편, 『세계의 끝과 하드보일드 원더랜드』론과 『국경의 남쪽 태양의 서쪽』론 각 2편 등이다. 대학원별 학위논문 통계는 한국외대 4편, 고려대 3편, 건국대 2편 등의 순이다. 이러한 통계에서 보는 바와 같이 국내 소개와 연구는 1990년대초 초기작에 대한 관심과 소개에서 비롯되어 2000년 무렵부터 주제 연구와 작품론, 비교연구 등이 이뤄졌음을 알 수 있다.

2007년 봄에는 한국일본근대문학회 주최로 「무라카미 하루키를 논하다 −텍스트・독자・번역−」(한국외대)을 주제로 학술대회를 열었고, 고려대 일본학연구소가 「동아시아에서 무라카미 하루키를 읽다」라는 주제의 세미나를 여는 등, 한국에서는 1990년대가 무라카미 하루키 작품 번역과 소개의 시기였다면, 2000년대에 들어서서 본격적인 연구로 이행하는 시기라고 하겠다.

ㄷ. 학술지 게재 하루키 관련 논문 및 단행본〔2005-2011〕

지난 7년간(2005-2011년) 일본근현대문학 논문 통계 중에서, 작가별 상위 10명(각 31편 이상) 관련 논문이 총 633편으로 전체 논문수의 약 40%를 차지하는데, 이중에서 무라카미 하루키 관련 논문은 총 54편으로 작가별 논문 통계상 5위이다. 하루키 관련 연구논문이 지난 7년간 54편(연평균 7.7편)이 발표된 것은 하루키에 대한 관심과 인기가 증대되면서 작품 번역이 계속적으로 늘어난 것과 비례하여 나타난 현상으로 파악할 수 있다.[15]

하루키 관련 단행본 출판은 총 7권인데, 주로 일본 간행 도서의 번역서(5권)가 주종을 이루고 있다.[16]

6. 하루키 문학의 한국 수용과 영향

　무라카미 하루키를 최고 인기 작가로 만든 『노르웨이의 숲』(1987)은 국내에서 이미 일곱 차례 번역 간행(1988~2014)된 바 있고, 앞에서 언급한 필자의 문장(『문학사상』, 1990.1)이 그 소개 평론의 시초인 듯한데, 이후 박일문이 『살아남은 자의 슬픔』(1992.6)을 써서 〈오늘의 작가상〉을 받자, 소설가 장정일은 바로 「문학의 현장-〈베끼기〉의 세 가지 층위」(『문학정신』, 1992.7-8)라는 글을 통해, 박일문이 하루키의 문장을 표절했다고 씀으로써 표절 시비가 붙었다. 이 일련의 일이 우연히도 잇따라 일어났다. 그리고 그 다음에는 한국 문단에 일본 작가 모방이라는 문제점이 제기되면서 일간 신문에서도 비중 있게 다루었다(『중앙일보』, 1992.9.1, 『조선일보』, 1993.3.20 등).

　여기서 표절 시비와 포스트모더니즘에 대해 재론하기보다는, 두 작가의 작품에는 현대를 사는 젊은이의 상실감과 가벼움이 아주 비슷하게 보이는 등 내용 전개와 문체상의 공통점이 많다는 것과, 한쪽이 잔잔하고 더 매끄럽고 감각적인 데 반해서, 다른 쪽은 역시 감각의 도입은 있으나 덜 섬세하다는 점과 배경이 다른 만큼 한국의 현실을 반영하여 학생 운동의 여파가 짙게 드리워져 있다는 것 등 차이점 또한 적지 않다는 것을 지적할 수 있다.[17]

　문화의 교류는 상호적이고 영향을 서로 주고받는 관계가 바람직하다고 보며, 영향은 단순 모방이 아닌 재창조의 계기를 제공할 때 그 의의가 인정된다고 하겠다. 반면에 요즘 한국 현대 작가 시인들의 작품이 일본어로 번역되어 일본 독자들에게 읽히고 있는데, 일본문학과는 다른 우리의 고통과 치열성이 남아있거나 일상의 재발견이 담겨있기 때문일 것이다.

7. 하루키 문학에 대한 평가, 비평

한국내의 무라카미 하루키 문학에 대한 평가와 비평을 정리하면 대체로 두어 가지로 구분된다고 하겠다. 우선 젊은 독자들로선 하루키 문학의 특징인 감각의 신선함과 경쾌함, 도시적 감성, 상처와 치유, 추리와 판타지, 오락(엔터테인먼트)적 요소 등 그 재미에 매료되어 있다고 본다.(최근 조사에서도 일본 소설이 대학생 선호 작품순위 상위에 오르는 경우 빈발) 이러한 특징은 현대의 젊은 대중의 취향을 그대로 반영하는 것이기도 하므로 하루키는 그러한 점을 미리 간파했다고도 볼 수 있다. 그러므로 '무라카미 하루키 현상'은 일본이나 한국만의 '현상'이 아니며, 뉴욕타임스(NYT)가 2005년 말에 선정한 '올해의 책' 10권에 하루키의 『해변의 카프카』가 포함된 것은 동양 작가의 번역서로서는 이례적인 것으로 위와 같은 현상과 유사한 반증이기도 하여, 잇따라 유럽에서도 카프카상, 예루살렘상 등을 수상하였다.

다른 한편으론, 문학의 전락이라고 비판하는 목소리도 적잖았다. 평론가 유종호는 평론 「문학의 전락 -무라카미 현상을 놓고-」(『현대문학』, 2006.6)에서 '『노르웨이의 숲』은 고급문학의 죽음을 재촉하는 허드레 대중문학'이며, '감상적인 허무주의를 깔고 읽기 쉽게 쓰여진, 성적 일탈자와 괴짜들의 교제 과정'으로, '불안한 청년기에 가벼운 우울증을 앓고 있는 심약한 청년들에게 이 책은 마약과 같이 단기간의 안이한 위로를 제공해 줄 것'이라고 평가 절하 하고 있다. 요즈음 대학생들이 '문학적 위엄을 보여주는 고전'을 멀리하는데 대한 원로의 우려라고 볼 수 있을 것이다. 또한, 30대 문인들의 설문조사(『교수신문』, 2006.9)에서 하루키 문학에 대해 '작품의 질에 비해 지나친 권력을 보유'하고 '초기의 탁월한 미적 재능이 단조롭고 틀에 박힌 정치적 의식으로 인해 더 이상 전개되지 못한 것'으로서 '상업성이 지나치다'며, 과대평가된 문인 중 하나로

꼽았다. 이러한 비평이 이유 있다 해도 국내 작품의 독자수와 출판현황을 비교해봤을 때 무시하기 어려운 일면이 있다고 본다.

한편, 앞에서 언급한 세미나(2007.3) 발표(「기억의 소거와 역사 인식」)에서 고모리 요이치는, 하루키의 『해변의 카프카』의 성공 배경을 비판하고 있다. 즉, '일본사회 구성원들의 집단적인 무의식의 욕망과 한 작가의 문학표현이 결합된, 극히 위험한 전향의 모습'이라는 점을 강조하고, 일본의 침략전쟁을 어쩔 수 없었다는 상황논리로 포장하여 '여러 문제를 없었던 것으로 치부하고 싶어 하는 사람들에게도 치유의 기능을 발동하게 한다'고 주장한다. 작가의 역사 인식의 문제에 대해 동아시아적 시야에서 비판적으로 보았다고 할 수 있다. 이런 주장에 호응하듯이 친캉(秦剛)(북경대)은 하루키 소설이 전쟁과 폭력의 발생 이면에 대한 물음이 결여되어 있다고 지적한다. 이러한 비판에 대해 김춘미는 피해자로서 공감하는 한편으로 하루키 문학의 '도시적 감성과 정치적 상실감' 등, 내부에서 수용한 점에 대해 문학 자체의 문맥에 근거하여 다시 구축할 필요성을 말한다.

「최재봉 칼럼」(『한겨레』 2007.4.1)은 일본 소설이 '이념과잉의 한국 소설과는 달리 산뜻하고 〈쿨〉하다'는 점을 한국 독자들이 선호한다는 것을 인정하면서도, 그러한 소설이 대체로 '감성 연애소설이거나 멜로물, 추리물 등 쉽고 빠르게 읽히는 것들'이며, 문학(성)의 포기로 이어지는 문체를 포기한 '대중소설'이므로 한국 소설이 배울 대상이 아니라고 주장한다. 권영민은 '일본 소설의 국내 상륙이 문제가 아니라 우리 젊은이들이 재미있게 느낄 만한 작품을 국내 작가들이 쓰지 못하는 게 문제'라고 지적하고 있다.

이후에도, 한국 신진 평론가나 작가들의 반응 등 작품이 발표될 때마다 평가와 비평, 영향 등 의견이 분분하다. 『1Q84』를 번역 출판한 「문학동네」는 2009-2010년에 잇따라 하루키 인터뷰 등 대대적인 하루키 특집을 내면서 홍보에 힘을 쏟았다. 남진우는 해설에서 '한국의 반 하루키 정서'를 '일본 콤플렉스와 하루키 문학에 대한 선입견'으로 보았다.

방민호는 『1Q84』에 대해 '대안적 문학'이라는 의미를 인정하면서도 '추리소설적 기법 등 여러 장식적 요소들에 기대어 상상력의 고갈을 보충하려는 위태로움'을 느끼고 있고,(『동아일보』 2010.8. 초) 소설가 김원우는 '자극적 소재 대신 현실에 대한 진지한 고민을 밀고 나가야 한다.'고 주문한다.(『경향신문』 2013.7.9) 조영일은 하루키 소설의 인기의 비결을 '재미'와 출판사의 '대대적인 마케팅 효과'를 거론하고, 김연수, 김영하 등 소설가가 하루키를 흉내내어 외국 체험을 소설화하고 미국소설을 번역한다고 지적한다.(『교수신문』 2011.9.5/19) 그리고, 이 신문에 게재된 젊은 작가 시인 평론가 대상 설문조사에서 하루키는 '국내외 과대평가된 작가' 1위로 선정된 바 있다. 이응준은 '글 안에 인간에 대한 면밀한 성찰이 담겨 있고, 사회적 상황들이 무대장치로 잘 배치돼 있다' 고 평가한다.(『한겨레』 2013.7.12.)

김주현은 「하루키 현상과 문학의 왜소화」에서, 하루키 소설의 장점을 '군더더기 없는 문체와 생생한 묘사, 잘 짜인 상징'이라고 인정하면서도, 신작이 '전작에 썼던 모티브들을 재활용하고' '지친 샐러리맨에게 대리만족을 상상케 하는' '이 말랑한 소설이 후쿠시마 사태 이후 피로감에 젖은 대중을 위로하려는 하루키식 힐링상품이 아닌가 의구심'이 생긴다고 비판적으로 보고 있다.[18]

이러한 여러 견해를 종합하고 재해석하는 과정을 거쳐 비로소 하루키 문학의 전체상의 이해에 접근해야 한다고 본다. 한국 독자는 민주화를 거쳐 사회현상의 여러 변화와 함께 젊은이의 의식도 변하여, 일상생활을 무대로 개인의 내면을 세세하게 묘사하는 일본 소설에 눈을 돌리게끔 되었다고 하겠다. (필자 인터뷰)[19]

8. 나오며

무라카미 하루키의 데뷔작 『바람의 노래를 들어라』는 하루키 문학의
원형이며 풋풋함이 있고 다양한 읽기가 가능하여 읽을 때마다 묘미가
느껴지는 작품이다. 필자는 이 작품 텍스트 읽기를 통해 작가의 문장
표현과 소통에 대한 관점을 알 수 있는 문장론으로서도 읽을 수 있다는
점을 제시하고자 했다.

또한, 한국어 번역본을 대조하여 원문 이해의 차이를 살펴 의미 내용
의 적확한 전달과 원문에 보다 밀착한 번역이란 어떤 것일까를 고찰하
였다. 그리고 한국의 하루키 문학의 번역 소개와 연구 현황을 조사하여
그 특징과 앞으로의 방향을 모색하고자 하였다. 한 작가의 작품이 국내
에서 단기간에 110 여종이나 번역 출간된 유례가 없다고 본다. 실로 특
이한 한국의 '하루키 현상'이 아닐 수 없다. 그만큼 독자의 요구에 부응
하여 출판부수를 늘리고 문화 산업으로서 세계에 수출(1990년대 이미
170 여건 번역되어 일본작가 중 5위였고, 2000년대 들어 70 여건 번역,
1위 차지)하는 것을 볼 때 한편으론 우리의 문학과 출판 현실을 되돌아
보게 한다.

어쨌든 독자가 선호하고 번역이 지속적으로 출판되는 이 마당에 우
리가 생각해보고 실천할 과제는 우선 번역을 검증하여 걸러주는 일과
그 작품에 대한 연구를 진척시켜가면서 그 영향과 수용에 대해 분석,
비평하며 앞으로 나아갈 방향을 모색해야 할 것이다.

앞에서 하루키 평가에 대한 논의를 살펴보면서 느낀 점은 무엇보다
현대의 인기 작품의 번역 소개 못지않게 정평이 나 있는 기존 일본문학
의 번역 소개에 대한 노력이 더 요구된다는 점이다. 요즘처럼 다변화되
는 사회에서 순수와 대중 문학의 차이를 언급하는 것이 무리일 수 있고,
한편으로 일본에서 말하는 소위 '중간소설'이라는 관점을 참고하는 유

연성도 더 필요해진 시점이라고 보지만, 대중적 오락물(엔터테인먼트)에 머물지 않고 고전으로 오랫동안 읽혀온 명작을 함께 접할 수 있어야 할 것이다. 일본의 고전 문학과 근대의 명작들이 여전히 제대로 번역이 안 된 것이 허다하다. 이러한 양질의 텍스트를 전문가가 주석을 달아 번역 출판하고 독자들이 늘어날 때 균형 잡힌 일본문학과 일본 이해로 발전하게 될 수 있으리라고 본다. 그러한 축적과 동시에 한국의 고전과 근대의 명작 대부분을 일본어로 옮겨 일본 독자들이 손쉽게 읽을 수 있도록 제공하는 것도 과제이다. 이러한 양방향의 일이 같이 진행될 때 상호 이해는 더욱 심화될 것은 자명하다.

또한, 무엇보다 외국 문물에 대한 한 시기의 유행과 이데올로기적 해석에 머물거나 단순 모방을 하기 보다는 꼭 필요한 부분을 볼 줄 아는 안목을 키워 능동적으로 취사선택하고 수용하며 재해석하는 노력을 기울여야 하겠다.

▌ 주 ▌

〈초출〉이 글은『일본연구』제34호(한국외대 일본연구소, 2007.12)에 게재된 논문을 가필 보완한 것임.

1) 최재철(1990.1)「평화와 자유와 풍요의 다음 -초베스트셀러 소설의 동향과 속성-」『문학사상』, 문학사상사 참조
2) 사에키 쥰코(佐伯順子)(2006)「일본문학에 있어서의 근대 연애」『일본근대 문학-연구와 비평-』제5호(특집:〈일본근현대문학 속의 연애〉), 한국일본근 대문학회, pp.27-28
3) 村上春樹(1994)『風の歌を聴け』, 講談社, pp.7-11
4) 村上春樹(2005)『1973年のピンボール』, 講談社, p.15
5) 村上春樹(2006)『羊をめぐる冒険』(上), 講談社, p.207
6) 최재철,「무라카미 하루키 신작『색채가 없는 다자키 쓰쿠루와 그가 순례를 떠난 해(色彩を持たない多崎つくると彼の巡礼の年)』를 말한다」『일본근 대문학회 2013년-여름 제23회 야외학술세미나 〈특강〉요지』, 한국외국어대 학교 일본근대문학회, 장흥아트시티, 2013.8.23.
7) 村上春樹(2013)『色彩を持たない多崎つくると彼の巡礼の年』, 文藝春秋社, pp.329-330
8) 참고로, 데뷔작『바람의 노래를 들어라』에는, 고향 바닷가에서 스무살 무렵 의 추억에 잠기는 장면에, 흘러간 젊은 시절의 꿈은 '두 번 다시 돌아오지 않았다'(제27장), '되 돌이킬 수 없다'(제35장)는 표현이 두 번 정도 쓰였다. (본 논문 제3장 3절 참조)
   그런데, 주인공이 왜 스무 살일까? 스무 살 무렵에 대한 기억을 다루는 이야 기는 데뷔작 이래 반복되는 소재인데, 이『색채가 없는 다자키 쓰쿠루와 그가 순례를 떠난 해』로써 스무 살의 이야기가 마감되는 진혼의 작품이 될 것인지 그 귀추를 지켜볼 일이다.
9) 村上春樹(2013)『色彩を持たない多崎つくると彼の巡礼の年』, 文藝春秋社, p.370

10) '그래도 그(다자키)는 시로를-유즈를-용서할 수가 있었다. 그녀는 깊은 상처를 입으면서, 단지 자신을 필사적으로 지키려고 하였던 거다. 그녀는 약한 인간이었다.' (위의 책, p.365)

11) '새로운 역사가 작성되면 오래된 역사는 폐기된다.' '역사는 너무나도 빈번하게 바꿔쓰여지기 때문에, 그 중에 뭐가 진실인지 아무도 알 수 없게 돼버린다.' '바른 역사를 빼앗은 것은 인격의 일부를 빼앗은 것과 똑 같은 일인 거다. 그것은 범죄다.' '역사란 집합적 기억인 것이다. 그것을 빼앗기면 또는 바꿔쓰여지면 우리들은 정당한 인격을 유지해갈 수가 없어진다.'(村上春樹 (2009) 『1Q84』(1), 新潮社, pp.459-460 참조)

12) 村上春樹, 『色彩を持たない多崎つくると彼の巡礼の年』, 文藝春秋社, p.387

13) 최재철(2012) 「한국의 일본근현대문학 연구 현황과 과제 -2005년과 2012년의 연구조사 비교- 」『일어일문학연구』 제83집, 한국일어일문학회

14) 최재철 (외), 『일본의 번역출판사업 연구 -일본문학을 중심으로-』, 한국문학번역원 2006.12, pp.39-41

15) 최재철(2012) 「한국의 일본근현대문학 연구 현황과 과제-2005년과 2012년의 연구조사 비교-」『일어일문학연구』 제83집, 한국일어일문학회, pp.91-97
참고로, 근대 작가별 논문 통계 순위는 아쿠타가와 류노스케 관련 논문이 132편으로 가장 많고, 두 번째가 나쓰메 소세키 112편으로 100편 이상 작가가 2명이다. 2005년 조사에서는 소세키 관련 논문이 가장 많았는데 그 문하생 아쿠타가와에게 1위 자리를 내주고 2위로 물러나게 된 셈이다. 그 다음 3위부터가 오에 겐자부로, 가와바타 야스나리, 무라카미 하루키, 다자이 오사무(6위) 순으로 각 59~50편이다. 가와바타와 다자이는 2005년 조사와 비슷한 순위인데, 오에에 대한 연구가 노벨문학상 수상(1994년) 이후 시간이 흐르면서 점차로 증가하고 있다.

16) 앞의 논문, pp.95-96
작가별 연구 단행본 분포 면에서도 관련 논문 편수와 대개 유사한 비율인데, 가와바타(4권)와 아쿠타가와(3권) 관련 단독 연구서가 많은 편이며, 그 다음으로 소세키와 아베, 도손 연구 단독 저서가 각 2권이다. 이중에서 아베 고보(安部公房, 2권)와 고바야시 다키지(小林多喜二, 2권/역서 1권 포함) 관

련 연구서가 복수로 출간된 것은 논문 편수 통계 순위보다 높은 비율이다.

17) 최재철(1995)「1990년대 일본문학의 흐름과 한국문학」『일본문학의 이해』 민음사, pp.364-365

18) 김주현(2013)「하루키 현상과 문학의 왜소화」『녹색평론』 제132호, 녹색평론사, pp.9-10, 75-77

19)「〈日流〉旋風ー韓国の本棚(1)」『朝日新聞』, 2013.8.19.

【참고문헌】

村上春樹(1994) 『風の歌を聽け』, 講談社

_____(2013) 『色彩を持たない多崎つくると彼の巡礼の年』, 文藝春秋社

김주현(2013) 「하루키 현상과 문학의 왜소화」 『녹색평론』 제132호, 녹색평론사

김춘미(1991.1) 「1990년의 작가」 『현대문학』, 현대문학사

사에키 쥰코(佐伯順子)(2006) 「일본문학에 있어서의 근대 연애」 『일본근대문학
    -연구와 비평-』 제5호(특집:〈일본근현대문학 속의 연애〉), 한국일본근대문
    학회

유종호(2006.6) 「문학의 전략-무라카미 현상을 놓고-」 『현대문학』, 현대문학사

최재철(1990.1) 「평화와 자유와 풍요의 다음 -초베스트셀러 소설의 동향과 속성-」
    『문학사상』, 문학사상사

_____(1995) 「1990년대 일본문학의 흐름과 한국문학」 『일본문학의 이해』, 민음사

_____(2012) 「한국의 일본근현대문학 연구 현황과 과제 -2005년과 2012년의 연
    구조사 비교- 」, 『일어일문학연구』 제83집, 한국일어일문학회

_____(2013) 「무라카미 하루키 신작 『색채가 없는 타자키 츠쿠루와 그가 순례
    를 떠난 해(色彩を持たない多崎つくると彼の巡礼の年)』를 말한다」 『한국
    외대 일본근대문학회 2013년-여름 제23회 야외학술세미나 〈특강〉요지』,
    2013.8.23, 장흥아트시티

_____ (외)(2006) 『일본의 번역출판사업 연구 - 일본문학을 중심으로-』, 한국문
    학번역원

『중앙일보』 1992.9.1. 『조선일보』 1993.3.20. 『교수신문』 2006.9.

『한겨레』 2007.4.1. 『동아일보』 2010.8.초. 『교수신문』 2011.9. 5/19.

『경향신문』 2013.7.9. 『한겨레』 2013.7.12. 『朝日新聞』 2013.8.19.

한국에 있어서의 무라카미 하루키 수용

김춘미*

1. 들어가며

탈락하기는 했지만 2013년에 이어 2014년에도 무라카미 하루키(村上春樹)는 강력한 노벨문학상 후보에 올랐다. 가라타니 고진(柄谷行人)은 일본은 글로벌하게 통용되는 무라카미 하루키 같은 상품은 창출했지만 일본에서 문학은 끝났다고 하고 있다.(2000, 서울에서의 기자회견) 그가 생각하는 문학의 역할이나 의미가 끝났음을 무라카미 같은 작가의 등장이 표상한다는 것인데 무라카미가 노벨문학상 후보가 된다는 것은 무엇을 의미하는지 한 번쯤은 생각해 보아야 할 문제일 것이다. 이 문제를 한국에서의 무라카미 하루키 수용을 검토함으로써 생각해 보고자 한다.

무라카미 하루키가 한국에 수용된 것은 1989년에 『노르웨이의 숲(ノルウェイの森)』이 『상실의 시대』라는 제목으로 번역되면서부터이다. 이 작품은 지금까지 근 500만부가 팔리는 공전의 롱·셀러를 기록하고 있다. 하루키 현상이라고도 불리는 한국에서의 무라카미 하루키 수용은

---

* 金春美 : 고려대학교 일어일문학과 명예교수, 일본근현대문학 전공

『노르웨이의 숲』을 중심으로 이루어졌으며, 초기 수용의 주 리셉터(receptor)라고 할 수 있는 것은 386세대라고 할 수 있다. 그렇다면 386세대는 왜 하루키 문학에 매료되었을까?

이 문제를 생각하기에 앞서 고모리 요이치(小森陽一)교수의 『무라카미 하루키론』을 번역한 사람으로서 고모리 교수의 견해, 특히 제5장 〈『해변의 카프카(海辺のカフカ)』와 전후 일본사회〉에서 피력한 견해에 식민지 지배의 피해자로서 공감을 가지고 받아들인다는 말을 먼저 해야겠다. 그러나 동시에 자신이 일본에 의한 침략과 지배를 받은 피식민지민이기 때문에 과도하게 그러한 논리에 기대는 면은 없는지 자기검증과 경계를 하지 않을 수 없으며, 다시 그렇게 생각하는 것이 피식민지민의 자격지심은 아닌지 자계하는 갈등을 품지 않을 수밖에 없는 것, 또한 현실이다. 이에 대해 예전에 필자가 쓴 글을 조금 인용하겠다.

한국에서 일본문학을 한다는 것은—이것은 일본학 전반에 해당하는 것이겠지만—36년간 이어진 일본의 식민지지배가 음으로 양으로 대일감정에 그림자를 드리우고 있는 상황 하에서 많은 어려움을 수반한다. 객관성이 보장된 학문적 연구가 타 지역연구에 비해 어려움이 있다는 문제 이상으로, 그 어려움 자체도 연구대상으로 삼아야 할 만큼, 즉 연구가의 주체나 자아의 존재방식을 끊임없이 묻지 않을 수 없을 만큼, 한국에서 일본연구를 한다는 것은 자기 자신에 대한 엄격함이 요구된다고 하겠다.

일본에 자주적 근대화의 길을 저지당하고, 현재까지도 그 후유증에 시달리고 있는 한국사회로서는 일본문물의 유입에 민감하게 반응할 수밖에 없다. 그리고 그것이 비록 편협한 민족주의자의 시각이라 하더라도, 같은 한국인으로서 나는 거기에 동의하지 않을 수 없는 적극적인 면을 지니는 것이다. 일본에 과잉친화하려는 주체와 그 동화를 경계하는 주체 양쪽이 내 안에 동거, 또는 잡거하고 있기 때문이다. 피식민지국가가 선진국을 연구대상으로 삼을 경우, 구체적으로는 한국이 구식민지 종주국이었던 일본을 연구할 경우, 연구가 개인이 이러한 복잡한 양상에 놓이게 되는 것은 불가피한 일이다. 연구가로서 단순히 한국국민을 대표하는 듯한 착각, 민족주의에의 안이한 접착에 거리를 두면서 그러한 문화마찰의 존재양식을 명확히 하는 일 또한 한국에서의 일본연구의 학문적 객관성을 보장하는 중요한 작업이라고 생각한다.[1]

이런 이야기를 길게 한 것은 무라카미 하루키의 성공적인 한국 상륙이[2] 그 주된 리셉터인 386세대 뿐 아니라 모든 한국인에게 이례적인 현상임을 명확히 해두고자 하기 때문이다. 일본문학에 대한 거부감이 강한 한국에서 하루키가 예외적으로 환영받았다는 사실에 한국에서의 하루키의 위상이 단적으로 나타나 있으며, 그 의미를 확인하는 것은 한국의 하루키 연구가들과 연구대상인 하루키 작품과의 위치관계를 명확히 하기 위해서 필요한 일이라 하겠다. 하루키의 소설이 일본의 감성을 대표하는 문화상품으로 받아들여지고 있는 상황을 생각할 때, 그 문화적 의미를 알아보는 일 또한 필요한 작업일 것이다.

하루키현상이 한국에서 하나의 사회현상으로 정착된 사례를 두 가지 들어보겠다. 하루키의 작품이 학생들의 필독서가 되어있는 사태를 우려하는 「문학의 전락-무라카미(村上)현상을 놓고」라는 논문이 2006년 5월 25일 한국예술원 세미나에서 유종호 연세대 국문과 석좌교수에 의해 발표되었다. 유 교수는 지난 10년간 대학 초년생의 문학 독서 성향을 조사하여왔다고 전제한 뒤에, "무라카미 소설을 많은 독서목록 중의 하나로 다룬다면 문제될 것은 없다고 생각한다. 곤혹스럽고 걱정인 것은 상당수의 학생들이 가장 감명 깊거나 흥미 있게 읽은 책으로 그의 소설을 들고 있다는 점이다. (중략) 무라카미의 소설은 작가가 이미 사회의 엘리트라는 자부심을 상실했거나 예술적 자부심을 가질 수가 없는 시대의 언어상품이다. 그것은 문학의 죽음을 재촉하는 자기 파괴적 허드레 문학이다. (중략) 『노르웨이의 숲』에 중독된 독자는 그 작품의 화자가 읽고 있는 형성소설 『마의 산』을 끝내 읽어내지 못하고 말 것이다. 마음의 귀족 되기는 틀렸지만 그렇다고 흥 될 것이 없는 시대에 살고 있는 셈이다."고 말하고 있는데,3) 예술원이라는 근엄한 장소에서의 세미나에서 한국의 지성을 대표하는 석학이 하루키문학 현상을 다루지 않을 수 없었던 상황은 하루키 현상이 현하 큰 사회적 이슈가 되고 있음을 나타낸다.

또 하나의 예로서 한국칸트학회 회장인 강영안 교수는 『포스트모던 칸트』(2006) 서문을 하루키의 『1973년의 핀볼(1973年のピンボール)』로 시작하고 있다. 강 교수는 이렇게 쓰고 있다.

> 핀볼의 주인공은 여자아이들과 노닥거리는 데 칸트를 사용한다.
> "나는 머리끝에서 발끝까지 흠뻑 젖으면서 적당한 말을 찾았다……
> '철학의 의무는,' 나는 칸트를 인용했다. '오해에서 생기는 환상을 제거하는 데 있다. 배전반이여, 저수지 바닥에서 편안히 잠들라.'"
> 이것은 '유식한 문자 한 구절'로 인용되고 있다. 이렇게 칸트는 오늘날 세상의 바닥을 기어 다닌다. 아무 여자 아이들하고 잠자리에서 깨어나는 젊은이의 아파트 구석에 굴러다니며 할 일 없이 무료할 때 한 마디 인용되기 위한 칸트. 이제 칸트는 바닥생활이라는 새로운 운명을 살아나가는 법을 배워야만 한다는 진실에 대한 우울한 교훈이 아닌가? 흔히 말하는 모더니즘의 기획이 흙바닥에 떨어진 시대에 근대 계몽주의의 완성인인 칸트는 어떻게 살아가야 할 것인가?4)

논조야 어떻든 이 사례들은 한국사회에 대한 문제제기를 할 때, 하루키가 대표적 사례로 제시될 만큼 그의 작품이 광범위하게 수용되고 있음을 나타내는 반증이라고 하겠다.

2006년 동경에서 열린 「하루키를 둘러싼 모험」이라는 심포지엄에서 한국에서의 하루키 리셉터로서의 386세대와의 관계에 대해 이야기했지

만, 여기에서는 하루키문학을 과거의 한국과 일본의 불행한 역사가 초
래한 일본문학·문화전반에 대한 거부감을 극복하고 동시에 한국인이
갖고 있는 전통적 문학관에 변화를 초래한 하나의 계기로 포착하여 거
기에 함의되어 있는 한국의 정치적·사회적 동향과 변화의 의미를 생각
해 보고자 한다.

2. 한국에서 문학이란 무엇이었는가?

'과거의 불행한 역사에 기인하는 일본문학·문화전반에 대한 거부감'
이라고 했지만 거기에 일본문학, 특히 사소설이라고 불리는 장르에 대
해 한국인이 느끼는 위화감을 덧붙여야 할 것이다. 국난이라고 할 수
있는 수많은 불행한 역사적 사건과 36년에 걸친 일제강점기, 그리고 그
뒤를 이은 군사독재정권 시절에 걸쳐 한국에서 문학은 정치의 방수로
(放水路)로 기능해 왔다. 정치와 사회의 부조리에 대한 예리한 감수성은
한국문학의 특징 중 하나라고 할 수 있을 것이다. 조선왕조시대의 지배
윤리였던 유교이념은 지배계층인 선비(士大夫)를 탄생시켰는데 그들은
요새 말로 하자면 오피니언 리더로서의 지식인에 해당될 것이다. 전통
적인 선비정신이 탄생시킨 시(詩)와 시인(詩人)의 불가분성은 이 나라 작
가들에게 지식인으로서의 태도표명을 요구하였다.

그렇기 때문에 1970년대에도 한국에서는 작가들의 commit 문제가
참여문학논쟁을 불러일으켰던 것일 것이다. 1992년 동경YMCA에서 열
린 제1회 한일문학심포지엄은 「'차이'의 재확인, 공통의 논의의 장 모색」
(아사히신문), 「일한문학관의 '분단' 부각」(닛케이日経), 「한일의 문학적 토
양의 이질성 확인」(한국일보)이라고 보도되었다. 그 다음 해 열린 심포지
엄에 대해 구리하라 유키오는 "한국작가, 시인의 문학적 체험에 필적하

는 것은 전후체험의 철저한 응시에서 시작된 노마 히로시(野間宏)나 오오카 쇼헤이(大岡昇平)에 의한 전후문학 밖에는 없을 것이다."5)라고 하고 있다. 시바타 쇼(柴田翔)의 『그래도 우리들의 나날(されどわれらが日々)』에 대해 한국 측 작가들이 비판의식과 주체의식이 뚜렷한 작품으로 높이 평가한데 대해 일본 측 참가자인 가와무라 미나토(川村湊)는 야마다 에이미(山田詠美)라든가 고바야시 교지(小林恭二) 같은 작가들은 그런 단어 자체를 안 쓸 것이라고 하고 있지만,6) 위의 담론들은 한국문학이 추구하는 것이 진지한 고뇌에 꿰뚫린 사회성을 지니는 고발문학임을 나타내는 것이라고 하겠다.

나카가미 겐지(中上健次) 편/안우식 역 『한국현대단편소설』(1985), 후루야마 고마오(古山高麗雄) 편 『한국현대문학13인선』(신쵸사, 1981)의 해설은 한국문학과 일본문학의 문학적 지향의 상이성을 가시화하고 있다 할 수 있는데 나카가미 겐지는 〈해설〉에서 이렇게 말하고 있다. "내가 볼 때, 일본에서 찾아보지 못했던 제1차 안보세대의 감성이 바다 하나 건넌 이웃나라인 한국에 에너지 넘치며 눈부시게 존재한다는 얘기가 된다. (중략) 직감적으로 말한다면 제1차 안보세대는 고도성장으로 감성의 해체에 직면하여 언어화하는 방책을 상실하였는데 반해, 제1차 안보세대와 같은 세대의 한국작가들은 조국분단, 학생혁명 나아가 월남파병과 같은, 일본에서는 상상도 못할 격동을 거치며 싫든 좋든 감성을 단련시켜 언어화하지 않을 수 없는 상황에 놓여있다. 일본에서 전후문학이 왜소화되어 종언을 맞이하고 있는 지금도 여전히 한국에는 표현을 부여하지 않으면 안 되는 것들이 산적해 있다."

후루야마는 〈해설〉에서 최근의 일본소설에서 부족하게 느끼던 것이 충족되어 있다고 하면서 "모티프의 강함, 거기에서 들려오는 절실한 목소리는 일본현대문학의 쇠퇴해 가고 있는 어떤 부분을 상기시키나" 동시에 한국문학 하나하나의 작품은 그 자체로는 수준이 높고 감동적이지만 전반적인 문학상황은 장르가 좁다고 지적하고 있다.

위의 두 일본작가의 해설은 한국문학이 추구하는 것이 무엇이었으며, 왜 독자들이 재미를 제공하는 경쾌한 하루키문학에 쏠렸는가에 대한 하나의 해답이 될 것이다.7) 반일과 반공이 상해 임시독립정부이래 한국의 정체성 구축의 중심 이데올로기였듯이 부정적 함의의 레토릭으로 구축된 일본문학관은 곧 한국문학의 정체성 구축에 깊이 연관된 것을 알 수 있다.8) 그런 한국에서 하루키문학이 이만큼 인기를 누리게 된 것은 주목을 요한다. 세키구치 나쓰오(関川夏央)는 지식적 대중이 주류가 되고 비계급화, 평준화 되어가는 한국사회에 나타날 문학도 조만간 적든 많든 간에 일본과 비슷한 색조를 띠게 될 것이라고 지적했지만9) 그것이 현실화된 것이라고 할 수 있다. 그리고 그 중심에 하루키 수용이 있다고 해도 과언이 아닐 것이다. 가라타니 고진이 『근대문학의 종언』에서 한국문학이 끝난 것을 하나의 충격으로 받아들이고 있는 것은 사회성을 특징으로 하는 한국문학조차도 하루키문학으로 표상되는 댄디즘으로 대체된 데 대한 실망의 표명일 것이다. 하루키 문학의 무엇이, 왜, 그렇게까지 영향을 미치게 된 것일까?

3. 386세대와 하루키

하루키 문학의 수용양상을 밝히는 것은 90년대 한국문학연구에 필요불가결한 작업이라고 할 수 있다. 남진우는 젊은 작가들의 경우 상당수가 음으로 양으로 하루키에게 많은 부분을 빚지고 있는 것으로 판단된다고 말하고 있다.10) 무엇이, 왜, 당시의 우리 젊은 작가들을 매료시켰는지 좀 더 정치하게 확인할 필요가 있을 것이다. 남진우는 보들레르에

게 미학적이며 윤리적이고 종교적 의의까지 지닌 그 무엇이었던 댄디즘
개념을 원용하여 하루키소설의 주인공들한테서 부르주아들의 세속적
인 물질주의에 대한 반발과 민주주의적 평준화보다 엘리티즘(elitism)에
경도하는 정신적 귀족주의를 발견하고 있다. 1990년대에 들어서면서 고
급문화와 대중문화의 경계선이 흐려지고 일상생활의 심미화현상이 광
범위하게 자리 잡게 되자 댄디즘이 빠르게 사회 저변에 스며들 기회를
갖게 되었다는 것이다. 1980년대가 이념의 시대였다면 1990년대는 탈이
념의 시대이고, 1980년대가 광장의 시대였다면 1990년대는 밀실의 시대
이고, 1980년대가 공동체의 꿈과 연대에 대한 희망이 지배하던 시대였
다면 1990년대는 고독한 단자(單子)의 시대였다.11)

인기작가인 윤대녕씨는 386세대의 당시 상황을 "386세대는 문화적으
로 아무 데에도 소속되지 못한 과도기적 존재이고 소속감을 못 가진
세대이다. 농경사회의 마지막 아들이고 시골에서 자라 서울에 올라와,
본 적도 들은 적도 없는 아파트라는 곳에서 전혀 알 수 없는 아버지라는
역할을 연기하고 있는 세대이다.12) 386세대의 기본은 남북분단과 식민
지시대이며 그것이 몸에 배어있어서 현실비판적인 작품을 안 쓸 수가
없었다,"고 이야기하고 있다.13) 도대체가 대학에서 맥주를 마시고 담배
를 피우면 반동으로 몰리던 시대였다. 학생들은 민주화운동에 온 몸을
던지고 민주주의와 학생운동이라는 거대담론에 매몰되어 있었고 학생
운동이 성공하고 민주정부가 들어서고, 1989년에는 베를린의 벽이 무너
지고, 시대는 크게 움직이고 있었지만 한국작가들은 미처 그 상황을 흡
수, 소화하지 못하고 있었다고 하겠다. 한국의 작가들이 무엇을 써야
하는지, 나는 누구인가, 어디에 있는지 우왕좌왕하고 있을 때 하루키가
그 공백을 메우듯이 등장한 것이라 하겠다. 1990년 이전은 반일교육으
로 일본에 대한 거부감이 강했기 때문에 일본문학에 대한 호기심은 있
었지만 일부러 안 읽었듯이 1980년대에 대학재학 중이던 386세대에게

일본문학은 무시 또는 침묵의 대상이었다. 그렇기 때문에 거의 일본문
학을 안 읽은 386세대가 하루키를 접했을 때 충격이 더 컸던 것이 아닐
까 한다. 그때까지 읽어온 작품과 너무 달랐기 때문이다.

　거기에는 개인이 있었고 도시적 감각이 있었다. 그 동안 억압해 온
욕망에 언어를 주고 싶다, 거대담론에서 개인으로 회귀하고 자유롭고
싶다고 희구하던 한국의 젊은 작가들에게 하루키 소설은 정치사회소설
이 아니라도—그때까지 배제해온 연애소설이라도— 문학일 수 있다는
인식을 갖게 해준 것이라 하겠다. 하루키문학에는 거대담론이 아닌 개
인으로서 어떻게 살 것인가 하는 개인적 윤리에 대한 물음이 있었고,
일상의 발견이 있었으며 하루키의 개인의 고유한 경험—자발적 기억에
의한 감각적이라는 유니크성—은 그들에게 강렬한 인상을 준 것으로
사료된다. 1995년 중반까지 하루키의 문체를 포스트모더니즘이라고 불
리는 작가들이 수용한 것은 그 유니크성이 언어적 차별성을 넘어 공감
대를 형성했기 때문일 것이다. 공감대를 형성한다는 것은 작품성이 뛰
어나다는 얘기가 되는데, 가장 독창적인 문학은 자기 자신을 파악하게
하고 공감대를 형성한다고 하겠다. 하루키는 내면의 어두운 부분을 끌
어낸 작가로 평가되며 그의 작품에서 공허감, 상실감, 방황을 본 386세
대에게 공감대를 형성케 한 뛰어난 작가로 수용되었던 것이다. 남진우
또한 하루키의 문학적 재능을 높이 평가한다. 이야기를 재미있게 풀어
가고 이미지와 상징을 긴밀하게 짜 넣는 능력은 동세대 작가에게서 좀
처럼 찾기 어려운 탁월한 산문가로서의 자질이라는 것이다.[14] 동시에
1990년대라는 이데올로기적 침체기에 접어든 우리나라의 정치적 사회
적 상황이 하루키 문학이 우리 정서에 호소력 있게 다가올 수 있는 빌미
를 제공한 면도 있을 것이다. 최성실은 "하루키 소설에서 일본의 1960년
대 학생운동 세대를 사로잡았던 이상주의에 대한 환멸과 정치적 비판주

의 및 내면으로의 퇴각이란 기본인자를 검출해 내기란 그리 어려운 일이 아니다. 따라서 하루키 소설과 우리 독자들을 이어주는 이런 정서적 동질성, 혹독한 정치 하에서 주요 문학 계간지가 줄줄이 폐간되고 몇몇 무크지가 그 자리를 힘겹게 메워주던 시절에 한국문학을 이끌어가던 당시의 젊은 작가들이 공통경험으로 공유하고 있는 무라카미 문학이란 무엇인가란 중요한 질문이라 하겠다,"고 적합하게 지적하고 있다.15)

일본만화와 게임은 들어와 있었지만 그것을 하루키가 정당화시켰다고 할 수 있다.

386세대는 편의점세대라고 표현될 수도 있는데, 한국에서 편의점이 문을 연 것은 1989년 5월 7-ELEVEN이다. 편의점은 24시간 필요한 것을 제공해주는, 종래의 시장보다 밝고 깨끗하고 모던한 공간이다. 하루키 문학은 당시의 젊은이들에게 바로 편의점이 되었던 것이다. 편의점이 등장한 후 하루키가 등장하고 마치 하루키를 기다렸다는 듯이 재즈 붐이 일어나고, 스파게티가 유행하고, 와인을 마시기 시작하는 등, 모든 면에서 한국사회는 '문화적'이 되어갔다. 『상실의 시대』는 1995년대 젊은이들의 해방구가 되었다고 하겠다. 1980년대까지는 독자와 작가가 함께 호흡했다면 1990년대부터 작가와 독자가 괴리되기 시작하면서 독자들이 일본문학에 쏠림 현상을 보이기 시작했는데 그 중심에 하루키가 있었다고 해도 과언이 아닐 것이다. 지금도 여전히 10대, 20대가 하루키 문학을 애독하는 이유는 가족이나 사회 시스템에서 고립된 개인으로 자기만의 즐거움을 추구하는 새로운 트렌드인 '글루미족'이나 '나홀로 족'을 하루키문학이 선점하고 있기 때문이라 하겠다. 하기는 일찍이 가와모토 사부로(川本三郎)는 80년대에 미국에 등장한 'no generation'이라는 명칭으로 하루키문학을 적합하게 읽고 있다.16) 남진우가 말하는 댄디즘을 쫓는 젊은이들의 등장이라 하겠다.

자국의 특수한 상황보다 후기 자본주의사회의 도시생활을 보편적으

로 통용하는 문화상품 이미지로 그리는 하루키문학은 세계가 후기자본
주의에 편입되면 될수록 국경을 초월한 문화상품으로의 파급력이 커지
는 것이 아닌가 한다. 그러나 하루키도 변하고 있다. 그 계기가 된 것이
미국체재라고 그는 언급하고 있다. 그는 1995년 9월 19일자 한국의 중
앙일보와의 인터뷰에서 "70년대 이후 정신적인 기둥이 없는 시간을 살
아왔다. 앞으로는 무언가 새로운 것을 만들지 않으면 안 되겠다는 생각
이 든다. 먼저 역사로부터 배울 생각이다"라고 하면서 역사와 모럴문제
에 대해 언급하고 있다. 1995년의 한신대지진과 동경의 지하철 사린사
건을 계기로 디태치먼트에서 커미트먼트로 전환한 것은 그 생각의 하나
의 발현이라고 하겠다.

4. 나오며

여기에서는 『상실의 시대』를 적극적으로 받아들인 386세대 문제를
중심으로 하루키의 초기작품의 한국에서의 수용양상에 대해 살펴보았
다. 고모리 요이치는 하루키에게 기대했다가 배반당한 마음에 『무라카
미 하루키론』을 썼다고 하지만,[17] 하루키가 등단한 무렵, 오에 겐자부
로(大江健三郞), 요시모토 다카아키(吉本隆明), 가라타니 고진을 비롯한
많은 일본평자들이 하루키에게 지대한 관심을 가졌던 것이 사실이다.
가와모토 사부로는 하루키문학의 애독자임을 자임하고 있고,[18] 나카노
오사무(中野收)도 호평을 하고 있다.[19]

하루키는 미국에서 살면서 일본을 재발견하고 프린스턴에서 일본문
학을 가르치면서 일본소설과 역사에 본격적인 관심을 갖게 되었으며
프린스턴 대학 도서관에서 노몬한 사건을 연구하게 되었다고 한다. 그

사건은 불합리한 폭력을 여실히 드러낸 실례였고, 집단적 광기로 인해 개인이 무참하게 희생된 뛰어난 실례이기도 했다. 그리고 그는 일본작가로서 일본과 정면으로 commit 하기로 결의했다고 하고 있다. 그의 말을 빌리자면 '정치적 책임을 지려고' 생각했다는 것이다. '제일 중요한 것은 자기들의 역사를 정면에서 직시하는 것, 그것도 전쟁의 역사를.' 그 말이 노몬한으로의 여행이 되었다. 그는 1970년대에 와세다 대학에서 폭력을 목격했고 한신대지진과 지하철 사린사건을 생각하면서 폭력이야말로 일본이라는 나라를 해독하는 키워드라고 말한다.[20] 여기에 하루키가 미국에서 살면서 commit에 대해 생각하게 되었다는 1999년의 한국 중앙일보와의 인터뷰, 그리고 '반핵문제에 대한 이의제기가 예전보다 유효하지 못한 것은 행동에 actuality가 모자라서가 아니라 개개인의 마음이 이의제기의 기반을 잃었기 때문이다. 이태리에서는 원폭에 대해 국민투표로 '노'라고 했다. 체르노빌의 재가 자기의 몸에 들어간 것이 아닌가 하는 아픔이 있었기 때문이다. 그러한 불합리한 아픔이 개인 내부에 있어야 할 것이다. 물론 누군가가 말해줘야 하겠지만.'이라는 1989년 5월 2일자 아사히신문과의 인터뷰를 오버랩 시켜보면 하루키의 멘털리티가 나름대로 역사인식과 정치적 책임에 열려 있음을 확인할 수 있다.

하루키가 『해변의 카프카』 등에서 드러내고 있는 역사의 소거와 폭력의 용인은 고모리 교수의 저서에서 빌리자면 '정신을 지니는 인간으로 호흡하는 존재'로서의 한국인, 중국인에 대한 현실인식의 결락에 의한 것이 아닌가 싶다.

오오카 쇼헤이의 『들불(野火)』은 필리핀 전투 시 극한상황에 처한 일본군 패잔병의 인간 드라마를 그린 작품이지만, 작가의 시야에서 살해한 필리핀 여인에 대한 시선이 결락되어 있는 것은 역사의 소거나 왜곡이라고 볼 수도 있을 것이다.[21] 역으로 전우들에 대한 애도의 염과 전쟁이라는 불합리한 폭력에 대한 상념이 교차하는 진솔한 작품으로 읽을 수도 있을 것이다. 하루키가 일본군이 최대 피해자였던 노몬한을 얘기하면서 일본인 피해자에 대한 애도의 염만 표명할 때, 태평양전쟁의 피해당사자인 한국인은 세계역사 속의 일본이라는 상대화 작업이 결락되어 있다고 느끼게 되는 것이다. 기억을 통해 반추된 과거가 가해자라는 죄의식을 갖게 하는 한 편, 가해자이면서 동시에 피해자라고 하는 피해자의식에서 자유롭지 못한 것이 태평양전쟁을 둘러싼 일본인의 집단심리가 아닌가 생각되는 부분이다. 그러나 이 딜레마는 일본인만의 문제가 아니며 한국인들도 같이 진지하게 고민해야 할 부분이라고 생각된다. 왜냐면 무라카미 하루키를 받아들인 한국의 현대사회는 이러한 집단의식에 대해 피해자로서 외부에 서있으면서 동시에 도시적인 감성과 정치적 상실감 등을 통해 하루키의 세계관을 내부에 수용한 부분이 있기 때문이다.

작가란 개인의 윤리를 통해 공동체의 윤리를 반추할 수 있는 윤리의식을 제시해야 하는 존재가 아닐까? 하루키문학이 개인으로서 표출해야 할 물음은 이 시대의 모럴은 무엇이어야 하느냐 일 것이다. 모럴의식은 다양할 수 있지만 동아시아 안의 존재라는 자각을 지니고 그 다양성을 제시하는 일 또한 작가의 몫이라 하겠다.

하루키는 역사인식을 얘기하고[22] commitment를 얘기한다.[23] 요시모토 바나나(吉本ばなな)나 에쿠니 가오리(江國香織), 오쿠다 히데오(奥田英朗) 등 지금 한국에서 고공비행을 계속하고 있는 일본인작가들 가운데 하루키는 역사에 대한 성찰의 필요성을 인식하고 있는 작가로 자리매김될 수 있다.

『태엽감는 새 연대기(ねじまき鳥クロニクル)』에서 하루키는 하마노(浜野)라는 등장인물에게 이렇게 말하게 하고 있다.

"나는 군인이니까 전쟁하는 것은 괜찮습니다. 나라를 위해 죽는 것도 괜찮습니다. 그렇지만 우리가 지금 여기에서 하고 있는 전쟁은 아무리 생각해도 정당한 전쟁이 아닙니다, 소위님. 전선이 있고 적과 정면으로 결전하는 제대로 된 전쟁이 아닙니다. 우리는 전진합니다. 적은 거의 대항도 안 하고 도망칩니다. 그리고 패주하는 중국병사들은 군복을 벗고 민중 틈으로 잠적합니다. 그렇게 되면 우리는 누가 적인지조차도 모르게 됩니다. 그래서 우리는 비적사냥, 잔병사냥이라고 칭하고 죄도 없는 사람들을 죽이고 식량을 약탈합니다. 전선이 자꾸 전진하고 보급이 못 쫓아오니까 약탈할 수밖에 없는 것입니다. 잘못된 일이지요. 남경 부근에서는 무척 지독한 짓을 했어요. 우리 부대도 했지요. 몇 십 명을 우물에 집어넣고 위에서 수류탄을 몇 발 던지는 것입니다. 그 외에도 차마 입에 담을 수 없는 짓을 했습니다. 소위님, 이 전쟁에는 대의고 뭐고 없습니다. 이것은 단순히 살육입니다. 그리고 짓밟히는 것은 결국 가난한 농민들입니다. 그들에게는 사상이고 뭐고 없습니다. 국민당이고 장학량이고 일본군이고 아무 것도 없습니다. 밥만 먹을 수 있으면 아무래도 상관없는 것입니다. 저는 가난한 어부의 자식이니까 가난한 농민의 마음을 잘 압니다. 서민이라는 것은 아침부터 밤까지 악착같이 일해도 간신히 먹고 살 만큼 밖에 못 법니다. 소위님 그런 사람들을 의미도 없이 닥치는 대로 죽이는 것이 일본을 위하는 일이라고 저는 도저히 생각할 수 없습니다."

(1부, pp.260-261)

또 다른 등장인물 마미야(間宮)는 이렇게 말하고 있다.

"단 한 가지, 제가 말씀 드리고 싶은 것은 저도 당신처럼 극히 보통 청년이었다는 것입니다. 저는 군인이 되고 싶다고 생각한 일은 단 한 번도 없습니다. 저는 선생이 되고 싶었어요. 그러나 대학을 나오자마자 바로 징집되고 반 강제적으로 간부 후보생이 되고 그대로 일본 본토에 돌아가지 못 하고 말았습니다. 내 인생 따위 허망한 꿈이나 같습니다."

(1부, pp.245-247)

다른 대다수의 일본인 작가들이 이 문제에 대해 함구하고 일부의 정치가들이 왜곡된 발언을 남발하고 있는 현실을 생각할 때 하루키의 이같은 글쓰기는 대단한 일이라고 생각되며 개인적으로는 소중히 하고 싶은 부분이다. 소수자=약자에게 좀 더 분명히 그의 시선이 돌려지고, 그가 천명한 commitment가 좀 더 확실하게 실천된다면 한 시대의 획을 긋는 문화표상으로서의 하루키의 존재의의는 클 것으로 기대된다.

그리고 그러기를 촉구하기 위해 고모리 요이치 교수와 같은 비판적 담론은 계속되어야 할 것이다.

동시에 한국의 연구자는 그러한 하루키 비판을 식민지지배의 피해자로서 공감을 가지고 받아들이는데 머물지 않고 스스로의 문맥에 근거하여 재구축할 필요가 있을 것이다. 한국에서의 하루키 수용의 경위를 생각할 때, 하루키를 비판하는 것은 이미 하루키를 자기 내부에 받아들인 현재의 한국 상황에 자성의 눈길을 보냄과 동시에 한국의 문학적 전통을 비판적 함의도 곁들여 재인식하는데 연결될 것이기 때문이다.

그리고 그러한 작업이 아시아의 피해자로서 하루키에게 대답을 촉구하는 나 자신의 발화 위치를 명확하게 하고 쌍방의 대화를 생산적인 것으로 하는데 일조할 것을 기대한다.

| 주 |

〈초출〉 이 글은 도쿄대학에서의 발표(2006.3.25)와 고려대학교에서의 강연 (2007.3.30)에서 내용을 발췌·정리한 것에 약간 수정을 가한 것임.

1) 졸고 「한국에서의 일본연구 현황과 전망」 발표문(국제일본문화연구센터, 교토, 2001년) 또한 이 점에 관련해서 내가 우려하는 것은 일본에서의 이러한 근대일본비판, 근대일본문학비판에 한국인 연구자나 유학생이 안이하게 동원되는 것은 아닌가 하는 점이다. 이는 서구의 연구자나 유학생보다 한국이나 중국의 연구자나 유학생에게 그 가능성이 높을 수 있으리라고 생각된다. 왜냐하면 일본의 아카데미즘이나 지식인사회에는 근대일본의 피해자, 혹은 그 피해의 고발자로서의 한국인이나 중국인이라는 "타자"를 만들어내는 풍조가 매우 뿌리 깊게 존재한다고 느끼기 때문이다. 물론 한국인이나 중국인이 근대일본으로부터 어떤 형태로든 받은 피해를 고발하고 그것을 일본인이 엄숙히 받아들이는 것은 전혀 근거가 없는 일은 아니라고 생각하며, 일정한 가해와 피해사실이 인정된다면 상호 책임관계를 명확히 해야할 것이다. 그러나 예를 들어 "분노하는 한국인"의 이야기를 일본의 지식인사회가 "지당한 말씀"이라고 경청하고만 있어서는 아무것도 생산되지 않을 것이다. 나는 여기에서 일본의 "새로운 역사교과서를 만드는 모임" 같은 취지의 이야기를 하려는 것이 아니며 문제는 전혀 반대여서 고발하고 고발당하는 관계가 긴장감을 수반하지 않는 상태에서 이어진다면, 그것은 쌍방의 내셔널리즘을 한 층 더 고양시키고 쌍방의 지식인사회의 지적 타락을 초래할 위험이 있다고 생각하는 것입니다.
2) 남진우(1996) 「≪슬픈 외국어에 담긴 뜻≫」, 『하루키 문학수첩』, 문학사상사, pp.457-45
"일본문학은 우리나라에선 여타의 다른 외국문학과는 달리, 아직도 객관적인 분석이나 향수의 대상으로 자리잡지 못하고 있다. 일본문학에 대한 거리감 내지 상대적 경시 이면에는 당연히 지난 시절 우리 민족이 겪어야 했던 아픈 역사적 기억이 버티고 있지만, 그것 못지않게 일본문학은 무조건 서

구문학보다 한 수 아래로 놓고 보려는 분위기가 작용한 면도 없지 않았다. (중략) 이런 가운데 하루키는 나쓰메 소세키 이후 아쿠타가와를 거쳐 다자이 오사무나 미시마 유키오, 아베 고보, 나카가미 겐지 등, 기라성 같은 여러 일본작가들도 달성하지 못한 한반도 상륙을 성공리에 마친 거의 유일한 작가가 되어 버렸다."

3) 유종호(2006.8)「문학의 전략―무라카미(村上)현상을 놓고」『현대문학』예술원 세미나 발제문, p.203, p.207

4) 강영안(2006)「서문」『포스트모던칸트』, 문학과지성사, pp.5-6

5) 안우식(1993.4)「상호이해의 첫발-일한문학심포지엄을 되돌아보며」『스바루(すばる)』, p.155

6) 가와무라 미나토,「좌담회 문학중심주의를 둘러싸고」위의 책, p.169

7) 조 쇼키치(長璋吉)는 최인호의『고래사냥』마지막 부분에 있는 연설 장면을 보고, 반사회적 감정을 그대로 표출시킬 줄 아는 이 작가마저도 한국사회가 아직까지 유지하고 있는 도덕관과 타협하지 않을 수 없었는가 하는 감상을 토로하고 있다.(長璋吉(1989)「최인호의 "별들의 고향"」『조선·언어·인간』, 河出書房新書, p.277)
  포스터모더니즘 작가라고 불리며, 가와무라 미나토가 이제까지의 일본인의 한국문학관은 낡았다, 이제부터는 동시대의 것으로 인식해야 한다고 평가한 장정일도『아담이 눈 뜰 때』(新潮社, 1992) 마지막 부분에서 사회비판적인 견해를 전개하고 있다.

8) 윤상인(2007.1.26.)「한국인에게 일본문학은 무엇인가」『일본문학 번역 60년-현황과 전망』, 경원대학교 아시아문화연구소 발표문
  "1970년대의 '비윤리적, 경박, 피상적, 잔인, 통속' 등의 일본문학관은 당시의 -아마 지금까지도- 1970년-80년대의 한국의 일반지식인들의 견해였다. 배척의 윤리는 도덕적 판단에 의존하고 있다. 비윤리성은 제국주의 폭력을 초래하고 "저속"하고 "통속적" 문화를 형성했다는 논리이다." 한국문학에게는 일본문학과 정반대되는 방향성이 부여되었던 것이다.

9) 세키구치 나쓰오(関口夏央)(1993.4)「한일문예가의 '이질성'」『스바루(すばる)』, p.159

10) 남진우(1999)「오르페우스의 귀환」『숲으로 된 성벽』, 문학동네, p.410

11) 남진우「견딜 수 없이 가벼운 존재들-댄디즘과 1990년대 소설」앞의 책, pp.58-59

12) 이 부분은 2007.2.28. 작가 윤대녕 씨, 시인 이문재 씨와의 대담을 논자가 정리한 것임.

13) 하지만 아직까지 분단문제와 정치논리는 중요한 소재이다. "쉬리", "JAS", "태극기를 휘날리며", "웰컴투 동막골" 등 최근 몇 년간 히트한 영화의 소재가 분단문제이고 관객의 대부분이 20대라는 사실을 생각하면, 우리가 아직도 분단문제로부터 자유롭지 못한 것을 알 수 있다.

14) 주로 1970-80년대의 일본사회를 배경으로 하고 있는 하루키 소설이 이데올로기적 대립구도가 무너지고 사회 전반에 걸쳐 가속적으로 탈정치화가 진행되는 한 편, 자본주의의 고도화로 물질적 풍요가 정착된 단계를 반영하고 있으며 바로 그러한 측면이 '불의 연대'를 통과하여 1990년대라는 이데올로기적 침체기에 접어든 우리 정서에 호소력 있게 다가올 수 있는 빌미를 제공해 주었던 것이다.(남진우, 앞의 책, p.411)

15) 최성실(2007.1.26.)「한국현대문학과 무라카미 하루키」『일본문학 번역 60년-현황과 전망』, 경원대학교 아시아문화연구소 프로시딩, p.36, p.38
그 실 예로 최성실 씨는 다음과 같은 작가들을 들고 있다.
"1980년대의 소설과는 달라진 지형도 속에서 장정일의 『아담이 눈 뜰 때』는 정치적인 것이나 혁명적인 것보다는 기성체제와 타협하지 않는 개인의 자의식이 강한 소설이며, 박상우의 『샤갈의 마을에 내리는 눈』이 정치적 환멸을 그리고 있다는 것, 그리고 구효서의 일련의 단편소설이 도시공간을 배회하는 일상을 표현하고 있다는 것이 하루키의 소설과의 연관성 속에서 논의되기도 했다."

16) 川本三郞(1980.6.)「무라카미 하루키의 세계-1980년의 no-generation」『스바루(すばる)』, p.222
"no-generation에 속하는 사람들은 담배도 끊고 술도 끊고 고기도 먹지 않는다. 액세서리도 전혀 하지 않으며, 방에 고인 열이 밖으로 발산되는 것을 필사적으로 막는다. 하루 밤에 몇 번 했나를 자랑하는 것은 촌스러움의 극

치. 그들에게 있어서는 하루 밤에 몇 번 참았는가가 이야깃거리가 되는 것
이다. 인생을 한 개의 축소예술 작품으로 만들어가는 것. 이것이 지고한
삶의 방식이라는 것이다."

17) 小森陽一(2006)『무라카미 하루키론』, 平凡新書, pp.265-266
18) '고독한 군중으로 자본주의의 비참한 피해자가 된 것이 아니라 오히려 작은
개인임을, 공허함을 즐긴다. 쓸데없는 공허나 부조리에 일일이 호들갑스럽
게 대응할 만큼 어리지도 않다. 그런 의미에서는 도시생활자는 외면의 부드
러운 몸짓에도 불구하고 터프한 내면의 소유자인 것이다. 이미 니힐리즘을
관념으로서가 아니라 육체로 지니고 있는 새로운 도시생활자의 문학이라
는 점에서 나는 하루키문학의 애독자이다.'(가와모토 사부로, 위의 책)
19) 中野收(1989.6)「왜 <무라카미 현상>은 일어났는가」『ユリイカ』, p.43
20) 이안 부루마 저, 石井信平 역(1998)『일본탐방—무라카미 하루키부터 히로
시마까지』(TBSブリタニカ), pp.89-91
21) 김효순은 "작품이 패자의식을 그린 것임이 명백한 한 작품 속 전쟁을 구체
적 전쟁이 아닌 보편적 전쟁으로 보고 그것을 초월하여 인간실존의 문제나
신의 문제만을 볼 수는 없을 것이다. 특히 작품 안에서 다루어지고 있는
태평양전쟁의 당사자인 한국인 독자 입장에서 그런 문제를 배제시키고 작
품 전체의 문학성만을 생각한다면 위화감이 느껴지는 것이 사실이다."고
하고 있다.(「일본 전후 문학의 한국어번역과 태평양전쟁-오오카 쇼헤이의
『들불』을 중심으로」, 『일본문학 번역 60년-현황과 전망』, 경원대학교 아시
아문화연구소 프로시딩 참조)
22) 이이다 유코(飯田裕子)는 "무라카미 하루키는 기억과 역사를 마주함으로써
현재의 문제를 현실적으로 받아들일 것을 제시했다. 개인적인 이야기라는
회로를 통해서 간신히 느껴질 지도 모르는 리얼리티라는 것. 사실을 지식으
로 집적하는 레벨에서는 나올 수 없는 리얼리티를 되찾는 작업으로 향하고
있는 것 같다."라고 그 서술을 긍정적으로 받아들이고 있다.(飯田裕子(2006.
11.16.)「하루키가 아시아를 보는 눈」고베대학 동아시아Week 발표문)
23) 무라카미 하루키 한국 중앙일보와의 인터뷰(1995.9.19.) '여러 의미에서 자
신을 좀 더 열어야겠다는 생각이 들었다. 이런 생각은 미국생활에서 얻은

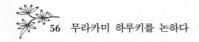

것이다. 미국은 개인에서 출발하지만 그 다음 어디로 갈 것인가를 생각한
다. 몇 년간 생활하면서 그런 생각이 정당하다고 생각하게 되었다.'

『바람의 노래를 들어라』『1973년의 핀볼』
『양을 둘러싼 모험』『댄스 댄스 댄스』
4부작의 세계
- 원환(円環)의 손상과 회복 -

나카무라 미하루*

　『댄스 댄스 댄스』(1988)의 「후기」에 "주인공인 '나'는『바람의 노래를 들어라』『1973년의 핀볼』『양을 둘러싼 모험』의 '나'와 원칙적으로는 동일인물이다"라고 쓰여 있다. 이러한 화자 겸 주인공의 동일성 외에 또한 사람의 중요인물 '쥐'와 그 밖의 여러 가지 언급을 보아도 네 가지 텍스트 간의 연속성은 분명하다고 할 것이다.

　단지 그것들은 미묘하게 스타일을 달리하고 있고 그 밖의 여러 이미지에도 다소 차이가 보인다. 무엇보다도 각각의 관련과 개성을 고려하여 4부작의 텍스트를 논하고자 한다.

* 中村三春 : 홋카이도(北海道)대학 대학원 교수,
　　　　　　일본근대문학 · 비교문학 · 표상문화론 전공
* 역자 조주희(趙柱喜) : 한양여자대학교 일본어통번역학과 겸임교수,
　　　　　　일본근현대문학 전공

1. 말하기(發語)와 구제

-『바람의 노래를 들어라』-

『바람의 노래를 들어라』(1979)의 첫머리에 놓인 '완벽한 문장 같은 건 존재하지 않아. 완벽한 절망이 존재하지 않는 것처럼 말이야'하고 말하는 '어느 작가'의 말은 재치 있는 농담 이상의 의미를 이 텍스트에 부여하고 있다. '문장'도 삶이나 감정과 마찬가지로 손상을 입은 결핍감으로서만 존재하고, 더구나 '절망'조차도 완벽하지 않다. 이 격언은 말과 삶의 비유적인 병행관계를 인정하고, 그들의 본질적인 미완성성, 혹은 어중간한 상태를 정상적이라고 간주하는 서술이다. 이것은 이 텍스트를 "단지 리스트이다. 소설도 문학도 아니거니와 예술도 아니다"라고 평하는 자기언급과도 조응하고 있다. 여기에서는 모든 의미에서의 완전성은 상실된 경지일 뿐이다. 하지만, 수기형식으로 꾸며낸 작품 속의 화자인 '나'는 특히 〈말하기〉의 구제로서의 의미에 대해 보류와 함께 언급한다.

> 나는 지금 말하려고 한다.
> 물론 문제는 무엇 하나 해결되지 않았고, 어쩌면 이야기를 다 끝마친 시점에도 사태는 완전히 똑같을지도 모른다. 결국 문장을 쓴다는 것은 자기 요양의 수단이 아니라, 자기요양에의 사소한 시도에 불과하기 때문이다.

즉, 이 텍스트 생성의 직접적인 힘을, 손상을 입은 '나'의 말하기에 의한— 아무리 그 말하기 자체가 미완성적인 성질의 것이라고 해도, 아니 오히려 미완성이기 때문이야말로— '자기요양에의 사소한 시도'로 인정할 수가 있다. 그리고 그 힘은 뒤에 언급하듯 실로 4부작 전체에 영향을 끼치게 될 것이다.

이러한 어중간한 상태는 미시적으로는 짤막하게 끊어진 어수선한 단
장(斷章)의 집적형식으로서 제공되고, 거시적으로도 도입—전개—결말
을 갖춘 형태로는 완결되지 않은 이야기라는, 이 텍스트의 외관과도 맥
을 같이 하고 있다. 이것은 수기, 디스크자키, 가사, '하드필드'의 소설로
부터의 인용 등 짧은 단편을 그러모은 것에 불과하다. 이 텍스트 자체가
스스로를 미완성적인 작품으로 제시하고 있다. 이것은 바로 말하기의
무작위적인 샘플('리스트')인 것이다. 그에 반해 '나'라는 1인칭, 그리고
'…에 대해 이야기 한다' '…에 대해 말해야지'라는 식으로 주체가 청자에
게 이야기를 들려주는 말투를 사용한 전달의지의 허구, 또한 '1970년
8월 8일'과 같은 날짜의 명시, 게다가 비유와 위트가 넘치는 대화 모습
과 같이, 다른 무라카미 작품에도 공통된 이러한 수기형식의 스타일은,
거꾸로 작품 내용의 진실성과 직접적인 주체의 현전(現前)을 선명하게
인상 지워주는 특징들이다.

하루키 자신이 『노르웨이의 숲』을 언급하면서 "그런데 작품이 발표
되고 팬들한테 편지 같은 것이 오는데, 왜 내 소설 속의 '나'와 현실의
나를 연관 지어 생각하는 것일까요" 하고 의문을 나타내고 있다.[1] 그
이유는 독자의 독해 능력에 비추어 보았을 때 수기형식의 성공이라고
할 수 있을 것이다. 이 텍스트는 확실히 허구적인 픽션이면서 동시에
진실을 전달한다고 하는 양의성을 갖추고 있으며, 더구나 그것이 결코
부자연스럽지 않게 구성되어 있다. 이와 같은 〈허구화=진실화〉의 작용
이야말로 많은 독자를 매료시키는 로마네스크한 내레이션의 비밀 그
자체이다. 다만 그것은 동시에 작품 내부에서도 기능하는 '나'의 말하기
의 양태이기도 하다.

제7장에서 회상되는 어렸을 때 정신과 의사에게 다닐 정도로 말이
없던 '나'가 열네 살 봄에 '마치 둑을 무너뜨리듯' 말하기 시작했다는 삽
화는, 말하기가 세계와의 타협을 위한 묘체(묘한 진리)라는 확인이다. '의

사가 말한 건 맞다. 문명이란 전달이다. 표현하고 전달해야만 할 것이 사라졌을 때 문명은 끝난다. 짤각....OFF'. 여기에서 '문명'(civilization)은 '시민적'(civil)이 되는 것, 즉 공동관계의 내부에 장소를 발견하는 것이라는 어원적인 의미로 해석할 수 있다. '지금 나는 말하려고 한다'— 〈나〉는 불문과 여학생의 자살을 정점으로 손상을 입고, 자기가 있을 곳을 상실해 가고 있었다. 하지만 말하기에 의한 '문명'화는 어쩌면 그에게 아직 완성되지 않은 장소를 가르쳐 줄지도 모른다. 그 성취야 말로 '구제된 자신을 발견하는 일'임에 틀림없다.

말하기의 가치를 글로 엮은 『바람의 노래를 들어라』는 사르트르의 『말』과 비슷한 위치를 점하고 있다. 하지만 다른 한편으로 '나'와 마찬가지로 손상을 입고, '나'의 '리스트'(수기)와도 유사하게 소설을 쓰는 '쥐'에게 있어서 말하기는 반드시 '요양'으로는 연결되지 않고, 오히려 세계와의 간격을 깊게 만들어 버린다. ≪허구화=진실화≫는 어디까지나 양의적인 부양(浮揚) 상태에 불과하다. '나'가 그에 의거하여 계속 살아갈 수 있다고 해도 '쥐'는 말하기의 반대인 허망·허무에 의해 보다 강하게 내면을 침식당할 것이다. 여기에서 '나'와 '쥐'의 대위법(對位法)이 시작되는 것이다.

2. 아버지의 장례식(The Burial of the Dad)
- 『1973년의 핀볼』 -

『1973년의 핀볼』(1980)에 이르러 손상이 죽음에 의한 나오코의 상실로서 명시되는 것과 병행하여, 완전성의 이미지도 또한 몇 개인가의 인지 가능한 형태로 출현한다. 이 작품에서도 각 섹션은 단장 형식이고 일종의 '리스트'일 뿐이다. 특히 「핀볼의 탄생에 관하여」의 장과 핀볼

마니아인 대학 강사가 동원하는 온갖 열정들로 전시된 과도한 백과사전적인 지식은, 독립적인 취미의 정보로서도 읽을 수 있을 것이다. 하지만 이것은 오히려 ≪제네시스=기원≫(『댄스 댄스 댄스』)의 탐색이 로맨스적인 구심력이 되어 그 직선적 작품성이 힘을 발휘하여, 언뜻 보기에 관계없어 보이는 단편들이 통제되는 텍스트이다. 각각의 단편과 이미지가 각각 우뚝 솟아있을 뿐 아니라, 서로 은유적인 연상의 끈을 연결하여 전체적으로 융합되는 현상 또한 몽타쥬의 기능의 하나이다.

서두에서 '나'는 나오코의 고향을 방문하여 잃어버린 기억을 반복하고 완성함으로써 결말을 지으려고 한다. 이 원형반복이라는 것은 '기원'과의 일체화에 따른 사자(死者)의 장례의식에 다름 아니다. 하지만……'하지만 잊는다는 따윈 되지 않았다. 나오코를 사랑하고 있던 것도. 그리고 그녀가 이제 죽어 버렸다는 것도. 결국 어느 것 하나 끝나지는 않았기 때문이다.' 사자의 장례에 실패한 '나'의 회환과도 닮은 불만이 이야기의 격정적인 원동력이 되어 다시 '기원'의 탐색을 '나'에게 명령하는 것이다. 두말할 것도 없이 핀볼 기계 '쓰리 플리퍼의 스페이스 십'의 추적이 그것이다. 당초 '이것은 핀볼에 대한 소설이다'라고 하는 『핀볼의 탄생에 대하여』의 장의 배치에도 불구하고, 핀볼 기계의 탐색이 주축이 되는 것은 이야기의 중반을 지나서이다. 거기에 이르기까지 '나'는 몇 개인가의 완전성과 손상의 이미지와 장난하게 된다.

완전성의 이미지는 『바람의 노래를 들어라』에 있어서의 직접성의 발화라는 메타언어적인 회로에 비해, 보다 피지컬한 메타포 계열의 형태를 띠고 있다. 우선 '나'가 종사하는 번역업—'무릇 인간의 손에 의해 쓰여진 것으로'라는 것이 우리들의 삼색 인쇄 팜플렛의 현란한 캐치 플레이즈였다. '인간에게 이해받지 못하는 것은 존재하지 않습니다.' 과연 이해받는 것은 '쓰여진 것'임에 틀림없다. 하지만 진정으로 이해할 수 없는 것도 또한 '쓰여진 것'임에 틀림없다. 이 '캐치 플레이즈'의 아이러니만큼 커뮤니케이션의 가능과 불가능의 동질성을 정확하게 나타낸 것은 없다. 여기에서 '쓰여진 것'은 그 발화의 ≪허구화=진실화≫와 마찬가지로 양의적이다. 즉 완전한 것은 항상 이미 손상을 동반하고 있다는 것을 시사한다.

배전반과 전화는 말이나, 사람과 사람 사이의 연결고리의 형태를 나타내는 메타포이다. 배전반은 강아지를 키우는 어미 개라는 인부의 설명은 '나'가 번역에 지쳐있을 때 배전반=어미개가 '약해졌다' '죽어가고 있다'는 표현으로 몇 번이나 반복된다. '나'는 쌍둥이와 함께 배전반을 저수지에 넣고 '장례식'을 마친다. 배전반은 언어적인 연결고리의 원환성을 상징하는 기계이다. 하지만 그것은 매장되고 교환되어야만 했다. 말과 관계의 커뮤니케이션은 여기에서는 손상을 입은 상태에 놓여 있다. '나 자신에게 전화가 걸려온 적은 거의 없었다. 나에게 무언가를 말하려는 인간 따위는 아무도 없었고, 적어도 내가 말해줬으면 하고 생각하고 있는 것을 아무도 말해 주지는 않았다.' 배전반의 '장례식'은 나오코의 고향 방문과 마찬가지로 결락된 원환의 형상을 '나'의 마음에 새길 것이다.

이렇게 해서 쌍둥이의 의미가 명료해진다.

> 두 사람은 잠자코 셔츠를 벗고, 그것을 바꿔서 머리부터 푹 뒤집어 썼다.
> "나는 208" 하고 209가 말했다.
> "나는 209" 하고 208이 말했다.
> 나는 한숨을 쉬었다.

쌍둥이란 2로서 1이 되는 것, 즉 엄밀한 복사이고 발화에 얽힌 완전성의 구현이다. 쌍둥이는 대화나 장난의 상대가 되어 안식을 가져옴으로써 손상된 '나'의 삶을 뒤에서 받쳐주고 있다. '나'가 결핍을 메우기 위해 핀볼기계 탐색이라고 하는 '기원'으로의 역행을 시작할 무렵, '쌍둥이는 조금씩 말이 없어지고, 그리고 상냥해져 갔다'. 내력도 태생도 연령도 장래도 알지 못하는 쌍둥이는 발화와 커뮤니케이션에 얽힌 손상을 입은 '나'가 현실계에서 치유되는데 있어 보조를 해 주는 무녀적인 존재인 것이다. '나'는 '코끼리 무덤' 같은 창고에서 그토록 만나고 싶었던 핀볼기계와 대면한다. '만나러 와 줘서 고마워. 하고 그녀는 말했다. 이젠 만날 수 없을지 모르지만 건강하길 바래'. '그녀'=핀볼 기계는 나오코로 대표되는 상실된 '기원'의 구상화임에 틀림없다. 원형반복의 의식, 즉 '장례식'을 마친 '나'는 '갈 곳 모를 마음도 사라지고' 자기 치유를 완료한다. 그와 동시에 쌍둥이는 '원래 자리'로 돌아간다. 마지막 장의 귀지의 삽화는 병으로부터의 치유이고, 그 상징적인 의미는 바로 이니시에이션 (영감)이라고 할 수 있다. 마지막 장면에서 '나'는 쌍둥이와 '끝말잇기'를 하고 이별의 말은 '메아리처럼' 계속해서 울린다. 마치 죽음과 재생을 영원히 반복하고 순환하는 시간을 암시하는 것처럼. '모든 것이 반복된다....'.

『바람의 노래를 들어라』에서 시사된 '나'와 '쥐'의 대조는 보다 두드러진다. '쥐'의 경우는 여자와의 '끝없는 일주일의 반복'을 견디지 못하고, 반복 그 자체가 손상을 누적시켜 버린다. '쥐'가 여자와 함께 갔던 공동묘지의 묘사는 이 텍스트의 압권 중의 하나일 것이다. '각각의 이름과 시간과, 그리고 각각의 과거의 생을 짊어진 죽음은, 마치 늘어선 관목처럼 똑같은 간격으로 어디까지고 계속되고 있었다'. '나'가 보는 일곱 여덟 대의 핀볼 기계가 놓여 있던 곳이 죽은 닭 냄새가 나는 냉동 창고이고, 그것은 또한 '코끼리 무덤'에도 비유되고 있던 것을 상기하자. 『1973년의 핀볼』은 상징적인 사자(死者)장송(葬送)에 의한 재생을 통합적 이미지로 하는 텍스트이다. 다만 '나'가 '기원'의 기억을 되찾아 회복으로 향하는 것과는 대조적으로, '쥐' 쪽은 여자를 남긴 채 거리를 떠나가지 않으면 안 된다. 그 '조용한' 11월은 '쥐'에게 있어서 확실히 가장 잔혹한 달이 된 것이다.

3. '個'에의 집착
-『양을 둘러싼 모험』-

죽음의 공간과 생의 공간, 혹은『세계의 끝과 하드보일드 원더 랜드』(1985)에 가장 현저하게 나타나는 이 세계와 저 세계라는 이중구조는『양을 둘러싼 모험』(1982)에서도 〈양〉이라는 초월적 공간으로부터의 사자(使者)로 출현한다. 체내에 들어간 〈양〉은 뇌에 혈흔을 만들어 숙주를 조종하여 강대한 권력 기구를 만들려고 한다. 이용될 뻔했던 '쥐'는 '양'이 잠들어 있는 사이에 스스로 목을 매어 자살함으로써 그것을 저지한다. 〈양〉이 지배하는 세계, 그것은 '완전히 무질서한 관념의 왕국이야. 그곳에서는 모든 대립이 일체화되는 거야. 그 중심에 나와 양이 있어'라고 '쥐'는 말한다. 이 '관념의 왕국'이란 완전성의 이상을 절대적으로 보증하는 장소임에 틀림없다. 왜냐하면 '그곳에 몸을 묻으면 모든 것은 사라져. 의식도 가치관도 감정도 고통도 모두 사라'지기 때문이다.

〈양〉이 세계와 타협짓기 위해 '나' 쪽이 아니라 '쥐'를 방문한 것은 우연이 아니다. '쥐'가 말하는 '우리들은 아무래도 같은 재료에서 완전히 다른 것을 만들어 내 버린 것 같아'라는 것은, 똑같이 손상을 입었으면서도 외계의 악의를 받아들이면서 자기 치료하는 방법과, 그 모든 것을 거절하는 방법의 차이라고 할까. 확실히 '쥐'의 정열은 증폭되어 출구를 찾고 있었다. 하지만 '쥐'는 인간으로서의 의식을 버리고 〈양〉에 귀순하기를 거부하고, 자아의 발견으로써 자살의 길을 선택한다. 이것은『악령』의 키리로프의 행위이다. 〈양〉을 거부한 이유를 '나는 나의 연약함을 좋아해. 괴로움이나 고통도 좋아해'라고 이야기하는 '쥐'의 말은 철저한 '개인(個)'의 우위성에 대한 집착을 보여주고 있다. 또한 '쥐'는 벽시계 코드를 맞출 것을 '나'에게 의뢰하고, 그 결과 모든 것은 프로그램 완료라고 하는 '검은 옷의 남자'와 함께 산장의 폭파가 시사된다. 모든 '일반론'적인 구제는 부정되고, 더구나 '개인'에의 집착을 대신하여 세계가 저쪽으로 귀속되는 것도 막을 수 있었던 것이다. 따라서 『양을 둘러싼 모험』에서 '주인공'을 구하자면 그것은 '쥐' 이외에는 없다.

물론 '나'는 '쥐'적인 클라이막스에 도달하기 까지 '모험'(퀘스트)의 안내인이자, 그 '당당함'의 연속이 소설을 읽는 유쾌함을 낳고 있다. 그것은 『댄스 댄스 댄스』에서도 답습되는 패턴이기는 한데, 앞의 두 작품의 단편적인 인상과는 다르다. 이것은 더 이상 '리스트'가 아니다. 무라카미는 『바람의 노래를 들어라』의 집필사정에 대해 '가게를 하면서 썼습니다. (중략) 한 시간 정도씩 썼기 때문에 단락이 짧습니다.'라고 말하며, 역으로 『양을 둘러싼 모험』의 경우에는 '긴 것, 스토리텔링, 그리고 역기(力技), 이 세 가지로 가려고 생각했습니다'라고 말하고 있다.2) 단편성과 소설적 성격의 상극은 4부작을 통해 서서히 소설적 경향으로의 경사를 심화시켜 가고, 그와 병행하여 저 세계의 원환이 어슴푸레 윤곽을 드러내게 된다. 그 결과 패러렐 월드 간의 싸움이 강인한 로맨스를 요구하는 것이다.

즉, '나'를 '양찾기 여행'으로, 돌고래 호텔로, 게다가 '쥐'의 산장으로 이끈 것은 다름 아닌 '귀 모델 여자 친구'의 '영감'이고, 더구나 그녀마저도 사라져 버린다. '영감'의 발신원 혹은 '양남자' '쥐' '귀 모델'들이 소멸된 저쪽에는, 이쪽만의 섭리가 지배하는 공간의 존재가 암시되고 있다. '어쨌든 나는 생이 있는 세계로 돌아온 것이다. 비록 그것이 지루함에 가득 찬 평범한 세계라 할지라도 그것은 나의 세계인 것이다'. '나'에 한정시켜 보면 이 '평범한 세계'에서의 생의 지속이라는 결말은 일관되어

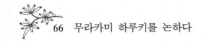

있다. 다음은 '나'가 이 '지루함'을 행동의 근원으로 삼을 차례이다.

4. 원무곡(론도)

- 『댄스 댄스 댄스』 -

'나는 익숙해져 가고 있는 것이다'라고 하는 『댄스 댄스 댄스』의 첫
장의 대사처럼, 타성에 젖은 일상을 보내던 '나'는 다시 자신의 장소 확
인의 프로세스로 향한다. 유미요시와 만나게 되는 돌핀(돌고래) 호텔 방
문의 여행은 말 그대로 ≪제네시스=기원≫의 탐색행이라는 성질을 띠
고 있다. 단 이번 미션에서는 '나'는 사건의 전개에 수동적으로 관여할
뿐만 아니라 그 과정에서 많은 주변 사람들에게 오히려 무언가를 주는
역할이 강해진다. 그 주변 인물의 대표는, 부모와 떨어져 고독의 절정에
있는 소녀 유키와 허무감을 한탄하는 배우 고탄다 두 사람이다. 즉 친구
사귀기에 불과한 '나'의 행위가 그들에게도 자신의 장소를 확인시켜주
는 것이다.

로맨스적인 '순례'의 구도와 패러랠 월드 간의 투쟁은 『양을 둘러싼
모험』보다도 더욱 전경(前景)화되고 명시적으로 작품의 총체적인 이미
지를 제공한다. 그것이야 말로 ≪댄스=춤추기≫에 다름 아니다. 돌고래
호텔에서 재회한 '양남자'는 '나'에게 다음과 같이 말한다.

> 음악이 울리고 있는 동안은 어쨌든 계속 춤추는 거야. (중략) 일단 발
> 이 멈추면 우리들은 더 이상 아무것도 해 줄 수 없어. (중략) 계속 이
> 쪽 세계에 빨려 들어가 버려. 그러니까 발을 멈추면 안 돼. 아무리 바보스
> 럽게 생각돼도 그런 건 신경 쓰면 안 돼.

'댄스'라는 것은 저쪽의 법칙을 응시하면서 그 '지루함'을 견디고, 이

쪽 세계의 이음줄을 만들어 나가는 것이다. 이 춤은 원무곡으로, 계속해서 이어가야할 일들이 '나'의 앞에 나타나, 전체적으로 원환을 만드는 몸을 말한다. '댄스'는 원환을 만들고 원환에 의해 만들어진다. '암흑' 세계에서의 원환의 이미지는 하와이에서 본 여섯 구의 시체의 순서대로 사람이 죽어 가는 전개, 혹은 '나'가 수첩에 그린 '강간관계도'와 같은 인간관계로 구체적으로 가시화된다. 고탄다는 키키를 죽인 것은 '암흑 세계'이고 '여기와는 다른 세계인 거야'하고 말한다. 이 원환은 저 세계의 이치, 즉 '암흑의 존재이유'와도 같은 허무하면서도 완전한 것이다. 그것은 일찍이 '쥐'가 그 '연약함' 때문에 강하게 끌리면서도 '개인'에의 의지로 거절한 '양'의 세계이다. 그것이 고탄다와 키키, 유키 그리고 유미요시와 '나'를 통로로 하여 이 세계로 야금야금 침식해 들어온다. 이와 같은 패러럴 월드의 구도는 『양을 둘러싼 모험』보다도 한층 명확하다. '양남자'야 말로 그 어둠을 관장하는 문지기이다. 이 구도는 『바람의 노래를 들어라』와 『1973년의 핀볼』에서 나타난 '나'와 '쥐'의 대위법적 구성이 공간적 영역성으로서 재형상화된 것이라고 할 수 있을 것이다.

하지만 『댄스 댄스 댄스』는 최종적으로 ≪빛≫의 원환이 허무라는 완전성을 몰아내는 이야기이다.

> 현실이야, 하고 나는 생각했다. 나는 여기에 머무는 거다. (중략) 여러 가지 표현법이 있다. 여러 가지 가능성이 있고, 표현이 있다. 목소리가 제대로 나올까? 내 메시지는 제대로 현실의 공기를 전율시킬 수 있을까? 몇 개인가의 문구를 나는 입 속으로 중얼거려 보았다. 그리고 그 중에서 가장 심플한 것을 골랐다.
> '유미요시, 아침이야' 하고 나는 속삭였다.   (강조점 원문)

『댄스 댄스 댄스』의 전개는 '나'가 ≪기원≫ 탐구의 여행에서 발견한 유미요시로부터 일단 분리됐다가 '순례' 끝에 다시 유미요시에게로 돌아오는 원환으로 이루어진다. '여러 가지 일이 한 바퀴 돈 거야. 빙 하고. 그리고 나는 너를 원하고 있어'. 유미요시와의 '대단한' 섹스는 그 원환의 마지막 매듭을 짓는 행위이고, 그 '암흑'도 그녀를 잡을 수는 없다. '생이 있는 세계'에는 귀환했지만 많은 친구들의 상실을 접하고, '그렇게 운 건 태어나서 처음이었다'고 하는 『양을 둘러싼 모험』의 결말과 마찬가지로, 여기에서도 '나는 잃어버린 것들 때문에 울고, 아직 잃어버리지 않은 것을 위해' 운다. 하지만 여기에서는 현실에 머무는 것이 아침을 맞이하는 '빛'의 밝음에 의해 긍정되는 것이다. 설령 '암흑'이 완전성의 유혹에 의해 벽 하나 바로 건너편에서 이쪽을 위협한다고 해도 말이다. '나'는 그 유혹을 견디고, 불완전한 채인 이 세계에 가담하려고 하는 것이다.

'제대로 목소리가 나올까? 내 메시지는 제대로 현실의 공기를 전율시킬 수 있을까?' 그것은 또한 ≪허구화=진실화≫의 양의성에 덮여, 항상 불발의 위험과 함께 발화에 대한 투기(投企)를 재확인한다는 의미에서, 4부작 전체를 꽉 조이는 결말이기도 하다. '거의 3년 간 쉬지 않고 눈 쓸기를 한 뒤에, 나는 뭔가 나 자신을 위해 글을 쓰고 싶은 기분이 들었다.' 이 '시도 소설도 자서전도 편지도 아닌 나를 위한 그런 글'의 구상은 그 '지금 나는 말하려고 한다'로 시작되는 『바람의 노래를 들어라』의 첫머리와 확실히 호응하는 말로 읽을 수 있을 것이다. 더구나 '그리고 그 때, 코끼리는 평원으로 돌아가고, 나는 보다 아름다운 말로 세계를 이야기하기 시작할 것이다.'라고 하는 '아름다운 말'의 몽상은 유미요시에게 아침을 고하는 '가장 심플한' 말로써만 실현할 수 있는 사항이었다고 해야 할 것이다.

'죽음은 생의 대극에 있는 것이 아니라, 그 일부로서 존재한다'라고 하는 명제, 혹은 보다 일반적으로 죽음과 재생의 상징적 의례 이야기라고 하는 기본적인 도식은 『노르웨이의 숲』뿐만 아니라 무라카미의 장편

소설 전반에 타당한 명제이다. 그 중에서도 4부작은 발화에 얽힌 원환적인 프레임에 의해 온화하게 꾸며진 구성방법과 세계에서의 장소의 확인으로 이어지는 원환의 손상으로부터의 회복 과정으로서 계열화된 텍스트군으로 규정할 수 있다. 단『잃어버린 시간을 찾아서』나『구토』의 결말과 비슷한 '쓰는 일'=발화에 의한 자기구제의 의지는, 그러나 그들과는 달리 결코 '거대한 이야기'를 만들지 않으려는 듯 '가장 심플한' 말의 장르를 몸에 치장하려고 한다. 그것이야말로 무라카미 하루키적인 텍스트라고 할 수 있다. 그것은 단편과 로맨스, 저 세계와 이 세계, 위트와 이야기, 혹은 '암흑'과 '빛'이 위험한 균형 위에서 싸움을 벌이는 장르이다. '이야기를 다 끝마친 시점에도 사태는 완전히 똑같을지도' 모르는, 이 상처입은 말의 원환을 돌면서, 독자도 또한 자신에게 있어 '가장 심플한' 표현만은 겨우 거기에서 꺼낼 수밖에 없을 것이다.

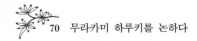

주

〈초출〉이 글은『國文學 解釈と教材の研究』第40巻　第3号　特集〈村上春樹
─予知する文学〉(學燈社, 1995.3)에 게재된 논문을 번역한 것임.

1) 村上春樹・柴田元幸(1989)「山羊さん郵便みたいい迷路化した世界の中で
　　─小説の可能性─」『ユリイカ　総特集　村上春樹の世界』6月臨時増刊号, 青
　　土社
2) 「聞き書村上春樹　この十年　1979〜1988年」『村上春樹ブック』『文學界』1991
　　年4月, 臨時増刊

비현실적으로 범용한 '나'의 여행

- 『양을 둘러싼 모험』론 -

사토 히데아키*

    갑작스럽게 양을 찾는 '모험'에 나선 '나'의 이야기에는 십여 명의 사람이 등장한다. 그들에게는 독특한 유형적인 특징이 있다. 그렇다고 해서 성격을 그리기 어렵다든가 평면적이라고 말하는 것은 아니다. 일본 근대문학의 전통적인 관점에서 보면 그렇게도 말할 수 있지만, 이 소설은 왠지 그러한 지면에 착지하지 않는 면이 있다.

    그들은 '나'를 중심으로 한 사건과의 관련성만으로 연결되어 있는 것일까? 이혼한 아내를 대신해서 귀 모델을 하고 있는 걸 프렌드가 '나'의 맨션에 출입하고 바로 그때 검은 옷을 입은 비서로부터 특별한 양 한 마리를 찾아달라는 의뢰가 온다. 그래서 '나'와 걸 프렌드는 홋카이도로 가게 된다. 그 의뢰의 내용은 다음과 같다. 친구와 광고 회사를 경영하고 있는 '나'에게 우익 거물의 비서로부터 기묘한 연락이 온다. 광고지에 사용한 사진 속의 양을 찾아라, 그렇지 않으면 이 업계에서 추방시키겠다는 것이다. 사진은 친구인 쥐가 보냈던 것이다. 이 스토리 속에서 예

* 佐藤秀明 : 긴키(近畿)대학 문예학부 교수, 일본근현대문학 전공
* 역자 문희언(文熙彦) : 중앙대학교 대학원 일어일문학과 석사, 일본근현대문학 전공

를 들면 '누구와도 자는 여자 아이'나 쥐의 여자 친구는 어떤 위치일까?
그녀들은 양을 찾는 모험과 거의 아무 관계도 없다.

　물론 모든 사람은 '나'라는 관계로 연결되어 있어서 그의 시간 축 어디
에선가 직간접적으로 접촉을 가지는 사람들이다. 그러나 그들을 결부시
키고 있는 것이 '나'의 시간 축뿐인 것만은 아니다. 『양을 둘러싼 모험』
에는 그들이 의미론적으로 부합되는 카테고리가 미리 세트 되어 있다.
그것은 텍스트에 아로새겨져 있다. 키워드에 의해 분절화된 것이다.

　쥐에게서 오랜만에 편지가 도착한다. 그리고 이 편지 때문에 '나'는
양 찾기에 말려든다. 이 편지에는 '거리'에 남겨 두고 온 여자 아이에게
'안녕'이라는 말을 전해주었으면 좋겠다는 부탁도 포함되어 있었다. 처
음 만나는 그녀와 약속을 잡으면서 겉모습에 대해 알려 달라 하자 그녀
는 '보면 알 수 있다'라고 말한다. 그녀의 말대로 '분위기'로 '곧 알 수
있었'. '나'와 쥐에게는 서로 공통점이 있다. 쥐에 대해서 '그는 뭐라고
할까…… 충분히 비현실적이었어.'라는 그녀의 말을 빌려보면, 그 공통
점은 '비현실적'이라는 것이 될 것이다. 신칸센을 타고 자란 동네로 가서
친구의 말을 전하는 '나'의 '비현실적'인 행동, 이것이 이 텍스트에 선포
되어 있는 카테고라이즈의 키워드이다.

　그러한 '나'에 대하여 아내가 '인생에 있어서 리얼리티라고 하는 것을
실로 정확하게 파악하고 있는' 사람이라고 하였다. 하지만 그녀가 '당신
은 지금도 좋아해요'라며 이혼을 정한 것은 '현실적'인 자신과 '비현실적'
인 '나'라는 사이의 결정적인 도랑 때문일 것이다. '비현실적'인 '나'는 그
것을 잘 삼킬 수 없었으며 단지 아내의 부재를 견디며 이해하는 수밖에
없었다. 또 한 사람, '현실적'이라고 형용되는 인물이 있다. 그는 홋카이
도에서 쥐의 별장 관리를 하는 면양 관리인이다. 그는 '정말 확실히 현실
적이었다'라고 그 성격이 명시되어 있다. '현실적' '비현실적'이라고 하는
이분법은 물론 모든 등장인물에게 꼭 맞는 것은 아니지만, 지금은 이렇

게 해두고자 한다. 이 소설에는 또 하나의 분류 기축이 존재하고 있는
것이다.

'나'의 경력을 자세하게 조사한 검은 양복의 비서는 이렇게 말한다.
'인간을 대략 둘로 나누면 현실적으로 범용한 그룹과 비현실적으로 범
용한 그룹으로 나누어지는데 당신은 분명히 후자에 속한다. 이것을 기
억해 두는 것이 좋을 것이다. 당신이 더듬어 가는 운명은 비현실적인
범용함이 걷는 운명이기도 하다'. '나'를 '비현실적으로 범용'한 타입이라
고 보는 것은 분명히 맞는 이야기이지만, 그것은 그의 평가 축에 의한
판단이기도 한다. 이 남자의 말에는 '범용'이라고 하는 개념과 짝이 되는
'비범'이라고 하는 개념이 함께 있어, '비범= 높은 능력'으로 이 세계의
절대치로서 강한 힘을 발휘한다는 것을 나타내고 있다. 검은 양복을 입
은 남자의 존재에 의해 『양을 둘러싼 모험』의 세계는 높은 능력을 가진
절대치가 존재하는 시공으로 확대된다. 이 소설은 '비현실적으로 범용'
한 '나'가 높은 능력이 존재하는 장소를 찾기 위해 방황하는 이야기다.

여기에서 '현실적' '비현실적'을 가로로 놓고, 높은 능력과 '범용'을 세
로축에 찍으면, 네 개의 인물배치도가 구성된다. I은 비현실적이고 높
은 능력을 가지는 사람. II은 비현실적이고 범용한 사람. III은 현실적이
고 높은 능력을 가지는 사람. IV은 현실적이고 범용한 사람. 모든 등장
인물이 여기에 맞게 이 소설은 계획되어 있다. 설명을 덧붙여가면서 등
장인물을 여기에 맞추어 보고자 한다.

I의 비현실적이고 높은 능력을 갖고 있는 것은 뭐라 해도 별 표식이
있는 양이다. 그리고 이 양이 들어가 있는 우익 거물 '선생님'. 자살하는
쥐는 이 영역에 들어가는 것을 거부한 인간이다.

II의 비현실적이고 범용한 카테고리에는 '나'와 쥐, 그밖에 양박사나
양의 가죽을 쓴 양남자를 넣을 수 있을 것이다. 양에 빠져서 양에 관한
문헌을 읽는 것에 인생 대부분을 사용한 양박사와 징병을 거부하고 양

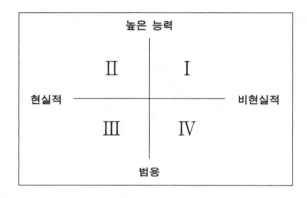

의 모피를 쓰고 혼자 산속으로 도망가 사는 양의 가죽을 쓴 양남자는 꽤나 '비현실적'이고 '범용'적이다. 귀 모델 걸 프렌드는 상대적으로 높은 능력을 보이지만, 별 표식의 양에 비하면 그 능력은 미약해서 쥐의 별장을 발견한 후에는 '범용'한 여성이 되어버린다. 그 밖에도 '선생님'의 운전수와 '누구와도 자는 여자 아이'를 여기에 덧붙일 수 있다. 운전수는 '종교적 운전수'라고도 말 할 수 있지만, 신과의 교신을 할 수 없게 되자 현실적이고 범용한 타입으로 이행한다. 이야기의 처음에 등장하는 '누구와도 자는 여자 아이'는 '비현실적'이고 '범용'한 카테고리를 이 소설의 기반으로서 제시한 것이다.

Ⅲ의 현실적이고 높은 능력을 가지는 사람의 카테고리에는 상복의 비서가 들어갈 것이다. '내가 도대체 왜 선생의 비서가 되었다고 생각하나요? 노력? IQ? 요령? 설마. 그 이유는 나에게 능력이 있었기 때문이지요. 감이에요. 당신들의 표현에 입각해서 말하면'이라고 그는 말한다. '선생님'과의 근접성도 느낄 수 있다. 그러나 그는 양을 어떻게 할 수는 없다. 정밀한 현실적 프로그램을 짜는 것이 그의 일이며 원래 비현실적인 영역에 억지로 들어가기 위해서 '나'를 사용한 것이 아니었는가?

Ⅳ의 현실적이고 범용한 인간에는 아내, '나'의 동료 J, 쥐의 여자친구,

이루카 호텔의 지배인, 면양 관리인이 들어갈 것이다. 그리고 이 카테고리에 가장 어울리는 것이 양이라고 하는 동물이다. 양모와 식육을 위해서 관리되어 사육되는 얌전한 이 가축은 정말로 '현실적'이고 '범용'한 생물이다.

그러나 기원전 9000년에는 가축화가 시작되었다는 양은 인간과의 사이에 긴 역사와 문화를 축적해 왔다(大內輝雄(1991) 『羊蹄記』, 平凡社). 양박사는 '일본에 있어 면양 사육의 실패는 단지 양모 · 식육의 자족이라고 하는 관점에서만 찾았던 점에 있다고 한다. '생활수준에서의 사상이 결여되어 있는 것이다'라고 하고, 검은 양복의 비서도 같은 말을 한다. 일본에 있어 양과 별 표식 양은 현실성과 범용성에 있어서 반대의 극에 있다. 실용적으로 제공되고 그것을 위해 추상된 '생활수준에서의 사상', 그것이 응축된 것이 별 표식의 양이라고 말할 수는 없을까? 『羊蹄記』에서 근대 일본의 국가형성과 면양 사육에 밀접한 관계를 지적하고 있고 검은 양복의 남자도 양이 '국가 수준'으로 '수입되고, 육성되고 그리고 버려졌다'라고 한다. 정재계의 암흑 세력에 의해 수습된 별 표식의 양에게는 양을 현실적이고 범용한 가축으로 효율적으로 이용하려 한 국가에 대한 복수적 지배의 의미를 볼 수 있는 것이다.

『양을 둘러싼 모험』에 등장하는 사람은 한 명도 정식적인 이름으로 불리지 않는다. 그들은 '나' '동업자' '아내' '걸 프렌드'와 같이 '나'와 관계된 호칭으로 불리던가, '선생님' '운전수' (이루카 호텔의) 지배인' '면양 관리인'과 같이 직업 또는 직업적 호칭으로 불리던지, 혹은 행동이나 외견의 특징으로 불리거나('누구와도 자는 여자 아이' '검은 양복의 비서' '양남자'), 별명으로 불린다(J' '양박사' '쥐')든가 하는 차이가 있다.

'나'의 설명에 따르면, 이름은 특수한 취급을 받고 있다. J는 본명이 아니다. '본명은 장황해서 발음하기 어려운 중국 이름'으로 '잊혀져 사라져버렸다'라고 한다. '이루카 호텔'도 정식으로는 '돌핀·호텔'이지만 왠지 모르게 바뀌어 불리게 되었다. '누구와도 자는 여자 아이'는 이름이 잊혀져 그렇게 되어 버렸다. '검은 양복의 비서'에 이르러서는 '나'는 이름마저 모른다. '나'의 이름은 이루카 호텔의 숙박 카드에 쓰여 있지만, 생각나는 대로 쓴 가명으로 바뀌어 있다. '나'의 설명은 아니지만 쥐가 있는 '주니타키초(十二滝町)'는 옛날 개척민에 의해 '부락에는 이름을 붙이지 않는다.'라고 하는 결의까지 나왔던 곳이다. 이 소설에서 이름은 그것을 부를 필요가 없는 것이 아니고 의도적으로 회피되고 있다. 그러나 한쪽에서는 이름이 없었던 '나'의 애완 고양이에게 '정어리'라고 하는 이름을 붙인다. 고양이를 맡게 된 '선생님'의 운전수가 붙인 것이다. 그러나 '정어리'라고 하는 이름은 이름에 의해 사회성을 얻는 것이 아니다. '정어리'는 '기분의 교류'를 형식화한 것으로 이 경우는 별명과 큰 차이는 없다.

무라카미 하루키가 사용하는 이름에 대해서 가라타니 고진(柄谷行人)은 다음과 같이 말한다.

> 이름은 개체에 대한 사람의 태도에 영향을 미치는 것이다. 그것은 개체를 나타내는 '이것'으로서, 혹은 종류 속의 하나로 보는 것이 아니고 개체를 '바로 이 것'이라고 보는 것과 결부된다. 고유한 이름을 확정기술로 해소한다고 하는 것('예를 들면, 후지산이라는 이름이 '일본에서 제일 높은 산'이라고 하는 확정 기술에 바꿔 놓을 수 있다' 것── 인용자 주)은 그것을 술어의 다발에, 바꿔 말하면 일반개념(집합)의 다발 속에서 해소하는 것이다. 무라카미 하루키가 열심히 시도하고 있는 것은 고유한 이름을 지우는 것이며 그것은 바꿔 말하면, 이 세계를 임의적인 것으로 만드는 것이다.   ('무라카미 하루키의 '풍경'
> ──『1973년의 핀볼』『종언을 둘러싸고』福武書店, 1990)

가라타니 고진의 고찰은 무라카미 하루키 작품의 경향을 파악한 것으로 기본적으로는 옳다. 사실 먼저 등장인물을 네 개의 카테고리로 분류한 것은 가라타니가 말하는 '임의성'을 재검토해 보자고 생각했기 때문이다. 분류 Ⅳ에 들어가는 사람의 명칭은 '나'와 운전수의 논의를 빌려 말하면, 비행기의 '971편이라든가 326편'이라고 말하는 '호환성'을 가지는 명칭에 가깝고, 그것은 '임의적'이다. 그러나 분류 Ⅱ에 들어가는 쥐, 양박사, 양남자, 누구와도 자는 여자 아이, 귀 모델 걸 프렌드는 일반개념에도 임의성으로도 해소되지 않는 해소되지 않는 고유한 이름이다. 그것은 '나'와 '나'의 스타일을 공유하는 사람에게만 통용되는 이름으로 하나밖에 없는 것이지만 일반개념은 아니다. 이것이 '비현실적'인 것이 되는 기호의 특징이다.

그런데 '비현실적으로 범용'한 '나'는 자신의 인생을 '지루'하다고 느낀다. 귀 모델 걸 프렌드는 '당신의 인생이 지루한 것이 아니고, 바로 당신이 따분한 인생을 추구하고 있는 것 아닌가요. 그렇지 않나요?'라고 말한다. '하지만 결과는 같아'라고 '나'는 대답한다. 그는 무리 없는 안이한 지점에 안정적으로 정착하고 있어 그곳에서 자신을 떼어 놓으려 하지 않는 것처럼 보인다. 그러나 과연 그럴까?

이제 곧 20대의 마지막을 맞이하고 있는 그는 이 10년을 '마치 아무것도 없는 십 년간이다'라고 보고 있다. '손에 넣었지만 전부 무가치', '완수했지만 전부 무의미'하고, '거기에서 얻은 것은 지루함 뿐이었다'라고 한다. 그는 이 십 년간에 만족하고 있는 것은 아니다. 이혼을 하고, 회사도 그만두고 싶어 하는 것 같아 보인다. 그런 그가 조금씩 움직이기 시작하려던 것이 아닐까? 귀 모델에게 접근한 것은 그 표시의 하나다. 그로서는 진귀한 적극성이라고 할 수 있다. 그녀는 처음 귀를 보여 줄 때 '당신은 후회하게 될 지도 몰라'라고 말하면서, '당신의 지루함은 당신이 생각하고 있을 만큼 견고한 것이 아닐지도 몰라요'라고 한다. 귀 모델 걸 프렌드는 신기한 힘으로 그의 변화를 예지한 것이다. 귀를 드러낸 그녀를 '비현실적으로까지 아름다웠다'라고 느끼는 '나'는 비범한 힘을 동경하고 비범한 힘을 필요로 하고 있었던 것처럼 보인다. 무엇보다 '양을 둘러싼 모험'은 '범용'이나 '지루함'과는 가장 먼 행위에 틀림없다. 그 의미로 검은 양복의 비서가 '나'를 필요로 하는 것뿐만 아니라, '나'가 검은 양복의 비서를 필요로 하고 '선생님'에게 억지로 들어간 특수한 양에게 사로잡혀 있었던 것이다.

이 소설의 약 절반 분량이 모험에 관한 것이 아니고, 모험까지 이르게 되는 과정이라는 것은 주인공의 폐쇄적인 영역에서의 이동을 테마로 하고 있기 때문이다. 그렇다면, '나'에 있어 고유한 스타일──가토 노리히로가 칸트의 용어를 빌려서 사회화한 '모럴(moral)=도덕'이 아니고, 자신만의 룰로서의 '맥심=격률(格率)'이라고 부르는 스타일(『무라카미 하루키를 둘러싼 모험』, 河出書房新社, 1991)──이 모험에 의해 열리게 되는 것일지도 모른다. 홋카이도의 주니타키초에서 죽은 쥐를 만나고, 그 일의 전말을 듣고 모든 것을 처리해 온 '나'는 '삶이 있는 세계로 되돌아'와서 '한숨'을 내쉰다. '가령 그것이 지루함에 찬 범용한 세계일지라도 그것은 나의 세계다'라고 생각하지만, 그것은 이 10년의 인생과 순접하고 있는 것이 아닐까.

그런데 한 번 더 이름으로 돌아가고자 한다. 모험의 최종목적지는 '주니타키초'다. 아사히카와(旭川)에서 열차로 시오카리(塩狩) 고개를 넘어 북쪽으로 올라가 '소규모의 지방도시'에서 환승하여 '전국에서 3위의 적자선'에서 동쪽으로 향해 종점인 쇠퇴한 역에서 내린다. 그곳에는 두 개의 산에 끼워진 '엉덩이의 구멍'과 같은 토지가 있다. 그곳에서 차로 산 위로 올라가면 쥐의 별장이 있다. 주변에서 구한 지도에서 '주니타키초'를 찾았지만 눈에 띄지 않았다. 아사히카와에서 북상하는 것은 소야혼센(宗谷本線)에서 시오카리 고개 이북으로 동쪽을 향하는 노선의 환승역이 되는 것은 나요로(名寄)나 비후카(美深)이다. 이 중 나요로에서의 나요로혼센(名寄本線)은 오호츠크해까지 나와 버린다. 면양 관리인이 '산에서 벤 나무는 도시를 지나쳐 나요로나 아사히카와까지 간다.'라는 말을 통해 보면 나요로는 아니다. 그렇다면 1985년에 폐지가 된 비후카를 기점으로 하는 비코우센(美幸線)의 종점 니우부(仁宇布)가 '나'의 목적지에 해당된다.(비후카초 니우부에 있는 마쓰야마 농장 홈페이지에서도 앞에 기술한 내용을 이유로 같은 추측을 하고 있다.)

　1971년 11월 발행된 『비후카초사(美深町史)』에 의하면 이 도시는 소설에 나와 있는 것 같이 '수도북한지(水稻北限地)'이며 비코우센은 1966년의 영업 성적을 보면, 영업 계수로 '전국 3위'의 적자선이다. 또 비후카초에는 '주니타키초'를 상기시키는 몇 개의 폭포가 있다. 그러나 '주니타키초의 역사'에 나와 있는 개척민의 역사는 『비후카초사』와는 전혀 다르다. 아마도 연대와 경로에 의하면 홋카이도의 어느 개척사와도 겹치지 않을 것이다. 결국은 완전한 픽션인 것이지만 이 소설의 인명이 임의성으로 해소될 것인가? 임의성으로도 일반개념으로도 해소되지 않는 지점이 설정되어 있는 것을 생각하면 일반개념을 모방한 '주니타키초의 역사'의 긴 인용은 『양을 둘러싼 모험』이 점차 목표로 삼기 시작한 착지점을 헤아리게 한다.

　모든 일을 마친 '나'는 도쿄에 돌아가지 않고 쥐를 보낸 '거리'로 되돌아온다. '거리'는 '거리'로 밖에는 표기되지 않는데도 불구하고 '아시야'라고 하는 일반개념에 아슬아슬한 곳까지 접근하고 있다. 물론 접근한 후 바로 회피하지만, 임의성의 해소는 없다. 초판 단행본(고단샤, 1982)의 띠지에는 'Ashiya-Tokyo-Hokkaido'라고 쓰여 있었다. '나'가 '살아 있는 세계'로 돌아와 2시간 동안 우는 것은 실제의 장소와 아주 비슷한 '거리'의 모래사장이다. 고유한 이름이 있는 남자를 '나'가 '쥐'라고 부르고, 그의 여자 친구는 그것을 고유한 이름으로 받아들임으로써 '거리'는 역사와 사회성을 가지는 고유한 이름을 반영하고 있는 것이다.

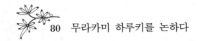

〈초출〉이 글은『AERA MOOK 村上春樹がわかる。』(朝日新聞社, 2001.12)에 게재된 논문을 한국어로 번역한 것임.

【 참고문헌 】

高橋敏夫(1998)「死と終わりと距離とー『風の歌を聴け』」『國文學 解釈と教材の研究』43-3臨増, 學燈社, pp.56-57

竹内洋(2003)『教養主義の没落』, 中公新書, p.9

坪井秀人(1998)「プログラムされた物語羊をめぐる冒険」『國文學 解釈と教材の研究』43-3臨増, 學燈社, pp.69-70

布施英利(1993)『電脳時代の文学ー村上龍の小説をめぐって』『國文學 解釈と教材の研究』38-3, 學燈社, pp.49-50

『노르웨이의 숲』론

유은경*

　　『노르웨이의 숲(ノルウェイの森)』이 2002년에 문학사상사에서 『상실의 시대』라는 제목으로 번역되어 나온 책의 띠에는, '발간 후 13년간 지속적인 베스트셀러'라는 고딕체의 선전문구가 이미 나와 있었다. 우리나라에서도 『노르웨이의 숲』이 아닌 『상실의 시대』라는 제목으로 새 단장된 후 오랜 기간 베스트셀러 목록에서 자리를 지키고 있었음은 또한 주지의 사실이다.

　　이 소설은 주요 독자층이 2, 30대 젊은이들이라고 하는데, 그렇게 많은 젊은이들이 『노르웨이의 숲』 또는 『상실의 시대』에 매료당한다는 것은, 무언가 특별한 매력이 있지 않고서는 불가능한 일일 것이다. 이미 그 이유에 대해서는 다각도로 분석되고 있는 바, '소설이 갖는 분위기', '그의 작품의 어휘와 스타일', '고유한 레토릭' 등이 거론되며 그의 모든 작품이 쉽고 재미있으면서도 매우 깊은 문학적 작품성을 지니고 있다는 점도 공감대를 이루고 있다.[1]

　　그런데, 이 작품에서 무엇보다 필자의 눈에 띄는 것은, '正直'이란 단

* 劉恩京 : 대구가톨릭대학교 일어일문학과 교수, 일본근현대문학 전공

어이다. 직역하면 '정직'이나, 문장내용에 따라 '솔직'으로도 의역되는 '正直'란 단어는, 문장 곳곳에 '正直に(정직하게)', '正直に言って(정직하게 말해서)' '正直なところ(정직하게, 솔직히)' 등의 표현으로 나타난다. 사실 이 작품처럼 솔직하게 젊은이들의 마음을 표현한 소설이 또 있을까 싶을 정도로 '正直'이 강조되고 있는 것이다. 정직함만으로는 살아갈 수 없는 현실세계에서, 모처럼 젊은이들은 '노르웨이의 숲'에서 정직함 또는 솔직함을 만끽할 수 있었을 것이다. 어쩌면 바로 이런 카타르시스가 젊은이들을 열광케 하는 이 작품의 매력일 런지도 모르겠다. 하지만 이 작품에서는 그 정직성이 단순한 표현의 수단으로만 쓰이는데 그치지 않고, 이 작품의 본질과 깊은 관련이 있는 듯이 보인다.

따라서 본고에서는 작가 무라카미 하루키가 밝힌 바 있는 이 소설의 간명한 테마, '사람이 사람을 사랑한다는 것의 의미'[2]를 '정직'이란 키워드로 풀어보고자 한다.

1. 작품 속에 나타난 '자살'의 유형

이 소설에는 특이하게도 산 사람보다 죽는 사람의 수가 더 많이 등장한다. 그리고 미도리 부모가 둘 다 뇌종양으로 병사한 것을 제외하면, 모두가 자살로 죽음을 맞이한다. 기즈키의 가스자살, 나오코와 나오코 언니의 목을 맨 자살, 나오코 삼촌의 투신자살, 하쓰미의 동맥 절단 자살 등. 한 작품 속에 왜 이렇게 많은 자살이 나와야만 하는 것일까?

이 작품의 실제 내용은 기즈키의 자살에서 출발한다. 주인공 와타나베의 유일한 친구인 기즈키가 열일곱 살 어린 나이에 자기 집 차고 안에서 가스자살을 한 것이다. 무엇 하나 부족함이 없어 보이던 그의 갑작스런 죽음은 유서를 남기지 않음으로써 베일에 가려지는데, 나오코의 언니와 삼촌 또한 그와 유사한 자살을 한다.

이들의 자살이 어떻게 유사한가 하면, 기즈키와 나오코의 언니가 자살한 나이가 열일곱 살이라는 점(삼촌은 열일곱부터 자폐적인 증세를 보이기 시작했음). 세 사람 다 우수한 두뇌의 소유자들이라는 점. 그러면서도 대인관계를 기피하려는 증세를 보였다는 점. 셋 다 유서를 남기지 않았다는 점. 그래서 그들이 죽은 이유를 아무도 이해할 수 없었다는 점 등등이 그것이다.

'작품을 가로지르는 동질의 죽음'을 '무라카미 하루키 작품 속에 반복되는 생리'[3]라고 한다면, 이 작품 속에 나타나는 '동질의 죽음'에는 어떤 의미가 있는 것일까?

와타나베가 열여섯에 알게 된 친구 기즈키는, '본질적으로 친절하고 공평한 남자'였다. 그래서 늘 함께 있는 사람 어느 누구도 따분한 느낌이 들지 않도록 배려하는 것을 잊지 않았다. 또한 '그 자리의 분위기를 순간순간 파악하며 거기에 맞게 잘 대응할 줄 아는 능력'을 갖추고 있어서, '별로 재미없는 상대방의 이야기에서도 재미있는 부분을 캐치해낼 줄 아는, 웬만해서는 갖기 어려운 재능'도 갖고 있었다. 그럼으로써 상대방으로 하여금 자신이 '매우 재미있는 인간이고 매우 재미있는 인생을 보내고 있다는' 만족감을 느낄 수 있게 해 줄 줄 아는 남자였다. 그러므로 와타나베는 '그토록 머리가 좋고, 좌중의 분위기를 이끌어갈 줄 아는 재능을 가진 남자'가 왜 비사교적으로, 여자친구 하나, 남자친구 하나만을 의지하는지 이해할 수 없었다. 그런 기즈키가 와타나베와 당구를 친 5월의 어느 날, 자기 집 차고 안에서 자동차에 가스관을 연결하여 자살한 것이다.

이런 기즈키의 자살 이유가 희미하게나마 윤곽을 드러내는 것은, 그의 연인 나오코가 아미료(阿美寮)에서 생활하게 된 이후이다. 아미료는 나오코가 '말찾기병'이란 정신적 혼란 상태를 치료하기 위하여 찾아간

요양소인데, 거기서는 '정직'요법을 쓰고 있었기 때문이다. 즉 정직해야 만 하는 아미료에서 생활하던 나오코가, 와타나베에게 되도록이면 정직 하게 말하고자 한 이후에 기즈키의 진실된 모습이 나오코의 입을 통해 밝혀지는 것이다.

아미료에서 나오코는 예전에 가슴수술을 받아 병원에 입원해 있을 때를 회상하며, 기즈키는 병문안 오는 것을 거북스러워했을 뿐만 아니 라 위로의 말 한 마디 제대로 해주지 않고 투덜거리기만 했다고, 와타나 베에게 그때의 섭섭함을 토로한다.

> "그렇지만 나랑 같이 병원에 갔을 때에는 그렇게 심하게 굴지 않던데. 보통이던 걸."
> "그건 네 앞이라 그런 거야."라고 나오코는 말했다. "기즈키는 네 앞에 서는 언제나 그랬어. 약한 면은 안 보이려고 애썼지. 분명 너를 좋아하고 있었던 거야. 그래서 기즈키는 자기의 좋은 면만을 보이려고 노력한 거 야. 하지만 나랑 둘이 있을 때에는 그렇지 않았어. 힘을 좀 빼거든. 사실 은 변덕이 심했어. 예를 들면, 혼자서 주절주절 떠들어대다가도 어느 순 간 침울해져. 그런 일이 자주 있었지. 어렸을 때부터 쭉 그랬어. 언제나 자신을 변화시키려고, 향상시키려고 했는데." (중략)
> "언제나 자신을 변화시키려고, 향상시키려고 하다, 그게 잘 안 되면 초조해 하고 슬퍼했어. 훌륭한 점이랑 아름다운 면을 꽤나 가지고 있었 는데도, 마지막까지 자기 자신에게 자신감을 갖지 못하고, 이런 점도 바 꿔야지 저것도 해야지 그런 생각만 잔뜩 했어. 불쌍한 기즈키."[4]

위에서 인용한 나오코의 말을 되새겨 보면 와타나베가 알고 있는 기 즈키의 재능은 어쩌면 그가 '힘'을 쓰며 만들어낸 작품이었는지도 모른 다. 자신의 '약한 면'을 남들 앞에서는 감추고 늘 '훌륭한 점' '아름다운 면' 만을 보이고자 했던 것이다. 그래서 자신감을 갖지 못하고 남들이 좋게 생각하는 쪽으로 자신을 향상시키려고 애쓰다가 조울증적인 정서

장애를 보이게 되었다는 것인데, 이것은 말할 것도 없이 자신의 진정한 모습과 사회에 보이려고 하는 모습의 괴리에서 오는 정신적 초조감으로 말미암아 생긴 병이다.

그것은 또한 기즈키가 '교활함이나 심술궂은 면은 전혀 없'이 '약하기만 한' 성품의 소유자이기 때문에 유발된 병일 것이다

'머리가 좋은' 탓에 치과의사 집안의 바람이 무엇인지, 내가 어떻게 행동해야 하는지를 꿰뚫어 보고 거기에 맞춰 행동하고자 애쓴 기즈키의 삶이 얼마나 고통스러운 것이었는지는 짐작하고도 남는다.

자살하던 날, 늘 남을 배려하던 기즈키가, '오늘만은 지고 싶지 않았'다며 당구에서 승부욕을 보인 것은 자살을 결심하고 마지막 가는 날만이라도 자신에게 자신감을 가져보고 싶었던 것임에 틀림없다.

나오코 집안에는 자살자가 둘이나 있다. 여섯 살 위인 언니는 '공부도 일등, 스포츠도 일등인데다 리더십이 있어서 친구들이 따랐으며 친절하고 깔끔한 성격 때문에 남자들에게도 인기가 있었다. 선생님에게도 늘 귀여움을 받았고, 표창장이 백장이나 있'을 정도로 수재였다. 그렇다고 거만하게 구는 일도 없었다. '화내는 일도 없었고, 언짢아해 하는 일도 없었'으며, 무슨 일이든 남의 도움을 받지 않고 자기 혼자서 처리해 나갔다. 하지만 기즈키와 마찬가지로 아무런 징후도 보이지 않다가 유서도 없이 자기 방 천장에 목을 매달아 버렸던 것이다. 다만, 2, 3개월에 한 번씩은 기분이 가라앉은 상태로 이틀 정도 자기 방에 틀어박혀 나오지를 않는 일이 있었고, 그런 일이 4년쯤 지속된 시점이었다. 나오코의 삼촌 또한 '머리가 썩 좋던' 청년이었는데, 열일곱 살 때부터 집안에만 틀어박혀 4년이 지난 스물한 살 때, 끝내 전차에 뛰어들고 말았다.

언니 역시 자신의 감정을 억누르며 살다가 자폐적인 증상을 보이고 자살한 것인데, 이 우수한 수재들의 반복되는 자살은 나오코의 주변에서 일어난 사건들이란 점에서 나오코의 정신적 충격이 돌이킬 수 없는

깊은 상처로 남아 있음을 미루어 짐작케 한다. 또한 삼촌과 언니의 자폐적인 증상과 자살은 나오코에게 유전적인 영향까지 미쳤다는 점에서 나오코의 자살이 불가피하다는 암시가 되고 있기도 하다.

하여튼 이들은 어린 나이에 대인관계를 기피하다가 자살로 이어지는 하나의 자살유형을 형성하고 있는데, 이런 자살은 그들이 더 이상 자신을 감추는 '다테마에(立前)'적인 생활을 거부하겠다는 의지의 표현으로도 볼 수 있다.

나오코의 자살 역시 언니의 자살유형와 유사하다. 어려서부터 우수한 능력의 언니가 무슨 일이든 어른들의 칭찬을 받는 모습을 보며 나오코 역시 자신도 귀여움의 대상이 되고자 애쓰며 성장한다.

나오코에 대한 와타나베의 '어깨의 힘을 빼'라는 조언은, 그녀도 긴장감 속에서 살아가야 했던 기즈키와 마찬가지 유형의 인물임을 증명해준다. 그런데 그 조언에 대해 나오코는 강하게 반발한다.

> 어깨 힘을 빼면 몸이 가벼워진다는 것쯤은 나도 알고 있어. 그런 말은 내게 아무런 도움도 되지 않아. 알아? 만일 내가 지금 어깨의 힘을 빼면 나는 산산조각이 날거야. 난 옛날부터 이런 식으로만 살아왔고, 지금도 그런 식으로 밖에 살아갈 수 없단 말야.

옛날부터 살아오던 방식대로 어깨에 힘을 주며 살 수밖에 없는 나오코는 결국 자살하고 마는 것이다. 물론 나오코의 경우에는 좀 더 복잡한 문제가 얽혀있지만, 그것은 후술하기로 하겠다.

일본 사회가 '혼네(本音)'와 '다테마에'의 이중구조로 이루어져 있음은 익히 잘 알려진 사실이다. 이것은 가정에서 무엇보다도 남에게 폐를 끼쳐서는 안 된다는 교육을 가장 강조하는데서 생긴 자연스런 결과라고 생각한다. 늘 남에게 폐가 되는 것은 아닐까를 의식하며, 자신의 본심인 '혼네'는 감추고 남이 원하는 자신의 모습인 '다테마에'로 생활해야 하는

것이다. 남에게 폐를 끼치지 않도록, 남에게 상처를 입히지 않도록 조심
스럽게 살아가는 것이 일본인들의 생활패턴이다. 그러므로 이 '다테마
에'는 긴장된 삶을 강요한다. 게다가 기즈키네들처럼 우수함을 유지시
켜 나가기 위한 노력까지 해야 하는 입장에서 '혼네'로 살기는 무척 힘들
었으리라. 이들의 자살은 사회가 강요한 '다테마에'적인 삶의 거부인 셈
이다.

와타나베의, '현실세계에서는 사람들이 서로 여러 가지를 강요하면서
살아가고 있'다는 '강요'의 기정사실화는, 기즈키와 같은 '마음이 약한'
자들이 자살을 택할 수도 있는 요인이 잠재되어 있음을 나타낸다고 할
수 있다.

가출을 두 번이나 했을 정도로 강요된 생활을 싫어하는 미도리는, '고
집이 세고 편협하며 파시스트인' 남자친구를 버리고 와타나베를 택한
다. 그 이유로는, '모두들 내게 여러 가지를 강요'하는데, 적어도 '너만은
내게 아무 것도 강요하지 않'기 때문이라고 한다. 또한 와타나베는 담배
에 속박당하기 싫어서 담배를 끊을 정도로 속박을 싫어한다.

『노르웨이의 숲』의 원형인 「반딧불이」이라는 단편소설에는, 와타나
베가 나오코의 생일날 함께 자고 난 후 보낸 편지에 '나는 남에게 뭔가를
강요하고 싶지 않아.'라고 쓴 문구가 들어 있다.

이런 등장인물들의 '강요'나 '속박'에 대한 거부 표시는 그들이 자살하
지 않고 살아남을 수 있는 근거로 작용한다.

기숙사에서 수수께끼 같은 자퇴를 해버린 '돌격대'도, 말하자면 기즈
키네들과 같은 부류의 희생자이다. '돌격대'는 대학을 졸업하면 국토지
리원에 들어가서 지도를 만들겠다는 목표를 갖고 있으면서, '지도'라는
말을 할 때면 '백퍼센트' 더듬거린다. 왜 일까?

그 이유의 실마리를 작가는 '돌격대'의 규칙적인 운동습관을 통해서
제시한다. 아침 6시면 반드시 일어나 10년 동안이나 매일 같이 체조를

해온 '돌격대'이지만, '도약(跳躍)'하는 순서가 있는지를 전혀 의식하지 못한다. 뿐만 아니라, 그 한 부분만을 빼면 나머지 다른 것까지도 다 못하게 돼버리는 징크스가 있다. '체조를 하기 시작하면 무의식적으로 전부 다 하게 되'어 있었던 것이다. 이 자동적인 움직임은 무엇을 말해 주는 것일까? 미루어 짐작컨대, '돌격대'는 자의적이기보다는 타의에 의 해 길들여진 대로를 습관적으로 행하고 있다고 보여진다. 따라서 '지도' 라는 말을 할 때면 더듬거리는 현상도, 국토지리원이라는 목표가 자신의 의지에 의한 선택이라기보다 강요된 것이기에 '혼네'가 거부하는 표시일 것이다. 즉 일종의 강박관념이 만들어낸 증세라고 해석할 수 있다.

어쩌면 긴장되고 강요된 삶에 익숙한 일본인 독자들은, 작가는 '왜 이 소설 속에서 등장인물들이 거의 예외 없이 자폐 세계에 머물며, 그것 을 견뎌내고 있는지에 대해 납득할 만한 이유를 언급하지 않고 있다'[5] 는 생각을 할지도 모르겠다. 하지만 이상에서 살펴본 바와 같이 자살자 들에게는 '혼네'를 감추며 살아가야 하는 고충이 있었던 것이다. 따라서 고시카와 요시아키(越川芳明)의 『노르웨이의 숲』은 인생의 진리나 교훈 을 당당하게 말해주는 리얼리즘소설이 되어 있다.'[6]는 지적은 소설의 본질에 접근해 있는 견해라고 생각한다.

2. 아미료의 치료법으로서의 '정직'

자신의 생각을 제대로 표현할 수 없는 '말찾기병'에 걸린 나오코가 정신적 안정을 취하기 위해 찾아간 곳은, 교토의 깊은 산 속에 있는 아 미료라는 곳이었다. 이 아미료에서 제안하고 있는 치료법이 무엇인가 하면, '정직'할 것과 상부상조하라는 것이다.

나오코를 위해 할 수 있는 일을 묻는 와타나베에게, 레이코는 다음과 같이 말한다.

> 무엇이든 정직하게 말해. 그게 제일 좋은 방법이야. 만일 그러다가 다소 상처를 입히게 된다 하더라도, 혹은 아까처럼 누군가의 감정을 흥분시키더라도 긴 안목으로 보면 그게 제일 좋은 방법이야. 네가 진정으로 나오코를 회복시키고 싶다면, 그렇게 해. 처음에도 말했듯이, 나오코를 도와주겠다고 생각하지 말고, 그 애를 회복시킴으로써 자기 스스로도 회복되기를 바라는 거야. 그게 여기 방법이니까. 그러니까 너도 여기서는 무슨 일이든 정직하게 말하도록 해. 외부 세계에서는 모두가 뭐든지 정직하게 말하지는 않잖아.

자폐적인 경향이 있는 사람들에게는 마음을 열게 하는 일이 무엇보다 중요할 것이다. 따라서 작가는 아미료의 치료 방법으로서 '정직'할 것을 내세운다. 나오코도 아미료에 들어오고 나서부터, '정직하게 말할 생각을' 가지게 되고, 그럼으로써 앞장에서도 살펴본 바와 같이, 이 작품 속에서 큰 비중을 차지하는 기즈키의 자살의 의문점도 해결의 실마리를 찾게 된다. 또한 나오코의 자살에 대해서도 독자는 나오코 자신의 솔직한 심정 토로를 통해 납득할 수 있게 되는데, 이 점은 다음 장에서 구체적으로 생각해 보기로 하자.

'정직'함을 전면에 내세운 작가의 논리는, 레이코의 입을 통해서, 온갖 감정들이 표출되지 못하고 몸속에 쌓이면 그것들이 점점 굳어져서 죽어가게 된다고 설명되기도 하는데, 그 진짜 의도는 '정직'함이라는 렌즈를 통해서 인간의 불완전성을 투사하려는데 있는 게 아닌가 생각된다.

나오코가 아미료에서 와타나베에게 보낸 편지 속에는 다음과 같은 내용이 들어있다.

> 이상한 얘기지만 게임을 하면서 주위를 둘러보면, 누구나가 다 비슷하게 일그러져 보이는 거야.

어느 날, 내 담당의사에게 그 말을 했더니, '나오코양이 느끼고 있는 것은 어떤 의미에선 옳다'고 하더군. 그는 우리가 여기 있는 것은 그런 일그러진 면을 교정받기 위해서가 아니라, 그런 일그러짐에 익숙해지기 위해서라고. 우리의 문제점 중 하나는 그런 일그러짐을 인정하고 받아들 이지 못하는데 있다, 고.

의사의 말은 단도직입적으로 말해서 나오코와 같은 정신적 질환일 경우, 자신이 정신병 환자라는 것을 인정하라는 것이다. 이것은 다시 말하면 자기 스스로에게 정직하라는 말이기도 하다. 그래서 아미료의 가장 좋은 점은, '누구나 자기가 불완전하다는 것을 알고 있으니까 서로 도우려고 한다'는 점이 되는 것이다.

호조 다미오(北条民雄)의 「생명의 초야(いのちの初夜)」에는, 나병에 걸 린 주인공 오다가 나환자촌에 들어와 좌절하다 자살을 기도하자, 동료 인 사에기가 '완전히 나환자의 생활을 획득할 때 인간으로서 다시 살아' 날 수 있다고 충고한다. 그 충고를 받아들인 오다는 '생명의 초야를 맞 이하게 되는 것이다. 우리는 이 작품에서 자신의 실체를 정직하게 인정 하는 자만이 행복해질 수 있다는 메시지를 읽을 수 있는데, 바로 이와 같은 메시지를 『노르웨이의 숲』에서도 엿볼 수 있는 것이다.

특히 하루키의 소설에는 내면적으로 불완전한 사람뿐만 아니라, 외 형적인 불구를 가진 등장인물이 많은 편이다. 『바람의 노래를 들어라(風 の歌を聴け)』에서는 왼손 새끼손가락이 없는 여자가 나오고, 『댄스 댄스 댄스(ダンス・ダンス・ダンス)』에서는 왼팔이 없는 시인이 나온다. 그런가 하면 『1973년의 핀볼(1973年のピンボール)』에서는 한쪽 발을 못 쓰는 늙 은 고양이도 나온다. 또한 현대의 미적 기준에서 볼 때, 날씬하고 세련되 고 예쁜 여자는 주인공 남자의 매력을 끌지 못한다. 대체로 하루키 소설 의 남자 주인공들은, 예쁘지는 않지만 매력이 가는 여자를 선호한다. 『세 계의 끝과 하드보일드 원더랜드(世界の終りとハードボイルド・ワンダーラン

ﾄ)』에서는 주인공이 뚱뚱한 여자에게 매력을 느끼는가 하면, 『노르웨이
의 숲』에서는 웃으면 얼굴에 주름이 많이 지고, 가냘프게 마른 몸에 젖
가슴이라곤 거의 없는 레이코에게 호감을 갖는다. 그와 반대로 '천사'같
이 아름다운 열세 살의 소녀는 겉모습만 예뻤지, '그 아름다운 피부를
한 꺼풀 벗기면 그 속은 전부 썩은 살 뿐'인 '허언증(虛言症)' 환자로 묘사
된다.

나오코의, '우린 모두 어딘가가 비틀어지고 휘어져 있고, 헤엄을 잘
못쳐서 점점 가라앉아 가는 사람들이야. 나도 기즈키도 레이코 씨도.
다 그래. 왜 좀 더 정상적인 사람들을 좋아하지 않는 거야.'라는 질문에,
와타나베는 '내가 비틀어져 있다고 생각하는 사람들은 모두가 활기차게
바깥세상을 활보하고 있'다고 대답한다. 이 말은 작가가 인간에게 있어
서 정상과 비정상의 기준을 무엇으로 삼느냐에 따라 그 의미가 뒤바뀔
수 있다는 견해를 밝힌 것이라고 할 수 있다. 즉 '정직'이란 렌즈를 통해
보면, 우리 인간의 불완전한 모습이 드러나게 되고, 누구나가 그런 모습
으로 살아가기 때문에 있는 그대로의 모습을 존중할 수 있게 된다. 더
이상 완전한 모습을 갖추려고 애쓸 필요가 없다는 것이다. 바로 그런
세계가 아미료이다. 누구나가 불완전하다는 것을 인정하고 있으므로 상
부상조하며 '남을 괴롭히지 않아도 되고, 남한테 괴롭힘을 당하지 않아
도 된'다. 인간이 지향하는 바가 그런 것이라면 아미료에 사는 사람들이
야말로 정상이라고 할 수 있을 것이다.

작품 속에서는, '아미'란 말에 대해 '친구'라는 뜻의 불어라고 소개하
고 있는데, 다나카 레이기(田中勵儀)는 어쩌면 '한자음이 통하는 "아미타
불"을 연상시키는 명명이었는지도 모른다7)는 의견을 내놓았다. 극락세
계를 관장하는 아미타불의 '아미'라고 생각할 수도 있다는 것이다. 이곳
이 지금 살펴본 바와 같이, 모두가 서로 도우며 '평등'하고 '평온'하게
살고 있다는 점에서 보면, '일종의 유토피아'8)라고 볼 수 있는데, 그런

관점에서는 일맥상통하는 견해이리라.

작가 무라카미 하루키의 관심이 이렇게 내면적, 외형적인 불구에 쏠리는 것은, 완전함이나 완벽함에 대한 불신에서 비롯된 것이 아닌가 싶다. 『바람의 노래를 들어라』의 첫줄은, '완벽한 문장은 존재하지 않는다. 완벽한 절망이 없듯이'라고 '완벽'에 대한 신뢰를 거부하는데서 시작한다. 물론 여기에는 '절망'에서 구제받을 수 있다는 여지를 남고 놓고 있다는 해석도 유효하다. 『노르웨이의 숲』에도, '나는 생각한다. 문장이란 불완전한 용기에 담을 수 있는 것은 불완전한 기억이나 불완전한 상념밖에 없다고' 하는 말이 나오는데, 여기에도 이미 '문장'이나 '기억', '상념' 등이 완전할 수 없다는 전제가 깔려 있다.

그래서 하루키 소설의 주요 등장인물들은 거의 예외 없이 문제점을 하나 이상씩 안고 있다. 이 작품에서도 자살한 자들은 말할 것도 없이, 주인공 와타나베는 열일곱 살 때, 유일한 친구인 기즈키가 자살함으로서 깊은 상처를 입고 마음속에 '딱딱한 껍데기' 만들고 만다. 부모의 사랑을 받지 못하고 자란 미도리 역시 애정 결핍 증세를 보이는 환자이다. 아미료에서 치료중인 레이코도 피아니스트를 지망했다가 왼손 새끼손가락이 마비되는 바람에 좌절을 겪었고, '허언증'에 걸린 '천사'같은 소녀에게 농락당함으로써 정신적인 쇼크로 자살을 기도하기도 한다. 하지만 이렇게 정상이라고 할 수 없는 상황에 놓여있는 인물들에게, 작가는 '정직'을 생활화시킴으로써 자폐에서 자살에 이르는 전철은 밟지 않아도 되도록 설정한 것이다. '이 소설을 한 마디로 정의해 보면, 사이코 테라피(정신요법) 내지는 카운셀링문학'9)이라고 본 것은 적절한 견해가 아닐 수 없다.

이상에서 살펴본 바와 같이, 이 소설에서의 '정직'함은 단지 정신 치료 요법으로 이용되는데 그치지 않고, 인간의 본질을 투시하는 렌즈로써 스토리의 근간을 이루고 있다고 할 것이다.

마지막으로 언급하고 싶은 것은, 『노르웨이의 숲』이란 작품이 주인 공의 '정직'한 성격을 배경으로 하여 시작되고 있다는 점이다. 제1장은, 37세의 주인공 '나'가 함부르크공항에 도착하면서 들은 비틀즈의 곡 「노르웨이의 숲」을 통해 그 노래를 좋아하던 나오코를 떠올리며, 자신의 18년 전의 추억을 더듬어본다는 내용으로 되어 있다. 아미료에서 정신 치료 중이던 나오코와 산책하면서 '나'는 그녀의 두 가지 부탁을 들어주기로 약속하는데, 그것은 '이렇게 날 만나러 와줘서 정말 고맙게 생각하고 있다는 점을 꼭 알아주기 바'란다는 것과 '내가 존재했고, 이렇게 와타나베 곁에 있었다는 사실을 영원히 기억해' 달라는 것이었다. '나'는 '물론 영원히 잊지 않을 거야'라고 대답했고, 세월이 흐르면서 기억이 점점 흐려지고 있음을 알게 되자,

> 하지만 어찌됐건 지금으로서는 그 기억들이 내게 남아있는 기억의 전부이다. 이미 희미해져 버렸고, 지금도 시시각각 희미해져 가는 그 불완전한 기억을 내 가슴에 꼭 껴안고 고깃살이 얼마 붙어 있지 않은 뼈다귀라도 핥는 심정으로 나는 이 문장을 써나가고 있다. 나오코와의 약속을 지키기 위해서는 이렇게 할 수밖에 달리 방법이 없는 것이다.

라고 생각했던 것이다. 다시 말해서 『노르웨이의 숲』은 '정직'한 와타나베가 18년 전의 나오코와의 약속을 지켰다는 증거물이 되는 셈이다.

3. '사람이 사람을 사랑한다는 것'의 의미

가와무라 미나토(川村湊)는 제목에 있는 '숲'의 한자 '森'자가 상징하는 의미를 고찰하면서, '한 마디로 말해서 〈나〉를 둘러싼 갖가지 삼각형의 "사랑"의 갈등을 그린 것'[10]이라고 하며, '둘만의 "이각 관계"야말로 그러

한 마음 병의 원인이 되기 때문이다'라고 정리했다.

과연 이 작품 속에는 세 사람씩 그룹을 지을 수 있는 관계가 여럿 나온다. 기즈키와 나오코와 와타나베, 와타나베와 나오코와 미도리, 미도리와 와타나베와 남자친구, 나가사와와 하쓰미와 와타나베 등이 그것이다. 그러나 삼각관계로 인해 일어나기 쉬운 질투나 갈등이 그다지 야기되지는 않는다는 점에서, 등장인물들의 관계를 '삼각형'으로 보기는 어렵다고 생각한다. 와타나베의 경우 나오코와 미도리를 동시에 사귀고 있지만, 마치『겐지 이야기(源氏物語)』처럼 병렬형으로 진행될 뿐, 그들이 서로 얽히고설키는 일은 없는 것이다. 더욱이 '사람이 사람을 사랑한다는 것의 의미'를 생각해 보고 싶었다는 작가의 말을 존중한다면 마땅히 보편적인 1대1의 관계에서 탐구해나가야 그 의도가 파악되지 않을까 싶다.

이 작품에는, 기즈키와 나오코, 와타나베와 나오코, 와타나베와 미도리, 나가사와와 하쓰미의 연애가 묘사된다. 하지만 '백퍼센트 연애소설'이라는 작가의 선포에도 불구하고, 이 작품을 연애소설로 보지 않는 견해가 심심치 않게 등장한다.「비 '연애소설'로서의『노르웨이의 숲』」[11]이라는 연구제목이 나오는 것도 그렇고, '"순수한 연애소설"이긴 해도 "순수한 연애의 소설"이라고는 말할 수 없을 것 같다'[12]고 하는 것도 그 한 예일 것이다. 심지어는 '연애의 불가능을 나타내고 있는 것이 아닌가'[13] 하는 비판적인 견해조차 제기되는 실정이다. 이런 견해들이 나오는 것은 여러 형태의 커플들의 사랑이 해피엔드로 끝나는 예가 없기 때문이리라.

사실 주인공 와타나베의 성격적 양상을 보면, 나오코와 크게 다를 바가 없어 보인다. 와타나베 자신도 '내 마음 속에는 딱딱한 껍데기 같은 게 있어서, 그것을 뚫고 안으로 들어올 수 있는 사람은 극히 제한되어 있는 것 같다, '그래서 사람을 제대로 사랑할 줄 모르는'가 보다 라고 자신의 자폐성을 인식하고 있다. 미도리한테서도 '와타나베는 언제나 자기 세계에만 틀어박혀 있어서 아무리 노크를 해도 잠시 쳐다볼 뿐 금방 제자리로 돌아가 버려'라는 말을 듣는다. 그런가 하면 나가사와도 '와타나베도 나처럼 본질적으로는 자신한테만 흥미를 느끼는 인간이야. 거만하냐 거만하지 않냐의 차이는 있을망정. 자기가 무슨 생각을 하는지, 무엇을 느끼는지, 어떻게 행동할 것인지, 그런 것밖에는 흥미가 없어. 그러니까 자기와 남을 따로 떼어놓고 생각할 수가 있는 거지'라며, 와타나베의 개인주의적인 성격을 지적한다.

필자가 보기에 『노르웨이의 숲』은 와타나베가 자신의 '딱딱한 껍데기' 속에 일단은 나오코와 미도리를 받아들이고자 했던 이야기라고 생각된다. 그래서 이야기 속에 자주 등장하는 '껍질 벗기기' 묘사가 의미심장하게 다가온다. 예를 들면 아미료에서 나오코와 마주앉은 아침식탁에서 와타나베는 '삶은 달걀껍데기'를 벗긴다. 또 레이코와 둘이서만 산책할 때, 레이코가 어느 집에서 포도를 얻어오자 와타나베는 '껍질과 씨는 땅에 뱉'고 먹는다. 미도리와의 경우에는 '미도리는 내게 껍데기가 딱딱한 피스타치오를 건네주었다. 나는 힘들게 그 껍데기를 벗겼다'는 문구가 나오고, 미도리가 와타나베를 좋아한다고 고백하는 장면에서는 미도리가 껍데기를 벗겨놓은 피스타치오를 와타나베가 먹기도 한다. 다시말해서 부서지기 쉬운 '삶은 달걀껍데기' 벗기기는 나오코와의 이루어질 수 없는 사랑을 암시하고, 미도리가 건네준 피스타치오의 딱딱한 껍데기를 와타나베가 벗겨 먹는다는 것은 미도리에게 마음을 허락한다는 암시이며, 레이코가 가져온 포도의 껍질과 씨를 뱉고 먹는다는 것도, 마지막 장면에서 4번씩이나 섹스를 갖게 되는 관계를 암시하는 것이라고 보여진다.

나오코와 와타나베의 사랑은 이루어지지 않는다. 그것은 무엇보다도 나오코가 '말찾기병'이란 병에서 회복될 수 없었기 때문이다.

무슨 말을 하려고 해도, 언제나 엉뚱한 말밖에 떠오르지 않아. 엉뚱한 말이 아니면, 완전히 반대되는 말이 나오거나. 그래서 그 말을 정정하려고 하면 한층 더 혼란스러워져 점점 빗나가고, 나중에는 맨 처음에 무슨 말을 하려고 했는지도 모르게 돼버려.

자신의 생각을 제대로 말로 표현할 수 없는 '말찾기병'이란 병의 증세는, 아마도 작가의 '문명이란 전달이야', '만일 아무런 표현도 할 수 없게 된다면, 그건 존재하지 않는 것과 마찬가지가 되는 거야'[14]라는 생각에서 나온 듯하다. 즉 의사소통의 가부를 인간 존재 의미의 유무와 결부시키고 있는 것이다.

나오코가 '말찾기병'에 걸렸다는 것은 그 증세로 보아 마음의 혼란을 겪고 있다는 뜻인데, 나오코의 발병 시기가 와타나베를 만난 후부터였다는 점에서 그 병의 원인이 와타나베와 깊은 관계가 있어 보인다. 나오코는 와타나베에게 말한다. '난 네가 생각하고 있는 것보다 훨씬 깊은 혼란에 빠져 있어. 어둡고, 차갑고, 혼란스러워서…… 왜 넌 그때 나랑 잔 거야? 왜 날 그냥 내버려두지 않았어?' 라고. 이 비난조의 말투에는 네가 나와 자는 일만 없었어도, 나에게 혼란 같은 것은 생기지 않았을 거야 라는 의미가 내포되어 있다. 다시 말해서 나오코의 혼란은 생일날 와타나베와 가진 섹스로 인해 그 무게가 가중되었다는 뜻이다.

아미료에서 '정직'을 생활화 하는 나오코는 그 혼란의 정체를 이렇게 밝힌다. 오랫동안 분신처럼 사랑해온 기즈키와는 아무리 노력해도 몸이 젖어오지를 않아서 섹스가 불가능했었는데, 생일날 찾아온 와타나베를 처음 본 순간부터 줄곧 젖어 있었고, 안기고 싶은 생각만 들었다. 그리고 와타나베가 몸 안으로 들어왔을 때는 '이대로 영원히 이 사람한테 안겨 있고 싶'을 만큼 행복한 감정에 도취되어 있었다고 한다. 어째서 정말로 사랑하는 기즈키에게는 몸이 열리지 않고, 사랑을 확인한 적도 없는 와타나베와는 난생처음인데 황홀한 기분의 섹스가 이루어졌단 말인가? 여기서 나오코의 혼란은 시작되었던 것이다. 그렇다면 과연 사랑이란 무엇인가 하는 의문이 생겨난다.

작가 하루키는 『댄스 댄스 댄스』에서 섹스를 '한정된 형태에서의 완벽한 커뮤니케이션'이라고 표현한 바 있는데, 바꿔 말하면 사랑이란 '완벽한 커뮤니케이션'을 이룰 수 있는 관계 속에 존재한다는 말이 된다. 물론 거기에는 서로의 마음을 정직하게 열어야 한다는 전제와 함께.

하지만 나오코는 그 이후로는 더 이상 섹스하고 싶은 생각도 들지 않았고, 젖어본 적도 없음으로 해서 와타나베와의 사랑이 불가능하다는 것을 깨닫고, '나는 더 이상 그 누구도 내 속으로 들어오지 않았으면 하는 것 뿐이야. 더 이상 그 누구로 인해 혼란스럽고 싶지 않을 뿐이야.'라는 말을 레이코에게 남기고 자살한다. 나오코에게 와타나베의 존재는 새로운 사랑에 대한 희망이 되어 주질 못했다. 그러나 여기에는 '기즈키가 어두운 곳에서 손을 뻗쳐 나를 찾고 있는 듯한 느낌'에서 헤어나지 못한 나오코의 숙명이 개입되어 있었음 또한 부정할 수 없다.

나오코가 와타나베에게 자신을 영원히 잊지 말아 달라고 부탁한 것은, 여성으로서의 존재 의미를 깨닫게 해 준 남자였기 때문에 가능했다. 『바람의 노래를 들어라』에서의 주인공 '나'의 여자친구가, '나'의 페니스를 '당신의 레종 데트르' 라고 말한 것과 무관하지 않을 것이다.

섹스가 '한정된 형태에서의 완벽한 커뮤니케이션'이라고 한다면, 미도리가 와타나베에게 끊임없이 포르노소설을 방불케 하는 성(性)적 호기심을 피력하고 성적 상상을 펼치는 것은 그에게 '완벽한 커뮤니케이션'을 추구하고자 하는 욕망의 표현이었다고 볼 수 있다.

다만 결말 부분에서 와타나베가 레이코와 섹스를 하는 것은, 언뜻 와타나베에게 부정적인 인상을 남길 수도 있는 여지가 없지 않다. 하지만 굳이 작가가 한 번도 아니고 하룻밤에 4번씩이나 섹스를 했다고 묘사한 것은, 지나쳐버릴 수 없는 의도가 담겨 있다고 보인다. 그것은 어쩌면

서로가 아픈 상처를 공유하는 사람들이라는 것, 두 사람 다 새로운 출발을 앞두고 있다는 것 등을 아울러 생각해볼 때, '레이코와의 섹스는 커다란 정신적 성장을 위한 허들을 뛰어넘은 것을 나타내는 기념비'[15]였다고 봐도 무방할 것 같다. 와타나베는 미도리에게로 다가갈 마음의 준비를 새로이 하고, 레이코는 아미료에서 세상으로 나가는 두려움을 떨쳐버리고 꿋꿋하게 살아갈 용기를 얻게 되기 때문이다.

그런데 레이코의 조언에 용기를 얻어 미도리에게 전화한 와타나베는, 미도리가 '지금 어디 있는데?'라는 질문에 선뜻 대답하지 못한다. 작가는 '그곳이 어딘지 나로서는 알 수가 없었다. 짐작조차 할 수 없었다.'로 끝맺어 버리는 것이다. 작가가 이렇게 애매한 결말을 내린 이유는 무엇일까?

나오코의 생일날 함께 잔 이후, 와타나베는 자신의 솔직한 심정을 편지로 전한다.

> 그리고 그런 시간이 지나간 다음, 내가 도대체 어디쯤에 있을 지는, 지금의 나로선 짐작조차 가지 않는다. 그러니까 나는, 너에게 아무런 약속도 할 수 없고, 어떤 요구를 한다거나, 입에 발린 말을 늘어놓을 처지가 안 된다. 우선 우리는 서로에 대해 너무 아는 것이 없다. 하지만 만일 네가 나에게 시간을 준다면, 나는 최선을 다할 것이고, 우리는 훨씬 서로를 잘 알게 되겠지.

또한 레이코가 나오코의 회복을 언제까지나 기다릴 수 있을 정도로 그녀를 사랑하느냐고 묻자, 와타나베는 '모르겠다'고 솔직히 대답하며,

> 나도 사람을 사랑한다는 게 어떤 것인지 정말이지 잘 모르겠어요. (중략) 하지만 내가 할 수 있는 일을 최대한 해보고 싶어요. 그렇게 하지 않으면 내가 어디로 가면 좋을지도 잘 모를 테니까요. 그러니까 아까 레이코씨가 말했듯이, 나와 나오코는 서로를 구제해줘야 하고, 그렇게 하

는 길만이 서로가 구제받을 수 있을테니까요.

라는 말을 덧붙인다. 와타나베는 나오코와 관련하여 중요한 결정을 내릴 때마다 자기의 위치를 가늠해 본다. 그리고 자신감은 보이지 않지만, 나오코를 위해서라면 자신이 '최선'을 다해 보겠다는 각오를 다지는 것만은 분명하다.

그러나 결말부분에서 와타나베가 미도리에게 전화한 경우에는, 그의 상황이 그전과 완전히 달라져 있음을 간과해서는 안 된다. 와타나베는 나오코의 죽음으로 '어떠한 진리도 사랑하는 이를 잃은 슬픔을 치유할 수 없다는 것'을 깨달았다. 이 와타나베의 뼈저린 고통의 체험은, 자신이 미도리를 위해서 '최선'을 다할 수 있을지를 주저하게 만든 것이다. 다시 말하면 기즈키를 잃은 나오코의 슬픔의 무게를 와타나베가 충분히 인식했다는 말이며, 나오코가 자신을 사랑할 수 없었던 애처로운 심정을 절감하고도 남는다는 말이 된다. 하물며 나오코를 잃어 '어떠한 진리도 사랑하는 이를 잃은 슬픔을 치유할 수 없다'는 것을 잘 아는 와타나베가 선뜻 미도리에게 자신의 위치를 가르쳐줄 수는 없는 일이 아닐까 생각된다. 어쩌면 미도리에게도 자기가 겪은 고통을 물려주게 될 지도 모르기 때문이다. 그런 의미에서 필자는, 나오코를 와타나베의 '내적 세계의 고통의 체현자' 또는 '분신', '거울'이라고 지적한 가토 노리히로(加藤典洋)의 견해16)나, '무라카미가 나오코를 통해서 그리고자 한 것은 언니나 기즈키의 자살에 의한 결손을 보충할 수 없는 삶의 양상이었다'17)고 한 요시다 하루오(吉田春生)의 견해는 정곡을 찌르고 있다고 생각한다.

이렇게 기즈키의 죽음으로 나오코가 고통스러워하고, 그 나오코의 죽음으로 와타나베가 고통스러워하는 연결고리 형식의 구조가, 바로 '삶의 한 가운데에, 모든 것이 죽음을 중심으로 회전하고 있었'다는 작가의 표현의 의미가 아니었을까 생각한다.

　요컨대 '치유할 수 없'는 슬픔을 안은 와타나베는, 애정에 목말라하는 미도리를 감당할 만한 자신을 가질 수가 없는 것이다.

　고단샤(講談社)에서 출간된 『노르웨이의 숲』 상권은 핏빛 빨강으로 되어 있고, 하권은 진초록으로 되어 있다. 이 색깔은 작가 스스로가 선정한 것이라고 한다. 사실 '나는 『노르웨이의 숲』을 쓰고 있을 때부터, 어찌된 셈인지, 장정은 이것밖에 없다고 생각하고 있었습니다.' '이 소설은 대단히 감정이 강한 소설이니까, 선명하고 강한 색깔을 쓰고 싶었던 겁니다. 따라서 초록과 빨강이었지요.'18)라는 작가의 언급이 없더라도, 이 강렬한 대비는 작품 속의 정반대의 성격을 가진 두 여주인공을 상징한다는 느낌이 드는 것은 분명하다. 다만 필자는 좀 더 구체적으로, 와타나베가 느끼는 두 여자의 대조적인 사랑의 느낌을 나타내는 것이 아닌가 생각되는 바이다. 초록색은, 나오코에 대한 '조용하고 부드럽고 맑은 애정'이고, 빨간색은 미도리에 대해서 '서서 걸어 다니고, 호흡하고, 고동치고 있는' 애정을 상징하는 것이리라. '그곳이 어딘지 나로서는 알 수가 없었다. 짐작조차 할 수 없었다.'는 와타나베의 독백은, 그 두 가지 보색이 더해지면 까맣게 되어 버리듯이, 두 여자로 인하여 혼란스러워진 와타나베의 심상을 스케치한 것이라 생각된다. 와타나베의 마음의 문이 열릴듯하다가 닫혀가고 있는 것이다.

　사실 와타나베가 미도리와 나오코의 대조적인 사랑 사이에서 잠깐이지만 갈등을 겪는 일은 양다리를 걸쳤다는 의미에서, 어쩌면 지탄의 대상이 될지도 모른다. 하지만 작가는 거기서 야기되는 갈등을 레이코에게 솔직하게 고백하고 상담하게 함으로써, 그 지탄을 동정으로 바꾸고 그의 갈등을 승화시켜 더욱 애절함을 고조시키는 분위기로 재창출한다. 또한 레이코로 하여금, '우리는(정상인과 비정상인을 다 포함시킨 총칭이야) 불완전한 세계에 사는 불완전한 인간들'이라는 말로 와타나베를 위로하게 함으로써, 그의 갈등을 정당화시키기도 한다. 여기서 작가는

'정직'의 효과를 극대화시켜 보여주는 것이다.

작가가 '연애소설'이라고 표방한 『노르웨이의 숲』의 정체는, 사실 사랑으로 맺어지는 커플이 없는 소설, 상대방에게 실연의 고통만 남기는 연인들이 나오는 소설임이 밝혀졌다. 이렇게 이 소설의 남녀들이 비련의 사랑으로 끝나게 되는 근본적인 이유는, 바로 와타나베를 비롯한 등장인물 대부분의 자폐적인 성향 때문이다. 그런 부류의 치료법으로 작가는 아미료를 통해 '정직'요법을 제시한다. 모두가 정직하게 자신의 불완전함을 인정함으로써, 서로가 상처를 주지도 받지도 않는 유토피아를 설정한 것이다.

그렇다면 작가가 추구한 '사람이 사람을 사랑한다는 것의 의미'는 어떻게 표현된 것일까?

작가는 '정직'만이 '최대의 미덕'인 나가사와라는 인물을 통해서 이렇게 말한다. 일반적인 사람들은 '이해받기 원하는 것'을 '사랑'이라고 부르지만, '사람이 누군가를 이해한다는 것은 그럴 수 있는 시기에 이르렀기 때문이지, 그 누군가가 상대에게 이해해 주길 바랬기 때문이 아니다'라고. 누군가가 '누군가를 이해한다는 것'은 쌍방의 마음이 '정직'하게 열려있지 않으면 안 된다. 서로의 마음이 열려있으면 자연스럽게 사랑은 시작되는 것이라는 메시지가 읽혀지는 것이다.

우리 사회는 점점 개인주의화되어 '오타쿠족(お宅族)'이라는 신조어가 생길 정도로 개인주의적이고 자폐적인 경향이 짙어지고 있는 것이 현실이다. 어쩌면 작가는 이 작품을 통해서 우리 모두가 자신의 '딱딱한 껍데기'을 깨고 나와, 사랑이 꽃피는 사회가 되기를 진정으로 염원하고 있는 것인지도 모르겠다.

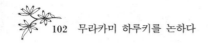

▌주 ▌

〈초출〉이 글은『일본어문학』제20집(일본어문학회, 2003.3)에 게재된 논문을 가필 보완한 것임.

1)『하루키 문학 수첩』(1996) 문학사상사 자료조사 연구실 편저, pp.30-32

2)「한국어판에 부치는 저자의 서문」(유유정 옮김(2002)『상실의 시대』, 문학사상사) p.8

3) 芳川泰久(2001.5)「失われた冥府─あるいは村上春樹における〈喩〉の場所」『ユリイカ　総特集・村上春樹の世界』臨時増刊, p.126

4) 원문은 講談社에서 간행된 1988년도 판『ノルウェイの森』上・下巻을 참고했음.

5) 竹田青嗣(1998)「"恋愛小説"の空間」『日本文学研究論文集成 46 村上春樹』, 若草書房, pp.142-143

6) 越川芳明(2001.5)「『ノルウェイの森』─アメリカン・ロマンスの可能性」(주 3과 같은 책) p.196

7) 田中励儀(1995.3)「『ノルウェイの森』─現実界と他界との間で」『國文學』, p.79

8) 주 6)과 같은 책. p.189

9) 中野収(2001.5)「『村上春樹現象』はなぜ起きたのか」『ユリイカ　村上春樹の世界』臨時増刊, p.185

10) 川村湊(1997)「〈ノルウェイの森〉で目覚めて」『群像 日本の作家 26 村上春樹』, 小学館, p.210

11) 吉田春生(1997)『村上春樹, 転換する』, 彩流社, p.75

12) 주 5)와 같은 책. p.142

13) 小原真紀子(2001. 3)「ノルウェイの森でつかまえて」『ユリイカ　総特集・村上春樹を読む』臨時増刊, p.139

14)『바람의 노래를 들어라』에서, 통 말을 하지 않는 어린 주인공을 치료하던 정신과 의사가 '나'의 입을 열게 하기 위해 한 말.

15) 주 5)와 같은 책. p.198

16) 加藤典洋(2001)「『ノルウェイの森』─世界への回复・内閉への連帯」『村上

　　春樹』, 荒地出版社, p.133

17) 吉田春生(1997)「〈非「戀愛小説」としての『ノルウェイの森』」『村上春樹, 転
　　換する』, 彩流社, p.83

18) 村上春樹(1989. 4)「『ノルウェイの森』の秘密」『文藝春秋』

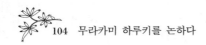
【 참고문헌 】

문학사상사 자료조사 연구실(1998)『하루키 문학수첩』, 문학사상사
加藤典洋(2001)『村上春樹』, 荒地出版社
_____ 他(1997)『群像 日本の作家 26 村上春樹』, 小学館
木股知史 編(1998)『日本文学研究論文集成 46 村上春樹』, 若草書房
吉田春生(1997)『村上春樹, 転換する』, 彩流社
『國文學』學燈社, 1995.4
『ユリイカ』「村上春樹を読む」臨時増刊, 青土社, 2001.3
『ユリイカ』「村上春樹の世界」臨時増刊, 青土社, 2001.5

무라카미 하루키의 고도성장기 풍경

김영옥*

1. '자기 지우기'

무라카미 하루키(村上春樹) 문학이 『상실의 시대(원작 명 『ノルウェイの森』)』로 한국의 독서계에 충격적으로 수용된 이후, 일본문학번역 작품의 국내 수요는 폭발적으로 증가하였다.[1) 서점에 늘어선 방대한 양으로 번역된 일본문학이 우리를 낯설지 않게 한 것만으로도 무라카미 하루키 문학은 주목할 만한 충분한 가치가 있지만, 이 소론에서는 그것을 가능하게 한 몇 가지 이유에 대하여 생각해 보고자 한다.

이는 무라카미 하루키의 소설들이 고도성장기 일본 풍경을 그린 점과 관련하는데, 이 글에서는 첫째 자주 회자되는 무라카미 문학의 '무국적성' 문제를 검증하고, 둘째 근대와 현대의 경계에서 현대로 이행하는 무라카미 문학의 의미를 고찰할 것이다. 이 두 가지 문제는 서로 분리된 것이 아니라 무라카미 문학의 '풍경'이라는 주제와 맞물려 나온 것들이다. 우선 이 글이 첫 번째로 문제 삼는 '무국적성'에 관한 논의는 무라카

* 金榮玉 : 성균관대학교 강사, 일본근현대문학 전공

미 하루키 이전의 일본소설들이 문제의식의 원천으로 삼았던 '일본'이
라는 '장소'의 개별성에서 벗어남으로써 그의 소설이 '일본'이라는 '시·
공간'을 초월하여 세계적으로 수용되기 쉬웠다는 점과, 그럼에도 불구
하고 그의 작품에 농후하게 남는 일본 사회의 그림자라는 양면성에 주
목하고자 하는 것이다. 그리고 두 번째 문제의식인 근대와 현대의 경계
지점에 대한 논의는 등장인물이 속한 풍경을 어떤 방식으로 내면화 하
는가 하는 점을 따져 본다는 것이다. 이 점은 본론에서 논하는 바와 같
이 '자기 지우기'라는 무라카미 하루키의 독특한 표현 방식에 대한 문제
이기도 하다.

2. 국적 지우기

무라카미 하루키가 국제적으로 널리 알려진 작가이고 그의 문학이
국적을 초월하여 읽힌다는 점은 재론의 여지가 없다.[2] 이에 대해서 쓰
보이 히데토는 다음과 같이 시사적인 발언을 하고 있다.

(전략) 무라카미 소설은 국제성과 이국취미를 적당히 혼합해서 새로
운 맛으로 만들어냄으로써 미국 독자를 착실히 늘려가고, 그 평가가 일
본에 재상륙하여 그의 문학적 위치를 견고히 한다는 현상도 지적할 수
있을 것이다. 오지마 노부오(小島信夫) 혹은 오에 겐자부로(大江健三郎)의
소설처럼 70년대까지의 문학에서 미국과 일본의 관계라는 모티브는 양
자의 정치적 관계의 동향과도 대응해서 일종의 긴장감을 내포하여 표상
되었다. 무라카미 하루키 작품에는 일단 그와 같은 긴장감에서 해방된
청량감이 있다. 문체나 기교의 힘도 있지만 일본어 독자에게도 무라카미
소설은 적당한 국제성과 이국취미의 융합, 즉 무국적적인 풍미를 환기시
킨다. 위의 오에가 그런 것처럼 오로지 유럽의 동시대 문학과 사상에 의
해서 수련을 거듭하여 미국에 소개됨으로써 국제적 평가를 얻는다는 패

턴을 밟아온 일본의 전후문학이 80년대 이후 새로운 단계로 전환된 것을
무라카미 하루키의 예는 단적으로 나타낸다. (후략)3)

"적당한 국제성과 이국주의의 융합, 즉 무국적적인 풍미"는 무라카미
하루키 문학의 평어로서 매우 적절하다. 미국의 팝문화를 옮겨왔다는
지적, 그리고 같은 맥락에서 논해지는 무국적성의 성격에 대해서는 상
식적인 수준에서 논자와 독자들에게 이해됨으로써 오히려 그 안에 내포
된 문제들을 구체화시키지 못했다. 여기서 필자가 주목하는 것은 무라
카미 하루키 문학의 무국적성이 어떤 모습을 하고 있는가 하는 점이다.

'전후' 일본문학은 가와바타 야스나리(川端康成)가 노벨문학상을 수상
함으로써 세계문학의 대열에 끼게 되는데, 노벨상 수상 작품인『설국(雪
国)』의 이국취미가 유럽권에 어필했다는 점은 새삼 지적할 필요도 없다.
'일본'의 전통미를 강조한 가와바타 문학에서 국제성을 추구하는 것은
시기적으로 무리였던 것이다.4) 한편 가와바타에 이어 오에 겐자부로가
노벨상을 수상한 의미는 위의 쓰보이도 지적하는 것처럼 "유럽의 동시
대 문학과 사상에 의하여 수련을 거듭하여 미국에 소개됨으로써 국제적
평가를 얻는다는 패턴"으로 이해해도 좋을 것이다. 이런 면은 오에 겐자
부로가 노벨상 수상 강연「애매한 일본의 나(あいまいな日本の私)」(1994)
에서 작가 자신의 문학이 어떻게 국제성을 획득할 수 있었던가에 대한
경로를 설명하는 데에 많은 지면을 할애하는 점에서도 읽을 수 있다.
그리고 '일본'의 부정적인 측면을 매개로 구축한 주체를 그린 점에서도
가와바타 문학의 유산인 이국취미와 결별한다.5)

가와바타 야스나리가 전쟁 이전에 작가 생활을 시작하였고, 오에 겐
자부로가 패전 당시 '국민학교' 학생으로 이후 '전후' 민주주의 교육을
받았다는 점에서 세대차라는 측면으로도 읽을 수 있다. 반면에 다음과
같은 무라카미의 필치는 앞의 두 작가와도 다른 면모를 보인다. 다음은

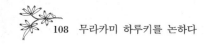

『태엽 감는 새 연대기-제 1부 도둑까치 편』(1994)의 시작 부분이다.

　　　부엌에서 스파게티를 삶고 있을 때 전화가 걸려왔다. 나는 FM방송을
　　따라서 로시니의 『도둑까치』 서곡을 휘파람으로 부르고 있었다. 스파게
　　티를 삶는 데에는 그만인 음악이었다.[6)

　여기서 우선 눈에 띄는 '부엌'이라는 공간 설정이다. 요리하는 공간이
일본문학에서 부각된 것은 1980년대 말 『샐러드 기념일』(다와라 마치,
1987)과 『부엌』(요시모토 바나나, 1987)의 두 작품이 성공을 거두면서였다.
『샐러드 기념일』과 『부엌』은 여성들에게 생활공간이었던 부엌을 취미
공간으로 전위시킨 감성을 그린 작품들이었다. 무라카미 하루키의 남자
주인공들도 자주 '부엌'에 들어가는 점에서 1980년대부터 여전히 이어
지는 식도락문화의 단면을 드러낸다. 그런데 무라카미 하루키의 남자
주인공들이 만드는 음식은 거의 다 샐러드나 햄버거 종류다. 스파게티
를 삶는 남성이 로시니의 음악을 들으면서 휘파람을 부는 광경은 '세계'
어느 곳에서나 흔히 연상되는 풍경인 것이다. 여기서 말하는 '세계'가
유럽권과 미국을 지칭하고, 그들의 풍경이 경제적 소국으로 파급된다고
볼 때, 무라카미 문학이 미국뿐만 아니라 아시아에서 환영받는 이유를
짐작하기는 쉬운 일이다.

　오에 겐자부로의 경우는 자신을 '전후 민주주의 작가'라는 규정을 통
해 일본을 넘어 세계로 발신하는 육중한 작가의식을 기반으로 삼고 있
었다. 또한 오에의 가와바타 야스나리 비판에서 알 수 있듯이 그가 일본
이라는 지역성에 얽매이지 않고 밖으로 열려있는 자세를 지닌 것도 분
명하다. 그러나 그가 군국주의적이고 폐쇄적인 '일본'을 부정하면 부정
할수록 '일본'과 세계와의 긴장관계 속에서 자기규정을 하는 모습 역시
선명해진다. 왜냐 하면 '전후 민주주의 작가'라는 자기규정은 전쟁을 일
으킨 세대와 차별화된 윤리감을 부여하는 장치이기 때문이다.

  반면 1950년대에 어린 시절을 보낸 '패전 후' 세대인 무라카미 하루키는 '전후'의 고도 성장기를 거치면서 '전후'가 남긴 열성적 유산을 구석으로 슬그머니 밀쳐버린다. 무라카미 하루키 문학에서 '전후'라는 묵직한 사유체계는 그 흔적도 찾을 수 없는 것이다.

  무라카미 하루키가 고도성장기 일본을 주인공의 '몸'에 빗대어 쓴 소설 『국경의 남쪽, 태양의 서쪽(国境の南、太陽の西)』(1992)의 서두 부분에서 "내가 태어났을 무렵에는 더 이상 전쟁의 여운과 같은 것은 거의 남아 있지 않았다. 살고 있던 곳은 불탄 흔적도 없었고, 점령군의 모습도 없었다. 우리들은 그 작은 평화로운 마을에서 아버지의 회사가 제공해 준 사택에 살고 있었다. 전쟁 전에 세워진 집으로 약간 낡기는 했지만 넓기는 했다. 정원에는 커다란 소나무가 자라고 있었고, 작은 연못과 등롱까지 있었다"고 서술한 것은 중요한 의미를 지닌다. "더 이상 전쟁의 여운과 같은 것은 거의 남아 있지 않았다"는 발상에서 보듯이, '일본'이라는 열성적 유산은 이미 의미를 지니지 않는다. 그리고 "우리들이 살던 마을은 너무나 전형적인 대도시 교외의 중산계급적 주택지였다"라고 바로 이어지는 서술에서 (외국인 독자라면) "평화로운" 중소 도시의 적당한 이국취미와, 국제성의 혼합만을 느낄 수 있을 것이다.7) 다시 말해서 무라카미 하루키가 무국적성을 방법화함으로써 결과적으로 지운 '국적'은 열성적 유전자로서의 '국적'이었다고 할 수 있을 것이다. 그 대신 적당한 역사성 혹은 회고취미(외국 독자에게는 이국취미)로서 제시되는 '일본'이 바로 대학분쟁 당시의 일본이었다는 점에 우리는 주목해야 한다. 이에 대해서는 뒤에서 다시 논하기로 한다.

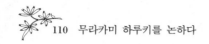

3. 하루키 문학의 풍경

대부분의 무라카미 소설에 공통되는 사항이지만 무라카미 문학의 풍경은 그 속에 내포된 역사성을 배제한다. 참고로 가와바타 야스나리의 1954년 작 『산소리(山の音)』, 오에 겐자부로의 『사육(飼育)』(1958), 무라카미 하루키의 『바람의 노래를 들어라(風の歌を聴け)』(1979)에서 한 장면씩 대비해서 읽어 보기로 한다.

> "그 벚나무는 깎아서 손질한 적이 없었는데, 나는 좋아한단다."
> "작은 가지가 많아서 꽃이 잔뜩 피니까……. 지난달 꽃이 만발했을 때 불도 700년제 절 종소리를 아버님과 들었어요." (중략)
> 신록의 커다란 전망에 싱고는 가슴이 트였다.
> "아! 마음이 편안하구나. 일본이 아닌듯한 게, 도쿄 안에 이런 곳이 있다고는 상상도 못했구나." 하고 신주쿠 쪽으로 멀리 펼쳐진 신록을 바라보았다. (중략)
> 기쿠코는 학교에서 왔을 때 선생님께 설명을 들었다고 말했다. 교목을 여기저기 심은 이 대잔디는 영국풍 정원 양식이라 한다.
> 넓은 잔디에 보이는 사람들은 거의 젊은 남녀 일행뿐이었다. 둘이서 엎드려 눕거나 앉아 있거나 천천히 걷기도 했다. 대여섯 명 일행인 여학생과 아이들 무리도 조금은 보였지만, 밀회의 낙원과 같은 분위기에 싱고는 놀라 자신들이 이 장소에 어울리지 않게 느껴졌다.
> 황실 정원이 해방되었듯이 젊은 남녀도 해방된 듯한 풍경이라고나 할까?[28] (『산소리』)

나와 아우는 산골짜기의 가설 화장터, 무성한 나무를 벤 곳에 흙만 얕게 파헤친 간소한 화장터에서, 기름과 재 냄새가 풍기는 푸석푸석한 표면을 나무개비로 파헤치고 있었다. 산골짜기는 이미 황혼과 안개, 숲에 샘솟는 지하수처럼 차가운 안개에 휩싸여 있었지만, 우리들이 사는 골짜기로 기운 산허리의 돌을 깔아 채운 길을 에워싼 작은 마을에는 포도색 빛이 흘러 들어오고 있었다. 나는 구부렸던 허리를 펴고 맥 빠진 하품을 구강 가득히 담아 부풀렸다. 동생도 일어나서 작게 하품을 하고 나서 나에게 미소를 건넸다.9)   (『사육』)

　　시간은 잔뜩 있었고 해야 할 일은 아무 것도 없었다. 나는 천천히 마을 안을 자동차로 돌아보았다. 바다에서 산으로 향해서 뻗은 처량할 만치 가느다란 도시다. 강과 테니스 코트, 골프 코스, 쭉 늘어선 넓은 저택, 벽 그리고 벽, 몇 개인가의 아담하고 예쁜 레스토랑, 부티크, 오래된 도서관, 달맞이꽃이 우거진 들판, 원숭이 우리가 있는 공원, 마을은 언제나 마찬가지였다.
　　나는 산 특유의 구불구불한 길을 잠시 돌고나서 강을 따라서 바다로 내려와 하구 가까이에 차에서 내려 강에다 발을 담갔다. 테니스 코트에서는 피부를 잘 태운 여자 아이 둘이서 하얀 모자를 쓰고 선글라스를 낀 채 볼을 치고 있었다. 햇살은 오후가 되자 급격히 세져서 라켓을 휘두를 때마다 그녀들의 땀은 코트에 흩날렸다.10)

(『바람의 노래를 들어라』)

　여기서 세 작가의 특징은 선명히 대비된다. 즉 『산소리』의 장면은 신주쿠 교엔(新宿御苑)에서 싱고(信吾) 노인과 친정에 가있던 며느리 기쿠고(菊子)가 만나는 대목인데, 이 작품 곳곳에 등장하는 벚꽃 풍경은 물론이거니와 교엔의 정치적 의미('해방')와 윤리적 의미('밀회의 낙원')의 풍경은 시아버지와 며느리의 윤리적 갈등을 암유한다.11) 즉 무의식 속의 성의 갈등을 자연에 가탁하는 심미적 표현 방법인 것이다. 벚나무와 어우어진 "불도 700년제 절 종소리"를 듣는 풍경은 "아! 마음이 편안하구나. 일본이 아닌듯한 게, 도쿄 안에 이런 곳이 있다고는 상상도 못했구나."라는 싱고의 혼잣말과 대비되어 일본과 "일본이 아닌듯한 것" 사이의 미묘한 긴장 관계를 만든다. 그리고 이것이 해소되는 풍경이 '도쿄'였다고 읽을 수 있다.

이에 비해서 오에 작품의 풍경에는 심미성이 극도로 억제되어 있다. 전쟁을 배경으로 한 『사육』은 작품의 첫머리의 풍경을 "황혼과 안개"에 휩싸인 "산골짜기의 가설 화장터"로 설정한다. 이런 전쟁의 배경 이미지는 사회적인 억압이 강한 일종의 암흑시대를 연상시키며, 전쟁 하의 일본의 폭력적인 면이 강조되어 열성적인 유산으로서의 '일본'의 내면적 풍경을 드러내는 것이다. 그리고 그 속에서 '하품'과 '미소'를 보이는 소년들이 있는 풍경이야말로 성인인 일본인들의 정신적 부재를 강하게 연상시키기에 충분하다. 심미적인 입장에서 '일본'을 바라보는 시점은 찾을 수 없고 오로지 부정적인 일본 풍경이 그것을 대신한다.

한편 무라카미 하루키의 데뷔작인 『바람의 노래를 들어라』의 무대인 중소도시의 목가적 풍경은 문화와 물질과 레저가 혼합된 '적당한' 회고 취미(혹은 이국취미)와 이런 요소들을 갖춘 세계 곳곳의 도시 풍경과 호환될 수 있는 풍경인 것이다. 여기에는 여유로운 삶의 흔적이 부유한다. 남는 시간, 자동차 드라이브, 자연(강)과 면해 있는 레저(테니스/골프), 외국인 독자에게는 소량의 이국적 정서("아담하고 예쁜 레스토랑, 부티크, 오래된 도서관"), 문화 소비 공간(도서관/동물원)이 있는 풍경은 '평화로움' 그 자체이다.

게다가 그 풍경 속에 녹아있는 또 한 컷의 광경이 테니스 코트에서 "피부를 잘 태운 여자 아이 둘이서 하얀 모자를 쓰고 선글라스를 낀 채" 라켓을 휘두르며 땀방울을 흩날리는 모습이었다는 점은 더욱더 상징적이다. 이런 풍경은 마치 텔레비전 광고방송의 한 장면과도 같은 것으로, 만약 이 소설을 읽는 독자가 외국인이라면, 자국의 텔레비전이나 인터넷에 광고 모델로 외국인이 등장하는 것과 같은 차원에서 이국적이고도 국제적인 감성을 접하게 될 것이다. 여기에 풍경 속 인물의 역사성은 찾을 수 없는 것이다. 이와 같은 역사성 실종이 외국인 독자의 감성에 쉽게 다가갈 수 있다고 본다면, 무라카미 문학의 뿌리의 허약함은 역사성 결여에 있다고도 볼 수 있을 것이다.

일본 중산층의 소비문화를 대변하는 무라카미 문학의 성격은 여기서 분명해진다. 즉 무라카미 문학의 '무국적성'은 그가 고도산업사회의 전형을 그림으로써 성취된 것이고, 소비문화의 '소비'에 충실하였기 때문에 얻어진 것이다. 이와 같은 무라카미 문학의 성격은 『바람의 노래를 들어라』에서 이미 그 틀을 갖추고 있었다. 도쿄에서 대학을 다니는 주인공 '내'가 방학 동안 귀향하여 '쥐'라 불리는 친구와 한 여름을 보낸다는 설정은 보통 '교양소설'을 연상하게 하지만, 작품의 사건들을 경험한 뒤, '나'의 성장 모습은 내면적인 성숙이 아니라 소비문화에 더욱더 충실한 쪽으로 성장했다는 점에서 과거의 소설에서 보이는 인간적 성숙과는 거리가 멀다.12) 20대 초반의 자신에 대해 서술한 서술자는 작품 말미에 다음과 같이 서술한다.

> 이것으로 내 이야기는 끝나는데, 물론 후일담은 있다.
>
> 나는 29세가 되었고, 쥐는 30세가 되었다. 좀 된 나이다. (중략)
> 나는 결혼해서 도쿄에서 살고 있다.
> 나는 아내와 함께 샘 패킨파(Sam Peckinpah)의 영화가 올 때마다 영화관에 가서 돌아오는 길에는 히비야(日比谷) 공원에서 맥주를 2병 씩 마시고, 비둘기에게 팝콘을 뿌려준다. (중략)
> 행복한가? 하고 묻는다면, 그렇겠지, 하고 대답할 지도 모른다. 꿈이라는 것은 결국 그러한 것이기 때문이다.13)

여름방학을 이용하여 귀향한 '내'가 손가락이 4개인 여성과의 이상한 만남에서 시작된 작은 모험에서 출발하는 이 소설은, 결국 성장해서 사회인이 된 '내'가 미국 영화를 본 후 맥주를 마시고 비둘기에게 먹이를 주는 도쿄의 소비문화라는 허망한 "꿈"으로 수렴된다. 이것은 마치 "꿈"을 포기하라고 독자들에게 권하는 듯 읽히는 것이다.

가족이 여가를 즐긴다는 이야기를 서술할 경우 가와바타 야스나리라면 「간진초(勸進帳)」를 일가족이 보러가는 이야기로 구성할 것이다.(『산소리』) 오에 겐자부로는 『성적인간(性的人間)』(1963)에서 영화를 촬영한다고 야단법석을 떠는 방황하는 청년군상을 그렸다. 일본의 전통미를 가족과 함께 즐기는 가와바타 야스나리의 감성과, 자기표현의 심각한 굴절 속으로 빠져들어가는 오에와는 달리 영화를 보고 맥주를 마시고 비둘기에게 과자를 던져주는 무라카미의 감성은 '소비'에 방점이 찍혀있다. 그리고 그 소비되는 감성 속에 젊은이의 '꿈'을 지운 '일본'이 무국적 풍경으로 놓여있는 것이다. 이것을 비판적으로 파악한다면, 무라카미 문학이 일본이라는 '지방색'을 벗어났다고 평가되는 것은 어쩌면 "꿈"을 지운 일본은 그대로 남겨둔 채 등장인물의 주체성을 박탈한 데에 지나지 않는다고도 볼 수 있다.

무라카미 하루키의 이와 같은 특징은 관계성의 결핍에 의거한다. 예컨대 『바람의 노래를 들어라』의 서술자는 친구 '쥐'의 아버지를 제국주의 전쟁과 6·25전쟁을 이용해 돈을 번 부도덕한 인간으로 묘사하고[14], '쥐' 역시 "부자라는 놈들은 모두 밥맛 떨어진다니까" 하고 신랄하게 비판한다. 그러나 부르주아 비판을 상당히 의식적으로 시도하는 무라카미 문학에서는 보기 드문 이 소설은 청년 군상들 이외의 인물들, 예컨대 아버지나 어머니, 형제 등의 가족이 실제로는 전혀 등장하지 않는다는 점에서 관계성을 제거한 공허한 비판이 될 수밖에 없었다.[15]

『바람의 노래를 들어라』에서는 "인구는 7만 하고 조금 더. 이 숫자는 5년 후에도 거의 변하지 않을 것이다. 그 대개가 정원이 달린 이층집에 살고, 자동차를 지니고 있으며 그 중 상당수는 자동차를 두 대 소유하고 있다"[16])는 이상적인 중소도시의 풍요로움을 구가하면서, 손가락이 4개인 여성의 결핍 혹은 손상된 이미지를 통해서 물질적 풍요로움에 경종을 울리려는 포즈를 취한다. 『국경의 남쪽, 태양의 서쪽』의 히로인 시마

모토상의 경우 소아마비라는 점에서 목가적인 전후 고도성장기에 대한
손상감 혹은 불안감을 슬며시 제시한다.17) 그러나 이와 같은 무라카미
의 포즈는 늘 관계성이 결여된 상태에서 마치 독백처럼 던져질 뿐 해결
을 모색하지 않는다. 여기에서 우리는 무라카미 문학이 고도성장기의
정신적 마비 혹은 불안감을 적당히 삽입하면서 패전의 상흔이 아물어
물질적 풍요를 구가하는 일본 풍경을 그리고 있는 점에 대한 평가가
갈릴 것이다.

4. 하루키 문학의 시간: 근대와 현대의 경계

무라카미 하루키가 무국적성을 방법화하여 지운 '국적'은 어떠한 것
이었을까? 앞에서 지적한 바와 같이 무라카미 문학의 적당한 역사성 혹
은 회고취미(외국 독자에게는 이국취미)에는 부정적인 일본이 사라지
고 보편적인 선진국의 풍요로움이 담겨 있다고 할 수 있다. 즉 과거의
상흔, 제국주의 일본의 부정적 풍경을 대신하는 것이 고도산업사회에서
"꿈"을 빼앗긴 채 물질적 소비에 만족하는 풍경이었다. 이 풍경의 본질
은 역시 역사성이 박탈된 장소에 불안한 주체성을 짊어진 현대인들의
초상인 것이다. 이와 같은 점에서 무라카미 문학은 자본주의를 근간으
로 삼는 세계의 동시대성을 획득하는 것이다.

무라카미 하루키가 역사성 대신에 회고취미(외국 독자에게는 이국취
미)를 선택할 때 그 시간 설정은 대부분 대학분쟁 당시의 '일본'이다.
따라서 대학분쟁 당시의 일본이 무라카미 소설에서 어떤 위상을 지니는
가 하는 점에 우리는 주목해야 한다. 무라카미가 1982년에 발표한『양
을 둘러싼 모험(羊をめぐる冒険)』에는 다음과 같은 기술이 등장한다.

- 「내가 처음 그녀를 만난 것은 1969년 가을로, 나는 20세이었고 그녀는 17세였다.」[18]
- 「69년 겨울에서 70년 여름에 걸쳐서 그녀와는 거의 만나지 않았다. 대학은 폐쇄를 거듭하고 있었고, 나는 나대로 그것과는 별도로 약간의 개인적인 문제를 안고 있었다.[19]

이와 같은 기술은 『양을 둘러싼 모험』에 한정된 것이 아니라, 데뷔작 인 『바람의 노래를 들어라』가 1979년 이후에 발표 시간을 지니면서 작 품 시간을 '1970년'으로 고정시켜 놓은 점, 그의 출세작 『노르웨이의 숲』 이 전공투의 학생운동을 배경색으로 하는 등, 무라카미 문학의 원점을 보여주고 있다.

여기서 잠깐 『노르웨이의 숲』에 주목해 보자. 이 작품은 전공투의 학 생운동을 경험한 후 독서와 여성 체험을 통해 성숙해가는 현대의 교양 소설(성장소설)로 읽을 수도 있다.[20] 『노르웨이의 숲』의 서술 기점은 과거로 거슬러간 1968년으로 전공투의 학생운동과 정확히 맞아떨어지 는 시간이다. '나=와타나베'가 대학에 들어간 1968년을 기준으로 그 이 전의 고교 시절 친구의 죽음이 반복적으로 회상되면서, 청춘 시절의 아 픔을 더듬어 가는 것이다.

대학생들은 회계 부정, 보수적 관습 등 학내 문제, 대학의 학생 자치 획득을 외치며 데모를 일으킨 전학공투회의(全学共闘会議, 전공투로 약칭) 학생 운동은 일본의 '전후' 사회를 규정하는 중요한 사건 중의 하나이다. 이 학생운동은 1968년부터 다음 해까지 격렬하게 투쟁하였으나 도쿄대 학 야스다 강당의 최후 저항이 강제 해산되면서 그 후 학생운동은 침체 기에 들어간다. 이로써 일본 대중들은 베트남 전쟁에 대한 반전운동, 1959년부터 1960년에 걸친 '미일안전보장조약' 개정에 반대하는 1차 안 보투쟁, 1970년의 2차 안보투쟁과 같은 사회적 에너지를 상실하고, 고 도경제성장기의 무기력한 소비 대중으로 이행하고만 것이다. 미국을 목

표로 한 일본의 고도경제성장은 안보투쟁·전공투 학생운동의 좌절과
함께 잉태된 쌍둥이로 비유할 수 있다.

왜냐하면 안보투쟁이나 전공투 학생운동이 근대적 주체성을 강조하
였다면 고도성장은 인간성을 초월하는 자본주의의 힘을 인정하는 것이
었다. 이 두 가지의 반발과 흡인 충동의 근간에 '세계경찰/자본주의의
모범'이라 할 수 있는 미국의 그림자가 드리워져 있다는 점은 문학 영역
에서도 매우 상징적이다. 왜냐하면 무라카미 하루키 문학의 예를 들면
미국적 감성을 전제로 하여 전공투 학생운동에서 좌절한 '나'가 아니면
고도경제성장기의 경제대국의 일원인 '나'를 넘나드는 인물을 그리고
있기 때문이다.

필자는 이 지점을 문학 영역에서 볼 때 근대에서 현대로 이행하는
시기라고 판단한다. 거대담론의 무효성을 주장함으로써 "1979년에 발표
된『바람의 노래를 들어라』가 80년대 포스트모더니즘을 한발 앞서 구현
했다"[21]는 견해를 전제하지 않더라도, 근대적 주체가 무엇인가 자신의
의사대로 행할 수 있다는 자신감의 상실은 '의미'의 불확실성을 나타내
며, 이 자체가 포스트모던적이기 때문이다. 현재적 가치의 실체를 인정
할 수 없게 된 소외된 대중은 더 이상 자신이 역사적 신체라고 인정할
수 없게 된다. 『바람의 노래를 들어라』에서 '나'와 손가락이 네 개인 여
성은 데모나 스트라이크 이야기를 하던 중에 기동대원에게 맞아서 부러
진 '나'의 이빨로 화제가 옮겨간다.

여기서 "부러진 앞니 자국"은 현재적 가치의 실체였다. 그런데 '나'는
"이제 다 끝난 일이야. 첫째 기동대원들이라는 게 모두 비슷한 얼굴을
하고 있으니까 찾아내는 것도 불가능하지"하며, "부러진 앞니 자국"의
역사성을 인정하지 않는 것이다. "모두 비슷한 얼굴을 하고" 있는 기동
대원이 대중화 시대의 변별성이 사라진 대중의 알레고리임은 틀림없다.
이제 그 익명성은 국가장치를 둘러싼 가해-피해 관계를 초월하여 '자기'

의 주체적 존재의 상실감으로 이어져 고도자본주의 사회를 용인해 버리는 것이다. 그리고 복수하는 일은 "의미"없는 일로 규정되고 만다.22) 무라카미 문학의 등장인물들이 회고하는 '전공투' 시절은 그 의미가 정위 (定位)되지 못한 채 어색한 풍경만을 드리울 뿐이다. 따라서 『노르웨이의 숲』에서 무라카미는 '나'로 하여금 다음과 같이 서술하게 한다.

> 여름 방학 동안에 대학이 기동대 출동을 요청하여, 기동대는 바리케이드를 때려 부수고 안에서 농성 중이던 학생을 전원 체포했다. 그 당시는 어느 대학이고 동일한 사태가 벌어지고 있었기에, 특별히 신기할 것도 없었다. 대학은 해체되지는 않았던 것이다. 대학에는 대량의 자본이 투여되어 있고, 그런 거대한 조직이 학생들이 난동을 좀 부린 정도로, "예, 그러신가요"하고 순순히 해체될 리 없는 것이다. 그리고 대학문을 바리케이드로 봉쇄시켰던 패거리들도 정말 대학을 해체하려는 따위의 생각을 했던 것도 아니었다. 그들은 대학이라고 하는 기구의 주도권 변경을 요구하고 있었던 것뿐이고, 내게는 주도권이 어디로 가는가 하는 등의 일은 아무래도 상관없는 일이었다. 따라서 데모대가 해산되었다 해도 딱히 별다른 감회도 없었다.23)

당시 청년들에게 강력한 영향을 주었던 대학분쟁의 모습은 '나'에게는 "딱히 별다른 감회도" 없는 '풍경'이었다고 서술된다. 이 점은 매우 이율배반적이다. 무라카미 문학이 끊임없이 반추하는 '풍경'이 바로 전공투 시절의 청춘이었기 때문이다. 여기서는 심드렁한 서술자의 태도를 순진하게 믿기보다는 별다른 감회가 없는 풍경이 거듭 그의 문학에 등장하는 의미를 찾아야 할 것이다. 일단 일본의 현대사를 장식한 사건에 직면했던 '내'가 트라우마 대신에 회고취미를 선택하는 것은 틀림없다. 그것도 상당히 의식적으로 '자기 지우기'를 통해서 의미 있던 풍경(대학분쟁의 에너지)을 의미 없는 풍경(별다른 감회 없는)으로 바꾸어 버리는 것이다. 정말로 감회가 없었다면 반복해서 서술할 이유도 없기 때문이다. "대학에는 대량의 자본이 투여 되어 있고"라고 서술하는 부분에서도 자본주의 대 그에 대한 반대라는 도식을 서술자가 정확히 인식하고 있는 것을 알 수 있다. 그럼에도 불구하고 '자기 지우기' 즉 정확히 말하면 자신과 대 사회적인 관계성을 지움으로써 당시의 풍경을 무국적 상태로 바꾸어버린 것이다. 그리고 여기에는 복잡한 인간관계라든가 청춘의 고민이라든가 국가권력에 대한 반항이라는 에너지가 삭제된다.

앞에서 예를 든 『바람의 노래를 들어라』에서처럼 자신의 신체에 각인된 역사적 시간을 부정하는 행위는 도대체 어떤 심리에서 가능하단 말인가. 유감스럽게도 무라카미 문학은 이에 대해서 해답을 제시하지 않고, 무라카미의 독자들 역시 의문을 제기하지 않는다. 일본 독자들은 설령 그렇다손 치더라도 외국 독자들이 그것을 의문부호 없이 자연스럽게 수용한다면 그것은 또 어떤 심리에서 가능한가.

이는 다카하시가 지적한 거대담론 대 개별담론의 차원으로 환원될 수 없는, 일종의 '자기 지우기'라 할 수 있다. 작가와 등장인물과 독자가 공범이 된 '자기 지우기'에 의해 역사성이 담보된 전공투 학생운동이 역사성을 상실한 회고취미의 풍경으로 변화되는 것이다. 이 글의 서두에서부터 계속해서 '적당한' 이국취미와 국제성이라고 했던 것은 바로 이와 같은 맥락에서였다. 무라카미 문학에서 근대와 현대의 경계를 가린다면 "꿈" 무용론이나 "의미"의 상실, 즉 '자기 지우기'에 의한 퇴행성 주체가 성립하였는가 여부가 될 것이다.

5. 자기 지우기의 기만

등장인물이 풍경의 역사성에서 거리를 유지한다면 그 현상은 상품화된 신체 혹은 게임 감각의 신체만이 부유하는 풍경임에 틀림없다. 그런데 불가능성이 설정된 거대한 사회 시스템 속에서 위안을 구하기란 쉽지 않다. 그런 점에서 무라카미 문학은 왜소한 신비체험을 대안으로 도입할 수밖에 없었던 것이다.

그 가벼움에 대한 보상, 즉 현실에 존재한다는 확인을 위해서는 일단 비현실적인 요소와 대결을 통해서 현실을 회복해야 한다는 심령술사와 같은 주술행위를 무라카미 문학의 등장인물들은 반복한다. 예컨대 『양을 둘러싼 모험』에서는 마력을 지닌 '완벽한 귀'를 소유한 '그녀'와 홋카이도 여행을 떠난 '나'는 죽은 '쥐'의 유령과 대화를 한다. 『댄스 댄스 댄스』에서도 마찬가지로 영적인 존재인 키키, 신통력이 있는 신비한 소녀 유키의 등장으로 고도자본주의 사회의 환상에서 벗어나 홋카이도나 하와이로 떠나보지만, 이 또한 달콤한 이국체험의 소비를 신비체험으로 포장한 것으로 볼 수 있다.

영화배우인 친구 고탄다의 입을 통해서 고도소비사회의 환상이 지적되는 『댄스 댄스 댄스』는 반복해서 고도소비사회 비판을 가한다. 즉 등장인물의 윤리성(혹은 절제성)[24]을 적절히 구사하여 시대비판의 시늉을 내거나, 현실에서 멀리 도망침으로써 문제를 치유하려는 것이다. 이들은 고도성장기 일본의 욕망의 뒤안길 혹은 '균열'을 재현하면서, 역사성이 상실된 자신의 신체를 주체하지 못하는 것이다. 그 결과 신비체험을 통하여 자신의 존재를 찾기 위해 허무한 노력을 거듭한다.

그런데 여기서 주목할 점은 무라카미의 소설들이 현대사회에서 소외된 '개인'과, 정치적 에너지가 봉인된 시점에 대한 향수와, 자본주의 경제 시스템에 대한 문제제기를 아메리칸 팝문화로 포장하여 우리에게 전달한다는 점이다. 이는 무라카미 하루키의 소설들이 고도성장기 일본 풍경을 그린 점과 관련하는데, 그 과정이 낳은 '무국적성' 문제는 거대한 자본주의 시스템에 억압된 '존재 지우기'의 위험한 줄다리기를 통해서 성립된 것이고, 그것이 현대문학을 보증한다는 아이러니를 지닌다.

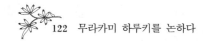

| 주 |

〈초출〉 이 글은 『일본어문학』 제26집(한국일본어문학회, 2005.9)에 게재된 논문 「무라카미 하루키 소설에 나타난 고도성장기 풍경」을 가필 보완한 것임.

1) 다음 2005년 7월 5일자 중앙일보(인터넷 판) 기사는 현재 국내 출판문화에서 차지하는 일본문학의 위상을 잘 나타낸다.

> 일본 소설은 1960년대에도 읽혔다. 한글세대에 일본 소설을 처음 알린 주인공은 『빙점』이었다. 자식을 살해한 남자의 딸을 양녀로 키우는 서사 구조는 이후 여러 장르에서 꾸준히 변주되는 모티브 구실을 해왔다. 70년대는 400만 부 판매 신화를 낳은 야마오카 소하치의 『대망』의 시대였다. 전환점은 89년이다. 그해 문학사상사가 무라카미 하루키의 87년 작『노르웨이의 숲』을 『상실의 시대』로 이름을 바꿔 출간하면서 한국에서 일본 소설의 위상은 급변한다. 드문드문 화제작을 낳던 일본 소설은 상시 베스트셀러 양산 체제로 돌입한다. 하루키, 무라카미 류, 요시모토 바나나, 에쿠니 가오리 등이 주요 등장인물. 출간 첫해 30만 부를 돌파한 『상실의 시대』는 해마다 3만 부 정도 나간다. 올해 교보문고 6월 셋째 주 소설 판매 순위 28위다. 16년째 순위 안에 있다. 교보문고 측은 "올해 처음 소설 베스트셀러 50위에서 일본 소설이 한국 소설을 앞질렀다"고 설명했다.

> (손민호 기자)

2) '하루키즘'이라는 신드롬이 생길만큼 한때 한국의 현대작가들도 무라카미 하루키 문학의 영향권에 있었던 것도 그 한 예가 될 것이다. 국내 일본문학 연구자들이 이른바 '순수문학' 계열의 작가나 작품 연구에 몰두하는 와중에 그와는 하등의 관계가 없는 곳에서 상업 출판 저널리즘은 무라카미 문학의 무국적성을 수입하였던 것이다.

3) 坪井秀人(1998) 「プログラムされた物語羊をめぐる冒険」 『國文學 解釈と教材の研究』 43-3臨増, 學燈社, pp.69-70

4) 가와바타 야스나리(川端康成)의 수상 기념 강연 「아름다운 일본의 나(美し

い日本の私)」(1968.12)의 지향점이 '일본'이라는 국가의 오리엔탈리즘적 정
서였다는 점도 같은 맥락에서 이해할 수 있다.

5) 오에문학에 대해서는 졸고 「'탈'전후'와 '현대'의 경계 - 오에 겐자부로와 무
라카미 하루키를 비교하면서 -」『비교문학』 36집, 2005.6을 참조할 것.

6) 村上春樹(1997)『ねじまき鳥クロニクル 第一部 泥棒かささぎ編』, 新潮文
庫, p.11

7) 村上春樹(1995)『国境の南、太陽の西』, 講談社文庫, pp.5-6

8) 川端康成(1988)『山の音』, 新潮文庫, pp.225-226

9) 『大江健三郎全作品 1』, 新潮社, 1966, p.101

10) 村上春樹(1982)『風の歌を聴け』, 講談社文庫, p.101 앞으로 이 작품을 인용
할 때에는 작품명과 쪽수만 기입한다.

11) 신주쿠 교엔의 에도 막부의 시대적 의미와 천황가에 속하게 되는 역사성,
그리고 패전 후 공원화되어 시민의 손으로 돌아온 배경은 시대적 흐름 속
의 사회관계적 가치를 간결하면서도 정확하게 묘사한다.

12) 여기서 시대를 거슬러 올라가 나쓰메 소세키(夏目漱石)의 『마음(心)』(1914)
을 잠시 떠올려 보자. 먼저 '선생님'과 『마음』의 서술자 '내'가 만나게 된
경위에 주목하자. 그들이 만난 계기는 '내'가 여름방학을 이용하여 독서를
하고자 친구의 별장으로 피서를 떠난 것에서 비롯된다. 당시 청년 군상들은
방학을 이용하여 독서 여행을 떠나는 것이 일반적이었다.(竹内洋(2003)『教
養主義の没落』, 中公新書, p.9 참조) 무샤노코지 사네아쓰(武者小路実篤)의
『우정(友情)』(1919)에서도 이와 비슷한 풍경을 볼 수 있고, 가와바타 야스
나리의 『이즈의 무희(伊豆の踊り子)』(1926)도 방학을 이용한 젊은이의 여
행담을 그린 소설이다. 그 여행지에서 독서체험을 통한 자기 성장을 꾀하거
나 뜻하지 않은 이성과의 만남이 이루어져 사건으로 발달한다. 무라카미가
이런 전통적인 교양소설 방식을 의식하였는지는 분명하지 않지만, 부지런
히 독서하는 '나'와 몹시도 책을 읽지 않는 '쥐'를 대조적으로 그리고 있는
점은 주목할 만하다.

13) 『風の歌を聴け』, pp.139-140

14) 위의 책, p.104

15) 단지 물질적 풍요가 보장된 도시 중산층의 자식인 '나'는 도쿄에서 대학을 다닐 수 있고, 방학 중 귀성해서는 승용차를 타고 드라이브 하면서 매일처럼 '제이즈 바'라는 술집에서 맥주를 마실 수 있는 청년인 것이다. 물론 노골적으로 부르주아를 비판하는 것은 '내'가 아니라 부잣집 아들 '쥐'였다는 점은 인정할 수 있다.(이 부분의 논점은 졸고, 「무라카미 하루키 소설의 의미-『바람의 노래를 들어라』를 중심으로」, 『외국문학연구』20집, 2005.8 참조할 것) 그런데 자신의 집이 부유한 것이 자기 탓이 아니라고 빈부의 관계항에서 자신을 소외시키는 '쥐'는 『양을 둘러싼 모험』에서 스스로 자기소멸을 택하는 '쥐'로 이행할 수밖에 없는 존재였다. 비판자의 한계를 '자살한 후에 영적인 현상으로 '나'와 만나게 한다는 『양을 둘러싼 모험』은 결국 비판정신을 대신하는 신비체험을 선택하는 무라카미 문학의 한계를 노정하고 있다. 이점은 추후에 별고를 통해서 논하기로 한다.

16) 『風の歌を聴け』, p.103

17) 布施英利(1993) 「電腦時代の文学ー村上龍の小説をめぐって」 『國文學 解釈と教材の研究』 38-3, 學燈社, pp.49-50 참조.

18) 村上春樹(1985) 『羊をめぐる冒険 上』, 講談社文庫, p.11, 앞으로 이 작품을 인용할 때에는 작품명과 쪽수만 기입한다.

19) 『羊をめぐる冒険 上』, p.18

20) 『노르웨이의 숲』도 완전한 성장소설로 보기는 어렵다. 마지막 결말부에서 자신이 서있는 위치를 상실한 와타나베의 공허함이 그의 경험을 성장으로 읽기 어렵게 하기 때문이다.

21) 高橋敏夫(1998) 「死と終わりと距離とー『風の歌を聴け』」 『國文學 解釈と教材の研究』 43-3臨增, 學燈社, pp.56-57

22) 『風の歌を聴け』, pp.88-89

23) 村上春樹(1987) 『ノルウェイの森 上』, 講談社, p.87

24) 여기서 등장인물의 윤리성이란 그들이 적당히 인텔리이면서도 경제적 부를 탐하지 않고, 남성적인 섹스어필에 강제성이 없다는 점을 들 수 있다.

【참고문헌】

安藤哲行(1998)「像が平原に還る日を待って」『國文學 解釈と教材の研究』43-3
　　臨增, 學燈社, p.45

大江健三郎(1994.12)「あいまいな日本の私」노벨상 수상기념 강연

　　＿＿＿＿＿(1998)『私という小説家の作り方』, 新潮社, p.143

川端康成(1968.12)「美しい日本の私」노벨상 수상기념 강연

高橋敏夫(1998)「死と終わりと距離と一『風の歌を聴け』」,『國文學　解釈と教
　　材の研究』43-3臨增, 學燈社, pp.56-57

竹内洋(2003)『教養主義の没落』, 中公新書, p.9

坪井秀人(1998)「プログラムされた物語羊をめぐる冒険」『國文學　解釈と教材
　　の研究』43-3臨增, 學燈社, pp.69-70

布施英利(1993)「電脳時代の文学一村上竜の小説をめぐって」『國文學 解釈と
　　教材の研究』38-3, 學燈社, pp.49-50

『국경의 남쪽, 태양의 서쪽』론

- 부부의 타자성 인식 -

임 정*

1. 들어가며

『국경의 남쪽, 태양의 서쪽』(이하, 『국경의 남쪽』)에 대한 평가는 무라카미 하루키의 기존의 작품에 비해 그다지 좋은 평가를 받지 못하였다. 『노르웨이의 숲』의 아류작에 지나지 않는 싸구려 연애소설이라는 등[1], 노골적인 남녀 간의 연애담으로 해석되는 경우도 있는데[2], 『노르웨이의 숲』이 개인의 내면과 자아의 성장소설이라는 범주에서 해석될 수 있다면 『국경의 남쪽』은 이미 자아를 획득한 어른이 타인과 어떻게 관계를 맺어 가는가를 '결혼'이라는 상황에서 조명한 것이다. 고립된 자아의 발견이라는 것에서 무라카미 하루키의 소설의 역사가 시작되었고, 초기의 무라카미 하루키의 작품의 주인공의 대부분이 '사람과 사람은 서로 접촉하기 불가능하다'라는 사실을 전제로 하고 있음에 비해 『국경의 남쪽』은 그 자아가 타인과의 접촉을 가지는 구체적 사례들이 보이기

* 林正 : 단국대학교 강사, 일본근현대문학 전공

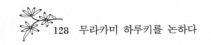

시작하는 일종의 과도기적인 작품이라고 할 수 있다.3)

2. 텍스트 분석

1) 작품의 성립배경

(1) 부부의 이야기

기존의 무라카미의 작품에 등장하는 부부의 양상을 보면『양을 둘러싼 모험』(1982)과『댄스 댄스 댄스』(1988)의 남편을 이해할 수 없어서 이혼을 요구하는 아내,『잠』(1990)의 남편과 자신을 전혀 다른 차원의 개인으로 인식하며 불면이라는 혼자만의 세계에 빠져드는 아내의 모습이 보인다.

또,『레더호젠(レーダーホーゼン)』(1985)은 제3자의 시점을 통하여, 어느 날 돌발적으로 찾아온 남편에 대한 혐오감으로 이혼을 결심하는 아내가 그려져 있다. 이 작품이 수록되어 있는 단편집『TV피플(TVーピープル)』서문에는 "우리가 의지라고 부르는 어떤 종류의 내재적 힘의 압도적인 대부분은 그 발생과 동시에 상실되는 것인데, 우리는 그것을 인정하지 못하고 그 공백이 우리 인생의 다양한 위치에 기묘하고 부자연스러운 왜곡을 초래하는 것이다"라고 나와 있다.

한편,『빵가게 재습격』(1986)에서는 강렬한 공복감을 느낀 신혼부부가 등장하는데, 앞서 발표된『빵가게 습격』(1981)에서의 '동업자(相棒)'와의 관계를 남녀의 궁극적인 이상의 모습이라고 한다면, 여기서는 부부라는 견고한 연대감을 얻기 위한 '재습격'을 시도하는 이야기이다.

위에 열거한 작품들을 종합해서 보면 '아내'의 입장에서 서술되어지는 남편과의 관계 부재나 일상생활 속에서 갑자기 엄습해 오는 불가사

의한 힘의 위력에 영향을 받는 부부관계 등의 묘사로, 대체적으로 부부
라는 관계의 병존의 어려움을 말하려고 하는 것이 많아 보인다.

(2) 『태엽 감는 새 연대기(ねじまき鳥クロニクル)』와의 관련

1992년에 간행된 『국경의 남쪽』은 뒤이어 1995년에 간행된 장편 소
설 『태엽 감는 새 제 1부 도둑까치 편』(이하 『태엽 감는 새』)과 밀접한 관계
를 가지고 있다. 작가 자신도 언급하고 있듯이 『국경의 남쪽』은 『태엽
감는 새』를 집필하던 도중 새롭게 생겨난 소설적 아이디어로 인해 탄생
한 작품이기 때문이다.4)

특히 『태엽 감는 새』의 1장부터 4장까지에는 『국경의 남쪽』을 읽어
가는데 필요한 여러 요소들이 담겨있다. 그렇다면 이미 집필에 들어간
소설의 어떤 부분을 강조하고 싶었기에 작가는 따로 떼어낸 또 다른
장편이라는 형태로 『국경의 남쪽』을 썼는지에 대해 고찰해 볼 필요성을
느낀다.5)

『국경의 남쪽』과 『태엽 감는 새』 모두 남편과 아내의 이야기이다. 주
목해야할 점은, 직장을 그만두고 집에서 가사 일을 하고 있는 남편과
밖에서 일을 하는 아내라는 설정이다. 통념적인 남편과 아내의 역할이
뒤바뀐 위치에서 남편은 스파게티를 삶고 다림질을 하는 아내의 역할을
하고 있으며 일하는 남편은 좀처럼 경험하기 힘든 일상을 경험하게 된
다는 것이다.

어느 날 갑자기 기묘한 여인의 전화를 받고, 고양이를 찾으러 간 골목
의 어느 집 정원에서 만난 17살 소녀 '메이'와 서로를 알 수 있는 시간을
10분만이라도 달라는 여인의 전화, 고양이는 반드시 찾을 수 있다고 말
하는 예언자 등은 모두 아내 '구미코'의 메시지임이 나중에 밝혀진다.

모두 현실성이 결여되었고 주인공의 혼란을 가중시키는 요소로서 작
용하는 듯하나, 궁극적으로는 '부부로서 서로를 더 잘 알기 바라는' 아내

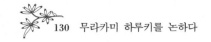

의 간절한 바람의 발현이라고 해석된다.

남편도 처음에는 본인과는 상관없는 일로 치부하며 무관심하지만 점차 아내가 이끄는 대로 주의와 관심을 기울이게 된다.

아내가 말하는 "우리들에게 무척 소중한 존재인" 두 사람이 결혼한 직후부터 기르기 시작한 고양이를 찾아달라는 부탁을 계기로, 남편은 어느 집 정원에 다다르게 된다. 또, 아내의 주선으로 신비한 능력을 가진 여인을 만나 고양이의 행선지를 묻기도 한다. 그러면서 차츰 부부의 진실, 아내가 진심으로 원하는 것, 지금까지 아내에 대해 무엇을 알고 있었는지 등에 대해 깨닫고 생각하게 되는 내용이 『태엽 감는 새』의 1장부터 4장까지를 이루고 있다.

『국경의 남쪽』에서는 독신이거나 결혼 경험은 있으나 이혼한 기존의 무라카미 하루키의 작품의 주인공과는 달리, 가족과 부부, 게다가 자녀가 더해진 구체적인 가족구성이 온전한 형태로 등장한다. 또한 자세한 생활사가 묘사되는 등, 부부의 이야기라는 점이 확실하게 제시되고 있다.6)

두 작품에 등장하는 남편은 이상적인 상대와 무난한 결혼을 한 상태이며, 『태엽 감는 새』의 남편은 회사생활에 적응하지 못하고 주부로서 시간을 보내고 있는 중이며, 『국경의 남쪽』의 남편 역시 창의적이지 못한 고도자본주의 시스템—현실생활—에는 거부감을 느끼고 있다는 공통점을 가진다. 두 사람 모두 1960년대 이래 일본에 정착한 뉴 패밀리의 전형적인 환경에서 성장했다.7)

첫 번째 장편 소설인 『양을 둘러싼 모험』(1982)부터 작자의 흥미는 데뷔작에서처럼 '미묘한 뉘앙스'나 감각으로 보여지는 차이의 기분이 아니고, 어느 날 갑자기 주인공들을 그 환경으로부터 끌어내는 '이해할 수 없는 힘' 쪽으로 향하고 있다.

『국경의 남쪽』에서도 예외는 아닌데, 예를 들면 이즈미의 사촌 언니에게서 느끼는 '격한 흡인력'이나 재회한 '시마모토상'에게 끌리는 현상 등이 그것이다.

또한 『태엽 감는 새』에서의 기묘한 전화의 여인, 소녀 '메이', 예언하는 신비한 능력을 가진 '가노 쿠레타'처럼, '하지메' 결혼 이후 등장하는 '유키코'를 제외한 여성들은 아내의 분신, 그 대리라는 역할이 주어져 있어 불가항력적인 힘으로 남편을 다른 세계로 이끌어 가고 있다.

2) 〈정원〉이라는 토포스

(1) 과거지향의 실현

『국경의 남쪽』에서 '시마모토상'은 '하지메'의 인생 유년시절의 꿈이나 연애에 대한 완벽한 이상의 형태이다. 즉 초등학교의 몇 년이라는 짧은 시간을 함께 했을 뿐, 더 이상의 공통된 시간의 경과과정을 거치지 않은 채 성인이 되어 다시 만난 두 사람이 나누는 대화는 서로의 '비밀'을 간직한 채 생의 '현실적'인 측면은 묻지 않는 것으로 일관하고 있다.

또한 '시마모토상'은 환영으로 변하여 불완전한 현실세계에 머무르는 '하지메'를 그녀의 완전한 세계로 끌어당긴다. 작품 후반부에서 그녀가 자신은 자위를 하면서 '하지메'에게 페라치오를 하는 장면은 그 구조가 확실히 드러나는 상징적인 장면이다.

즉, '시마모토상'은 팜프파탈의 전형으로 보이며 '하지메'는 그녀와 함께 하는 동안 간접적인 죽음을 느끼고 경험한다.

『국경의 남쪽』 초반부의, 주인공의 유년시절부터 결혼에 이르기까지의 성장사가 나열된 부분에는, 사람들 사이에 연대감을 가지기 어려운 인물로서 '하지메'가 묘사되고 있다.

'하지메'에게 있어 〈공중정원〉이란 유년시절에 함께 레코드를 들으며 음악이라는 미적체험을 공유하고 두 사람 다 외동[8]이며 다리가 불편하다는 표면적인 결여감으로 인해 더욱 단단하게 굳어진 정서적 유대를 강하게 나누었던 '시마모토상'과 있던 공간과 시간이 그것이다.

그 중에서도 두 어린이가 나누는 외동에 관한 대화는 생물의 번식이나 확대의 이미지가 아닌 허무를 향해 닫혀 있는 자의식만을 반영한 내용이 많다. '하지메'는 외동이라는 사실을 열등한 것, 무엇인가 결여되어 있는 것으로 생각하고 있었다. 이러한 선천적인 환경을 함께 하고 있는 '시마모토상'과의 정신적인 결합은 강한 것이었으며, 다리에 장애를 가지고 있는 그녀의 자기보호적인 처세와 표면으로는 드러나지 않을 만큼의 외부와의 완벽한 차단은 주인공에게는 하나의 이상향으로까지 비쳐져 나름대로의 단단한 환상을 만들었다. 이것은 '하지메'가 스스로 원초적으로 정해놓은 조건과 같은 것으로, 정신적인 안정과 유대감이 존재하는 '시마모토상'과의 관계는, 성장함과는 관계없이 줄곧 주인공의 의식 속에 자리 잡고 있어서 일견 행복하고 부족함 없어 보이는 결혼 생활도 현실에서의 만족감이나 타인(특히 아내 유키코)과의 유대감을 가지는 것을 방해하는 요소로 작용하고 있다.

결과적으로 '하지메'는 자신의 라이프 스타일이나 가치관 등을 고집하고 외부적인 원인에서 오는 변화를 불편해하거나 거부하는 어른으로 성장하게 되며, 이는 결혼이라는 인간관계에 동화, 적응하기에 많은 노력을 필요로 하는 캐릭터로서 설정이라 할 수 있겠다.

그 결과 결혼 후 자신이 운영하는 바를 계획할 때 과거의 이상적인 형태의 이미지에 유년시절을 반영하고 있다.

덧붙여 언급해 두어야할 것은 고등학교 때 걸 프렌드인 '이즈미'와의 관계이다. '시마모토상'과의 연락두절에 절망한 후, '시마모토상'의 세계와 자신의 세계를 구별하기 시작한 '하지메'는 "자신을 확립"하기 위해 고향이 아닌 도쿄로의 대학 진학을 결심한다.

　　만일 여기에 남는다면 내 안의 무엇인가가 분명 상실되어 버릴 것이
　　다. (중략) 그것은 막연한 꿈같은 것이었다. 그것은 사람이 분명 십대 후
　　반의 한정된 시기에만 가질 수 있었던 꿈이었다. 그리고 그것은 또한 이
　　즈미가 이해할 수 없는 꿈이었다.　　　　　　　　　　　　　　(『국경의 남쪽』)

　　그러나 '이즈미'의 사촌언니와의 관계로 돌이킬 수 없는 큰 상처를
준 일이 있으며 오랫동안 죄책감의 원인으로 작용하고 있다. '하지메'는
현재와 다른 새로운 세계로의 진입과 적응을 두려워하는 어떤 정신적
외상이 생겨나지 않았을까.

(2) 로빈스 네스트-고도자본주의, 도시

　　정원이라는 장소는 의미심장하다. 무라카미 하루키의 소설의 주된
무대나 배경이 되곤 했던 곳은 주로 호텔이나 바, 영화관, 도서관 등
도시의 한복판이거나 깊은 산속의 산장 같이 일상의 생활감이 느껴지지
않는 곳이 대부분이다.
　　『태엽 감는 새』는 첫 부분부터 일상의 무대가 되는 주택의 세밀한
묘사가 보이며 특히 '구미코'가 지정한 '막다른 골목' 안의 주택의 묘사에
는 새의 석상이 놓여 있는 정원이 구체적으로 나온다. '구미코'와 '도오
루'의 집 정원에는 '태엽 감는 새'의 울음소리가 항상 들려오나 정작 그
모습이나 이름은 모른다. 또한 '막다른 골목' 안의 주택에는 말라버린
우물이 있는데 이 우물은 남편이 아내의 또 다른 세계로 왕복을 할 수
있는 통로이자 남편 자신의 내면을 상징한다. 또 그 정원은 부부의 과거
와 현재를 이어주는 많은 이야기들이 얽혀 있는 시발점으로서도 작용하
고 있다.
　　이렇게 보면『태엽 감는 새』의 정원은 부부 양쪽이 관련된 동시적,
공시적 공간이며 생활의 은유, 즉 결혼의 상징이다. '구미코'는 과거에
자신을 지배했던 어떤 힘에 의해 더럽혀지고 있는 자신의 내면의 위기

를 남편에게 알리고자 남편을 정원으로 유도했으며 그 곳을 무대로 하여 남편의 아내 되찾기는 펼쳐지고 있다.

『국경의 남쪽』에서도 정원은 등장한다. 앞서 언급한 '시마모토상'과의 유년시절을 형상화한 〈공중정원〉에 대한 환상은 결혼 후에도 계속되어 '하지메'로 하여금 일반 사회생활과는 관계성이 적은 직업을 택하게 했다. "자신만의 상상력과 창조성"으로 이루어낸 고급 바 '로빈스 네스트'가 그것이다.

이곳은 〈공중정원〉을 이루는 요소를 두루 갖추고 있는데, 자신의 가치기준에 철저한 아름다운 음악과 술을 제공하며 안락하고 현실과 떨어진 일종의 도피처를 대여한다는 것이다. 실제 결혼 생활을 보면 상냥한 아내와 귀여운 두 딸, 고급맨션과 외제차, 하코네에 별장까지 소유하고 있다는 것은 유년시절 '시마모토상'과 연결된 비밀의 정원의 연장선이 아니다. 특별히 불만도 없으나 완벽하지도 않은 결혼생활은 '이즈미'와의 관계에서 느끼고 다른 세계를 꿈꾸게 했던 "상상력이 부족하다" "나만을 위한 것을 발견할 수 없다는 점" "결정적인 무엇인가가 빠져있었다"라는 말로 설명될 수 있을 것이다.

다음은 '하지메' 자신의 '로빈스 네스트'에 관한 언급이다.

> "그건 말하자면 공중정원 같은 거야" "그 정교하고 선명한 색채를 띤 공중정원"
> (『국경의 남쪽』)

Robin's nest는 '붉은가슴새의 둥지'라는 뜻이다. 흔히 남녀가 결혼하여 가정을 꾸리는 것을 새가 둥지를 트는 것으로 비유하는데, '하지메'는 아내와 자녀가 아니라 자신만을 위한 둥지를 튼 셈이다. '나만을 위한 것'은 '시마모토상'과의 추억과 연결되며 현재의 결혼생활과는 아무 연관이 없는 특권적인 다른 영역이다.

장인의 막대한 경제적 도움으로 이루어낸 '하지메'의 사업가로서의 성공적인 변신은 자기 마음대로 자기주체를 잃어버리는 힘을 습득한 결과라고 할 수 있다, 즉, 유년시절이라는 자기 일부분을 확대하고 현실의 삶이라는 다른 부분은 축소시켜 완전히 새로운 개성으로 재생한 듯한 착각을 주는 힘이다.

주인공 '하지메'가 나고 자란 시대는 1960년대이다. 무라카미 하루키는 이 시대를 특별한 시대, 즉 고도자본주의 전사(前史)라고 규정하고 있는데9) 자본주의의 기운이 현대만큼 만연하지 않았던, 환상이나 꿈, 노스텔지어의 가능성이 현대보다 많은 시절이라는 뜻으로 해석된다.

『국경의 남쪽』의 시대적 배경은 1980년대이며 과거지향적인 '하지메'는 현대의 고도자본주의라는 환경에서 생활하고 있다. 한 개인 안에 과거와 현실이 불협화음을 일으키고 있는데, 이것은 "무라카미 하루키가 새로운 시스템 속에 살고 있는 공허감, 허무감을 치유하듯이 1960년대라는 과거와 거기 머물러 있는 사자(死者)들을 확실한 존재로서 자리잡게 한다"는 가와모토 사부로(川本三朗)의 지적과도 일치한다.10)

'하지메'는 다음과 같은 말로 고도자본주의를 정의하고 있다.

> '유효한 정보를 흡수하고, 인적 네트워크를 뿌리내리고, 투자하고 수익을 올리기 위한 거칠고 복잡한 시스템'
> '수익금은 때로는 다양한 법률과 세금망을 교묘히 빠져나가 이름을 바꾸거나 형태를 바꾸어 증식해 간다.'   (『국경의 남쪽』)

또한, 작품 속에서 '보다 복잡하고 세련된' 고도자본주의를 실행하고 있는 장인의 사무실은 '요츠야(四谷)'이며 공중정원인 로빈스 네스트가 위치하고 있는 곳 또한 부유함과 고급스러운 이미지의 '아오야마(青山)'이다. 과거와 다른 '시마모토상'과의 우연한 만남도 인파로 붐비는 '시부야(渋谷)'에서 이루어진다.

이처럼 『국경의 남쪽』은 거대도시 도쿄의 한가운데를 무대로 하여 현재의 생활이 묘사되고 있다. 도시는 자본주의의 부산물들이 한곳으로 집결되어 끊임없이 소비와 생산을 되풀이하는 곳이다.

그런데 '하지메'는 고도자본주의 자체에 대한 반감을 가지면서도 서비스에 철저함을 고수하고 뛰어난 재능이라는 자본에 투자하기를 망설이지 않는가 하면, 자본주의 뛰어난 부산물인 미디어에 의해 뜻하지 않는 선전효과를 경험하기도 한다. 이것은 자본주의의 논리에 충실하고 그 혜택을 만끽하는 현대인의 모습 그대로이다.

다시 말해, 절대적인 고도자본주의와 그 기운이 만연하지 않은 과거, 철저한 자신만의 세계와 결혼이나 가족이 존재하는 현실의 세계와의 중간지점에 위치하고 있는 인물로서 '하지메'는 설정되어 있다. 여기에 "무라카미 하루키는 현대인이 세계에 대해 느끼는 소외감을 소설의 주제로 하고 있다. 그것은 현실을 현실로 느낄 수 없는 병이자, 타인의 마음에 도달할 수 없는 병이다"[11]라는 견해를 적용시켜 보자면 도시, 도시생활의 디테일로서의 '공허'를 메꾸려 하나 그럴수록 더욱 공허함이 더해간다는 것으로 '하지메'의 상황이 묘사되어지고 있다.

『국경의 남쪽』에서 그려지는 도시나 도시생활, 도시생활자는 타인과 세계와의 관계부전이라는 문제를 가지고 있으며, 여유롭고 쾌적하며 세련된 도시생활의 묘사와 그 생활에 불충분함, 근거 없는 허망한 공간으로서의 도시가 동시에 나타나고 있다.

이러한 병리는 '두려울 정도의 상실감'이나 '세계에 대한 소외감' 등 현대사회의 자기은폐적인 관념적 메커니즘으로 설명될 수 있다. '하지메'에게 현재의 세계상의 변화된 모습(결혼, 자녀가 생기고 장인에 의한 자본의 순환)은 청춘기의 체험과 겹쳐있다. 다시 말해, 자아의 명확한 윤곽이 그려지기 위해서는 반드시 하나의 완결된 세계의 의미를 필요로 하고 있다.

이에 '로빈스 네스트'에서 자신의 근본적인 세계로 향하게 한다는 '하지메'의 자아의 욕망의 팩터가 발생한다. 그러나 그의 과도한 집착은 "어긋난 채 그곳에 고정되어 버려" 그것을 빠져나오지 못하면 타자를 발견할 수 없게 되며, 결과적으로 현재를 뛰어넘은 새로운 생에의 가능성과도 마주할 수 없어진다는 위험을 내포하고 있다.

3) 타이틀의 해석

뜻하지 않던 '시마모토상'의 출현으로 시작된 '하지메'의 갈등은 현실에서의 본격적인 일탈로 이어진다.

20여 년 만에 다시 나타난 '시마모토상'은 한 번도 직업을 가진 일 없이 풍족한 생활을 하고 있으며 결혼하지 않았으나 아이는 태어나자마자 죽었다고 하는 희박한 현실감과 함께 주위와 연계를 짐작하게 하는 요소들이 상당히 결여되어 있다.

이 둘의 만남 역시 서로의 '비밀'을 가진 채, 생의 현실적인 측면에 대해서는 언급하지 않는다. 주로 과거의 추억을 이야기하며 현재나 현실에 대해서는 철저히 차단하며 대화는 더없이 추상적이며 가공적인 내용이다.

서쪽을 향해 계속 걸어가다가 결국 쓰러져서 죽어버리는 농부의 이야기인 '히스테리아 시베리아나'를 말하는 '시마모토상'은 '하지메'를 〈태양의 서쪽〉으로 유도한다. 그녀가 말하는 〈태양의 서쪽〉은 완전히 현실과 완전히 유리된 저편에 있으며, 부재(不在)와 죽음만이 확실히 존재한다는 것을 '시마모토상' 스스로 보여준다.12)

　　"아무것도 없을지도 몰라. 어쩌면 뭔가 있을지도 모르고. 하지만 어쨌
　　든 그곳은 국경의 남쪽과는 조금 다른 곳이야"　　　(『국경의 남쪽』)

〈태양의 서쪽〉으로 상징되는 또 다른 예는 '이즈미'와의 관계이다. 고교시절, 적어도 육체적인 교섭을 통해서라도 관계를 깊게 하고 싶었으나, 결코 옷을 벗지 않음으로 관계의 부재를 확인시킨 '이즈미'의 근황을 듣는다. 사촌언니와의 관계로 깊은 상처를 입혔다고 생각하는 그녀는 이미 죽은 존재나 다름없이 표정 없는 얼굴로 사람들을 피하며 살고 있다. 유령같이 변해버린 채 고립된 상태로 살고 있는 '이즈미' 역시 생의 리얼리티가 결여된 생명력이 없는 존재로 묘사되고 있다.

작품 안에서 '사막'은 죽음의 역설적인 설명인 '모든 것이 죽어도 끝까지 남아있는 존재'와 '시마모토상'이 말하는 농부가 하염없이 걷다 지쳐서 쓰러지는 사막이 묘사되고 있다. 사막은 죽음, 불모, 황량, 생명력의 결여 등의 총체적인 이미지로 묘사되고 있다.

그러나 '유키코'가 수많은 역경을 극복한 끝에 사막을 횡단하여 마침내 운하에 이르게 되는 모험가의 영화를 몇 번이고 반복하여 본다는 설정에 주목하면, 결혼에 관한 남편과 아내의 근본적인 생각의 차이를 발견할 수 있다.

즉, '유키코'가 향하고자 하는 곳은 작품 속에서 "무언가 매우 아름답고 커다랗고 부드러운 것"이라고 묘사되고 있는 〈국경의 남쪽〉이며, 이것은 "애매하게 모든 것이 자리잡히고 실현되는 듯한 우리가 매일 살아가는 일상적인 세계를 떠올리게 하는 장소"13)라고 해석할 수 있다.

'하지메'와 '유키코'가 살고 있는 현실 그 자체이며 〈태양의 서쪽〉처럼 한 방향만을 향하는 것이 아니고 다양한 가능성을 내포한 방향으로 〈국경의 남쪽〉은 제시되고 있다.

수많은 타인과의 '관계'로 이루어지는 현실은 '하지메'가 '시마모토상'으로 오랜 시간 꿈꾸어 왔던 것처럼, 어떠한 여지도 없는 순수성이 요구되어지는 절대적인 세계가 아니다. "중간적이며 애매하고 '아마도'의 여지가 많은" 현실 안에, 부부의 '관계' 역시 포함되어 있다.

4) 타자(他者) 안의 새로운 발견

(1) 아내의 말

『국경의 남쪽』은 "나와 나로 인해 상처입는 아내 유키코가 마주하는 이야기"[14]로도 읽을 수 있다. 시점인물과 화자는 남편이지만 본 장에서는 아내인 '유키코'에게 중점을 두어 고찰해 보기로 한다.

결혼 전의 '하지메'와 '이즈미'나 '시마모토상'과의 완전한 육체적 결합은 이루어지지 않았다. 이즈미의 사촌언니 역시 일시적인 육체의 탐닉뿐, 감정적인 교감은 없었다. 즉 남녀로서의 타인과의 결합은 정신적 육체적으로 모두 불가능했다. 결혼 후에 '하지메' 앞에 나타난 '이즈미'와 '시마모토상' 역시 과거로부터 발생된 산물이며 현재의 생활에서는 존재의미가 없는 사람들이다. 그녀들은 정신적 사랑과 성의 역할분담을 하고 있는 듯하여, 한 사람이 '하지메'를 만족시킬 수 없었다. 소설에 등장하는 여성들 중, 주인공과 이질적인 타자성을 가진 인물은 아내뿐이다.[15]

여행길에 비를 피하려다 처음 만난 '유키코'는 여행의 동반자 같은 존재이며 항상 비오는 날에만 나타나 〈태양의 서쪽〉으로 비유되는 죽음으로 '하지메'를 인도하려는 '시마모토상'과 확실한 대조를 이루고 있다.

무엇보다 중요한 것은 현존하는 육체로서의 '유키코'이며 남편인 '하지메'도 그것을 인지하고 있다는 서술이 다수 눈에 띈다. 여기서도 순간의 육체적 접촉이나 비정상적인 성행위로 나타나는 환상과 비현실의 '시마모토상'의 육체와 명백한 차이가 보인다.

'유키코'는 결혼 전까지 '하지메'가 여성에게서 바라는 〈흡인력〉[16]을 가지고 있으며 육체와 정신, 죽음의 경험까지 가지고 있는 여성이다.

'시마모토상'과의 관계를 고백하고 자신 안의 결락감과 공허를 말하는 남편에게 아내는 다음과 같이 말한다.

"나에게도 옛날에는 꿈같은 것이 있었고, 환상 같은 것도 있었어요. 하지만 언젠가 어딘가에서 그런 것들은 사라져 버렸죠. 당신과 만나기 전의 일이에요. 나는 그런 것들을 죽여 버렸어요. 아마도 나의 의지로 죽이고 버려 버린 거예요. (중략) 뭔가에 쫓기고 있는 것은 당신만이 아니에요. 뭔가를 버리거나 뭔가를 잃거나 하는 건 당신만이 아니에요. 내가 하는 말 알겠어요?"

이 말은 '나는 과거의 꿈이 아니며 현실이다'라고 말하는 것으로 해석되며 지금까지 드러내지 않았던 그녀 자신의 타자성의 표명이기도 하다. 동시에 남편의 원초적인 꿈에 대한 동경에 대한 이해의 말이기도 하다.

다음의 인용을 보자.

"당신은 그건 모르죠? 그것에 대해 당신은 사실 진지하게는 생각하지 않았죠? 내가 뭘 느끼고 뭘 생각하고 무엇을 하려고 하는지 하는 것에 대해서"

"당신은 분명 모르고 있어요." (『국경의 남쪽』)

"당신은 나와 함께 살고 있어도 사실은 나에 대해 거의 신경도 쓰지 않고 있어요. 당신은 자신만을 생각했어요, 분명"

(『태엽감는 새 연대기』 1부 2장)

두 문장 모두 "내가 무엇을 생각하고 있는지 모르고 있다. 알려고 하지 않는다"는 사실을 남편에게 지적하는 아내의 대사이다.

『국경의 남쪽』에서는 남편의 결락감의 표명은 그대로 아내의 것으로 전환되어 나타나, 오래전부터 간직한 꿈을 포기한 아내가 그 꿈을 좇아 현실을 버리려는 남편과 마주함과 동시에[17] 자기가 버린 또 하나의 자신을 어필하려는 소망이 타자인 아내 쪽에도 존재한다는 것을 알리고 있기도 하다.

『태엽 감는 새』는 스스로 자기를 버리고 또 하나의 자신이 되고자 남편 곁을 떠나는 아내라는 설정 하에 쓰였으며 아내의 실종은 그 외형적인 것으로 아내의 현실에 대한 주위 환기를 남편에게 행한 것이다.

다시 말하면 『태엽 감는 새』 제1부, 2부에서 '구미코'의 역할은 전작 『국경의 남쪽』에서 예감된 테마를 본격적으로 실현하는 것으로 읽을 수 있다.

(2) 관계의 지속

『국경의 남쪽』의 마지막 장은 아내와 남편의 대화에 중점을 두어 많은 그들의 관계에 주목하는데 수동적인 남편보다는 위와 같은 아내의 근본적인 문제제기가, 여기서 이전의 무라카미 하루키의 작품에 등장하는 주인공의 아내들과 달리 타자로서의 존재감이 뚜렷하게 하는 요인이 되고 있다.

『태엽 감는 새』에서 남편이 품었던 의문, 결혼이라는 상황 아래에서 "한 사람이 다른 한 사람을 충분히 이해한다고 하는 것이 과연 가능할까?" "우리는 우리가 잘 알고 있다고 생각하는 사람에 대해 무엇인가 중요한 것을 알고 있는 것일까?"하는 부부의 관계에 대한 근본적인 의문은 『국경의 남쪽』의 후반부에서 다시 한 번 제시되고 있다.

'유키코'는 결혼생활을 끝내고 이혼할 것인지 계속할 것인지의 선택을 남편에게 제시한다. 사랑하는지 아닌지의 감정의 여부가 아니라 남편과 아내라는 두 사람의 〈관계〉지속의 여부에 대해 중점을 두고 있다.

'유키코'가 '하지메'에게 요구하는 것은 "결락 그 자체가 내 자신이기 때문이다"와 같은 변명이 아닌 주체적인 선택이며 그녀 자신은 "자격이란 우리들이 앞으로 만들어 나가는 것"이라며 상호공생의 관계를 지향한다.

이들의 대화는 '하지메'를 싸고 있던 껍질을 깨뜨리는 단서를 제공하기 시작한다. 하지메는 "공허하고 기교적인 생활은 필시 유키코의 마음을 깊이 상처입힐 것이다"라며 지금까지 결혼 생활의 본모습과 아내를 '시마모토상'처럼 자기 안에서 분출된 존재가 아닌 완전한 타자로서 확실히 인식하기 시작했다. 또 자신의 내부에서 확실히 타자에게 심한 공백감과 공허함을 안겨주는지를 깨닫는다. 같은 시기에 무표정하며 삭막한 '이즈미'의 얼굴을 목격하고 '하지메'가 받은 심적 충격에 의한 신체의 반응은 지금까지 스스로 알지 못했던 과거에의 집착을 형상화한 것과 다르지 않기 때문이다. 이렇게 심적으로 얽매고 있던 과거의 환상에서 벗어나기 시작하는 '하지메'는 '시마모토상'에 대한 집착이 사라지기 시작한다. '로빈스 네스트'는 "전과는 달리 여러 가지가 매우 평이하고 색이 바래 보였다. 그것은 이미 예전의 그 정묘하고 선명한 색채를 띤 공중정원"이 아닌 장소로 인식된다. 밤마다 푸른색 옷을 입고 나타났던 '시마모토상'의 잔영 역시 '일상적인 대낮의 햇빛'에 의해 사라져가는 푸른색의 이미지로 소멸된다.[18] '여러 가지가 그곳에 포함되어 그곳에 사는' 사막을 떠올리는 '하지메'는 〈태양의 서쪽〉에서 〈국경의 남쪽〉을 향하기 시작한 것이다.

3. 나오며

『국경의 남쪽』은 결혼을 비롯한 어떠한 형태의 삶이든, 살아간다고 하는 것은 어떠한 공백, 허무, 환상을 속에 가지고 있는 인물을 설정하고 있다. 결혼이라는 살아있는 타자와의 관계를 추구하는 것이 현실임을 직접적으로 말하는 대신, 과거에의 집착이나 일상이 가져오는 상실이나 허무를 누군가와 함께 응시하는 것을 제안하고 있다.

순수한 관념이 만들어 내는 세계가 아닌 여러 가지 상황의 현실 속에서 '중간적인 존재'가 바로 현실임을 묘사한다. 결혼과 함께 부부는 각자가 가진 자신만의 세계와 떨어져 두 사람만의 중간적인 장소를 공유해야 한다. 중간적이지 않은 세계는 타인의 개입 없는 자신만의 영역이며 극단적인 개념(사막, 죽음)이다. 〈관계〉에 의해 그 세계는 중화되며 어느 쪽에도 속하지 않는 중간적인 것으로 변한다.

작품에서는 남편의 폐쇄성과 수동성이, 타자성을 전면에 내세운 '아내의 말로 해체되어가며 〈태양의 서쪽〉과 〈국경의 남쪽〉이라는 이미지로 상징화되고 있다.

그 결과로서 마지막 부분의 '환상'의 무력함을 인식하면서 이번에는 타자(누군가)를 위해 환상을 펼쳐나갈 입장에 서려는 '하지메'의 결의로 이어진다.

『국경의 남쪽』에서의 '하지메'와 '유키코'라는 새로운 스타일의 인물상은, 그 후의 또 다른 아내와 남편의 관계로 새로운 모티브를 잉태하며 『태엽 감는 새』1, 2부로 이어져 무라카미 문학의 새로운 테마를 창조하고 있다.

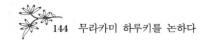

주

〈초출〉 이 글은『일본학연구』제23집(단국대학교 일본연구소, 2008.1)에 게재된 논문「村上春樹〈國境の南、太陽の西〉論」을 가필 보완한 것임.

1) 安原顕(1999.12)「『国境の南、太陽の西』はハーレクイン・ロマンスだ」『週刊文春』

2) 吉本隆明(1993.1)「主題に執して物語を失う」『文学界』

3) 横尾和博(1994)『村上春樹×90年代』, 第三書館

4) 「『国境の南、太陽の西』は僕にとってちょっと特殊な書かれ方をした作品です。僕はそのとき『ねじまき鳥クロニクル』という長編小説を書いていて（中略）その『ねじまき鳥クロニクル』をある程度書きおえたところで、その中にあるふたつの章がそうしてもその作品に馴染まないことがわかったんです。(中略) でも僕はこれらのエピソードを捨てたくなかった。(中略) それで僕はそのふたつのエピソードを中心にしてまったく別の作品を書いてみることにしました。(中略) この二年ばかりで僕は変わったと思うし、心をだんだん外に向かって開けるようにまってきたと思います。そのひとつぼ段階として、ある意味では自分を癒すというために、この小説を書くことは僕自身にとっておそらく大事なことだったんだという気がします」(村上春樹(1992.12)『週刊文春』)

5) 「至る途上に位置づけ直すことで、従来の作風を卑俗化した＜凡庸な不倫小説＞ではなく、むしろ＜解体、あるいは逆転＞してゆく＜作業過程の重要な一環として評価した」(福田和也(1994.7)「ソフトボールのような死の固まりをメスで切り開くこと」『新潮』)

6) 主人公に初めて凡俗な固有名と生活背景が与えられたのは、従来の＜村上的な＜僕＞がシステムの中の＜一市民を象徴する一般代名詞＞へ変容し始めているからである。(黒古一夫(1993)「新しい世界に向かって」『村上春樹 ザ・ロスト・ワールド』, 第三書館)

7) 일본의 고도경제성장기인 60년대에 등장한 전현적인 중산층. 대도시 외곽

에 살며 샐러리맨이나 전문직인 아버지와 가정주부인 어머니, 2,3명의 자녀들로 이루어진 핵가족

8) 「作品における＜一人っ子＞設定に意味を＜主人公に過剰な欠如意識を賦与する便宜＞と読み、＜国境の南＞をこの＜欠如＝不完全＞に＜島本なん＞という＜代補としての一体化＝安全＞という＜幻想の完遂＞を夢見させる＜輝かしい死の方位＞、＜国境の南＞を＜幻想の空無化＞に終わる＜干涸らびた死の方位＞と明快に定義した」(勝原晴希(1994.8)「近代という円環」『群像』)

9) 「今となってみれば、それがこれまでの人生でいちばん実体のある時間であったような気がする」(村上春樹(1993.2)「村上春樹への18の質問」『広告批評』)

10) 「この空っぽの世界のなかで─村上春樹論」『文学界臨時増刊　村上春樹ブック』, 1991.4)

11) 三浦雅士(1981.11)「村上春樹と時代の倫理」『海』

12) '시마모토상'의 죽은 아이의 유골을 뿌리러 간 이시카와현의 강가나 하코네의 별장에서의 하룻밤은 '하지메'에게 황량한 죽음의 상징을 체험한다.

13) 吉田春夫(1997)『村上春樹 転換する』, 彩流社

14) 吉田春生(1997)「転換点としての「国境の南、太陽の西」『村上春樹、転換する』, 彩流社

15) 시종 성(姓)으로만 등장하는 '시마모토상'은 이름만 나오는 '이즈미'나 '유키코'와는 달리 주인공과 다른 위상으로 인식되고 있음을 알 수 있다. 또한 성인이 된 후에도 '하지메'는 ~군(君)으로, '시마모토상'은 ~씨(さん)로 불리운다. 이는 '시마모토상'에 의해 주도되는 두 사람의 관계를 의미한다고도 보여 진다.

16) 「僕が感じる吸引力とは、自己の内部にある空虚を埋める存在に対する親和力の別名に過ぎない」(小林昌廣(2000.3)「身体の復権」『ユリイカ』)

17) 「欠落を埋めるには、その欠落の場所と大きさを、自分できっちりと認識するしかない。結婚生活というのは、煎じ詰めていえば、そのような冷厳な相互マッピングの作業に過ぎなかったのではあるまいか」(村上春樹・河合隼雄(1996)『村上春樹、河合隼雄に会いにいく』, 岩波書店)

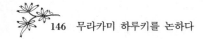

18) 「空の端の方に一筋青い輪郭があらわれ、それが紙に滲む青いインクのように ゆっくりとまわりに広がった。それは世界じゅうの青という青を集めて、そのなかから誰が見ても青だというものだけを抜き出してひとつにしたような青だった。（中略）しかし太陽が地表に姿を見せると、その青はやがて日常的な昼の光の中に呑み込まれていった」(村上春樹(1992)『国境の南、太陽の西』講談社)

『태엽감는새 연대기』에 나타난
'와타야 노보루'의 세계

송현아*

1. 무라카미 하루키의 '두 개의 세계'

작가 무라카미 하루키(村上春樹)에게 요미우리문학상을 안겨주었던
『태엽감는새 연대기(ねじまき鳥クロニクル)』3부작은 거대한 스케일로 화
제를 모았던 작품이다. 작품 속에서 제2차 세계대전의 잔혹성, 특히 일
본군이 만주에서 일으킨 노몬한 사건을 언급하면서도, 작가가 일관되게
그려온 '두 개의 세계' 역시 빠지지 않고 등장한다. 두 가지 이질적인
세계, 즉 이중구조[parallel world]는 작가 작품의 구조상 특징으로 일관되
게 묘사되는데, 그 세계가 작가의 80년대 소설에 이어 90년대의 소설,
특히 『태엽감는새 연대기』 속에서 어떻게 기능하고 있는지 살펴보는
작업은 이후 하루키의 작품을 이해하는데 많은 도움을 줄 것이다.

이 글에서는 80년대와 90년대를 거치면서 '저쪽 세계'의 특징적 요소

* 宋炫兒 : 서강대학교 강사, 일본근현대문학 전공

가 소설 속에서 어떻게 나타나는지, 그리고 『태엽감는 새 연대기』에서 나타나는 '저쪽 세계'의 모습과 과연 그 곳이 어떤 역할을 담당하는지, 그리고 그 속에서 비로소 자신의 힘을 발휘하는 마성의 등장인물 와타야 노보루(綿谷ノボル)의 본질이 과연 무엇일까에 대해 생각해 보겠다.

2. 싸늘하고 어두운 '저쪽 세계'

앞에서도 얘기했듯이 하루키의 작품 속에서 나타나는 구조상 특징으로 가장 두드러지는 것이 바로 '저쪽 세계(あっちの世界)'가 존재한다는 사실이다. 현실 세계인 '이쪽 세계(こっちの世界)'에 반대되는 비현실 세계인 '저쪽 세계'는 서로 공존하고 있으면서도 실시간 속에서 접합 부분이 없는 평행선 위에 놓여진 또 다른 세계이다. 이렇게 양분화된 세계 속 이야기 구조는 하루키 작품의 큰 특징이라 할 수 있겠다.

그렇다면 여기서 80년대 작품 속에 등장하는 '저쪽 세계'를 어떻게 묘사하고 있는지 대략적으로 살펴보자.

> a. 핀볼대는 같은 방향을 향해 8열 종대를 지어 창고의 맞은편 벽까지 늘어서 있었다. 마치 분필로 바닥에 선을 그어 배열이라도 한 것처럼 그 줄에는 1센티의 오차도 없다. 합성수지 안에서 굳어진 파리처럼 주위의 모든 것은 정지해 있었다. 무엇 하나 조금도 움직이지 않는다. 일흔 여덟 대의 죽음과 일흔 여덟 대의 침묵. 나는 반사적으로 몸을 움직였다. 그렇게라도 하지 않으면 나까지도 그 가고일 무리에 휩쓸려 버릴 것 같은 기분이 들었기 때문이다.
>
> 춥다. 그리고 역시 죽은 닭 냄새가 났다. (중략) 문을 닫아버린 뒤에는 벌레 소리 하나 들리지 않는다. 완벽한 침묵이 무거운 안개처럼 지표면에 괴어 있었다.[1]

b. 집은 이상할 정도로 인기척이 느껴지지 않았다. 보면 볼수록 기묘한 집이었다. (중략) 오랫동안 블라인드가 쳐져 있었던 탓에 집안은 부자연스러울 정도로 어둠침침해서, 눈에 익숙해지기까지 시간이 좀 걸렸다. 옅은 어둠이 방 안 구석구석까지 스며들어 있었다.

넓은 방이었다. 넓고 고요하고 낡은 헛간에서 나는 것 같은 냄새가 났다. 어렸을 적 맡아본 적이 있는 냄새였다. 낡은 가구나 버려진 깔개가 빚어내는 오래된 시간의 냄새.2)

c. 나는 잠시 동안 그 곳에 꼼짝도 않고 서 있었다. 몸을 움직이려고 해도 손발은 마비된 것 같이 본래의 감각을 잃어버렸다. 마치 깊은 바다 밑에 처박혀 있는 것 같았다. 짙은 어둠이 내게 기묘한 압력을 가하고 있었다. 침묵이 내 고막을 압박하고 있었다. 나는 어떻게든 조금이라도 어둠에 눈을 익숙해지도록 했다. 하지만 소용이 없었다. 시간이 지나면 눈에 익는 어설픈 어둠이 아닌 것이다. 완전한 어둠이었다. 검은색 물감을 몇 겹씩 몇 겹씩 덧칠한 듯한, 깊고 빈틈없는 어둠이었다. (중략) 벽은 미끈거렸고 싸늘했다. 돌핀호텔의 벽치고는 지나치게 차다.3)

일찍이 하루키는 두 개의 세계에 대해서 언급한 적이 있었다. 그는 자기 안에 '지금 존재하는 것'과 '예전에 존재했었고 지금은 존재하지 않는 것'이 공존하는데 그 두 가지는 서로 근접하지 않는 '평행선상의 세계'라고 했었다.4)

어둡고 고요하며 차가운 세계. 또한 모든 움직임이 멈춘 세계. 이곳에서 주인공 '나'는 비생명체, 혹은 걸어 다니고 말하기는 하지만 그림자가 없거나 생명이 없는 유사생명체와 조우하게 되는데 이때의 만남조차 '시간마저 멈춘' 곳에서 이루어지곤 한다.

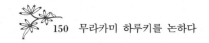

3. 따뜻하고 어두운 '저쪽 세계'

하루키의 초기 3부작 이후에 출간된 1990년대의 소설 『태엽감는 새 연대기』 속에서도 '저쪽 세계'는 존재했다.

> 우물 밑바닥의 공기는 싸늘했다. (중략) 지금은 깊은 어둠이 내 주위를 감싸고 있었다. 아무리 뚫어지게 보아도 더 이상 아무것도 보이지 않았 다. 내 손이 어디에 있는지도 알 수 없었다. (중략) 나는 가만히 손잡이를 돌려보았다. 손잡이가 돌아가고 문은 소리도 없이 안쪽으로 열렸다. 방 안은 깜깜했지만 두꺼운 커튼 틈으로 희미한 빛이 새어 들어와 자세히 보면 창문이나, 테이블, 소파의 형태를 희미하게나마 알 수 있었다. (중 략) 실내의 공기는 따뜻했고, 그리고 짙은 꽃향기가 났다. 5)

하루키 문학 속 또 하나의 키워드 '우물'을 통해서 들어가는 '저쪽 세 계' 또한 '시계 바늘이 멈추어 버린' 곳으로 생명력이 결여되어 있고 짙 은 어둠이 지배하는 세계다. 그 곳의 벽은 때때로 '거대한 젤리처럼 차갑 고 물컹거리는' 상태로 변화하여 주인공인 '내'가 위험에 놓일 때마다 '나'를 '우물' 밑바닥으로 되돌려 보내주기도 한다.

여기서 '우물'은 '이쪽 세계'와 '저쪽 세계'를 연결해 주는 매개체로 기 능한다. 하지만 일찍이 히사이 쓰바키(久居つばき)는 '우물(井戸, いど)'을 'id(イド)'라는 단어에 연결시키면서6) 정신의 본능적 측면을 부각시키는 장소로 해석하기도 했다.7)

4. '저쪽 세계', 와타야 구미코의 혼란스러운 세계

'저쪽 세계'인 호텔 208호실은 옆 사람의 얼굴을 식별할 수 없을 정도로 어둡다. 그 곳에서 주인공 '나'를 기다리고 있는 여자는, "와타야 노보루씨, 내 이름을 찾아주세요"라고 애원할 만큼 자신의 아이덴티티를 잃어버린 채 존재하지만, '나'는 그녀가 갑자기 집을 나가 종적을 감춰버린 아내 '구미코'라 굳게 믿고 그녀를 구해내려고 애를 쓴다. 그렇지만 오히려 그녀는 다른 사람들의 목소리를 흉내 내면서 번번이 '나'를 혼란에 빠뜨릴 뿐이다.8)

그럼에도 불구하고 '나'는 몇 번씩 '우물'로 내려와 호텔 208호실의 여자와 대화를 시도한다. 몇 번씩 '우물'로 내려가서 구미코라 여기고 있는 여자를 데리고 현실 세계로 되돌아오기 위해서 '내'가 기울이는 노력은, 걸핏하면 대화를 단절시키거나 가벼운 농담으로 심각한 이야기에서 화제를 돌리던 80년대 하루키의 작품 속에서 나타나는 '나'의 모습에서는 결코 그 예를 찾아볼 수 없을 만큼 희생적이다.9)

5. '저쪽 세계', 와타야 노보루의 폭력적인 세계

'저쪽 세계'인 호텔 208호의 문을 열고 바깥으로 나오면 넓은 로비로 이어진다. 로비의 벽에 걸린 TV에서는 구미코의 오빠인 와타야 노보루가 연설하는 모습을 쉴새없이, 끊임없이 내보내고 있다. 로비의 TV 앞에 모여 있는 사람들은 와타야 노보루가 말하는 모습 이외에는 도통 어디에도 관심이 없다.

이쯤에서 슬슬 와타야 노보루에 대한 소개를 해야겠다. 그는 현실세계인 '이쪽 세계'에서는 도쿄대학 경제학과를 졸업한 재원으로 미국으

로 유학을 갔다가 귀국한 후, 경제학 관련 서적을 썼는데 그 책이 엄청
난 인기를 모으면서 곧 미디어의 경제 및 정치 분야의 총아로 떠오른
인물이었다. 하지만 '내'가 읽기에 그의 글은 유려하나 '실체가 없는 유
령'과 같았으며 '일관성이라는 게 결여되어'10) 있었다. 와타야 노보루의
논리와 주장에는 나름대로 납득이 가기는 하지만 그것들을 종합해 보면
결국 무엇을 이야기하려는지 파악할 수 없을 정도로 그냥 그럴듯하게
포장이 된 것일 뿐, 핵심이 결여된 듯이 여겨졌다.

　하지만 차츰 그는 '독특한 설득력'으로 TV 앞의 대중을 장악해 나간
다. 사람들은 그의 주장 속에 결여되어 있는 동공(洞空)을 미처 눈치채지
못하고 그가 뛰어난 언변으로 자신의 논리에 대해 반박하려고 애를 쓰
는 상대방을 짓누르며 파괴해나가는 모습을 스크린을 통해 보면서 열광
할 뿐이다.11) 그러나 오히려 그의 힘은 현실 세계에서보다 '저쪽 세계'에
서 훨씬 더 절대적이었다. 'TV라고 하는 미디어 속에서 자기한테 딱 맞
는 거처를 찾아내고' 강력한 힘을 얻어낸 와타야 노보루였지만, '나'에게
미디어라는 '가면' 속에서 '부자연스럽게 비틀린 무엇'의 존재를 간파당
한 이후부터는 '나'와 적대적인 관계에 놓이게 되고, 나아가 그가 구미코
의 실종과 관련되면서 두 사람 사이의 골은 더욱 깊어져만 간다. '내'게
는 '나 자신의 존재와 타인의 존재를 완전히 다른 영역에 속하는 존재로
나누는 능력'이 있음에도 불구하고 이러한 능력은 와타야 노보루에 대
해서만은 효과가 없었다. 와타야 노보루에 관해 곰곰이 생각해 본 후
마침내 '나'는 결론을 내리듯 이렇게 선언하게 된다.

　　오케이, 정직하게 인정하자, 확실히 나는 와타야 노보루를 싫어하는
　　것이다.12)

　의미 있는, 혹은 무의미한 언어로 이루어진, 무수한 정보들이 난무하

는 미디어 속 와타야 노보루의 세계에서 '내'가 피곤함을 느끼는 것은 오히려 당연한 노릇이다. 와타야 구미코를 구하려는 단 하나의 목적만을 가지고 들어가는 '저쪽 세계'에서 와타야 노보루가 TV를 통해 열띠게 뿜어내는 무수한 정보들은 옳을 수도 틀릴 수도, 참일 수도 거짓일 수도 있기 때문이다. 일찍이 영매 가노 쿠레타(加納クレタ)가 '나'를 향해, "와타야 노보루님은 오카다님과는 완전히 반대되는 세계에 속해있는 사람입니다"라고 경고했듯이, TV 속에서 더욱 힘을 발휘하는 와타야 노보루와는 완전히 다르게, 집에 TV조차 없이 미디어와 거리를 두는 '나', 이 두 사람은 서로 공존하기 힘든 존재이기도 했다. 따라서 두 사람은 '폭력적이고 혼란스러운' 이 세계에서 살아남기 위해서 서로의 존재를 무시하거나, 아니면 무참하게 짓밟아야 했던 것이다.

6. 와타야 노보루, 아름답고도 사악한 남자

와타야 노보루는 다음과 같이 묘사된다. 그는 '키가 크고 날씬했으며 매우 좋은 가정환경 속에서 자라난 것 같았고 '재봉이 잘된 슈트를 입고 품위있는 뿔테안경을 낀 모습'으로 TV에 나와 '온화한 얼굴과 부드러운 목소리로' 자신의 의견을 피력하면서 상대방을 압도한다. 와타야 노보루의 세계는 앞에서도 말한 바와 같이 의미 있는, 아니 어쩌면 무의미한 언어로 이루어진, 무수한 정보가 난무하는 미디어 속 세계라고 할 수 있겠다. 그는 자신이 힘을 배가시킬 수 있는 미디어 안에서, 특히 TV를 통해 비추어질 때에 '실물보다 훨씬 지적이고 훨씬 신뢰할 수 있'게끔 보여지는 인물이다. 미디어 속 이미지는 대중을 설득시키기에 충분하지만 미디어를 통해 발화되는 말 자체는 '실체없는 유령', '일관성이 부족'하다는 점은 아이러니하다.

즉, 미디어라는 매체를 통해서 그가 생산해 내는 정보는 솜씨좋은 말 속에 잘 포장되어 있는 무의미함에 다름 아니다. 이 사실을 눈치 챈 '나'는 그에게 자기가 깨달은 사실을 말해주려 하지만 그럴수록 그는 '나'를 억누르려고 한다. 마치 독재자가 집권 초기, 또는 집권이 흔들릴 때에 언론(또는 미디어)을 장악하여 권력을 강고하게 만들려는 듯이 말이다.

> "어째서인지 이유는 모르겠지만, 와타야 노보루는 어느 단계에서 어떤 계기로 말미암아 폭력적인 그 능력을 비약적으로 강화시켰어. TV나 갖가지 미디어를 통해서 확대된 그 힘을 사회에 널리 퍼뜨릴 수 있게 되었지. 그리고 그가 지금 그 힘을 사용해서 불특정다수의 사람들이 어둠 속에 무의식적으로 숨기고 있는 것을 바깥으로 끌어내려 하고 있어. 그것을 정치가로서의 자기를 위해서 이용하려고 해. 그건 진짜로 위험한 일이야. 그가 끌어내려는 것들은 숙명적으로 폭력과 피로 얼룩져 있어. 그리고 그것은 역사의 밑바닥에 있는 가장 깊은 어둠에까지 곧장 연결되어 있어. 그건 결과적으로 수많은 사람들을 망가뜨리고 잃어버리게 할 거야."13)

그, 또는 확대시킨 범주로써 그의 세계는 '비틀리다(ねじれる)' '일그러지다(ゆがむ)'라고 하는 두 개의 단어로 대변된다. TV 앞 사람들, 그에게 매료된 대중들은 결코 인정하지 않겠지만 온전히 '나'의 의견에 따르자면 와타야 노보루, 그의 본모습은 '세상을 향한 가면 아래 있는 것'이라든지 '깊이 일그러진 것'이라는 말로 표현된다. 또한 그의 세계를 묘사하는 부분에서 등장하는 단어들을 차례대로 살펴보자면 무의식, 결락, 유령, 가면, 인공적 등이라는 말로 표현된다.

한편, 와타야 노보루의 세계를 언론의 왜곡, 정보의 옳고 그름을 떠나서 미디어를 절대적으로 신뢰하는 대중적 맹신의 은유로 본다고 하면 하루키의 단편 「TV 피플(TVピ一プル)」에서도 그 단면을 찾아볼 수 있을 것이다.14)

그리고 와타야 노보루라는 캐릭터를 그의 세계에서 떼어내어 '나'의 억압된 본능 맞은편에 있는 또 다른 나, 다시 말해 사악하고 폭력적인 면이 부각된 무의식적 에고로 본다면 하루키의 또 다른 단편인 「거울 (鏡)」에서도 그 예를 찾을 수 있을 것이다. 작품 속 주인공인 '나'는 거울에 비추이는 자신의 모습이 온전한 자기 자신이 아님을 깨닫는다. 그것은 '나'이면서도 동시에 '내'가 아닌, 어둠과 증오로 가득 찬 또 다른 나의 모습이었다.

> "다시 말해서 거울 속의 사람은 내가 아니었습니다. 아니, 겉모습은 완전히 나였습니다. (중략) 하지만 그건 나 이외의 나였죠. (중략) 하지만 그때 단 하나, 내가 이해할 수 있었던 것은, 상대방이 마음속 깊이 나를 증오하고 있다는 사실이었습니다. 마치 어두운 빙산과도 같은 증오였어요. 어느 누구도 치유하지 못하는 증오였습니다." 15)

한편 자아의 분열까지는 아니더라도 와타야 노보루라는 캐릭터를 좀 더 명확하게 파악할 수 있는 인물은 하루키의 다른 단편 「헛간을 태우다(納屋を燒く)」에서도 나타난다. 작중 주인공인 소설가 '나'의 여자친구 '그녀'가 북아프리카에서 만나 사귀게 된 남자친구가 바로 그 사람이다. 그는 20대 후반으로 키가 크고 언제나 흠잡을 데 없는 차림새를 하고 있으며 정중한 말투를 사용한다. 흠집 하나 없는 은색 독일제 스포츠카를 타고 다니며 핸섬하고 손가락이 긴 그는 언뜻 보기에 올바르고 도덕적으로 보인다. 그러나 잘 정돈되어 있는 모습 이면에는 주말 오후에 남의 집에서 태연히 대마초를 피우면서 '나'를 공범으로 만들고, 마치 영화감상과도 같은 하나의 취미처럼, 두 달에 한 번꼴로 태우기 적당한 헛간을 물색해서 불을 붙이곤 한다는 말을 아무렇지도 않게 꺼낸다.

소설가인 '나'는 '그'의 다음 목표, 다시 말해서 '그'가 다음에 태울 헛간을 나름대로 추측해 보기로 한다. 지도를 사서 집 주위의 헛간들을 체크

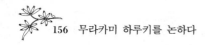

하여 조깅코스를 만든 다음, 매일같이 그 코스를 달린다. 그러면서 '나'
의 마음속에는 한 가지 의문점이 생긴다.

> 때때로 나는 그가 내게 헛간을 태우게 하려는 게 아닐까 하고 생각한
> 적이 있었다. 다시 말해서 헛간을 태운다는 이미지를 내 머릿속에 집어
> 넣은 후에 자전거 타이어에 공기를 주입하는 식으로 그걸 점점 더 부풀
> 려가게 만드는 꼴이었다. 확실히 나는 가끔씩, 그가 불태우는 걸 줄곧
> 기다리고 있을 정도라면 차라리 나 스스로 성냥을 그어서 불태워버리는
> 쪽이 이야기가 빨라지는 게 아닐까 하고 생각한 적도 있었다. 그것도 그
> 런 게 그건 그냥 낡아빠진 헛간이니까. 16)

'불태워주기를 기다리는 듯한 느낌'의 헛간을 태운다는 말로 자신의
죄의식을 희석시키는 그는, 도통 표정이라는 게 없어 감정의 변화를 바
깥으로 보여주지 않는다. 헛간을 중심으로 조깅코스를 만들어서 코스를
따라 달렸다는 '나'에게, 그는 '너무 가까워서 못 보고 놓치기도 한다'며
충고를 건네기도 한다. 일견 이 모습은 헛간과 여자 친구를 동일시하여
텍스트를 해석한 독자들로 하여금 자신의 여자 친구마저 없애버렸다는
의구심을 갖게 만드는 인물인 것이다.

스스로의 사악함을 말끔한 겉모습 속에 감추고 미디어를 통해서 군
중을 자유자재로 조종할 수 있는 능력을 갖고 있는 와타야 노보루의
모습은, '나'를 의문점을 최대치로 증폭시킴으로써 움직이게 만드는데
성공하는 「헛간을 태우다」에서의 '그'의 모습과도 겹쳐진다.

'또 다른 나'의 부분으로 억압된 본능(혹은 본능의 폭력적인 면)이라는
측면을 좀 더 분명하게 이끌어낼 수 있는 캐릭터는 와타야 노보루와 함
께 홋카이도에서 보았던 기타 케이스를 든 남자의 모습에서도 나타난다.

7. '저쪽 세계'에서 얻은 것, 폭력과 치유

감정처리 시스템[17]에 의해 오랫동안 사회적 페르소나에 짓눌려왔던 '나'의 본능, 무의식적 에고는 폭력이라는 형태로써 표출된다.

그것은 홋카이도의 어느 바에서 기타를 치던 가수를 우연히 도쿄 시내에서 발견함으로써 시작된다. 그는 기타 케이스를 들고 가다가 갑자기 '나'를 공격한다. 처음에는 '공포와 홍분'으로 방어만 하려던 '나'는 구미코의 낙태 소식과 맞물려 어두운 기억으로 잔존하는 그를 가격하면서 '격렬한 증오에 가까운 분노'에 휩싸이게 된다. 이와 동시에 나타난 현상은 나 자신의 분열이었다.

> 하지만 멈출 수 없었다. 나 자신이 둘로 분열되어 버리는 것을 알 수 있었다. 이쪽의 나는 더 이상 저쪽의 나를 멈추게 할 수 없게 되어버린 것이었다. 나는 격렬한 오한에 휩싸였다. [18]

필연적인 폭력은 '저쪽 세계'에서도 재생된다. 이름을 잃어버린 구미코를 구하려고 내려간 '저쪽 세계'에서 '나'는 나를 저지하는 자에 맞서, 첫 번째 폭력에서 얻은 전리품인 야구방망이를 휘두른다.

> 주변에 불쾌한 냄새가 떠돌고 있다. 그건 뇌수의 냄새이고 폭력의 냄새이며 죽음의 냄새였다. 그것들은 모두 내가 만들어낸 것이었다. [19]

일찍이 하루키는, 임상심리학자 가와이 하야오(河合隼雄)와의 두 번에 걸친 대담에서 폭력에 대해 언급했었다.

> 그리고 일본의 경우, 특히 불행한 것은 예의 대전쟁이라는 게 있었기 때문에 엄청나게 급진적으로 폭력을 부정하게 되었던 겁니다. (중략) 다

시 말해서 자기가 갖고 있는 폭력성을 한 번도 체험하지 않은 채 자라나기도 하고요.

그리고 사춘기가 되면 이제 한꺼번에 거칠어지니까요, 뭔가 터무니없는 짓을 하고 싶어져서, 예를 들면 이지메를 한다던가요. (중략) 지금은 상대방을 죽이기까지 하는 데에 문제가 있어요. (중략) 폭력에 관해서는 엄청난 억압을 갖고 있습니다. 그래서 작품 속에서 돌발적으로 튀어나오는 게 아닐까, 하는 식으로 저는 생각하고 있습니다. 20)

위의 내용에 대해서 조금 더 이야기를 해보자면, 하루키는 일본이 두 차례의 세계전쟁을 겪으면서 일본인들이 본능의 영역에 속한다고 볼 수 있는 폭력성을 의식적으로 억압할 수밖에 없었다는 사실을 지적한다. 그리고 그런 폭력성이 자신의 작품 속에서 갑자기 튀어나오기도 하는데 요컨대 '내'가 기타케이스를 든 가수한테 행하는 폭력도 바로 그러하다는 것이다.

그러면서 동시에 구미코를 현실 세계로 데리고 오기 위해 '내'가 행한 폭력은 카타르시스, 일종의 반전의 역할을 했다고 말하고 있다.21)

'저쪽 세계'에서 '내'가 행하는 폭력이 가지는 궁극적인 목표를, 구미코를 현실 세계로 되돌리기 위한 것이라고 볼 때, 그녀의 귀환을 위해 이루어진 '반점'에 통한 '나'의 치유는 폭력과 동일선상에 놓을 수 있으며, 이는 다시 말해서 상반되는 이미지인 '치유'와 '폭력'이, 이 작품 속에서는 서로 유사한 성질을 갖는다고도 말할 수 있겠다. 또한 '폭력' 그 자체만을 생각해 보았을 때, 와타야 노보루가 구미코에게 행한 (정신적 영역에서 이루어진) 폭력과도 일맥상통한다고 볼 수 있지 않을까 하는 조심스러운 추측도 함께 해본다.

'어두움 속 무의식의 그늘에 숨겨져 있는 것을 바깥으로 꺼내려고 하는' 와타야 노보루의 존재 그 자체, 혹은 그의 세계는 '내' 속에 잠재되어 있던 폭력성을 이끌어내었다. 다시 말하지만 '나'의 폭력은 구미코를 향

한 현실세계로 데려올 수 있는 기틀을 마련하는 동시에 구원으로 연결
되어 있고, 결국 이런 의미에서 '나'의 폭력은 치유의 한 부분을 차지한
다고 볼 수 있겠다.

'내'가 '정당한 폭력'[22]을 행사한 후에, 구미코(라고 여겼던 여자)는
호텔 208호에서 사라졌고 언어로 이루어진 와타야 노보루의 견고한 세
계는 무너졌다("의식이 되돌아온다 해도 말은 잘하지 못할지도 모른대
요. 만약 그렇게 된다면 아마도 정치가를 해나가기는 어려울 거예요").
그리고 '나'를 '저쪽 세계'로 들어가게 해 준 매개체로써의 '우물' 역시
원래의 역할을 상실해 버리고 말았다.[23]

8. 와타야 노보루, 매혹적인 캐릭터

이런 일련의 피드백 효과로 말미암아 '나'의 폭력은 정당하게 매듭지
어졌고, 이로써 구미코가 현실 세계로 되돌아왔음은 텍스트의 추이상
아마도 당연한 귀결일 것이다.

마지막으로 덧붙이자면 와타야 노보루의 세계를 살펴보면서 작품 속
특징이기도 한 이중구조적 세계 자체보다 더욱 강렬한 요소는 바로 와
타야 노보루, 바로 그 남자의 캐릭터였다. 자신의 세계 속에서 세력을
확장시키고 또한 그 세계를 강력하게 지배하는 와타야 노보루라는 단정
하고 시크한 모습의 이면에 담겨져 있는 사악하고 폭력적인 양면적 모
습은 『양을 둘러싼 모험』에서의 검은 옷을 입은 비서, 「헛간을 태우다」
에서의 남자로 연결되는 하나의 계보로 연결해 볼 수 있겠다. 그들 각자
의 캐릭터를 좀 더 면밀하게 들여다보는 작업을 통해서 텍스트를 보다
풍부하게 읽을 여지가 마련될 것이다.

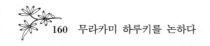

▌ 주 ▌

〈초출〉 이 글은 『일본문화연구』 제14집(동아시아일본학회, 2005.3)에 게재된 논문 「『태엽감는 새 연대기』 연구:'와타야 노보루'의 세계」를 가필 보완한 것임.

1) 村上春樹(1994)『1973年のピンボール』, 講談社文庫, pp.150-151 밑줄은 필자, 이하 같음
2) 村上春樹(1985)『羊をめぐる冒険 下』, 講談社文庫, p.127, pp.129-130
3) 村上春樹(1991)『ダンス·ダンス·ダンス 上』, 講談社文庫. pp.142-143
4) 村上春樹·川本三朗(1985)「物語のための冒険」『文學界』, 文藝春秋, p.68 宋炫兒(2002)「『ダンス·ダンス·ダンス』研究」『日本文化學報』 第13輯, 韓國日本文化學會 p.167 재인용
5) 村上春樹(1996)『ねじまき鳥クロニクル 2』 新潮社, p.111, p.135
6) '이드', 다시 말해서 '에스'를 지향하고 있는 것입니다. '이드'에 대해서 예를 들자면 〈고지엔〉 사전에서는 이렇게 설명하고 있습니다. 정신의 밑바닥에 있는 본능적인 에너지의 원천. 쾌락을 추구하고 불쾌함을 피하는 쾌락원칙에 지배된다. 에스(es)라고도 한다. 정신분석용어. (久居つばき(1994)『ねじまき鳥の探し方』, 太田出版, p.59)
7) 하루키의 작품 속에서 '우물'은 여러 가지 기능을 가진다. 일례로 하루키를 일약 인기작가로 만들어낸 공전의 히트작인 『노르웨이의 숲(ノルウェイの森)』에서의 '우물'은 숲속 어두운 곳에 있는 폐쇄적인 공간이었지만 이 작품에서의 '우물'은 열린 공간, 다시 말해 연결된 공간으로 기능한다.
   '내가 유일하게 아는 사실은 그것이 특히 어마어마하게 깊다고 하는 것뿐이다. 가늠하지도 못할 정도로 깊다는 것이다. 그리고 구멍 안에는 어둠이─세상의 모든 종류의 어둠을 바짝 졸여낸 듯한 농밀한 어둠이─ 가득 차 있다.'
   (村上春樹(1995)『ノルウェイの森 上』, 講談社文庫, pp.12-13)
8) '우물'을 통해 들어간 208호실은 아이덴티티를 잃어버린 구미코의 세계다. 와다 히로부미(和田博文)는 그 곳을 '구미코 자신의 미궁(クミコ自身の迷

宮)'이라는 말로 표현했다. (和田博文(1998.2) 「「身体」としての個人」『國文學』, p.123)

또한 구미코 역시 '나'에게 보내는 '태엽감는 새 연대기 #17' 파일을 통해 다음과 같이 고백한다. '나 자신이 내 발을 묶는 쇠사슬이었고 절대 잠들지 않는 엄한 보초였습니다'.

9) 구미코를 데리고 돌아오기 위한 행위의 순차적인 단계는 다음과 같다. ①'저쪽 세계'의 벽을 통과하면서 얻은 '반점(あざ)'으로 정신적인 상처를 입은 사람들을 치료해준다 ②치료에 대한 적절한 보수를 받는다 ③그 돈으로 우물이 속해 있는 '목매단 자의 저택(首吊り屋敷)'을 일시적으로 빌린다 ④우물 속으로 들어간다 ⑤'저쪽 세계'인 호텔 208호실로 들어가 구미코(라고 확신하는 여성)와 대화를 시도한다. (宋炫兒(2004) 「『ねじまき鳥クロニクル』研究」『日本文學硏究』 第10輯, 동아시아일본학회, pp.258-259)

이렇듯 '내'가 208호의 벽을 통과하여 현실 세계로 돌아올 때 획득한 '반점'은 치유의 도구인 동시에 '나'와 타인(구미코)과의 관계를 회복시키기 위한 소도구이기도 하다. 뿐만 아니라 이것은 '이계(異界)'의 존재에 대한 흔적이기도 하다('아니면 이 반점은, 기묘한 그 꿈인가 환상인가가 나에게 찍은 낙인인지도 모른다. 그건 단순한 꿈이 아니다, 라고 그들은 반점을 통해 말하고 있는 것이었다').

10) 일관성에 관해서는 하루키의 단편 「반딧불이(螢)」를 참고해도 좋을 것이다. 하루키는 말(혹은 말의 무게)이 얼마나 쉽고, 또한 가볍게 번복할 수 있는 도구인지를 다음과 같은 글을 통해 우리에게 보여주고 있다.

'병 밑바닥에서 반딧불이 희미하게 빛나고 있었다. 그러나 그 빛은 너무나도 약하고 색깔은 너무나도 옅었다. 내 기억 속에서 반딧불의 빛은, 어둠 속에서 좀 더 뚜렷하고 선명한 빛을 발하고 있을 터였다. 그렇지 않으면 안 되었다. (중략) 아마도 내 기억이 잘못된 것이겠지. 반딧불의 빛은 실제로 그리 선명한 게 아니었을지도 모른다. 단지 내가 굳게 믿고 있었을 뿐이었을지도 모른다.' (村上春樹(1991) 『螢·納屋を燒く·その他の短編』, 新潮文庫, p.44)

11) 와타야 노보루가 현란한 말솜씨로 상대방의 주장을 잔인하게 깨부술 때,

TV 앞 시청자들은 그의 말 속에 '일관성이 없다'는 것을 깨닫지 못하고 단지 그가 상대방을 철저하게 무너뜨리는 모습에 환호할 뿐이다. 그는 '지적 검투사의 시합'에서 '순수한 전투행위'에 열중할 뿐이고 시청자들은 흩뿌려지는 '대량의 피'를 보고 싶을 뿐이다.

12) 村上春樹(1996) 『ねじまき鳥クロニクル 1』, 新潮社, p.148

13) 村上春樹(1995) 『ねじまき鳥クロニクル 3』, 新潮社, pp.441-442

14) '이상한 말이지만 TV 피플들의, 완벽하다고 말해도 좋을 그런 일 품새를 줄곧 지켜보고 있는 사이에, 나 또한 그게 조금씩 비행기로 보이기 시작했다. 적어도 비행기라 한대도 이상하지 않다는 기분이 들었다. (중략) 비록 그렇게는 보이지 않더라도 그들에게는 그게 비행기인 것이다. 확실히 이 남자가 말하는 대로였다.

비행기가 아니라면 이건 무엇인가?'

(村上春樹(1993) 『TVピープル』, 文春文庫, pp.49-50)

15) 村上春樹(1993) 『カンガルー日和』, 講談社文庫 p.81

16) 村上春樹(1991) 『螢・納屋を燒く・その他の短編』 新潮文庫 p.74

17) '누군가와 연관됨으로써 오랫동안 감정적으로 흐트러지는 경우란 내게는 거의 없다. 불쾌한 마음으로, 그런 이유로 누군가한테 화를 내거나 초조해지는 경우는 물론 있다. 그렇지만 길게는 가지 않는다. (중략) 다시 말해서 나는 무엇인가로 인해 불쾌해지거나 초조해질 때에는 우선 그 대상을 나 개인과는 관계없는, 어딘가 다른 영역으로 이동시켜 버린다. (중략) 지금까지 인생의 과정 속에서 그런 감정처리 시스템을 적용함으로써 나는 수많은 쓸데없는 트러블을 회피하고 나 자신의 세계를 비교적 안정된 상태로 유지시키는 게 가능했었다.'

(村上春樹(1996) 『ねじまき鳥クロニクル 1』, 新潮社, pp.145-146)

18) 村上春樹(1996) 『ねじまき鳥クロニクル 2』, 新潮社, p.323

도플갱어처럼 묘사되는 '또 하나의 나'의 존재는 하루키의 장편 『스푸토니크의 연인(スプートニクの恋人)』에서 더욱 극명하게 나타난다.

'뮤는 더 이상 아무것도 생각할 수가 없었다. 나는 여기에 있고, 내 방을 망원경으로 바라보고 있다. 그 방안에는 나 자신이 있었다. 뮤는 몇 번이나

망원경의 초점을 다시 맞추었다. 하지만 그것은 아무리 보아도 그녀 자신이
었다. (중략)

"나는 이쪽에 남아있어요. 하지만 또 한 명의 나는, 혹은 반쪽의 나는 저쪽으
로 옮겨가고 말았어요. 내 검은 머리와, 내 성욕과 생리와 배란과, 그리고
아마도 살기 위한 의지 같은 것을 가져간 채로 말이죠. 그리고 그 나머지
반이 여기에 있는 나예요. (중략) 무엇인가의 이유로 나라는 인간이 결정적
으로 두 사람으로 찢겨져 버린 거에요. (후략)"

(村上春樹(1999)『スプートニクの恋人』, 講談社, p.226, p.230)

19) 村上春樹(1995)『ねじまき鳥クロニクル 3』, 新潮社, p.454

20) 村上春樹·河合隼雄(1997)『村上春樹、河合隼雄に会いにいく』, 岩波出版,
pp.170-171

21) 그녀를 어둠의 세계에서 데리고 오기 위해서는 폭력을 휘두르지 않으면
안됩니다. 그렇게 하지 않으려면, 어둠의 세계에서 데리고 온다는 것에 대
한 카타르시스, 설득력이 없습니다. (村上春樹·河合隼雄(1997)『村上春
樹、河合隼雄に会いにいく』, 岩波出版, p.172)

또한 구미코를 '데리고 되돌아오는 행위'는 오르페우스 신화에 비유되기도
한다. 일찍이 요시다 아쓰히코(吉田敦彦)는 오르페우스 신화에 대해 이렇
게 언급했다.

'배우자를 먼저 앞세운 남자에 의해서, 죽은 아내를 이 세계로 데리고 돌아
올 목적으로 감행한 일에 의한 명부방문과 같은 유형의 이야기와 구별하여,
그중에서 남자가 혼자서 지상으로 되돌아오는 것을 "실패형"으로 분류한
다.' (川崎賢子(1998.2)「オカルト、隠された神秘なる自然ー隠れる女と隠
される女ー」『國文學』, p.117)

22) 사실 '정당한' 폭력이라는 말은 언어도단이다. 『무라카미 하루키, 가와이
하야오를 만나러 가다(村上春樹、河合隼雄に会いにいく)』에서 두 사람은
서양 사람들이 종교라는 이름 하에서 자행했던 수많은 폭력들과, 현재에도
역시 그것들이 형태만 바뀐 채 남아있음을 이야기한다.

가와이 : 그들(구미 열강들)은 정당한 전쟁이라면 일으켜도 좋다고 생각했
을 거예요. 그리고 여러 가지 스포츠도 전부 그렇죠.

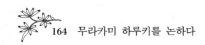

무라카미 : 기독교를 토대로 삼는 폭력이라면 정당하다는 말이죠. (p.169)

23) '날지 못하는 새, 물 없는 우물, 나는 생각했다. 출구 없는 골목, 그리고…(飛
べない鳥、水のない井戸、僕は思った。出口のない路地、そして……).
나열된 사물들은 사실 동일한 이미지이며 마지막으로 '내'가 들어간 '우물'
에서는 물이 차오르기(물이 있는 우물 = 출구 있는 골목) 시작했다. 본래
우물의 기능을 상실했던 마른 우물은 '통로'로 기능했지만 다시 물이 차
오름으로써(본래의 기능을 회복함으로써) '통로'는 막혀 버렸음을 추측할
수 있겠다. 그것은 '내'가 더 이상 '저쪽 세계'에 갈 용무가 없다는 것을 뜻하
기도 하는데 그것은 바로 구미코(혹은 구미코라 여겨지는 여자)가 '저쪽 세
계'에서 탈출했다는, 다시 말해서 그녀에게 걸렸던 마법이 풀렸다는 증거로
볼 수도 있을 것이다.

【참고문헌】

〈텍스트〉

村上春樹(1985)『羊をめぐる冒険 上』, 講談社文庫

_____(1985)『羊をめぐる冒険 下』, 講談社文庫

_____(1991)『螢・納屋を燒く・その他の短編』, 新潮文庫

_____(1991)『ダンス・ダンス・ダンス 上』, 講談社文庫

_____(1993)『カンガルー日和』, 講談社文庫

_____(1995)『ノルウェイの森 上』, 講談社文庫

_____(1995)『ねじまき鳥クロニクル 1』, 新潮社

_____(1996)『ねじまき鳥クロニクル 2』, 新潮社

_____(1996)『ねじまき鳥クロニクル 3』, 新潮社

_____(1999)『スプートニクの恋人』, 講談社

〈단행본〉

加藤典洋 編(1996)『イエローページ 村上春樹』, 荒地出版社

_____ 外(1997)『群像日本の作家 村上春樹』, 小學館

柘殖光彦 外(1998)『國文學 ハイパーテクスト・村上春樹』, 學燈社

久居つばき(1994)『ねじまき鳥の探し方』, 太田出版

平野芳信(2011)『日本の作家100人 人と文学 村上春樹』, 勉誠出版

村上春樹・河合隼雄(1997)『村上春樹、河合隼雄に会いにいく』, 岩波出版

『1Q84』와『색채가 없는 다자키 쓰쿠루와 그가 순례를 떠난 해』

아카리 지아키*

1. 『1Q84』에 나타난 「기억」

(A)

"새로운 역사가 만들어지면 옛 역사는 모두 폐기된다. (중략) 역사는 너무나 빈번하게 고쳐 쓰여지고 있기에 그 중 어느 것이 진실인지 아무도 모르게 되어버린다. (중략) 그런 이야기야."

"역사를 고쳐 쓴다."

"올바른 역사를 빼앗는 것은 인격의 일부를 빼앗는 것과 마찬가지야. 그건 범죄야."

후카에리는 한동안 그것에 대해 생각했다.

"우리의 기억은 개인적인 기억과 집합적인 기억을 합쳐서 만들어졌어."라고 덴고는 말했다. "그 두 가지는 밀접하게 결합되어 있지. 그리고 역사란 집합적인 기억을 말하는 거야. 그걸 빼앗기면 혹은 고쳐 쓰여지

* 明里千章 : 센리킨란(千里金蘭)대학 생활과학부 교수,
　　　　　　 일본근현대문학/다니자키 준이치로 · 무라카미 하루키 전공
* 역자 박수현(朴修賢) : 삼육대학교 강사, 일본근현대문학 전공

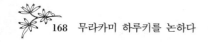

면 우리는 <u>정당한 인격</u>을 유지할 수 없게 돼."(『1Q84』 BOOK1 제20장)

　　　　　*　　　　　　　　　　　　　　*

　(B)

"사실은 난 몇 번이나 성추행 당했었어. 어렸을 때."

(중략)

"대부분 <u>그 녀석들</u>, 그런 일이 있었는지 조차 기억하지 못해."

"기억하지 못해？"

"<u>그 녀석들</u>은 말이야, 잊는 게 가능해."라고 아유미는 말했다. "하지만 난 잊을 수 없어."

"물론이지."라고 아오마메는 말했다.

"<u>역사상의 대량학살</u>과 마찬가지야."

"대량학살？"

"저지른 쪽은 적당한 이유를 대서 행위를 <u>합리화할 수 있고, 잊어버릴 수도 있어</u>. 보기 싫은 것으로부터 눈을 돌릴 수도 있어. 하지만 당한 쪽은 잊을 수가 없어. <u>눈도 돌릴 수 없어</u>. 기억은 <u>부모로부터 자식으로 이어지지</u>. 세상이란 건 말이야, 아오마메 씨, 하나의 기억과 그 반대쪽 기억의 끝없는 싸움이야."

"분명히."라고 아오마메는 말했다. 그리고 가볍게 얼굴을 찌푸렸다. 하나의 기억과 그 반대쪽 기억의 끝없는 싸움?

　　　　　　　　　　　　(『1Q84』 BOOK1 제23장)(밑줄 인용자)

　문장에서 중요한 것은 리듬이며 속도감이라는 것은 무라카미 하루키의 입버릇인데, 위의 『1Q84』 인용 부분에서 필자는 그만 멈추게 된다. 인용A(제20장)는 조지 오웰의 『1984』에 대해 덴고가 후카에리에게 가르쳐주는 장면인데, 돌연 덴고가 분노를 분출하며 "올바른 역사를 빼앗는 것은 인격의 일부를 빼앗는" "범죄야"라고 말하는 것이다. 인용B(제23장)는 나카노 아유미(中野あゆみ)가 열 살 때에 경찰관인 오빠와 숙부에게 반복해서 당한 성추행을 아오마메에게 고백하는 장면인데, 갑자기 "역사상의 대량학살과 마찬가지야."라고 분노하는 아유미에게 청자인 아오

마메가"?"하고 되물어볼 정도로 느닷없었다는 인상을 부여하는 대목이다. 여기서 내가 멈춘 것은 히라노 게이이치로(平野啓一郎)의 문장을 떠올렸기 때문이다.

> 플롯(줄거리)에만 관심 있는 독자에게 소설 속 다양한 묘사나 상세한 설정은 무의미하며, 자주 플롯을 묻히게 하는 거추장스러운 혼입물처럼 느껴질 것이다. (중략) 분명, 박진감 넘치게 스토리 전개를 따라가고 싶을 뿐이라면 그러한 요소는 잡음처럼 느껴질 것이다. 하지만 소설을 소설답게 만드는 것은 실은 이러한 잡음이다. (중략) 아무튼 중요한 것은 멈춰서 '어째서?'하고 생각해보는 일이다. 책이란 그러한 의문을 가진 순간에 그러한 의문을 지닌 사람에게만 살짝 그 비밀을 이야기해주기 시작하는 것이다. 의문을 가졌다면 그냥 넘겨버리지 말고, 하물며 일방적으로 책의 결락이라 단정 짓지 말고 마음을 비우고 그 한 구절에 귀를 기울여보자. 가령 그 당시에는 이해하지 못하더라도 그렇게 마음속에 남겨두는 것만으로 그 한 구절은 책을 다 읽은 뒤에도 기억에 계속 남아, 몇 년이 지난 후에 '아, 계속 이해가 안 갔는데 그건 이런 거였구나!'라며 이해하게 되는 순간이 찾아온다. 그제서야 비로소 긴 시간을 들여 작가가 가장 깊숙한 곳에서 낸 목소리는 독자에게 전달되는 것이다.[1]

필자는 히라노 씨의 이 문장을 읽은 이래로 소설을 읽을 때에 잡음이 신경 쓰여 어찌할 줄 모르겠으며, 이후 봄 학기 첫 수업에서 이 히라노 씨의 문장을 이용해 소설 독법에 대해 설명하고 있다.

그리고 이구동성으로 무라카미는 독자에게 읽기의 힌트를 부여하고 있다.

> 테제나 메시지가 표현하기 어려운 영혼의 부분을 이해하기 쉽게 언어화해서 금방 마음 속 깊숙이 들어가는 것이라면, 소설가는 표현하기 어려운 것의 외주(바깥 둘레)를 말로써 단단히 굳혀서 작품을 만들어서 있는 그대로를 독자에게 넘겨준다. (중략) 읽고 있는 중에 독자가 작품 속

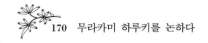

에 소설가가 언어로 감싸놓은 진실을 발견해준다면 이처럼 기쁜 일은 없다.[2]

두 창작가는 소설 속의 '거추장스러운 혼입물', '잡음', '언어로 감싸놓은' 것을 찾으라고 말한다. 그렇다면 '싸인 진실'이란 도대체 무엇을 말하는 것일까.

*

A에서 덴고의 느닷없는 분노는 무엇을 의미하는가? 바로 직전 부분인 제18장에서 에비스노(戎野)는 리틀 피플을 설명하기 위해 오웰의 『1984』 속 빅브라더를 인용하는데 책 내용은 다루지 않는다. 제20장에서 후카에리가 "빅브라더가 나오는 책"을 읽어달라고 하는 것은 빅브라더에 대한 관심 때문이다. 책이 수중에 없어서 기억으로 이야기하는 덴고는 빅브라더는 '독재자'라고 말할 뿐으로, 오히려 주인공 윈스턴 스미스의 직업인 역사를 고쳐 쓰는 일에 관해 열렬히 이야기하기 시작한다. 즉, 스토리로 보자면 '빅브라더'를 물어본 후카에리에게 '역사'를 이야기하는 건 불필요한 이야기다. 그래서 스토리는 덴고가 이야기하는 '역사'에서 멈춰버리는 것이다.

오웰의 『1984』를 읽지 않은(물론 읽었어도 상관없다) 독자는 덴고의 "새로운 역사가 만들어지면 오래된 역사는 모두 폐기된다." 운운을 듣고서 무엇을 떠올릴 것인가. 여기서 부정적으로 말해지는 '새로운 역사'라는 말에서 「○○교과서를 만드는 모임」을 읽어내는 것은 과한 것인가. 역사란 과거이다. '새로운 건 과거'? '새로운 역사'는 '올바른 역사'를 빼앗는 '범죄'라고 덴고는 단언한다. 마치 '새로운 건 옳지 않다, 옳지 않은 건 새롭다'는 세 마녀의 주문과 같다. 애초에 '새로운 역사'라는 말 자체가 의미불명이다. '새로운 역사'로 '인격의 일부를 빼앗는' '범죄'를 저지르는 역사수정주의자들에 대한 무라카미의 의심이며, 무엇보다 덴고가

'범죄'라고 말하고 있으므로 수정주의자=‘기억의 암살자들’3)에 대한 비판, 항의임이 자명하다. 후카에리(일본의 젊은 세대)에게 ‘잠시’시간을 두고 ‘그에 대해 생각’하게끔 하는 묘사는 중요하며, 후카에리조차 생각하고 있으니 독자인 당신도 생각해달라고 작가는 요구하고 있다.

무라카미는 고베(神戸) 연속 아동 살상사건의 용의자로 14세 소년(사카키바라, 酒鬼薔薇)이 체포되었을 때(1997.6)에 이런 발언을 한 바 있다.

나는 소설가이며 소설가란 기본적으로는 ‘고독한 이’의 편입니다. 달걀이 돌로 된 벽에 부딪힌다면 늘 달걀의 편에 섭니다. (중략) 단지 제가 한 가지 생각하는 것은 기본적으로 무엇보다도 두려운 일은 개인의 폭력(중략) 보다는 오히려 조직의 폭력이라는 것입니다. 소년법의 개정은 어쩌면 필요할지도 모릅니다. 하지만 그러한 논리를 펴는 사람 중 대다수가 ‘종군위안부 같은 건 존재하지 않았다’ ‘난징(南京)학살도 없었다’는 등의 강경한 강경파적 주장을 전개하고 있는 사람들과 상당 부분 겹친다는 사실에 저는 어쩔 도리 없이 강한 의문을 느끼는 것입니다.4)

이 ‘종군위안부’ 등의 존재를 부정하는 ‘강경한, 강경파’란 구체적으로 이 사건 약 반 년 전에 활동하기 시작한 〈새로운 역사 교과서를 만드는 모임(新しい歴史教科書をつくる会)〉(1996.12)과 〈일본의 전도(=장래)와 역사교육을 생각하는 젊은 의원 모임(日本の前途と歴史教育を考える若手議員の会)〉(사무국장 아베 신조(安倍晋三)〉(1997.2)으로 보아도 지장이 없다. 그들은 피해자의 ‘정당한 인격’을 빼앗는 ‘기억의 암살자들’로, 이야말로 무라카미가 ‘새로운 역사’라는 말로 ‘감싸놓은’것이다. 오카 마리(岡真理)의 말을 빌리자면 “〈사건〉의 존재를 부정하는 역사 수정주의자를 비판하는 작업은 우리들의 책무”5)이다. 결국은 “당신도 고쳐 쓰고 있어”라는 후카에리의 대사로 이야기는 본론으로 돌아간다.

인용B도 청자인 아오마메의 반응이 중요하다. 아유미가 말하는 “하

지만 난 잊을 수 없어."에 대해 아오마메는 즉각 "물론이지."라고 답한
다. 가정폭력(DV) 처단자인 아오마메는 경관으로부터 면죄부를 받은
것이다.

그런데 아유미가 말하는 두 번의 '그 녀석들'의 차이는 무엇일까. 첫
번째 그것은 친척과의 개인적인 기억인데, 가해자는 경찰 관리이므로
그 연장선상에서는 국가를 연상시키게 한다. 그리고 후자인 방점 찍힌
'그 녀석들'은 '역사상의 대량학살'을 없었던 일이라고 하는 '집단적인
기억의 암살자들'의 알레고리이다. 아오마메가 말하는 "대량학살?"의
"?"가 독자에게 주의를 환기하게 만든다. '역사상의 대량학살'이란 말을
들으면 나치에 의한 홀로코스트, 미국에 의한 두 번의 원폭투하도 떠오
르지만, 역시 그 사건은 무라카미도 언급한 '난징 학살'일 것이다. 아유
미의 개인적인 기억을 빌어 나타낸 분노는 과거를 없었던 것으로 만들
려는 일당들 모두에게 부연(敷衍)된다. 무라카미의 분노는 명백하게 일
어난 일을 '합리화'하고, '눈을 돌리고', '잊어버리는'녀석들, 즉 '종군위안
부','난징 학살'의 존재를 부정하는 '강경한, 강경파'=집단적인 기억의
암살자들에게 향해 있다.

계속해서 "하지만 당한 쪽은 잊을 수가 없어. 눈도 돌릴 수가 없어.
기억은 부모로부터 자식으로 이어지지."라는 아유미의 다소 과장되고
초점이 어긋난 대사에서 필자는 무라카미가 읽어내어 주길 바라는 조바
심을 읽는다. 세대를 초월한 집단적 기억으로서의 과거(전쟁)에 대한 일
본인의 무의식적 망각에 무라카미는 조바심을 내는 것이다. 오카 마리
의 말을 빌리자면 "전후 일본사회에 나타난 〈사건〉의 역사적 망각, 그리
고 이러한 역사수정주의자들의 〈사건〉을 부정하는 언설에 대한 일본인
의 무력함"[6]에 대한 초조함이다.[7]

무라카미는 의도적인 '기억의 암살자들'=역사수정주의자들은 물론
이고, 그 망각을 깨닫지 못하는 일본인에 대한 초조함을 감추지 않는다.

이런 기사가 있다. 무라카미는 "자국의 미래에 대한 심각한 불안을 입에 담는다. 무라카미의 모든 등장인물이 기억 장애로 괴로워하는 것은 일본에 흘러넘치는 집단적 기억상실에 그가 아연해하고 있기 때문이다." 그리고 무라카미는 "독일인과는 반대로 우리는 전쟁 중에 중국인과 조선인에 대해 저지른 학살행위를 인정하는 것이 불가능하다."[8]고 말했다고 한다.

또한 "WSJ"의 기사에는 이렇게 쓰여 있다.

> "Japan is often criticized by China and Korea for shirking responsibility for its wartime behavior, in particular the brutal Nanking Massacre. Mr. Murakami draws a sharp contrast between Japanese and German postwar repentance, offering his own explanation: "In Germany, the Nazi Party was elected more or less . . . but in Japan, the emperor system was not a democratic system. So German people think they are kind of responsible . . . but we Japanese don't think we are responsible for the war, because the system was evil and wrong."[9] (밑줄 인용자)

라고 무라카미의 말을 전한다.

무라카미가 종종 비교하는 독일에서는 바이츠제커 서독 대통령이 1985년 5월 8일, 역사를 마음속에 새기겠다고 국민에게 호소하는 역사적인 국회연설을 했다. 홀로코스트에 대해 독일 국민은 "죄의 유무, 남녀노소를 불문하고 우리 모두가 책임지고 맡아야"하며 "모두가 과거로부터의 귀결과 관련되어 있으며, 과거에 대한 책임을 짊어지고 있다." "나중에 과거를 바꾸거나 일어나지 않았던 일로 만들 수는 없다. 하지만 과거에 눈을 닫는 자는 결국 현재에도 장님이 될 것이다. 비인간적인 행위를 마음속에 새기고자 하지 않는 자는 또다시 그러한 위험에 빠지기 쉽다.", "젊은이들에게 일찍이 일어난 일의 책임은 없다. 그러나 (그

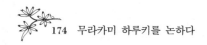

후의) 역사 속에서 그러한 사건으로 인해 발생한 일에 대해서는 책임이 있다."10)고 명확하게 단언한 것이다.

일본인의 무의식적 무책임함과 무력함에 대해 '기억'을 의식시켜 기억시키기 위해 무라카미는 소설을 쓰고 있는 것이다. 무라카미의 결의를 예루살렘상 수상 연설(2009.2)11)에서도 말하고 있다. 중국에서 전투경험이 있는 승려인 아버지는 매일 아침 동료와 적을 구별하지 않고 전사한 사람들을 위해 기도했다. 그러한 아버지의 모습에는 '항상 죽음의 그림자'가 떠돌고 있었고, 그 '죽음의 기색은 아직 내 기억 속'에 존재하며 '내가 아버지에게 물려받은 몇 안 되는, 그러나 소중한'것으로, "나는 전후 출생으로 직접적인 전쟁 책임은 없지만, 기억을 물려받은 인간으로서의 책임은 있습니다. 역사란 그런 것입니다. 간단하게 함부로 말해서는 안 됩니다."라고 전쟁책임과 기억을 물려받는 일을 명확히 하고 있다. 아마도 바이츠제커 연설의 영향을 받아 무라카미는 재인식하였을 것이다. 해외에서는 명료하게 발언하는 무라카미도 소설에서는 언어로 감싸놓는 것이다.

인용 마지막 부분, 아오마메가 얼굴을 찌푸리며 생각하는 "하나의 기억과 그 반대쪽 기억과의 끝없는 싸움?"으로, 아유미가 제기한 역사인식에서 아오마메의 개인적 기억으로 이야기는 돌아간다. 아오마메의 상반되는 기억에 대해, 기요시 마히토(淸眞人)는 〈증인회〉 때문에 망가진 소녀의 '완전히 고독한 생을 보낼 수밖에 없었다는 기억'과, 그 〈반대측〉인 '덴고 덕분에 소녀시절 「보호받았다」는 사랑의 애절하고도 아련한 기억'과의 '투쟁의 일대성(一対性)'12)이라고 해석한다.

*

무라카미는 이야기의 구조상 "내 안에 있는 다양한 기억과 체험한 것과 흥미를 끄는 것, 읽은 것, 본 것을 모조리 그곳으로 집어넣는다. (중략) 역사는 내게 있어 풍부한 인용의 원천이자 영감의 보고"13)라고 말한다. 그 외 방대한 〈기억〉과 과거를 찾아가기 위해서는 추후 다시 쓰려고 한다.

부기(付記) 본고 투고 후, 무라카미는 아사히신문(朝日新聞)에 기고하여, 작금의 동아시아 정세에 관해 '값싼 술'을 빙자하여 '소동을 부추기는 정치가와 논객'에게 "우리는 주의 깊게 살펴보아야만 한다."(2012.9.28 조간)고 말했다. 이것이 모 야당(당시)의 새로운 총재가 선출된 지 3일 후라는 타이밍을 고려한다면 〈값싼 술(安酒)〉=〈야스○(安○)〉라는 무라카미만의 알레고리로 읽는다면 과한 것일까.

2. 「있을 곳 찾기의 여행——무라카미 하루키의 원환 (円環) 『색채가 없는 다자키 쓰쿠루와 그가 순례를 떠난 해(色彩を持たない多崎つくると、彼の巡礼の年)』」

2013년 4월에 출판된 『색채가 없는 다자키 쓰쿠루와 그가 순례를 떠난 해』(이하『다자키 쓰쿠루』)에 관해 다음 3가지 관점에서 논하고자 한다. 첫 번째로 『다자키 쓰쿠루』는 『1Q84』에서 언급한 〈기억〉을 더욱 파고들어가고 있다는 점이다. 다음 인용은 16년 전에 친구들에게 버려진 쓰쿠루의 과거에 관해 연인 사라(沙羅)와 나눈 대화이다.

　　"조금도 진실을 알고 싶지 않다는 건 아냐. 하지만 지금 와서 그런 건 잊어버리는 게 낫다는 생각이 들어. 아주 오래전에 일어난 일이고, 벌써 깊이 묻어 버린 거니까."
　　사라는 얇은 입술을 일단 꾹 다물더니, 그런 다음 말했다 "그건 분명히 위험한 일이야."
　　"위험한 일"이라고 쓰쿠루는 말했다. "어떤 식으로?"

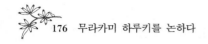

"기억을 어딘가에 잘 감추었다고 해도, 깊은 곳에 잘 가라앉혔다 하더라도, 그것이 가져온 역사는 지울 수 없어." 사라는 그의 눈을 똑바로 바라보고 말했다. "그것만은 기억해 두는 편이 좋아. 역사는 사라지지도, 고쳐쓰지도 못하는 거야. 그건 당신이라는 존재를 죽이는 것과 마찬가지니까." (『다자키 쓰쿠루』 2)

사라의 말이 더욱 쓰쿠루를 얽매고, 그리고 순례 여행이라는 행동을 촉구한다.

"과거와 정면으로 마주해야만 해. 자신이 보고 싶은 걸 보는 게 아니라, 봐야만 하는 걸 보는 거야. 그러지 않으면 당신은 그 무거운 짐을 끌어안은 채 앞으로의 인생을 살아가게 돼." (『다자키 쓰쿠루』 6)

"나는 여러 가지를 해결해야만 한다고 그녀는 말해. 과거를 거슬러 올라가서. 그러지 않으면……나는 거기서 해방될 수 없대." (『다자키 쓰쿠루』 16)

"기억에 뚜껑을 덮는 건 가능해. 하지만 역사를 숨길 수는 없어. 그게 내 여자 친구가 한 말이야." (『다자키 쓰쿠루』 16)

지금껏 무라카미 하루키의 언동을 고려해보면 이 후렴은 단순한 쓰쿠루의 개인사를 넘어서 역사적 양심(사라)이 과거를 돌아보고 청산하지 못한 국가(쓰쿠루)에게 깊은 반성을 촉구하는 알레고리임은 명백하다. 『1Q84』의 덴고와 아유미의 비통한 호소가 여기서도 울려 퍼진다. 〈기억〉의 속박으로 괴롭기 때문에야말로 『다자키 쓰쿠루』의 등장인물은 강력히 〈자유〉를 원한다.

"저는 한 곳에 묶여 있는 걸 좋아하지 않아요. 하고 싶을 때 가고 싶은 곳에 가서 하고 싶은 것만 생각하는, 그런 자유로운 방식으로 살고 싶어

요."　　　　　　　　　　　(『다자키 쓰쿠루』 4)…하이다(灰田)의 말

"요리사는 웨이터를 증오하고, 그 두 사람 모두 손님을 증오한다." (중략) 아놀드 웨스커의 『주방』이라는 희곡에 나오는 말이에요. 자유를 빼앗긴 인간은 반드시 누군가를 증오하게 되죠. (중략) 전 그런 삶은 살기 싫어요."
　　　　　　　　　　　(『다자키 쓰쿠루』 4)…하이다의 말

"시로는 몰래 널 좋아했었는지도 몰라. 그래서 홀로 도쿄로 가버린 네게 실망하고 화가 났던 걸지도 모르지. 어쩌면 네게 질투했을지도 몰라. 그녀 자신이 이 동네에서 자유로워지고 싶었을지도 모르지."
　　　　　　　　　　　　　(『다자키 쓰쿠루』 11)…아카의 말

이러한 시로의 질투는 웨스커의 대사가 증명한다. 아카뿐만 아니라 에리(쿠로)도 도쿄로 나간 쓰쿠루의 자유로운 생활방식을 "너는 항상 자기 페이스로 살고 있어."(『다자키 쓰쿠루』 16)라고 적확하게 표현한다. 언뜻 보기에는 자유로이 사는 것처럼 보이는 쓰쿠루에 대해 진정 해방되기 위해서는 과거 〈기억〉의 정산이 필요하다고 사라는 독촉하는 것이다. 〈기억〉으로의 구애와 〈자유〉의 회구는 모순되는 듯 보이지만 실은 표리일체인 관계이며, 〈자유〉는 〈기억〉의 주술을 푸는 것으로만 얻어진다고 무라카미는 강력하게 주장하고 있다.

무라카미 하루키의 등장인물이 〈자유〉를 원하는 건 데뷔작부터 일관된다. 그것은 〈거리〉라는 말로 표현되어 있다. 〈거리〉를 유지하고자 하는 사람뿐으로, 쓰쿠루도 마찬가지이다.

문장을 쓰는 작업은 바꿔 말하자면 자신과 자신을 둘러싼 사물과의 거리를 확인하는 일이다. 필요한 것은 감성이 아니라 자이다.
　　　　　　　　　(『바람의 노래를 들어라』 1)(밑줄 인용자)

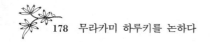

　　도쿄에 와서 기숙사에 들어가 새로운 생활을 시작했을 때, 내가 해야
할 일은 하나밖에 없었다.
　　모든 사물을 심각하게 너무 생각하지 않는 것. 모든 사물과 내 사이에
적당한 <u>거리</u>를 두는 것——그뿐이었다.　　　　(『노르웨이의 숲』 제2장)

　　"그러니까 당신은 항상 의식적이든 무의식적이든 상대방과의 사이에
적당한 <u>거리</u>를 두도록 해왔다. 혹은 적당한 거리를 둘 수 있는 여성을
선택해왔다. 자신이 상처받지 않고 끝내기 위해서. 그런 거야?"
　　　　　　　　　　　　　　　　　　　　　　(『다자키 쓰쿠루』 6)

　　타인과의 사이에 본능적으로 <u>완충공간</u>을 마련해버린다——그런 경향
은 원래 내 안에 존재했는지도 모른다　　　　(『다자키 쓰쿠루』 16)

　　무라카미는 에세이에서 다음과 같이 설명하고 있다. "저는 제 소설
주인공을 독립된, 순전히 개인적인 인간으로서 그리고 싶었습니다. 그
가 도시 생활자인 것도 그 이유와 관련되어 있습니다. 그는 친밀하고 개
인적인 유대보다는 오히려 자유와 고독을 선택한 인간인 겁니다."(『꿈을
꾸기 위해 매일 아침 저는 잠에서 깨는 것입니다』) '거리'로부터 발생하는 '고독'
도 무라카미에게는 중요한 '자유'의 요소였다.

*

　　두 번째는 마찬가지로 리얼리즘 소설인 『노르웨이의 숲』의 뒤를 잇
는다는 점이다. 고우노스　유키코(鴻巣友季子)는 "구도는 『노르웨이의 숲』
의 현대 around40 판"(2013.4.23. 「아사히 신문」)이라고 지적했는데, 구도만
이 아니라 내용도 이어받아 『노르웨이의 숲』에서 하다 남긴 것, 즉 '있을
곳(居場所)' 찾기를 계속하고 있다. 『노르웨이의 숲』은 "도대체 여기는 어
디인가?"하고 자문하는 와타나베가 "어디도 아닌 장소"(제10장)에 내던져
진 부분에서 끝을 맺었다. 지명으로 말하자면 와타나베는 고베(神戸)를

버리고 도쿄(東京)로 나갔는데, 쓰쿠루도 나고야(名古屋)를 떠나 '도쿄의
공과대학에 들어가 철도역의 설계'를 배우는 것이 인생에서 유일한 "그
가 가야 할 장소"(제19장)이었다. 그리고 순례의 여행을 마친 지금

> 다자키 쓰쿠루에게는 가야 할 장소가 없다. 그것은 그의 인생에서 하
> 나의 테제 같은 것이었다.
> 그에게는 가야 할 장소도 없고, 돌아갈 장소도 없다. 예전에 그런게
> 있었던 적도 없고, 지금도
> 없다. 그에게 유일한 장소는 '지금 있는 곳'이다.
> (『다자키 쓰쿠루』 19)

'인생으로부터의 망명자'로 살아가는 쓰쿠루가 "도쿄라는 대도시는
이처럼 익명으로 살길 바라는 사람들에게는 이상적인 있을 곳이었다."
(제19장)라고 내린 결론에서 '있을 곳' 찾기는 아직 끝나지 않았다.
"나는 어디서 와서", "나는 어디로 가고", "나란 무엇인가(What am I?)"를
알기 위해 소설을 쓴다고 말한 것은 구니키다 돗포(國木田独歩)(「나는 어떻
게 소설가가 되었는가」)인데, 무라카미도 같은 소망을 갖고 있다. 1995년
한신(阪神)대지진, 지하철 사린 사건 이후 해외생활을 청산하고 일본으
로 돌아가자고 생각했을 때, "'새로운 자신의 자세와 향해야 할 장소'를
발견하는 것, '일본이라는 〈장소의 자세〉'와 '일본인이라는 〈의식의 자
세〉', 우리는 도대체 무엇이며 지금부터 도대체 어디로 가야 하는가?"(『언
더그라운드』)에 대해 무라카미는 알고 싶었다고 한다. 그 뒤로도 "우리는
어디에 도달한 것인가? 지금부터 어디로 가는 걸까? 우리는 도대체 무엇
인가? 하지만 명확한 답은 없다. 이것은 일종의 자기 상실과도 같은 것
입니다."(『꿈을 꾸기 위해 매일 아침 저는 잠에서 깨는 것입니다』)라며 자문자답
을 되풀이하며 '있을 곳' 찾기는 여전히 계속되고 있다.
쓰쿠루의 후배 하이다(灰田)의 부친은 1960년대 말, 대학분쟁의 폭풍

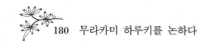

이 불던 시대, 문화적으로는 카운터 컬쳐의 전성기에 도쿄의 대학에 재학 중이었으나, 수많은 이해할 수 없는 어리석은 사건을 체험하고 정치투쟁에 정나미가 떨어져 발을 빼고, 일 년 남짓 방랑생활을 하며 짬이 나면 책을 읽었다고 한다. 이는 대학 시절 무라카미의 모습 그대로이며, 명백하게 60년대의 자신을 소설 속에 투영하고 있다.

무라카미는 「자작을 말한다」(『무라카미 하루키 전작품1979-1989⑥』, 1991)에서 『노르웨이의 숲』은 "기본적으로 캐쥬얼티즈(적당한 번역어가 없다. 전투원의 감손(減損)이라고나 할까)에 대한 이야기"로, "내가 여기서 진정 그리고자 했던 것은 연애의 모습이 아니라 오히려 캐쥬얼티즈의 모습", "캐쥬얼티즈 후에 남아 존속할 수밖에 없었던 이들"의 모습이라고 이야기한다. 작중 2년간(1969~1970)은 무라카미의 대학 시절과 겹치며, 무라카미는 캐쥬얼티즈나 이를 보면서 살아남은 자기 자신도 포함한 그 시대를 소설에 모사하고자 한 것이다. 이것은 「자작을 말한다」보다 2년 전에 쓴 『상실의 시대』 서문(후술)의 내용과도 중첩된다. 온고지신은 아니지만, 무라카미는 과거를 되돌아봄으로써 지금부터 '향해야 할 곳', 자신이 '있을 곳'을 찾으려 하고 있는지도 모른다.

*

세 번째는 사회개혁의 꿈을 다시 문제로 삼고 있다는 점이다. 소설은 다음과 같은 쓰쿠루의 말로 끝을 맺는다.

> "모든 것이 시간의 흐름에 사라져 버린 것은 아니야.", 그것이 쓰쿠루가 핀란드의 호숫가에서 에리와 헤어질 때 전했어야 할, 그러나 그때 말하지 못한 말이었다. "우리는 그 시절 무언가를 강하게 믿었고, 무언가를 강하게 믿을 수 있는 자기 자신을 갖고 있었어. 그런 마음이 그대로 어딘가로 허무하게 사라지는 일은 없어."
>
> (『다자키 쓰쿠루』 19)(밑줄 인용자. 이하 마찬가지)

　『다자키 쓰쿠루』라는 소설은 이 말을 전하기 위해 쓰인 것이라고 필
자는 생각한다. 어째서인지 도중에 보류된 중요한 말——「올바른 말」이
마지막 부분이 되어서야 갑작스레 명확해지는데, 이 뜨거운 메시지를
필자는 강한 감동과 함께 받아들였다. 이 말은 2장 앞의 17장에서의 에
리와 나눈 다음 대화를 이어받은 것이다.

　　　"근데 이상하지."라고 에리가 말했다.
　　　"뭐가?"
　　　"그 멋진 시대가 지나가서, 이제 두 번 다시 돌아오지 않는다는 사실
　　이. 갖가지 아름다운 가능성이 시간의 흐름 속에 빨려들어가 사라져 버
　　렸다는 것이."
　　　쓰쿠루는 말없이 끄덕였다. 뭔가를 말해야 한다고 생각했지만 말은
　　나오지 않았다.
　　　(중략)
　　　그 때 했어야 할 말이 떠오른 것은 나리타(成田)행 직항편에 올라타서
　　좌석벨트를 맨 뒤였다. 올바른 말은 왠지 항상 뒤늦게 찾아온다.
　　　　　　　　　　　　　　　　　　　　　　　(『다자키 쓰쿠루』17)

　필자는 어디선가 들어본 말이라는 기시감이 들었다. 에리가 말한 감
개무량한 이 말은 한국어 번역판『노르웨이의 숲』즉,『상실의 시대』
(1989)에 붙여진 한글 서문(유유정 번역)이었음을 깨달았다.(이 서문은 일
본판『노르웨이의 숲』에는 없다.) 그 서문은 이러하다.

　　　1960년대 후반부터 1970년대 초기(저 개인적으로는 십대 후반부터 이
　　십 대 초반의 시기입니다.)의 날들은 (중략) 모든 것이 흔들흔들하고 크
　　게 흔들리는 것처럼 보였습니다. (중략) 그리고 무언가가 딱딱한 껍질을
　　깨고 바로 지금 지상에 그 모습을 드러내려는 듯 보였습니다. 우리는 그
　　변동을 이 손에 쥘 수 있으리라 착각하고 있었습니다. 우리는 그러한 절
　　대적인 실감 속에서 살아왔습니다. 거기에 이상이 있었습니다. (중략) 정

치적인 투쟁이 있었고, 탄압이 있었고 (중략) 데모 열풍에 둘러싸인 대학
은 봉쇄된 채였습니다. (중략) 그리고 어느 새인가 20년 남짓이 흘러 저
는 마흔이 되었습니다. (중략) 지금 이 시대가 되어 그 당시를 생각하면
저는 무척 이상한 기분에 잠기게 됩니다. 그렇게 격렬했던 시대가 지녔
던 변화의 에너지는 도대체 지금 이 시대에 무엇을 가져왔는가 하고 말
이죠. 그때 대단한 일이라고 생각했던 것은 도대체 어디로 사라져버린
것일까 하고요. 이 소설을 쓰고 있는 동안 저는 줄곧 그런 생각을 했습니
다. (중략) 하지만 저는 그와 동시에 하나의 시대를 둘러싸고 있는 분위
기라는 것도 그려보고 싶었습니다. 사람을 진정으로 사랑한다는 것은 자
아의 무게에 맞서는 것임과 동시에 외부 사회의 무게에 정면으로 맞서는
것이기도 하기 때문입니다. 그리고 이렇게 말씀드리는 것이 참으로 마음
이 아프지만, 누구나가 그 싸움에서 살아남는 것은 아니라는 겁니다.

(번역, 밑줄 인용자)

끓어오르는 듯 뜨거운 메시지이다. 무라카미는 『노르웨이의 숲』을
쓰면서 변혁의 이상을 좇고 있었던 학생 시절을 떠올리고 있었다. 나이
를 먹고 그 에너지가 어디로 사라져버린 것인가, 이상한 기분이 되다니
무라카미는 감상적이다. 이는 앞서 인용한 에리의 노스탤지어와 마찬가
지이다. 그러나 청춘 시절을 그리워하는 것만이라면 『다자키 쓰쿠루』를
쓸 필요는 없었다. '모든 것이 시간의 흐름에 사라져버린 것은 아니'며,
'무언가를 강하게 믿을 수 있는 나 자신'은 죽지 않았다. '그런 마음이
그대로 어딘가로 허무하게 사라져버리는 일은 없는 것'이라며 시간의
흐름에 항거하며 자신을 분발시키고 있다.

에리가 말하는 '그 멋진 시절'과 '갖가지 아름다운 가능성'이란 16년
전, 5명이 했던 나고야에서의 봉사활동 같은 게 아니다. 이는 '에리와
헤어질 때 전해야만 했던 것'이라는 설정을 빌린, 독자를 향한 선동이다.
그 시절 품었던 개혁에 대한 뜨거운 이상은 과거의 것이 아니며, 지금이
야말로 그 꿈을 실현해야 한다는 무라카미 자신에 대한 격려이기도 했

다. 그런 생각을 담아『다자키 쓰쿠루』의 결말은 끝이 난 것이다.

무라카미에게는 이런 바람이 있다. "우리(소설가)는 그 책이 독자의 마음을 뒤흔들기를 무엇보다도 바라며, 가능하다면 독자가 그 책을 읽음으로써 물리적으로, 가령 몇 센티이건 이동하기를 바란다."(「해제」,『무라카미 하루키 전 작품1990-2000⑦』, 1991)는 것이다. 최근의 무라카미는 소설 이외의 미디어를 통해 사회적 발언을 거듭하고 있다. 원자력 발전 의존에 대한 반대표명(「비현실적인 몽상가로서」, 2011.6.9, 카탈루냐 국제상 연설), 센가쿠(尖閣)열도문제에 대한 제언(「혼이 왕래하는 길」, 2012.9.26「아사히신문」) 등 그 빈도도 내용도 뜨거워지고 있다. 무라카미는 독자를 부추겨 행동을 요구하는 것처럼 보인다. 일찍이 한국어 번역에만 붙여진 서문(메시지='올바른 말')은 지금의 일본에야말로 필요하다. 그것이 소설의 언어로서 비로소 일본 독자에게 전해진 '올바른 말'을 우리는 올바르게 받아들여야 한다. 혹은 '몇 센티'일지라도 행동을 시작해야 하는지도 모른다. 무라카미 하루키 속에 일찍이 있었던 개혁으로의 꿈은 사라지지 않았음을『다자키 쓰쿠루』는 이야기한다. 그러한 의미에서도『다자키 쓰쿠루』는 필자에게 가장 소중한 소설이 되었다.

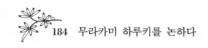

주

〈초출〉 이 글은 『日本文学』 제61권 제11집(일본문학협회, 2012.11)에 게재된 논문 「무라카미 하루키(村上春樹) 1Q84에 나타난 「기억」」을 가필 보완한 것임.

1) 平野啓一郎(2006) 『책 읽는 법 슬로우 리딩의 실천』, PHP신서
2) 『『1Q84』로의 30년 무라카미 하루키씨 인터뷰」, 『요미우리신문』 2009.6.16
3) 피에르 비달-나케, 이시다 야스오(石田靖夫)역(1995) 『기억의 암살자들』, 진분쇼인
4) 무라카미 하루키(1998) 『CD-ROM판 무라카미 아사히도(朝日堂) 꿈의 서프 시티』, 아사히신문사
5) 岡真理(2000) 『기억／이야기』, 이와나미쇼텐(〈사건〉이란 「위안부」문제를 말한다.)
6) (5)와 같다.
7) 역사의 「망각」에 관해 이런 기사가 있었다. 즉위 20년에 맞춰 천황폐하는 일본의 장래에 대해 「제가 오히려 걱정인 것은 점차 과거의 역사가 잊혀져 가는」것으로 「쇼와(昭和)의 육십 여년은 다양한 교훈을 주기」때문에 「과거의 역사적 사실을 충분히 알아두고 미래를 대비하는 것이 중요」하다고 말했다.(『아사히신문』 조간, 2009.11.12)
8) 프랑스 「텔레라마」지(2948호) 인터뷰 기사.
    芳川泰久(2010) 『무라카미 하루키와 무라카미 하루키(村上春樹とムラカミハルキ)』, 미네르바쇼보에서 인용했다.
9) "Who Will Tell The Story of Japan", WSJ, December 10, 2006
10) 『바이츠제커 대통령 연설집』, 이와나미쇼텐, 1995.7
11) 무라카미 하루키(2009.4) 「나는 왜 예루살렘에 갔는가」, 『문예춘추』
12) 清眞人(2011) 『무라카미 하루키의 철학 세계—니체적 장편 4부작을 읽는다』, 미네르바쇼보
13) 「무라카미 하루키 롱 인터뷰」, 『생각하는 사람』, 2010.8

미시마 유키오와 무라카미 하루키
- 『금각사』와 『노르웨이의 숲』의 비교 고찰 -

허 호*

1. 그들의 대표작

1925년 1월 14일 도쿄(東京)에서 태어나 10대 초반이던 가쿠슈인(学習院) 중등부 시절부터 왕성한 창작활동을 개시하여 20대 중반에 일찍이 일본문단의 중심에 섰던 미시마 유키오(三島由紀夫. 이하 미시마라 함).[1] 그러나 1970년 11월 25일, 작가로서 한창이라 할 수 있는 마흔다섯의 나이에 할복이라는 극단적인 행동으로 생을 마감한 미시마는 30년이 넘는 집필기간 동안 시·소설·희곡·수필·평론 등의 다양한 분야에서 수많은 작품을 남겼다. 그 중에서 미시마의 출세작은 대학 졸업 후 1년가량 근무하던 대장성(大蔵省)을 사직하고 전업작가가 되어 처음 발표한 『가면의 고백(仮面の告白)』(1949)이지만, 그의 대표작은 역시 30대에 접어들어 잡지 『신초(新潮)』에 연재한 『금각사(金閣寺)』[2](1956)라 할 수 있겠다.

반면, 1949년 1월 12일 교토(京都)에서 태어나 와세다(早稲田)대학 문

* 許昊 : 수원대학교 일어일문학과 교수, 일본근현대문학 전공

학부에서 연극을 전공한 무라카미 하루키(村上春樹. 이하 하루키라 함)는 서른의 나이인 1979년에 이르러서야 소설을 쓰기로 결심하여 60이 넘은 지금도 꾸준히 작품활동을 계속하고 있지만, 그의 연령으로 보아 대표작은 30대 후반에 발표한 『노르웨이의 숲(ノルウェイの森)』[3](1987)으로 확정된 셈이라 하겠다.[4] 즉 미시마는 31세, 하루키는 38세에 대표작을 발표했고, 그 작품들의 사이에는 31년의 간격이 있다.

물론 대표작이라 함은 작품의 완성도보다는 인지도와 깊은 관련이 있으며, 그 작품이 독자들로부터 크게 환영을 받은 것은 나름대로 장점과 매력을 많이 지니고 있기 때문일 것이다. 더구나 미시마와 하루키는 각각 당대 최고의 인기작가로서 나아가서는 일본이 배출한 세계적인 작가로서 명성을 떨쳤고 매스컴의 주목을 받은 스타작가이기도 하다. 고시카와 요시아키(越川芳明)는 "무라카미 하루키를 읽는 건 어쩐지 쑥스럽다. 특히 사회현상까지 되어버린 『노르웨이의 숲』을 커버도 씌우지 않고 남들 앞이나 전차 안에서 읽을 용기는 솔직히 말해서 없다"[5]고까지 말했는데, 아마도 그러한 느낌은 미시마의 경우도 마찬가지가 아닐까 생각된다. 미시마의 작품을 커버도 씌우지 않고 공공장소에서 읽으려면 표지에 있는 제목만이 아니라 '미시마 유키오'라는 이름에도 다소 부담을 느낄 것이다. 한동안 세상을 떠들썩하게 했던 것이 이젠 그 유행이 지나자 흥이 깨진 탓도 있겠지만, 그것과는 다른 뭔가가 이 두 작가의 작품에는 포함되어 있기 때문일지도 모른다.

본고에서 『금각사』와 『노르웨이의 숲』을 비교분석하려는 이유는 그들의 인기나 명성보다도, 미시마 유키오와 무라카미 하루키라는 두 작가의 대표작이 지니고 있는 우연하지 않은 공통점에 주목하고 싶기 때문이다. 그렇기에 이제부터 이 두 작품이 지니는 의미와 공통점을 비교하면서 약간은 새로운 시점에서 작품 감상을 시도해 보고자 한다.

2. 고향을 떠나서

1) 『금각사』의 경우

공무원으로부터 전업작가로 전향하자마자 불과 24세의 나이에 『가면의 고백』으로 인기작가가 된 미시마는 『순백의 밤(純白の夜)』(1950) 『사랑의 갈증(愛の渴き)』(1950) 『푸른 시절(青の時代)』(1950) 『금색(禁色)』(1951) 『한여름의 죽음(真夏の死)』(1952) 『파도소리(潮騷)』(1954) 『근대노가쿠집(近代能楽集)』(1955) 등의 뛰어난 수작들을 20대 중후반에 잇달아 발표하면서 일찍이 최고의 전성기를 구가했으며, 30대로 접어든 1956년 초에 바디빌딩을 시작하는 한편으로 『금각사』를 『신초(新潮)』 1월호부터 10월호까지 연재해서 큰 반향을 일으켰다.

『금각사』는 1950년 7월 2일 새벽에 있었던 금각사(鹿苑寺)의 금각(舍利殿) 방화사건에서 취재한 모델소설이다. 사건의 전말은, 그곳 도제(徒弟)로서 오타니(大谷)대학 중국어과 1학년인 하야시 쇼켄(林承賢)[6]이 도제생활에 불만을 품고 국보인 금각에 불을 지른 뒤 자살을 시도하여 의식불명인 상태로 체포된 사건으로,[7] 미시마가 당시의 상황을 조사한 「취재노트」[8]에서 볼 수 있듯이 『금각사』 집필 전에 미시마는 사고의 전말을 면밀하게 조사하여 작품 제작에 착수했던 것이다. 소설 『금각사』는 일단 작품의 골격을 현실의 방화사건에서 그대로 빌리고 있지만 주인공이나 주요 등장인물들의 설정 및 중요한 장면에는 픽션이 교묘하게 뒤섞여 있다. 우선 작품의 줄거리를 살펴보기로 하자.

주인공인 '나'(=미조구치, 溝口)는 어려서부터 시골 절간 주지인 아버지에게서 "금각처럼 아름다운 것은 이 세상에는 없다"는 말을 들으며 성장했기에 항상 미의 상징인 금각을 상상하고 동경하게 된다. 중학교 진학을 위해서 숙부 집에 기거하게 된 나는 몸도 약할 뿐더러 달리기도 철봉도 남에게 뒤지는데다가 선천적인 말더듬 증세가 있는 내성적 성격의 소년이다. 평소에 나를 업신여기는 교사나 학우들을 모조리 처형시키는 공상을 즐기는 한편으로, 무언가 지울 수 없는 열등감을 지닌 소년이 자신을 은근히 선택된 인간이라고 생각하는 것은 당연한 일이 아닌가, 이 세상 어딘가에는 아직 나 자신도 모르는 사명이 나를 기다리고 있으리라는 생각을 하고 있었다.

첫 번째 에피소드는 5월의 어느 화창한 날, 중학교 선배인 사관생도가 소유하고 있는 멋진 칼집에 몰래 흠집을 내는 이야기로서 '미에 대한 질투'를 상징하는 이 행위는 훗날 금각에 대한 방화를 예언할 수 있는 상징성을 내포하고 있다.

그리고 다음으로 우이코(有爲子)에 관한 에피소드로 이어진다. 숙부집 이웃에 예쁜 소녀가 살고 있는데 우이코라는 이름이다. 눈이 크고 맑으며 도도한 성격의 부잣집 딸이다. 그녀는 여학교를 졸업하고 마이즈루(舞鶴) 해군병원에 특별지원 간호사로 근무하고 있었다. 어느 여름날 밤 그녀의 육체를 생각하며 암울한 공상에 빠져서 제대로 잠을 이루지 못하던 나는 새벽녘에, 병원으로 출근하는 그녀를 잠복하여 기다리다가 그녀 앞으로 뛰쳐나간다. 하지만 말더듬 증세가 있는 나는 한 마디 말도 건네지 못하고 망신만 당한다. 게다가 그녀의 고자질로 숙부로부터 심하게 야단을 맞자, 자나 깨나 나는 우이코가 죽기를 바라는데 실제로 그런 사건이 발생하게 된다. 해군탈영병과 교제하던 그녀는 결국 헌병에게 붙잡혀, 그 결과 불의의 죽음을 당하고 만다.

중학교 봄방학 때, 중병을 앓는 아버지는 나를 데리고 금각사를 방문하여 옛 친구인 그곳 주지에게 나를 부탁한다. 아버지의 유언에 따라 금각사의 도제가 된 나는 주지의 곁에서 시중을 들며 금각과 함께 생활하는 행복한 나날을 보낸다. 전쟁이 한창일 무렵에는 연합군의 폭격을 받아 금각도 나도 모두 불타버릴 거라는 행복한 상상에 잠기지만, 전쟁

이 끝나자 금각과 나의 관계는 단절되었다는 느낌을 받게 된다. 뿐만
아니라 내가 여자와 육체관계를 하려는 순간마다 금각의 환상이 나타나
서 방해하는 일이 반복된다. 한편으로 대학에 입학해서 사귀게 된 친구
가시와기의, "인식만이 이 세상을 불변의 상태에서 변모시킬 수 있다"는
논리에 반박한 나는 "세상을 변모시키는 건 인식이 아니라 행위"라는
것을 증명하기 위해서 미의 상징인 금각에 불을 지르게 된다.

이와 같은 내용의 『금각사』는 방화범인 주인공이 훗날 자신의 과거
를 돌이켜보는 수기형식이지만, 전체적인 틀은 현실의 방화사건을 골격
으로 하여 그 중간 중간에 맥락은 없으면서도 상징적인 성격의 에피소
드를 여러 개 만들어 넣은 작품이라 할 수 있다. 일단 중요한 에피소드
를 정리해 보기로 한다.

   (1) 소년시절의 기억(제1장)
     * 어려서부터 아버지는 나에게 자주 금각에 관한 이야기를 들려주었
      다. (p.9)
     * 몸도 약하고 달리기를 해도 철봉을 해도 남에게 뒤지는데다가, 선
      천적인 말더듬 증세가 더욱더 나를 내성적으로 만들었다. (p.10)
   (2) 사관학교 생도의 칼집에 상처를 냄(제1장)
     * 나는 호주머니에서 녹슨 연필깎이 칼을 꺼내어 조심스럽게 다가가,
      그 아름다운 단검의 검정색 칼집 뒤쪽에 두세 가닥의 보기 흉한
      칼자국을 새겼다. (p.15)
   (3) 우이코를 잠복한 사건(제1장)
     * 숙부 집에서 두 집 건너에 예쁜 소녀가 살고 있었다. 우이코라는
      이름이었다. (p.16)
     * 어느 날 밤, 우이코의 육체를 생각하며 암울한 공상에 빠져서 제대
      로 잠을 이루지 못하던 나는, 날이 밝기도 전에 잠자리를 빠져나와
      운동화를 신고, 여름 새벽의 어둠이 깔린 집밖으로 나섰다.(p.16)
     * 나는 자전거 앞으로 뛰쳐나갔다. 자전거는 위태롭게 급정거했다.

그 순간, 나는 자신이 돌로 변하고 만 것을 느꼈다. [...] "뭐야, 이상한 짓도 다 하네. 말더듬이 주제에."   (p.18)
 * 자나 깨나 나는 우이코가 죽기를 바랐다.   (p.19)
(4) 우이코의 죽음(제1장)
 * 도시락 보자기를 들고 집에서 빠져나와 인근부락으로 가려던 우이코가 잠복중인 헌병에게 붙잡혔다는 것. [...] 탈영병과 우이코는 해군병원에서 사귀게 되어, 그 때문에 임신한 우이코가 병원에서 쫓겨났다는 것.   (p.20)
 * 사내는 다시 한 번 총을 겨누더니, 복도 쪽으로 도망치려는 우이코의 등에 몇 발인가 연달아 쐈다. 우이코는 쓰러졌다. 사내는 총구를 자신의 관자놀이에 대고 발사했다.……   (p.24)
(5) 금각과의 첫 대면(제1장)
 * 나는 이리저리 각도를 바꾸어, 혹은 고개를 기울이며 바라보았다. 아무런 감동도 일지 않았다.   (p.31)
 * 그토록 실망을 주었던 금각도, 야스오카로 돌아온 후 나날이 내 마음 속에서 다시 아름다움을 되살려, 어느덧 구경하기 전보다도 훨씬 아름다운 금각이 되었다.   (p.36)
(6) 아버지의 죽음(제2장)
 * 아버지의 죽음으로 인해서 나의 진정한 소년시절은 끝나지만, 나의 소년시절에 인간적 관심이란 것이 완전히 결여되어 있다는 사실에 나는 놀라는 것이다.   (p.37)
(7) 금각사의 도제(제2장)
 * 아버지의 유언대로 나는 교토로 가서 금각사의 도제가 되었다. 그 때 주지 밑에서 득도를 했다.   (p.41)
(8) 쓰루카와(제2장)
 * 쓰루카와라는 소년에게는 바로 간밤에 소개를 받았다. 쓰루카와의 집은 도쿄 근교의 유복한 절로서 학비도 용돈도 식량도 풍부하게 집에서 보내주었으며, 다만 도제수행을 맛보게 하려고 주지와의 연고로 금각사에 맡겨진 것이었다.   (p.44)
(9) 우이코의 환상(제3장)
 * 나는 그 하얗게 돋보이던 옆얼굴과 더없이 하얀 가슴을 보았다. 그

리고 그 여자가 사라진 뒤, 그날 하루의 나머지 시간도, 이튿날도,
또 그 다음날도, 나는 집요하게 생각했다. 분명 그 여자는 되살아난
우이코임에 틀림없다고.   (p.60)
(10) 엄마의 불륜(제3장)
    * 나는 어느 사건에 관해서 한 마디도 엄마를 책망한 적이 없다.
      입 밖에 낸 적이 없다. 엄마도 아마 내가 그 사실을 알고 있다는
      것을 눈치 채지 못한 듯하다. 그러나 그 이후로 내 마음은 엄마를
      용서하지 못하고 있는 것이다.   (61)
(11) 종전(제3장)
    * 전쟁이 끝났다.   (p.70)
    * 이 날 금각을 본 순간, 나는 '우리들'의 관계가 이미 변했다는 걸
      느꼈다.   (p.71)
(12) 매춘부의 배를 밟다(제3장)
    * 이런 매춘부를 내가 아름답다고 느낀 것은 처음이다. [...] 우이코
      의 기억에 대항해서 만들어진 영상의, 반항적인 신선한 아름다움
      을 지니고 있었다.   (p.83)
    * 나는 밟았다. 처음 밟았을 때의 위화감은, 두 번째에는 솟구치는
      희열로 변했다.   (p.86)
(13) 가시와기의 자기소개 및 여성편력(제4장)
    * 나는 산노미야시에 있는 선사의 자식으로, 태어날 때부터 안짱다
      리였어.   (p.102)
(14) 버림받은 여자(제5장)
    * 그녀의 차갑고 높은 코, 약간 헤픈 듯한 입언저리, 촉촉한 눈, 그
      런 모든 것들로부터, 일순간 나는 달빛 아래의 우이코 모습을 보
      았다.   (p.118)
(15) 금각으로 변모하는 젖가슴(제5장)
    * 그때 금각이 나타난 것이다.
      위엄으로 가득한, 우울하고 섬세한 건축, 벗겨진 금박을 여기저기
      남긴 호사(豪奢)의 주검과도 같은 건축.   (p.134)
(16) 쓰루카와의 죽음(제5장)
    * 나와 낮의 세계를 잇는 한 가닥의 실이, 그의 죽음에 의해서 끊어

겨버린 것이다. 나는 잃어버린 낮, 잃어버린 빛, 잃어버린 여름을
위해서 울었다.(p.136)

(17) 「남천참묘(南泉斬猫)」의 공안에 관한 논쟁(6장)

　＊"그래서 너는 어느 쪽이지? 난센(南泉) 스님이니, 아니면 조슈(趙
州)니?"

　"글쎄 어느 쪽일까. 현재로서는 내가 난센이고 네가 조슈지만, 언
젠가 네가 난센이 되고 내가 조슈가 될지도 몰라. 이 공안은 그야
말로 '고양이 눈처럼' 변하니까 말이지."　　　　　　　　　(p.155)

(18) 다시금 젖가슴이 금각으로 변모(6장)

　＊다시 그곳에 금각이 출현했다. 다시 말해서, 젖가슴이 금각으로
변모한 것이다.　　　　　　　　　　　　　　　　　　　(p.162)

(19) 노사와 게이샤가 함께 거니는 장면을 목격(7장)

(20) 노사의 차가운 태도(7장)

　＊"너를 훗날 후계자로 삼으려는 생각도 한 적이 있지만 지금은 분
명히 그럴 마음이 없다는 걸 말해 두지."　　　　　　　　(p.183)

(21) 출분하여 방화를 결심(7장)

　＊"금각을 태워버려야만 한다."　　　　　　　　　　　　(p.203)

(22) 쓰루카와의 죽음은 자살로 판명(8장)

　＊그것은 어디에나 있는 자그만 연애사건에 불과했다. 부모가 허락
하지 않는 상대와의 불행한 철없는 사랑에 불과했다.　　(p.225)

(23) 유곽에서 동정을 버림(9장)

　＊6월18일 밤, 나는 가슴 속에 돈을 넣고 절을 빠져나와, 흔히들 고
반초라 부르는 기타신치로 갔다.　　　　　　　　　　　(p.231)

　＊나는 분명 살기 위해서 금각을 태워버리려 하는 것이지만, 내가
하고 있는 짓은 죽기 위한 준비와 비슷했다. 자살을 결심한 동정
의 사내가 죽기 전에 유곽에 가듯이 나도 유곽에 가는 것이다.
안심해도 좋다. 이런 사내의 행위는 하나의 서식에 서명하는 것
이나 다를 바 없어서, 동정을 잃더라도 그는 결코 '다른 인간'이
되거나 하지는 않는다.　　　　　　　　　　　　　　　(p.232)

　＊내 발길이 향하는 곳에 우이코가 있을 것이다.　　　　(p.235)

(24) 방화직전 무력감에 빠져들지만, 『임제록시중』의 한 구절에서 힘을

얻음(10장)

* "이 격심한 피로는 어찌된 탓일까." 하고 생각했다. "어쩐지 열이
    나고 나른해서 손조차 마음대로 움직일 수 없다. 분명 나는 병에
    걸렸나 보다."   (p.269)

* ……그런데 나는 이제까지 장황하게, 어렸을 때부터의 기억의 무
    력함에 대해서 설명해 온 것이나 다름없지만, 갑자기 되살아난
    기억이 기사회생의 힘을 가져다 줄 수도 있다는 사실을 말해야만
    하겠다.   (p.270)

(25) 금각에 방화를 하고 뒷산으로 도망(10장)

* 다른 호주머니의 담배가 손에 닿았다. 나는 담배를 피웠다. 일을
    하나 끝내고 담배를 한 모금 피는 사람이 흔히 그렇게 생각하듯,
    살아야지 하고 나는 생각했다.   (p.274)

이상과 같이 『금각사』는 모두 10장으로 구성되어 있는데, 그 내용을
크게 나누어 구분해 보자면 다음과 같은 4가지가 될 것이다. 첫째는
(1)-(5)로서, 나의 출생과 성장환경 및 소년시절에 경험한 몇 가지 사건
을 이야기하고 있는데 제1장에 해당한다. 둘째는, (6)-(12)로서, 금각사
의 도제가 되어 생활하는 이야기로 제2-3장에 해당한다. 셋째는 (16)-
(21)로서, 가시와기를 만난 이후로 여자들과 어울리게 되고, 종전과 더
불어 금각과의 관계도 변모하게 되는 이야기로 제4-8장에 해당한다. 넷
째는 (22)-(25)로서, 금각에의 방화를 결심한 후 유곽에 드나들게 되고,
결국 방화를 하는 이야기로 제8-10장에 해당한다. 즉 시골에서 자랐던
어린 시절 이야기와, 금각사의 도제가 되어 금각과 함께 지내던 시절,
대학에 들어가서 가시와기를 알게 되고 여자들과 어울리기도 하던 시
절, 그리고 금각에 대한 반감으로 방화를 하게 되는 이야기의 4단계로
분류가 된다. 그렇기에 『금각사』는 현실의 방화사건을 기본적인 틀로
삼아, 그 중간 중간에 맥락은 없지만 상징적인 에피소드를 여러 개 만들
어 넣은 작품이라 할 수 있다. 또한 『금각사』는 독창성이 뛰어나다기보

다는 기존의 수많은 작가나 작품들의 영향을 적극적으로 수용하여 교묘하게 하나의 소설로 완성시켰다고 할 수 있는데, 그것도 물론 작가적 수완임에는 틀림없으며, 그러한 점에서도 『금각사』는 『노르웨이의 숲』과 상당히 유사하다고 하겠다.

2) 『노르웨이의 숲』의 경우

『노르웨이의 숲』역시 『금각사』와 마찬가지로 작중에 "그렇기에 나는 이 글을 쓰고 있다. 나는 무엇이건 글로 써 보지 않으면 상황을 제대로 이해하지 못하는 타입의 인간이다"라고 되어 있듯이 1인칭 수기 형식의 작품이다. 이야기는 보잉747 비행기가 함부르크 공항에 착륙하자, 기내에 BGM으로 흐르는 어느 오케스트라의 '노르웨이의 숲' 연주를 듣고, 서른일곱 살[9]인 주인공 '나(僕)'(와타나베 도루)가 문득 18년 전의 추억을 떠올리는 장면에서 시작한다. 하지만 주의할 것은, 작품의 본격적인 스토리는 스튜어디스에게 "Auf Wiedersehen!"이라고 작별 인사를 한 주인공이 아마도 숙소로 가서 여장을 푼 뒤, 차분히 원고지 앞에서 과거의 기억을 더듬으며 "18년이라는 세월이 지난 지금도 나는 그 초원의 풍경을 선명히 기억해 낼 수 있다."고 회고담을 쓰는 데에서 시작한다. 또한 작중에, 10년 후의 내가 미국 싼타페로 출장을 가서 어느 화가와 인터뷰를 했다는 이야기가 있는 것으로 보아, 함부르크에 와 있는 나의 직업은 외국출장이 잦은 언론사 직원인 듯하다.

과거를 회상하는 수기이기는 하지만 단편적인 에피소드를 여러 개 나열해 놓은 형식의 『금각사』에 비하면, 『노르웨이의 숲』은 전체적으로 정확한 시간의 경과와 더불어 일관된 스토리의 흐름이 있다. 우선 그 줄거리를 요약해 보자.

내가 나오코와 처음 만난 것은 1966년 고베(神戸)의 고등학교 2학년

시절로, 나오코는 나의 유일한 친구인 기즈키의 애인이었다. 우리는 셋이서 자주 어울리며 지냈는데, 이듬해 5월 갑자기 기즈키는 자살을 한다. 그 후 나는 어떤 여자아이와 사귀기도 했지만, 홀로 도쿄의 사립대학에 진학하여 우익단체가 운영하는 기숙사에 들어간다.

1968년 5월, 나는 1년 만에 우연히 나오코와 재회하여 휴일이면 데이트를 하는 한편으로, 10월에는 같은 기숙사에 사는 나가사와(永沢)와 함께 도쿄의 밤거리로 나가서 모르는 여자아이들과 어울리기도 한다. 외교관 지망의 수재인 나가사와에게는 하쓰미라는 애인이 있었지만, 그녀는 나가사와가 외무고시에 합격해서 독일로 떠난 지 2년 후 다른 남자와 결혼을 하고, 결혼 2년 후에 스스로 목숨을 끊고 만다.

이듬해인 1969년 4월, 나오코의 스무 살 생일에 나는 그녀와 육체관계를 맺었는데 뜻밖에도 그것이 그녀에게는 첫 체험이라는 것이었다. 그리고 얼마 안 되어 나오코는 도쿄를 떠나 어디론가 자취를 감춘다. 7월이 되자 나오코에게서, 지금 교토의 요양소에 들어와 있다는 내용의 편지가 왔다.

2학기가 시작되어, 미도리라는 여학생에게 연극사 노트를 빌려준 것을 계기로 나는 그녀와 자주 만나게 된다. 그녀의 집은 서점을 경영하고 있었는데, 2년 전 어머니는 뇌종양으로 돌아가시고 아버지도 현재 뇌종양으로 입원 중이었다.

가을이 깊어졌을 무렵 나오코가 보낸 장문의 편지를 읽고 나는 교토의 요양소로 그녀를 찾아간다. 요양소에서 나를 맞은 것은 나오코와 같은 병실을 사용하는 이시다 레이코라는 서른여덟 살의 주름 많은 여자였다. 그곳에서 이틀을 묵는 동안 나오코는 나에게 자살한 언니 이야기를 들려줬고, 레이코는 자신을 타락하게 만든 열세 살 소녀 이야기를 들려줬다.

어느 일요일 나는 미도리와 함께 뇌종양으로 입원해 있는 미도리의

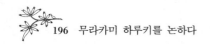

아버지를 병문안 간다. 그리고 닷새 후 아버지는 사망한다.

1969년 11월, 내 스무 번째 생일의 사흘 후, 나오코에게서 손으로 짠 스웨터가 도착했다. 겨울방학이 되자 나는 다시 교토의 요양소를 찾아가 사흘간 묵었다.

1970년이 되었다. 학년말 시험도 끝나고 운동권 학생들 때문에 기숙사 분위기가 어수선해지자 나는 기치조지(吉祥寺)에 독채로 된 집을 빌려 이사를 했다.

4월 10일에는 수강신청도 할 겸 오랜만에 미도리와 만나서 식사를 했다. 그 후로 미도리와의 관계도 소원해진 나는 4월과 5월을 극심한 고독 속에서 보내게 된다.

5월 중순에 레이코에게서 편지가 왔다. 나오코의 상태가 몹시 나빠서 전문병원으로 옮기기로 했다는 것이다.

8월 말에 나오코는 자살했고, 9월 2일부터 10월 2일까지 꼭 1개월간 나는 폐인처럼 여기저기를 방황하던 끝에 다시 현실세계로 돌아오기로 결심한다. 8년간의 요양소 생활을 마감하고 내 집을 찾아온 레이코는 나오코가 자살을 한 8월 25일 전후의 상황을 나에게 들려준 뒤, 죽은 나오코를 위해서 기타로 51곡의 음악을 연주 했는데, 그 중에는 '노르웨이의 숲'이 두 차례 포함되어 있었다. 연주가 끝난 뒤 레이코와 나는 서로가 원해서 육체관계를 가졌고, 이튿날 그녀는 아사히카와(旭川)로 떠난다.

레이코가 떠난 뒤 공중전화 박스에서 미도리에게 전화를 건 나는 공황상태에 빠져서, 지금 "이 세상에서 미도리 이외에는 아무것도 필요없다, 미도리와 만나 이야기를 하고 싶다, 우리 둘이서 모든 걸 처음부터 새로 시작하고 싶다."고 애원한다. 이상이 『노르웨이의 숲』의 줄거리이다.

측문한 바로는, 비틀즈가 1965년에 발표한 'Norwegian Wood(This Bird

Has Flown)'[10]의 정확한 의미는 '노르웨이의 숲'이 아니라 '노르웨이산 나무로 만든 싸구려 가구'라고 한다. 그런데 하루키는 그 의미를 잘못 이해하여 '노르웨이의 숲(ノルウェイの森)'이라고 해석하는 게 가장 원어에 가까울 거라고 오해를 했다.[11] LP앨범 'Rubber Soul'에 실린 'Norwegian Wood'는 곡도 가사도 발표 당시로서는 상당히 파격적이고 실험적인 음악이었다고 한다. 가사에 담긴 의미는 남자가 바람을 피우는 내용으로서, 여자의 집에서 하룻밤을 잔 남자가 아침에 깨어보니 여자는 출근하고 없기에, 홀로 남겨진 남자가 그 집에 불을 지르면서, 노르웨이산 싸구려 가구는 불에 잘 탄다는 의미로 'Isn't it good Norwegian wood'라고 중얼거리는 데에서 끝난다.

> 'Norwegian Wood (This Bird Has Flown)'
> —From the album 'Rubber Soul' 1965—
> (Tribute To The Beatles)
> I once had a girl, or should I say, she once had me.
> She showed me her room, isn't it good Norwegian wood?
> She asked me to stay and she told me to sit anywhere.
> So I looked around and I noticed there wasn't a chair.
> I sat on a rug, biding my time, drinking her wine.
> We talked until two and then she said, "It's time for bed".
> She told me she worked in the morning and started to laugh.
> I told her I didn't and crawled off to sleep in the bath.
> And when I awoke, I was alone, this bird had flown.
> So I lit a fire, isn't it good Norwegian wood.
> 내게 한 여자애가 있었던 그 시절, 아니 그녀에게 내가 있었다고 해야
> 할지도 몰라.
> 그녀는 내게 자기 방을 보여주며 말하기를, 노르웨이産 [나무로 만든]
> 가구는 [저렴하지만 디자인은] 정말 좋지 않아?
> 그녀는 내게 자고 가지 않겠냐며 아무데나 앉으라고 했어.

　　그런데 주위를 둘러보니 아무데도 의자는 없는 거야.
　　바닥 깔개 위에 앉아 와인을 마시며 시간을 보냈지.
　　새벽 두 시까지 이야기하다가 그녀는 "이제 잘 시간이네." 하고 말하더군.
　　아침에 출근해야 한다며 그녀는 웃음을 터뜨리는 거야.
　　그녀에게 나는 출근하지 않아도 된다고 말하고 욕조로 기어들어가서
잠을 잤어.
　　그리고 내가 눈을 떴을 때 나는 혼자였고, 새는 이미 날아가 버렸지.
　　그래서 나는 불을 질렀는데, 노르웨이産 [나무로 만든] 가구는 [저렴하
지만 불 지르기에는] 정말 좋지 않아?　　　　　　　　　　　(인용자역)

[Rubber Soul의 LP판 앞면 사진]　　　　　　　[뒷면 사진]

　　『노르웨이의 숲』은 작가인 하루키 스스로 작품과 관련해서 상세한
후기를 두 가지 남기고 있다. 하나는 단행본에만 삽입되었던 「후기(あと
がき)」이고, 또 하나는 『무라카미 하루키 전작품 1979-1989』 제6권의 부
록인 「자작을 이야기하다(自作を語る)」[12]이다. 아마도 이 두 가지 후기만
읽어도 더 이상 언급할 게 없지 않을까 여겨질 정도로 하루키는 함축성
있고 정확하게 『노르웨이의 숲』에 관해서 해설하고 있다. 하루키가 다
른 작품에서는 이토록 좋은 후기를 남긴 경우가 없는 것을 보면 『노르
웨이의 숲』은 작가의 내면적 고백이 많이 담겨져 있는 작품인 듯하다.

미시마의 경우는 『가면의 고백』의 후기가 작품 그 자체만큼이나 화제가
된 적이 있는데, 마치 그것을 연상케 할 정도이다.

　우선 단행본 「후기」는 그다지 길지 않기 때문에 전문을 소개한다.

　　나는 원칙적으로 소설에 후기를 다는 것을 좋아하지 않지만, 아마도
　이 소설은 그것을 필요로 하리라고 생각한다.

　　우선 첫째로, 이 소설은 5년쯤 전에 내가 쓴 「반딧불이」라는 단편소설
　이 축을 이루고 있다. 나는 이 단편을 베이스로 하여 4백자 원고지 3백매
　정도의 무난한 연애소설을 쓰고 싶다고 줄곧 생각하다가 『세상의 끝과
　하드보일드 원더랜드』의 다음 장편에 착수하기 전에 소위 기분전환으로
　해 보자는 정도의 가벼운 기분으로 착수했는데, 결과적으로는 9백매에
　가까운, 그다지 '가볍다'고는 할 수 없는 소설이 되어버렸다. 아마도 이
　소설은 내가 생각한 것 이상으로 써야할 게 많았던 듯하다.

　　두 번째로, 이 소설은 극히 개인적인 소설이다. 『세상의 끝과……』가
　자전적인 것과 마찬가지 의미로, F 스콧 피츠제럴드의 『밤은 부드러워』
　와 『위대한 개츠비』가 나에게 있어서 개인적인 소설인 것과 마찬가지
　의미로, 개인적인 소설이다. 아마도 그것은 일종의 센티멘트의 문제일
　것이다. 나라는 인간이 좋아지기도 하고 싫어지기도 하듯이, 이 소설도
　역시 좋아지기도 하고 싫어지기도 할 것이다. 나로서는 이 작품이 나라
　는 인간의 질을 능가해서 존속하기를 희망할 뿐이다.

　　세 번째로, 이 소설은 남유럽에서 집필되었다. 1986년 12월 21일에 그
　리스 미코노스섬의 빌라에서 쓰기 시작해서, 1987년 3월 27일에 로마 교
　외의 아파트먼트호텔에서 완성시켰다. 일본을 떠난 것이 이 소설에 어떻
　게 작용했는지는 나에게는 판단이 서지 않는다. 뭔가 작용하고 있는 느
　낌도 들고, 아무것도 작용하지 않는 느낌도 든다. 다만 전화도 손님도
　없이 열중할 수 있었던 것은 아주 고마웠다. 이 소설의 전반은 그리스에
　서, 도중에 시실리를 거쳐서 후반은 로마에서 작성되었다. 아테네의 싸
　구려 호텔 방에는 테이블이라는 게 없어서, 나는 매일 엄청 시끄러운 타
　베루나에 들어가 워크맨으로 'Sgt. Pepper's Lonely Hearts Club Band' 테
　이프를 120번 정도 되풀이해서 들으며 이 소설을 썼다. 그런 의미에서는

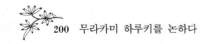

이 소설은 레논=매커트니의 'a little help'를 받았다.
　네 번째로, 이 소설은 죽은 나의 몇몇 친구와, 살아 있는 몇몇 친구에게 바친다. 1987년 6월

　이 「후기」에서 주목할 것은 애당초 중편 정도의 연애소설을 예상했다가 9백매에 가까운 장편이 되었다는 것과, "개인적인 소설(個人的な小説)"이라는 대목이다. 미시마도 『금각사』를 '개인의 소설(個人の小説)'[13]이라 칭했는데, 『노르웨이의 숲』 역시 현실의 소재를 살린 사소설이 아니라 마음의 심상을 고백한 관념적이고 개인적인 소설이라는 느낌이 강하다. 즉 주인공 나의 내면세계에는 작가의 분신이 아니고는 표현할 수 없는 사실감이 있으며, 작품의 테마 역시 젊은 시절부터 하루키가 마음속에 담아온 심상풍경을 충분히 구현하고 있는 느낌이 든다. 그런 의미에서는 두 작품 모두 일종의 고백소설이기도 하다.
　또 하나, 「자작을 이야기하다」의 경우는 다소 길기 때문에 중요한 부분만 발췌한다.

* 『노르웨이의 숲』을 쓸 때 내가 의도한 것은 세 가지이다. 우선 첫째로 철저하게 리얼리즘 문체로 쓸 것, 둘째로 섹스와 죽음에 관해서 철저하게 언급할 것, 셋째로 『바람의 노래를 들어라』에서 보이는 처녀작적인 수치감을 지워 버리기 위해서 '반(反) 수치감'을 정면에 내세울 것, 이었다.
* 책의 띠에 '100퍼센트 연애 소설'이라는 문구를 넣은 이유는, 이러한 소설을 펴낸 데에 대한 내 나름대로의 익스큐즈였다. 내가 의도했던 것을 간단히 말하자면 '이것은 래디컬하지도 세련되지도 지적이지도 포스트 모던하지도 실험적도 아니고 단순히 평범한 리얼리즘 소설입니다. 그러니까 그 점을 염두에 두고 읽어 주십시오.'라고 할 수 있다. 하지만 설마 그런 말을 책 띠에 쓸 수는 없으니까, 열심히 지혜를 짜내어 '연애소설'이라는 말을 끄집어 낸 것이다.
* 이 소설을 굳이 정의하자면, 성장소설이라는 편이 가까우리라고 생각

한다. 내가 결국에 『노르웨이의 숲』이라는 소설을, 당초의 예상대로
가벼운 소설로서 끝내지 못한 까닭은, 그것이 원인이다. [...] 『노르웨이
의 숲』에 등장하는 인물들이 사랑에 대해서, 혹은 모럴에 대해서 책임
을 지고 있듯이, 나도 그 이야기에 대한 책임을 져야 한다.

* 이 소설 속에서는 수많은 등장인물들이 잇달아 죽어 간다. 그건 지나
치게 편의주의적이 아니냐는 비평도 많이 받았다. 하지만 변명이 아니
라, 솔직히 말해서 이야기가 그것을 나에게 요구했던 것이다. 정말로
나에게는 그렇게 하는 이외에 방법이 없었다. 그리고 이 이야기는 기
본적으로 캐주얼티즈(casualties. 적절한 번역을 할 수 없다. 전투원의 감원이
라고나 할까)에 관한 것이다. 이것은 내 주위에서 죽어 간, 혹은 사라져
간 수많은 캐주얼티즈에 관한 이야기이며, 혹은 나 자신의 내부에서
죽거나 사라져 간 수많은 캐주얼티즈에 관한 이야기이다.

* 이 소설에 대한 갖가지 반응 중에서 가장 의외로 생각되는 것은, 이
소설의 줄거리에 대한 반응이 제법 강했던 것에 비해서, 문체에 관해
서는 그다지 문제가 되지 않았다는 점이다. [...] 내가 생각하는 리얼리
즘이란, 우선 편이(conventional이 아니라 simple)하고 스피드가 있을 것.
문장은 줄거리의 흐름을 저해하지 않고, 독자에게 그다지 물리적·심
리적 요구를 하지 않을 것. 이것이 내가 설정한 『노르웨이의 숲』에 있
어서의 문장적 액세스의 개요였다.

즉 위의 인용을 요약하자면, 논란이 많은 '연애소설'은 일종의 변명과
도 같은 것이고 실제로는 '성장소설'이며, 이야기 속에서 많은 사람들이
죽어가는 것은 '전투원의 감원' 같은 것으로서, 그들은 필요한 곳에서
임무를 완수하고 사라진 것이다. 그리고 나름대로 리얼리즘의 문체에
많은 노력을 기울였는데, 그 점에 관해서는 별다른 반응이 없기에 약간
의 보충설명을 한다는 내용이다. 『노르웨이의 숲』이 연애소설이냐 아니
냐 하는 논란의 발단은 단행본 상권의 띠(帶)에 다음과 같은 글이 실렸
기 때문이다.

이 소설은 이제까지 제가 한 번도 쓰지 않았던 종류의 소설입니다. 그리고 아무래도 한 번 쓰고 싶었던 종류의 소설입니다.

이것은 연애소설입니다. 너무 낡은 호칭이라 생각하지만, 그 이외에 좋은 말이 생각나지 않습니다. 격렬하고, 조용하고, 슬픈 100퍼센트 연애소설입니다.

『노르웨이의 숲』의 가장 큰 결함이자 매력은, 태양을 중심으로 이루어진 작은 태양계처럼, 모든 것이 나를 중심으로 설계되고 꾸며져 있다는 점이다. "저는, 와타나베씨에 관해서 더 알고 싶어요." 하고 말하는 나오코에게 나는 "평범한 인간이야. 평범한 집에서 태어나, 평범하게 자랐고, 평범한 얼굴에, 평범한 성적으로, 평범한 일을 생각하고 있지" 하고 대답한다. 반면에 나의 주위에서 죽어간 사람들은 기즈키를 비롯해서 모두가 비범한 재능을 지닌 사람들이었다. 하지만 그 비범한 사람들 모두가 평범한 나 하나를 위하여 존재하며, 나의 성장을 위하여 희생될 뿐이다. 혹평을 하자면 극도로 에고이스틱한 소설인 셈이다. 하지만 인간은 누구나 자신이 평범하다고 생각하면서도 한편으로는 유아론(唯我論)적인 일면도 확고히 지니고 있기에 이러한 작품에 공감하는 게 아닐까 생각된다.

3) 문체에 관해서

작가에게 있어서 '문체'의 중요성을 본격적으로 인식하고 외국작가들의 문체를 적극 도입한 작가로서 호리 다쓰오를 빼놓을 수 없다. 호리는 직접 다양한 번역14)을 하면서, 특히 프랑스작가들의 문체를 적극 수용한 작가이다. 그 점 역시 미시마나 하루키와 공통되어 있다.

미시마는 『금각사』 집필 후 약 1년이 지난 시점에서, 호리의 『나오코』와 관련해서 다음과 같은 말을 했다.

　　약 5개월에 걸친 작업을 끝내고 그 흥분이 남아서 잠을 이루지 못한 채 호리 다쓰오 씨의 『나오코』를 16년 만에 다시 읽어봤다. 그것은 쇼와 17년(1942) 그 재판 발행 당시에 읽은 책으로 정성스럽게 사이드라인이며 노트 등이 기입되어 있다.

　　단순한 심심풀이 독서라도 내 경우에는 숨겨진 의미가 포함되어 있는 경우가 많다. 자기 전에 어지럽게 책들이 늘어선 책장을 뒤져서 먼지투성이의 『나오코』를 꺼낸 것은 방금 끝난 작업과 어딘가 관련이 있기 때문인 듯하다. (중략)

　　『나오코』는 처음 읽었던 당시부터 걸작이라고 생각되지 않았으며 오늘 재독한 인상도 호리씨의 보기 드문 실패작이라고 생각된다. 그러나 실패작인 만큼 호리씨의 장점도 단점도 노골적으로 나타나 있어 이 작가가 그다지 노골적으로 보여주지 않았던 야심과 동시에 숨이 차서 헐떡이는 모습도 나타나 있다.

　　나는 일부러 여기에서 호리씨의 『나오코』를 끄집어내어 걸작도 아닌 것에 트집을 잡으려는 것은 아니다. 나에게 흥미로운 건 16년 전의 나와 현재의 내가 하나의 문학작품에 대해서 지니는 흥미의 차이이다.15)

　　"5개월에 걸친 작업"이란 아마도 당시에 베스트셀러가 되어 '비틀거림'이라는 단어를 유행시키기도 했던 『미덕의 비틀거림(美徳のよろめき)』(1957)인 듯하다. 미시마는 여기에서 『나오코』 및 호리에 대한 노골적인 비판을 가하고 있지만, 작품 하나를 방금 탈고한 흥분에 잠을 이루지 못한 채 일부러 서가를 뒤져서 『나오코』를 찾아내어 16년 만에 다시 읽었다는 것은, 그리고 『나오코』와 그 작자인 호리를 신랄하게 비판했다는 것은 역으로, 16년 전 즉 열여섯 살 당시의 미시마가 얼마나 호리의 문학에 심취해 있었는가를 느끼게 하는 부분이다. 미시마의 발언에서 느껴지는 성취감과 자신감은 아마도 『미덕의 비틀거림』을 완성시킴으로서 자신이 완전히 호리의 영향에서 벗어났다고, 혹은 호리를 능가하는 작품을 썼다고 확신한 듯하다. 하루키도 문학청년 시절에는 미시

마 못지않게 호리를 탐독했을 것이며 『노르웨이의 숲』은 그 영향을 마지막으로 마음껏 활용함과 동시에 호리에게 작별을 고하는 의미의 작품이 아닌가 생각된다.

미시마가 프랑스나 독일 등 유럽문학의 영향을 많이 받은 것에 비해서, 하루키는 주로 미국문학에 경도되어 있었다. 그렇기 때문에 화자의 상념을 은유로 표현한 문장이 두드러지게 많은 『금각사』에 비해서, 『노르웨이의 숲』은 현실의 세계를 직설적인 문장으로 표현하려 한 작가의 의도가 그대로 드러나 있다. 특히 작품의 후반에서는 다소 과장되게 느껴질 정도로 감상에 빠지거나 영탄조의 문장을 남발하기도 하지만, 『노르웨이의 숲』에서 하루키가 시도한 문장은 전반적으로 독자들이 접근하기 쉬운, 평이하고 스트레이트한 것으로서, 전작인 『바람의 노래를 들어라』나 『양을 둘러싼 모험』에 비하면 나른함이나 단락적인 느낌이 훨씬 줄어든 반면, 등장인물들의 수많은 대화 속에서도 일상적인 감각을 충분히 살려내고 있다고 하겠다.

사토 이즈미(佐藤泉)는 나와 미도리가 페팅을 하는 장면16)을 예로 들면서, "작자의 서술체로 쓴다면 훨씬 정리해서 쓸 수 있는 곳이라도 전부 작중인물이 이야기하게끔 한다. 그 스타일을 철저히 사용한 것이 많은 독자를 획득한 가장 큰 이유"17)라고 평했는데, 18년이라는 오래 전의 일을 회상하는 작품에서, 두 남녀의 행위를 마치 현재 진행형이기라도 하듯 구체적인 대화로 하나하나 되살린다는 것은 크나큰 모순이기는 하지만, 그러한 낯간지러운 모순을 무시한 하루키의 시도가 일반 독자들에게는 오히려 선명하게 어필했을 것이다.

밑의 인용은, 함부르크 공항을 떠나 숙소에 도착한 『노르웨이의 숲』의 주인공이, 아마도 숙소에서 차분하게 과거를 회상하며 18년 전의 추억으로 빠져드는 부분이다.

  18년이라는 세월이 지난 지금도, 나는 그 초원의 풍경을 선명히 기억
해 낼 수 있다. 며칠간 계속된 부드러운 비로 여름 동안의 먼지가 완전히
씻겨 내려간 산들은 깊고 선명하게 푸르고, 10월의 바람은 주위의 억새
풀 이삭을 흔들었다. 싸늘하게 보이는 하늘 저편에는 가느다란 구름이
찰싹 달라붙어 있었다. 높은 하늘은, 가만히 보고 있으면 눈이 아플 정도
였다. 바람은 초원을 건너와, 그녀의 머릿결을 살며시 흔들고 잡목림 사
이로 빠져나갔다. 나뭇가지의 잎사귀가 메마른 소리를 내고, 먼 곳에서
개 짖는 소리가 들렸다. 마치 다른 세계의 입구에서 들려오는 듯 작고
희미한 울음소리였다. 그 외에는 아무 소리도 들리지 않았다. 아무 소리
도 우리 귀에는 들리지 않았다. 어느 누구와도 마주치지 않았다. 새빨간
새 두 마리가 무엇엔가 놀란 듯 초원 위로 높이 날아올라 잡목림 쪽으로
사라지는 모습을 보았을 뿐이다. 오솔길을 거닐며 나오코는 나에게 우물
이야기를 해 주었다.   (『노르웨이의 숲』, p.8)

  작품의 첫 부분에서 프롤로그를 대신해서, 마치 한 폭의 그림처럼 초
원에서 한 쌍의 남녀가 어울리는 아름다운 장면을 시(詩)적으로 표현해
놓은 것이 호리 다쓰오의 『바람이 일다(風立ちぬ)』18)의 첫 장면을 연상
시킨다. 작가인 호리가 실제로 결핵인 약혼자와 요양소에서 생활하며
그녀가 죽기까지 곁에서 함께 지냈던 이야기를 작품으로 만든 『바람이
일다』에서는 「서곡(序曲)」이라는 소제목과 더불어 초원의 장면부터 이
야기가 시작된다.

  그러한 여름의 나날, 온통 갈대로 무성한 초원 속에 네가 일어선 채로
열심히 그림을 그리고 있으면, 나는 언제나 그 곁의 한 그루 자작나무
그늘에 누워 있곤 했다. 그리고 저녁이 되어 네가 작업을 끝내고 내 곁으
로 오면, 그때부터 우리는 서로 어깨에 손을 걸친 채 아주 멀리, 테두리에
만 검붉은 색을 띤 커다란 뭉게구름 덩어리로 뒤덮인 지평선 쪽을 바라
보곤 했다. 그제야 저물기 시작하려는 지평선에서, 반대로 뭔가가 생겨
나고 있기라도 하듯이……

그런 날의 어느 오후, (그것은 이미 가을이 가까운 날이었다) 우리는
네가 그리다 만 그림을 이젤에 세워놓은 채, 그 자작나무 그늘에 드러누
워 과일을 씹고 있었다. 모래 같은 구름이 하늘에 잔잔히 흐르고 있었다.
그때 문득, 어디선가 바람이 일었다. 우리들 머리 위에는, 나뭇잎 사이로
힐끗 보이는 남색이 늘어나기도 하고 줄어들기도 했다. 그것과 거의 동
시에, 우리는 숲속에서 무엇인가 철퍼덕 쓰러지는 소리를 들었다. 그것
은 우리가 그곳에 내버려 둔 그림이 이젤과 함께 쓰러지는 소리인 듯했
다. 즉시 일어나서 가려는 너를, 나는 지금 순간에 아무것도 잃지 않으려
는 듯 억지로 붙잡고 내 곁에서 놓아주지 않았다. 너는 내가 하는 대로
맡겨놓고 있었다.
　바람이 부는구나, 이젠 살아야지![19]
　문득 입에서 튀어나온 그 시구(詩句)를 나는 나에게 기대고 있는 너의
어깨에 손을 올리면서 입안으로 되풀이하고 있었다.

(『바람이 일다』, p.452)

　하루키는 호리 다쓰오에 관해서 전혀 언급하고 있지 않지만, 적어도
『노르웨이의 숲』은 호리의 아류라고 해도 과언이 아닐 정도로 많은 영
향을 받은 작품이다. 미시마 역시 작가로서의 출발기에는 호리의 영향
을 많이 받았으며, 특히 풍경을 묘사하는 호리의 문장력을 높게 평가했
는데, 문단 데뷔작인 「담배(煙草)」(1946)는 미시마 스스로 호리의 「불타
는 뺨(燃ゆる頬)」(1932)을 모방한 작품이라고 인정하고 있을 정도이다. 그
러나 훗날 미시마는 전업작가가 되면서부터 호리에 대한 반감을 노골적
으로 드러내기 시작하며 과격한 언사도 서슴지 않게 된다.[20] 아마 하루
키도 젊은 시절에 호리의 영향을 많이 받았지만, 미국문학에의 관심이
깊어지면서 호리를 멀리하게 된 것이 아닐까 생각된다.
　반면에 『노르웨이의 숲』의 작중에서도 자주 언급되고 있는 『위대한
개츠비(The Great Gatsby)』(1925. 이하 '개츠비'라 함)의 경우는 하루키 자신이
직접 일본어로 번역하기도 했는데, 두 작품의 '본격적인 이야기가 시작

되는' 첫 부분을 『금각사』와 아울러 비교해 보기로 한다.

　　내가 아직 젊고, 마음에 상처를 받기 쉬웠던 무렵, 아버지가 충고를
하나 해 주었다. 그 충고에 관해서 나는 틈만 나면 이리저리 생각해 왔다.
"누군가를 비판하고 싶어졌을 때는, 이렇게 생각하도록 하는 거야."
하고 아버지는 말했다. "이 세상 모든 사람들이 너처럼 풍족한 조건을
갖추고 있지는 않다고".
　　아버지는 그 이상 자세히 설행해 주지는 않았지만, 아버지와 나 사이
에는 언제나, 많은 이야기를 나누지 않더라도 무슨 일이건 남들 이상으
로 서로를 이해할 수 있었다. 그렇기에 그 말에는 분명 보기보다 훨씬
깊은 의미가 담겨져 있으리라는 짐작은 했다. 덕분에 나는 무슨 일이건
결론을 서두르지 않는 경향을 갖추게 되었다. [...]
　　우리 집안은 3대에 걸쳐서 이 중서부 도시에서는 제법 이름이 알려져
있었으며 생활도 유복했다. [...] 나는 1915년에 예일대를 졸업했다. 아버
지도 같은 대학을 꼭 4반세기 전에 졸업했다. [...] 아버지는 처음 1년간의
자금원조는 해 주겠노라고 말했다. 그래서 이런저런 일로 다소의 지연은
있었지만, 1922년 봄에 나는 동부로 왔다. 이젠 고향으로 돌아갈 일은
없으리라고 생각하면서.
　　[...] 같은 사무실에서 일하는 청년 하나가, 전차통근이 가능한 교외의
단독주택을 공동으로 빌리지 않겠냐고 제의해 왔을 때, 그건 멋진 생각
처럼 여겨졌다.　　　　　　　　　　　　　　　　　(『개츠비』, pp.9-13)[21]

　　아주 먼 옛날, 이라고 해 봤자 고작 20년쯤 전의 일이지만, 나는 어느
학생용 기숙사에 살고 있었다. 나는 열여덟 살이었고, 대학에 갓 입학했
을 무렵이다. 도쿄에 관해서는 아무것도 몰랐고 독신 생활을 하는 것도
처음이었기에, 나를 걱정하신 부모님이 그 기숙사를 알아봐 주셨다. 그
곳이라면 식사도 나오고 여러 가지 설비도 갖추어져 있으니 열여덟 살
철부지 소년이라도 그럭저럭 지낼 수 있으리라는 것이었다. 물론 비용
문제도 있었다. 기숙사의 비용은 밖에서 혼자 지내는 것보다 훨씬 저렴
했다. 우선 이불과 전기스탠드만 있으면 나머지는 아무것도 장만할 필요
가 없었다. 나로서는 가능한 한 아파트를 빌려서 혼자 마음 편히 지내고

싫었지만, 사립대학의 입학금과 등록금 그리고 매달 생활비를 생각하니 내 고집만 부릴 수는 없었다. 게다가 나 역시도 결국 잠자는 곳은 아무데 면 어떻겠냐는 생각이었다.　　　　　　　　　　(『노르웨이의 숲』, p.19)

　어려서부터 아버지는 나에게 자주 금각에 관한 이야기를 들려주었다. 내가 태어난 곳은 마이즈루(舞鶴) 동북쪽의, 동해바다로 튀어나온 쓸 쓸한 곶(岬)이다. 아버지의 고향은 그곳이 아니라, 마이즈루 동쪽 근교에 위치한 시라쿠(志樂)라는 마을이다. 절간에 입양되어 승적에 오른 후, 외 딴 곳에 위치한 절의 주지가 되었고 그 곳에서 신부를 맞이하여 나를 낳았다.
　나리우곶(成生岬)의 절 부근에는 마땅한 중학교가 없었다. 이윽고 나는 부모님 슬하를 떠나 아버지 고향에 있는 숙부 집에 맡겨지게 되어, 그곳 에서 히가시마이즈루(東舞鶴) 중학교에 도보로 통학했다.
　아버지의 고향은 햇빛이 유달리 눈부신 곳이었다. 하지만 1년 중 11월 이나 12월 무렵에는 구름 한 점 없어 보이는 쾌청한 날씨에도 하루에 네다섯 번이나 소나기가 지나갔다. 나의 변하기 쉬운 성격은 그 땅에서 형성된 것이 아닌가 생각된다.
　5월의 저녁 무렵이면, 학교에서 돌아와 숙부 집 2층에 있는 공부방에 서 건너편의 산을 바라보곤 하였다. 신록으로 덮인 산중턱이 석양을 받 아 벌판 한복판에 금병풍을 세워놓은 것처럼 보였다. 그것을 볼 때마다 나는 금각을 상상했다.
　사진이나 교과서에서 현실의 금각을 이따금 접하기는 했지만, 내 마음 속에서는 아버지가 들려준 금각의 환상이 훨씬 멋진 것처럼 여겨졌다. 아버지는 결코 현실의 금각이 금빛으로 빛나고 있다는 식으로는 말하지 않았으나, 아버지의 말에 의하면 금각처럼 아름다운 것은 이 세상에 없 고, 또한 금각이라는 글자 그 음운으로부터 내 마음이 그려낸 금각은 터 무니없이 멋진 것이었다.　　　　　　　　　　　　(『금각사』, p.9)

　일단 1인칭소설인 세 작품 모두 화자(語り手)인 '나'가 고향을 떠나 홀 로 살게 되면서 벌어지는 사건을 다루고 있는데, 『개츠비』의 경우는 자

신의 집안 내력과 자신의 신상소개를 거쳐, 단독주택을 빌리자고 먼저
제안했던 동료에게 사정이 생겨서 혼자 그 집에 살게 된 경위를 설명하
고 있고, 『노르웨이의 숲』은 대학 진학을 위해서 도쿄로 상경하여 학생
용 기숙사에 들어가게 된 경위를 아주 간략하게 언급한 뒤, 이어서 그
기숙사에서는 룸메이트인 '돌격대'가 행방불명이 되어 나 혼자 방을 쓰
게 된다는 에피소드가 이어진다. 이러한 이야기를 회고하는 나의 말투
가 두 작품 모두 비슷한 것은, 『개츠비』가 하루키의 번역인 탓도 있을
것이고, 하루키가 의식적으로 피츠제럴드를 흉내 낸 탓도 있을 것이다.
하지만 이러한 회고담에서는 자신의 성장과정이 어느 정도 언급되기
마련인데, 『노르웨이의 숲』에서는 나의 가족이나 유소년시절에 관한 이
야기가 거의 없다. 『금각사』의 경우 역시 『개츠비』처럼 나의 가족과 고
향에 얽힌 이야기들, 특히 아버지로부터의 영향을 첫 부분에서 언급하
고 있으며, 『금각사』 이전에도 미시마는 『가면의 고백』에서 자신의 실
제 성장환경과 가족 등에 관해서 거의 숨김없이 상세히 피력한 경험이
있다.

　글을 써서 남들에게 보여주는 것이 직업인 작가에게는 자기현시의
욕구가 남달리 왕성하기 마련이고 하루키 역시 예외는 아닐 텐데, 그럼
에도 불구하고 수기형식의 작품인 『노르웨이의 숲』에서 화자이자 주인
공인 나에 관한 소개가 이토록 생략되어 있는 이유는, 아마도 하루키는
자신의 출신이나 성장과정 및 가족사에 관하여 언급하기를 기피하는
경향, 내지는 그것과 관련해서 약간의 콤플렉스를 지닌 탓일 수도 있지
만, 애당초 이것이 4백자 원고지 300매 정도의 중편소설로 구상된 탓도
있을 것이다.

3. 우이코와 나오코

1) 우이코의 환상

『금각사』는 이미 언급한 바와 마찬가지로 현실의 금각 방화사건에서 취재한 소설이라서, 작품의 틀은 실제 사건을 그대로 모방하고 있지만, 중간 중간에 미시마의 창작인 에피소드가 여러 개 삽입되어 있다. 그리고 그 에피소드에 등장하는 인물 역시 실제의 방화사건과는 무관한, 미시마의 창작인 경우가 많다. 특히 화자인 나와 깊은 관계를 지니는 우이코, 쓰루카와, 가시와기 세 사람은 미시마의 창작이다.

『금각사』에서 미시마의 작가적 역량이 유감없이 발휘되어 있는 부분은, 제1장의 우이코와 관련된 부분, 제9장의 홍등가 고반초(五番町)를 찾아간 이야기, 그리고 제10장의 금각에 방화를 하는 장면이라 할 수 있겠는데, 여기에서는 우이코와 관련된 부분을 인용해 보겠다.

> 숙부 집에서 두 집 건너에 예쁜 소녀가 살고 있었다. 우이코(有爲子)라는 이름이었다. 눈이 크고 맑았다. 집이 부자라는 이유도 있겠지만 태도가 도도했다. 주위 사람들로부터 귀여움을 받음에도 불구하고 혼자만 지내며, 무슨 생각을 하고 있는지 알 수가 없었다. 시기심이 강한 여자들은 우이코가 아마도 아직 처녀일 터인데도, 저런 인상이야말로 석녀상(石女像)이라는 등의 소문을 퍼뜨렸다. [...]
>
> 어느날 밤, 우이코의 육체를 생각하며 암울한 공상에 빠져서 제대로 잠을 이루지 못하던 나는, 날이 밝기도 전에 잠자리를 빠져 나와 운동화를 신고 여름 새벽의 어둠이 깔린 집밖으로 나섰다.
>
> 우이코의 육체를 생각한 것은 그날 밤이 처음은 아니다. 이따금 생각하고 있던 것이 점차로 고착되어, 마치 그러한 사념의 덩어리처럼 우이코의 몸은 하얗고 탄력이 있으며, 희미한 어둠에 잠긴, 냄새를 느낄 수 있는 하나의 육체로 응결되어 버린 것이다. 나는 그 육체를 만질 때 손가

락에 솟는 열기를 상상했다. 또한 그 손가락에 거부하듯이 느껴지는 탄
력과, 꽃가루와 같은 향기를 생각했다.   (『금각사』, pp.16-17)

　문장이 화려하지도 장식적이기도 않고, 과다한 수식이나 망설임도
없이 자연스럽게 주인공의 추억담을 엮어내는 느낌이다. 청년작가의 신
선함이나 중견작가의 노련함과는 다른, 그야말로 물이 오른 30대 초반
의 작가다운 문장이다.
　다음은 탈영병을 숨겨주던 우이코가 헌병에게 붙잡혀서 마을 사람들
의 구경거리가 되고 있는 장면이다.

　　나는 이제까지 그토록 거부로 가득한 얼굴을 본 적이 없다. 나는 자신
　의 얼굴을, 세상으로부터 거부당한 얼굴이라고 생각하고 있었다. 그러나
　우이코의 얼굴은 세계를 거부하고 있었다. 달빛은 그녀의 이마와 콧등과
　얼굴 위에 가차없이 흘러내리고 있었으나, 부동의 얼굴은 다만 그 빛에
　씻어지고 있었다. 조금만 눈을 움직이고 조금만 입을 움직인다면, 그녀
　가 거부하려는 세계는 그것을 기회로 한꺼번에 밀어닥치리라.
　　나는 숨을 죽이고 그 얼굴을 주시하였다. 역사는 거기에서 중단되었
　고, 미래를 향하여도 과거를 향하여도 무엇 하나 말을 건네지 않는 얼굴.
　그러한 불가사의한 얼굴을 우리들은 방금 잘려나간 나무의 그루터기 위
　에서 보는 때가 있다. 신선하고 풋풋한 색을 띄우면서도, 성장은 거기에
　서 멈추고, 예기치 못한 바람과 햇빛을 받아, 원래 자신의 소속이 아닌
　세계로 돌연히 드러낸 그 단면(斷面)에, 아름다운 나뭇결이 그려 보인 불
　가사의한 얼굴. 단지 거부하기 위하여 이쪽 세계로 향하여진 얼굴.……
　[...]
　　나는 우이코의 얼굴이 이토록 아름다운 순간은 그녀의 생애에 있어서
　도 그것을 보고 있는 나의 생애에 있어서도 절대로 다시는 없으리라고
　생각했다.   (『금각사』, pp.20-21)

　죽기 직전의 우이코가 보여준 그 상징적인 아름다움은 나의 내부에

확고하게 각인되어, 그 이후로 나는 수많은 여성들에게서 우이코의 환상을 접하게 된다. 위의 인용은 우이코의 아름다움이 현실적인 것으로부터 관념적인 것으로 승화하는 순간이라 하겠다. 작품 속에는 직접적으로 우이코와 금각의 상관성을 언급한 부분이 없지만, "아름다운 사람의 얼굴을 보아도 마음속으로 '금각처럼 아름답다'고 형용할 정도가 되었다"는 기술이 있는 것으로 보아, 또한 밤마다 우이코의 육체를 떠올리며 암울한 공상에 빠지곤 했던 나의 행동으로 보아, 당연히 나의 가슴속에서는 '금각=우이코'라는 등식이 성립되어 있었을 것이다.

우이코가 죽은 후에도 나는 쓰루카와와 함께 남선사(南禅寺)에 갔을 때 아름다운 여자를 목격하자, "분명 저 여자는 되살아난 우이코"라고 생각하기도 하고, 밤마다 자위행위 때에는 "지옥 같은 환상" 속에서 우이코의 젖가슴과 허벅지를 떠올리곤 한다.

다음의 인용은 주인공이 방화를 결심한 후 처음으로 홍등가인 고반초(五番町)로 향할 때, 우이코의 환상이 문득 그의 머리를 스치는 장면이다. 절묘한 비유와 적절한 템포, 감성이 풍부하면서도 균형감각을 잃지 않는 문장이 일품이다.

절을 나설 때부터 나는 이곳 어디엔가 우이코가 여전히 살아서 숨어 지낼 거라는 공상에 사로잡혔다. 공상은 나에게 힘을 주었다. [...]

내 발길이 향하는 곳에 우이코가 있을 것이다. 어느 네거리의 길모퉁이에 "오타키(大瀧)"라는 집이 있었다. 무작정 나는 그 가게 안으로 들어섰다. 3평가량의 타일을 깐 방 하나가 바로 앞에 있고, 그 안쪽 걸상에 여자 셋이, 마치 기차를 기다리다 지친 듯한 모습으로 앉아 있었다. 한 사람은 기모노에, 목에 붕대를 감고 있었다. 양장을 한 여자는 고개를 숙인 채 양말을 끌어내려 종아리를 열심히 긁고 있었다. 우이코는 외출하고 없었다. 그 외출하고 없다는 생각이 나를 안심시켰다.

다리를 긁고 있던 여자가 이름을 불린 개처럼 얼굴을 들었다. 그 둥글고 약간 부은 듯한 얼굴에는 분과 연지로 동화풍(童畵風)의 선명한 윤곽이 그려져 있었고, 나를 올려다 본 눈초리에는 기묘한 표현이지만 정말로 선의(善意)가 있었다. 여자는 그야말로 길거리에서 마주친 모르는 사람을 보듯이 나를 보았다. 그 눈은 나의 내부에 전혀 욕망을 인정하고 있지 않았다.   (『금각사』, pp.233-234)

다리를 긁던 여자를 선택하여, 그녀를 따라 2층 방으로 올라갈 때 또 다시 주인공은 우이코를 생각한다.

　　어둡고 낡은 계단을 2층으로 올라가는 동안 나는 다시 우이코를 생각하고 있었다. 무엇인가 이 시간, 이 시간에 있어서의 세계를, 그녀가 잠시 자리를 비웠다는 생각이다. 지금 여기에 없는 이상, 지금 어디를 찾아도 우이코는 없을 것이 분명했다. 그녀는 우리들 세계의 외부에 있는 목욕탕 같은 곳에 잠시 목욕하러 간 모양이었다.
　　나에게는 우이코가 생전부터 그러한 이중의 세계를 자유로이 드나들고 있었던 듯이 여겨졌다. 그 비극적인 사건 때에도 그녀는 이 세계를 거부하는가 싶으면 다음에는 다시 받아들였다. 죽음도 우이코에게 있어서는 일시적인 사건이었는지도 모른다. 그녀가 금강원 복도에 남긴 피는, 아침에 창문을 여는 것과 동시에 날아오른 나비가 창가에 남기고 간 인분(鱗粉)과도 같은 것에 불과했는지도 모른다.   (『금각사』, p.237)

제1장에서 일찍이 죽어버린 우이코의 환상이, 방화를 결심한 이후로 작품의 마지막 부분에서 다시 활발하게 되살아나는 것을 보아도, 금각과 우이코와는 밀접한 관계가 있음을 알 수 있다. 즉 나의 관념을 지배하고 있는 존재, 그것은 우이코이기도 하고 금각이기도 한 것이다.

미시마가 『금각사』에서 착안한 것은 '죽은 여자'에 관한 이야기였다. 미시마는 『문장독본(文章読本)』에서 '인물묘사'를 논하면서 "『레베카』22) 처럼, 이미 죽은 여자에 관해서 소설이 그 여자 주위를 회전하는 경우도 있습니다. 이러한 경우의 인물묘사는 보통의 인물 뎃상과는 달리, 심리

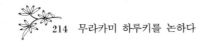

적인 분위기를 띠는 건 당연하겠지요"라고 언급하고 있다.

2) 나오코의 추억

『노르웨이의 숲』에 있어서 호리 다쓰오의 영향은 이미 언급했지만, 히로인 나오코(直子. Naoko)라는 이름은 아마도 호리 다쓰오의 대표작 『나오코(奈穗子)』[23]의 히로인 나오코(奈穗子. Naoko)에서 따온 듯하다. 그리고 나의 유일한 친구인 기즈키(Kizuki)의 이름도 역시『나오코』에 등장하는 쓰즈키 아키라(都築明)의 쓰즈키(Tsuzuki)와 무관하지는 않을 것이다. 즉『노르웨이의 숲』의 남녀 주인공 이름은 '나오코와 기즈키'이고, 『나오코』의 남녀 주인공 이름은 '나오코와 쓰즈키'이다.『노르웨이의 숲』의 나오코와 기즈키가 동갑으로서 세 살 때부터 함께 지낸 소꿉친구이듯이,『나오코』의 나오코와 쓰즈키는 역시 동갑으로서 일곱 살 때부터 테니스도 함께 치면서 자란 이웃지간이다. 게다가 남자가 요양소에 입원해 있는 여자를 찾아간다는 설정, 요양소에서 여자가 겪는 고독과 고뇌 등에 보이는 유사성은, 단순히 하루키가 호리로부터 영향을 받은 정도가 아니라, 일시적이나마 호리 문학에 몰입했던 시절이 있었다는 충분한 증거가 된다.

뿐만 아니라『나오코』의 첫 장면, 쓰즈키가 긴자의 혼잡 속에서 나오코의 모습을 발견하는『나오코』의 첫 장면도『노르웨이의 숲』에서 나와 나오코가 1년 만에 재회하는 장면을 연상케 한다.

'역시 나오코다.' 무심코 쓰즈키 아키라는 멈춰서면서 뒤돌아봤다.
지나치기 전까지는 나오코 같기도 하고 아닌 것 같기도 해서 그는 망설였지만, 지나칠 때 갑자기 아무래도 나오코라는 생각이 들었다.
아키라는 잠시 혼잡한 길거리 가운데 멈춰선 채로, 이미 상당히 멀리 가버린 하얀 털외투를 입은 한 여인과 그 남편인 듯한 동행의 모습을

바라보고 있었다. [...]

몇 년 만엔가 본 나오코는 어쩐지 눈에 띠게 초췌해져 있었다.24)

(『나오코』, p.368)

작년 봄에 사립대학 건축과를 졸업하고 긴자의 어느 건축사무소에 근무하는 쓰즈키 아키라는, 일곱 살 때 부모를 잃고 독신인 숙모 밑에서 자랐다. 숙모의 별장이 있는 신슈(信州)의 O마을에서, 이웃에 사는 나오코와는 테니스도 치고 술래잡기도 하며 지낸 사이이다. 하지만 "본능적으로 꿈을 꾸려는 소년과, 반대로 꿈에서 깨어나려는 소녀"는 성인이 되어 서로 다른 길을 가게 되었고, 오랜만에 쓰즈키는 초췌해진 나오코가 남편과 함께 걷는 모습을 발견한 것이다. 나오코는 3년 전인 스물다섯 때 10년 연상의 지극히 평범한 남자 구로카와 게이스케(黒川圭介)와, 일종의 도피처를 찾기라도 하듯 결혼을 했다. 하지만 속물적인 성격의 남편은 나오코를 이해하지 못했고, 시어머니와 함께 사는 결혼생활이 한계에 봉착했을 때 결핵증세로 인해서 나오코는 홀로 신슈 야쓰가타케(八ヶ岳)의 어느 요양소로 들어가 외로운 나날을 보내게 된다. 나오코가 요양소에 들어간 것은 쓰즈키 아키라가 긴자에서 나오코를 목격하고 얼마 안 되었을 때의 일이다. 산속의 생활에 견디기 힘들 정도로 나오코의 고독이 깊어져 갈 때 쓰즈키가 한 차례 방문하지만, 서로의 속마음을 확인하지 못한 채 두 사람은 헤어지고, 쓰즈키는 방황하게 된다. 나오코 역시 고독을 견디지 못하고 폭설이 내리던 겨울날 무작정 상경하여 남편을 찾아가지만, 남편은 어머니를 의식해서 그녀를 집안으로 들이려 하지 않고 다시 요양소로 되돌려 보내려 한다. 아자부(麻布)의 호텔 방에 홀로 남아 유리창 너머로, 눈길을 헤치며 떠나가는 남편의 뒷모습을 바라보는 나오코의 고독이 가슴에 와 닿는 명작이다. 이러한 내용의『나오코』를 읽으면서 히로인 나오코의 고독을 접하게 되면, 어쩐지『노르웨이의 숲』의 나오코가 괴로워는 심정조차도 이해할 수 있을 듯한 느낌이 든다.

역시 1인칭 수기형식의 『바람이 일다』는 화자이자 주인공인 '나'가 약혼자인 세쓰코(節子)와 함께 요양소로 들어가 함께 생활하며 두 사람에게 남은 시간을 행복하게 보내는 과정이 그려져 있는 소설로, 호리가 실제로 요양소에서 결핵으로 사망한 약혼녀 야노 아야코(矢野綾子)와 함께 지냈던 경험을 토대로 쓴 작품이다. 『노르웨이의 숲』의 나오코는 『바람이 일다』의 세쓰코와 『나오코』의 나오코를 합성해 놓은 듯한 인상을 준다. 그녀에게서 풍기는 여성스러운 느낌이며, 특히 20세 전후의 젊은 여자가 동갑내기 남자에게 사용하는 언어라기에는 지나칠 정도로 고상하고 차분한 그녀의 말투(경어)가 『노르웨이의 숲』의 작품 분위기를 조성하는 데 있어서 중요한 역할을 하는데, 그 말투는 『바람이 일다』의 세쓰코의 영향인 듯하고, 그녀가 안고 있는 고뇌와 고독은 『나오코』의 나오코가 모델인 듯하다. 물론 도쿄의 학생기숙사 역시 중요한 작품무대인 『노르웨이의 숲』에서는, 『바람이 일다』처럼 남자가 요양소에서 함께 지내며 여자를 돌볼 수도 없고, 그렇다고 해서 『나오코』의 경우처럼 여자 혼자만 산속에 내버려둘 수도 없는 일이기에, 그 해결책으로 내놓은 것이 모성애가 풍부한 중년여성 레이코이다.

내가 아미료를 처음 방문했을 때, 느닷없이 그곳 사정에 밝은 레이코가 나타나서 환영을 하면서 요양소에 관한 설명을 해 주는 장면은 다소 당혹감을 주는데, 그것이 하루키가 처음 예상했던 것보다 작품이 길어진 이유이기도 하겠지만, 그녀는 요양소에 홀로 있는 나오코를 보살피기 위해서 과도할 정도로 적합하게 만들어진 인물이다. 뉴페이스인 그녀에게 독자들이 서먹서먹함을 느끼지 않도록, 그녀는 나를 붙잡고 장황하게 자신이 과거에 만났던 소녀의 이야기지만, 아무런 맥락도 없는 그러한 레즈비언 경험담을 지루하게 들어야 하는 독자들로서는 다소 부담스러울 수도 있다. 심지어 『노르웨이의 숲』에서 주연급이라 할 수 있는 나, 기즈키, 나오코의 신상에 관해서는 아주 간략한 설명으로 끝내고 있으면서, 중간에 투입된 레이코의 과거에 그토록 많은 지면을 할애할 필요가 있을까 하는 의문이 들기도 한다.

히로인 나오코에 관해서는 작자가 아마도 의도적인 신비주의를 고집하고 있기 때문에 이야기가 끝날 때까지 독자들에게 전혀 친근감을 주지 못하는 존재로 일관하고 있지만, 그녀가 이끌고 다니는 어두운 그림자에서 기즈키(죽은 자)와 나(산 자)를 이어주고 있는 영매(靈媒)와도 같은 느낌을 받는다. 그녀가 고뇌하고 괴로워하는 동안은 기즈키가 변함없이 열일곱 살인 채로 나의 내부에 존재하는 셈이다. 당연히 나, 기즈키, 나오코는 모두 작자의 화신(化身)이라 할 수 있다. 이것은 『금각사』의 나, 쓰루카와, 가시와기 모두가 제각기 작자의 어느 특정한 일면을 상징하는 화신인 것과 동등한 의미이다. 그녀가 살아 있음으로 해서 나는 죽은 기즈키와 연결되어 있었으나, 그녀의 죽음은 결과적으로 나와 기즈키의 연결고리를 끊어주어, 나에게서 죽음의 그림자를 제거해 주는 결과를 초래한다.

『노르웨이의 숲』의 핵심인물인 세 사람의 관계는 아래처럼 간략하게 정리되어 있다.

> 처음 나오코를 만난 것은 고등학교 2학년 때의 봄이었다. 그녀도 역시 2학년으로 미션계열의 품격 있는 여학교에 다니고 있었다. 지나치게 열심히 공부를 하면 '품격이 없다'고 손가락질 당할 정도로 품격이 있는 학교였다. 나에게는 기즈키라는 친한 친구가 있었는데(친하다기보다는 문자 그대로 나의 유일한 친구였다), 나오코는 그의 애인이었다. 기즈키와 그녀는 거의 태어날 때부터의 소꿉친구로, 서로의 집이 2백 미터도 떨어지지 않은 곳에 있었다.
> 대부분의 소꿉친구가 그렇듯이 그들의 관계는 아주 공개적이었고, 둘

이서만 있고 싶다는 생각은 그다지 강하지 않은 듯했다. 둘이는 자주 서로의 집을 방문해서 저녁식사를 상대방 가족과 함께 먹거나 마작을 하곤 했다. 나와 더블데이트를 한 적도 몇 번인가 있었다. 나오코가 같은 학급의 여자애를 데려와, 넷이서 동물원에 가거나 풀장에 수영하러 가거나 영화를 보러 가거나 했다. 하지만 솔직히 말해서 나오코가 데려오는 여자애들은 귀엽기는 해도 나에겐 다소 과분하게 고상했다. 나로서는 다소 품격이 없더라도 마음 편히 이야기 할 수 있는 공립학교의 같은 반 여학생들이 성격에 맞았다.   (『노르웨이의 숲』, p.35)

이 문장은 잘 음미할 필요가 있다. 기즈키는 나의 유일한 친구이고 나오코와는 소꿉친구에서 출발한 연인사이인데, 나와 기즈키가 언제부터 친구였는가 하는 이야기는 없다. 아마도 나오코를 처음 만났던 고등학교 2학년 시절 이전부터 나는 기즈키와 친구였던 듯한 뉘앙스이기는 하다. 그리고 나오코가 소개해 주는 미션계열 여학교 애들은 나와 품격이 맞지 않았다고 하니까, 당시의 나오코 역시 나에게는 이성으로 비치지 않았을 것이다.

기즈키가 죽은 뒤 1년 만에 도쿄의 전철에서 나오코와 재회했을 때 나는 아직 그녀에 대해서 별다른 감정을 지니고 있지 않았다. 휴일마다 몇 차례 데이트를 거듭하다가, 그녀의 스무 살 생일 때에 육체관계를 맺은 것이 커다란 전환점으로 작용한 듯하다. 하지만 제1장의 마지막에 "나는 견딜 수 없게 슬프다. 왜냐하면 나오코는 나를 전혀 사랑하지 않았기 때문이다"라고 되어 있듯이 화자인 '나' 스스로 나오코가 자신을 사랑하지 않았다고 단언하고 있기에, 화자의 의견이 지니는 설득력으로 보아 이것은 『노르웨이의 숲』에 있어서 확고부동한 전제라 하겠다. 『금각사』의 우이코도 나를 사랑하기는커녕 말더듬이라며 멸시했지만, 그녀는 죽은 후에도 계속해서 나의 내면세계에 존재하면서 큰 영향력을 미치고 있었다.

　나오코의 자살소식을 듣고 비탄에 빠지며 방황하는 나의 행동이 과
장되게 느껴지는 것은, 요양소에 있는 그녀에 관한 모든 것을 룸메이트
인 레이코에게 일임해 놓은 채, 도쿄에서 미도리와 어울리기도 하고 나
가사와와 함께 방탕한 생활도 하는 나의 모습이, 『나오코』에서 나오코
를 요양소에 방치해 놓고 돌보지 않는 남편 게이스케의 모습과 중복되
기 때문이다.

　『노르웨이의 숲』의 나오코가 있는 요양소 아미료는, 『금각사』의 매
춘부 마리코가 있는 고반초와 유사하다. 여자들만이 있는 그곳을 찾아
가는 나에게 있어서, 아미료도 고반초도 똑같은 위안이라는 점에서 그
'이공간'의 의미는 상통한다고 보겠다. 요양소에서 산보를 하면서 나오
코는 나에게 죽은 언니 이야기를 들려준다. 비록 연인사이는 아니지만
고등학교 시절 항상 함께 지냈던 나오코에게서 그런 이야기를 처음 들
을 정도로 나는 나오코에 관해서 아는 바가 별로 없었던 것일까. 화자인
나조차도 잘 모르는 나오코를 독자들이 이해하기는 더욱 어렵다. 아마
도 나오코의 언니가 자살한 이야기를 삽입시킨 것은, 나오코의 고뇌를
전적으로 기즈키의 죽음 탓으로 돌리기에는 설득력이 부족했기 때문일
것이다. 그래서 기즈키의 경우와 마찬가지로 나오코의 언니도 열일곱의
나이에 아무런 이유 없이 자살했으며, 삼촌 역시 전차에 뛰어들어 자살
했다는 등, 그렇기에 기즈키의 죽음은 나오코에게 큰 충격으로 작용할
수밖에 없다는 식의 추가적 보완이 필요했던 듯하다.

　그런데 나오코의 이미지가 『금각사』의 우이코를 연상케 하는 부분이
있다. 그것은 나의 눈에 비친 나오코의 아름다운 육체에 관한 부분이다.
요양소에서 심야에 잠을 자다가 깨어보니 나오코가 나의 곁에 와 있었
다. 그녀는 달빛을 받으며 옷을 벗는다.

　　부드러운 달빛을 받은 나오코의 몸은 마치 갓 태어난 신선한 육체처럼

윤기가 돌며 애처롭게 보였다. 그녀가 약간 몸을 움직이면—극히 미세한
움직임인데도—달빛이 닿는 부분이 미묘하게 움직이며, 몸에 물들어 있
는 그림자의 모양이 바뀌었다. 동글게 솟아오른 젖가슴, 자그만 젖꼭지,
옴폭한 배꼽, 그리고 허리뼈 및 음모가 만들어 내는 거친 입자의 그림자
는 마치 조용한 호수 위를 맴도는 파문처럼 그 모습을 바꾸어 갔다. (중략)
　　그러나 지금 내 앞에 있는 나오코의 육체는 그때와는 전혀 달랐다.
나오코의 육체는 몇 차례의 변천을 겪은 결과, 이토록 완전한 육체가 되
어 달빛 속에 탄생한 것이리라고 생각되었다. 우선 소녀답게 통통하던
살은 기즈키의 죽음을 전후하여 완전히 사라져 버리고, 그 대신에 성숙
된 살을 지니게 되었다. 　　　　　　　　　　　(『노르웨이의 숲』, pp.192-193)

　이것은 앞에서 이미 인용한, 죽기 전의 우이코가 달빛 아래에서 보여
주었던, 더할 나위 없이 아름다운 변용의 모습을 재현한 듯한 장면이다.
우이코가 죽은 뒤에도 자위행위를 할 때마다 나의 눈앞에는 "우이코의
젖가슴이 나타나고 우이코의 허벅지가 나타났다"고 하는데, 나오코를
바라보는 나의 시선에서는 개츠비의 분위기가 느껴지고, 나의 눈에 비
치는 나오코의 육체에서는 우이코의 분위기가 느껴진다. 『노르웨이의
숲』에는 미시마 유키오라는 이름이 단 한 차례 등장한다. 기숙사 학생
들이 즐겨 읽는 것은 "다카하시 가즈미(高橋和巳), 오에 겐자부로(大江健
三郎), 미시마 유키오"라고.

　일단은 『노르웨이의 숲』에서의 죽음은, 젊고 아름다운 사람들의 자
살에 중심을 두고 있으며, 그것은 충분히 독자들의 동정을 유발하는 수
단이 될 수 있다. 또한 그 죽음이 주는 상실감과 고뇌의 대부분 짊어진
채 괴로워한 것은 나오코이고, 나오코의 자살은 모든 이야기에 종지부
를 찍는 상징성을 지닌다. 결국은 고등학교 시절에 함께 어울렸던 세
사람 중에서 기즈키와 나오코가 떠나고, 나 혼자만이 남게 된다.

4. 죽음이라는 테마

『금각사』는 아버지의 유언에 따라 고향인 마이즈루를 떠나서 교토 금각사의 도제가 된 주인공이 훗날 금각에 불을 지르게 되기까지의 이야기이고, 『노르웨이의 숲』 역시 주인공이 우연한 기회에 자신의 청춘 시절을 회고하는 이야기로서 고향인 고베를 떠나 도쿄의 사설기숙사에서 생활하는 모습이 주를 이루고 있다. 고향을 떠나 객지에서 고독한 생활을 하는 주인공이 홀로 갖가지 시련과 고뇌를 겪으며 성장할 수 있는 무대의 설정이라 할 수 있다.

『금각사』나 『노르웨이의 숲』이나 작중에는 주위 사람들의 죽음이 많이 그려져 있으며, 그들의 죽음이 주인공의 인생에 큰 영향을 미치고 있다. 『금각사』에서는 내가 짝사랑하던 우이코의 죽음, 어려서부터 나에게 금각의 아름다움에 관해서 들려주었던 아버지의 죽음, 나의 양화(陽畵)와도 같은 존재였던 쓰루카와의 죽음 등이 언급되어 있고, 『노르웨이의 숲』에서는 고교시절의 유일한 친구였던 기즈키, 뇌종양인 미도리 아버지, 열일곱에 자살한 나오코의 언니, 스물한 살 때 전차에 뛰어든 나오코의 삼촌, 나가사와의 연인이었던 하쓰미, 그리고 나오코, 등 주로 자살하는 사람들에 관한 이야기가 많다. 레이코 역시 가스자살을 시도한 적이 있다. 우루과이로 떠나서 소식이 없다던 미도리의 아버지가 사실은 병원에 입원해 있으며 2년 전에 죽은 엄마와 마찬가지로 뇌종양으로 죽게 된다는 설정에는, 작품 속에 자살자가 너무 많기 때문에 병사하는 모습도 넣어서 다소는 부자연스러운 느낌을 상쇄시키려는 작자의 의도도 엿보인다.

『금각사』의 '나'는 금각사에서 도제생활을 하며 중학교[25]에 다니다가 불교계열의 오타니대학에 진학했는데, 중학교시절에는 쓰루카와가 유일한 친구였고 대학시절에는 가시와기하고만 어울리게 된다. 이것은 『노르웨이의 숲』의 와타나베 역시 고등학교시절의 유일한 친구는 기즈키이고, 대학시절에는 기숙사에서 알게 된 나가사와가 유일한 것과 비슷하다.

우선 『금각사』의 나와 쓰루카와를 비교해 보면 다음과 같다.

> 몸도 약할뿐더러 달리기를 하여도 철봉을 하여도 남에게 뒤지는데다가 선천적인 말더듬 증세가 더욱더 나를 내성적으로 만들었다. 게다가 모두들 내가 절간의 아이라는 사실을 알고 있었다. 짓궂은 아이들은 말더듬이 중이 더듬더듬 불경 읽는 흉내를 내며 놀려대었다. 옛날이야기 속에 말더듬이 포졸이 등장하는 것이 있는데, 그러한 이야기를 일부러 소리 내어 내 앞에서 읽어대곤 했다.
> 말더듬 증세는 말할 필요도 없이 나와 외계의 사이에 하나의 장애로 작용하였다. 첫 발음이 제대로 나오지 않았다. 그 첫 발음이 나의 내계와 외계 사이를 가로막는 문의 자물쇠와도 같은 것인데, 자물쇠가 순순히 열린 적이 없다. 일반사람들은 자유로이 말을 구사함으로써 내계와 외계 사이에 있는 문을 활짝 열어놓고 바람이 잘 통하도록 해 둘 수 있지만, 나에게는 그것이 도저히 불가능했다. 자물쇠가 녹슬어 버린 것이다.
> (『금각사』, p.11)

> 쓰루카와라는 그 소년과는 간밤에 처음으로 인사를 나누었다. 쓰루카와의 집은 도쿄 근교의 유복한 절이라서 학비도 용돈도 식량도 풍족히 집에서 받으며 단지 도제생활을 맛보도록, 주지의 연고로 금각사에 맡겨져 있었다. 여름방학에 귀성했다가 일찌감치 간밤에 돌아온 것이다. 또 박또박한 도쿄 말투로 이야기하는 쓰루카와는 가을부터 임제학원 중학교에서 나와 같은 반에 들어가도록 되어 있었는데, 그 빠르고 쾌활한 말투가 간밤에 이미 나를 주눅 들게 만들었다. (『금각사』, p.44)

쓰루카와에게 특출난 점이 있는 것은 아니지만, 유복한 절의 아들로서 전쟁 중임에도 불구하고 풍족한 식량과 용돈, 그리고 빠르고 쾌활한

도쿄 말투 등은, 가난한 절간 출신에 생김새도 추하고 말더듬이인 나의
열등감과 직결되는 것들이다.

『노르웨이의 숲』에서는 평범한 나와 비범한 기즈키가 어울리는 모습
을 볼 수 있다.

　　그런 탓으로 기즈키는 나와의 더블데이트를 포기하고, 우리 셋이서만
외출을 하거나 이야기를 하게 되었다. 기즈키와 나와 나오코 셋이었다.
생각해 보면 기묘한 일이지만, 결과적으로는 그것이 가장 마음 편했고
별 탈이 없었다. 한 사람 더 들어오면 분위기가 어쩐지 어색해졌다. 셋이
서 있으면, 마치 내가 게스트이고, 기즈키가 유능한 호스트이고, 나오코
가 어시스턴트인 텔레비전 프로 같았다. 언제나 기즈키가 일행의 중심에
있었으며, 그는 그러한 것에 능숙했다. 기즈키에게는 사실 냉소적인 경
향이 있어서 남들에게 오만하다는 인상을 주는 적이 많았지만, 본질적으
로는 친절하고 공평한 사내였다. 셋이서 있으면 그는 나오코에게도 나에
게도 똑같이 공평하게 말을 걸거나 농담을 하며, 심심해하는 사람이 없
도록 신경을 썼다. 누군가가 오랫동안 잠자코 있으면 그쪽으로 말을 걸
어서 상대방의 말을 능숙하게 이끌어 내었다. 그러한 기즈키를 보고 있
노라면 힘들겠구나 하는 생각이 들었지만, 실제로는 아마도 그다지 힘든
일도 아니었으리라. 그에게는 그 자리의 분위기를 순간순간 판단하여 그
상황에 적절히 대응하는 능력이 있었다. 또한 그 뿐만 아니라, 그다지
재미있지도 않은 상대방의 이야기에서 재미있는 부분을 몇 가지 찾아낼
수 있는 좀처럼 드문 재능을 지니고 있었다. 그렇기에 그와 이야기를 하
고 있노라면, 나는 스스로가 아주 재미있는 인간이고 아주 재미있는 인
생을 살고 있는 듯한 느낌이 들곤 했다.

　　물론 그는 결코 사교적인 인간은 아니었다. 그는 학교에서는 나 이외
의 누구와도 친해지지 못했다. 그토록 두뇌가 명석하고 좌담의 재능이
있는 사내가 어째서 그 능력을 보다 넓은 세계로 이끌어내지 못하고 우
리 세 사람만의 작은 세계에 집중시키는 데에 만족하고 있었는지 나로서
는 이해할 수 없었다. 그리고 어째서 그가 나를 선택하여 친구로 삼았는
지, 그 이유도 알 수 없었다. 나는 혼자 책을 읽거나 음악 듣기를 좋아하

는, 어느 쪽인가 하면 평범하고 눈에 띄지 않는 인간으로서, 기즈키가 일
부러 주목하여 말을 걸어올 만한, 남들보다 뛰어난 무엇인가를 지니고
있지 못했기 때문이다. 그래도 우리들은 금세 마음이 맞아 사이가 좋아졌
다. 그의 아버지는 치과 의사로, 뛰어난 솜씨와 비싼 요금으로 유명했다.

(『노르웨이의 숲』, pp.35-36)

기즈키 역시 쓰루카와와 마찬가지로 나에게 결여되어 있는 부분만큼
은 완벽하게 갖춘 친구이다. 특히 말수가 적고 혼자 있기를 좋아하는
나에 비해서, 기즈키는 화술이나 대인관계가 뛰어나며 부잣집 아들이라
는 설정은 쓰루카와의 경우와 상당히 유사하다. 뿐만 아니라 고등학교
시절의 주인공의 유일한 친구였던 쓰루카와와 기즈키가 모두 자살을
했으며, 그들은 완벽하리만치 순수한 존재였다는 공통점이 있다. 역설
적으로 말하자면 그들은 너무나도 순수해서 속세와 어울리지 않는 고고
한 존재였으며, 아름다운 청춘시절에 산화(散華)할 수밖에 없는 요절(夭
折)의 운명을 타고난 인간이라 할 수 있다. 그것이 『금각사』에서는 다음
과 같이 회상되고 있다.

> 아버지의 장례식에서도 흘리지 않았던 눈물을 나는 흘렸다. 왜냐하면
> 쓰루카와의 죽음은 아버지의 죽음보다도 훨씬, 나의 중대한 문제와 관련
> 되어 있다고 생각되었기 때문이다. 가시와기를 알고부터 쓰루카와를 약
> 간은 멀리했던 나였지만, 잃고 나서 지금 새삼스러이 느끼는 것은, 나와
> 밝은 대낮의 세계를 잇는 한 가닥의 실이, 그의 죽음으로 인하여 끊어지
> 고 말았다는 점이다. 나는 잃어버린 낮, 잃어버린 빛, 잃어버린 여름 때문
> 에 울었다. [...]
> 나는 쓰루카와의 유해도 보지 못하고 장례식에도 참석하지 못한 채,
> 어떻게 쓰루카와의 죽음을 나 자신의 마음속에 확인시키면 좋을까 망설
> 였다. 이전에 나뭇가지 사이로 비치는 햇살을 받으며 파도치듯이 움직이
> 던 그의 하얀 셔츠의 배는 지금 화장되고 있다. 그토록 오로지 빛을 위하
> 여 만들어지고, 빛에만 어울리던 그의 육체와 정신이, 묘지의 흙에 묻혀

서 편안히 잠들리라고 어찌 상상할 수 있겠는가? 그에게는 요절의 징후
라곤 조금도 없었고, 불안이나 우수와는 태어날 때부터 무관하였으며,
조금도 죽음과 유사한 요소를 지니고 있지 않았다. 그의 돌연한 죽음은
그야말로 그러한 요소들 때문이었는지도 모른다. 순수한 혈종의 동물은
생명력이 약한 것과 마찬가지로, 쓰루카와는 삶의 순수한 성분만으로 만
들어져 있었기 때문에 죽음을 막을 방도가 없었는지도 모른다. 그렇다면
나에게는 그것과 반대로, 저주받을 장수가 약속되어 있는 듯이 여겨졌다.

(『금각사』, pp.136-137)

『노르웨이의 숲』에서도 기즈키의 죽음은 나에게 회복 불가능한 충격
을 남기게 된다. "언제나 열일곱 살"인 그는 나와 나오코가 스무 살이
되어도 변함없는 모습으로 나오코와 나의 내부에 존재하고 있는 것이
다. 나는 나오코의 스무 살 생일에 그녀와 관계를 갖는데, 그것이 그녀
에게는 첫 경험이었다고 한다. 나오코가 스무 살까지 버진이었다는 것
은 즉 기즈키는 동정인 채로 죽었다는 의미이기도 하다. 기즈키 만이
아니라 『노르웨이의 숲』에서 자살한 사람들은 모두가 뛰어난 재능과
외모를 지닌 '우월한 유전자'들이다. 나가사와의 연인이었던 하쓰미도
그렇고, 기즈키와 마찬가지로 열일곱의 나이에 아무런 이유도 없이 자
기 방에서 목을 맨 나오코의 언니는 "공부도 일등이고 운동도 일등, 덕
망도 있고 지도력도 있고, 친절하며 성격도 밝아서 남자들에게도 인기
가 있을 뿐만 아니라, 선생님에게도 사랑을 받았고, 표창장이 100장이
나 되는 소녀"였다고 한다. 그 중에서 나에게 처음으로 큰 충격을 준
것은 기즈키의 죽음이다.

그리고 그날 밤 기즈키는 죽어 버렸고, 그 이후로 나와 세상과의 사이
에는 뭔지 모를 어색하고 싸늘한 공기가 개입하게 된 것이었다. 나에게
있어서 기즈키라는 사내의 존재는 도대체 무엇이었을까 하고 생각해 보
았다. 하지만 그 대답을 발견할 수는 없었다. 내가 아는 바로는 기즈키의

죽음으로 인해서 나의 청춘기(adolescence)라고 불러야 할 기능의 일부가
완전히 그리고 영원히 손상되어 버렸다는 사실뿐이다. 나는 그것을 확실
히 느끼고 이해할 수 있었다. 그러나 그것이 무엇을 의미하고 어떠한 결
과를 초래할 것인가 하는 점은 전혀 이해하지 못했다.

(『노르웨이의 숲』, p.119)

『노르웨이의 숲』의 진정한 테마는 '죽음'이며 그 가장 큰 진원지는
기즈키의 자살이라 할 수 있지만, 나오코는 기즈키의 죽음에 직면하기
이전에도 어린 시절에 이미 자살한 언니의 주검을 목격한 트라우마 같
은 것을 지니고 있었고, 삼촌의 죽음과 연계되는 유전적 요소도 있었다.
이토록 『노르웨이의 숲』이, 불과 10대에서 20대로 들어선 주인공들의
연령에 비해서 과도할 정도로 '죽음'이라는 것을 작품의 주조음으로 삼
게 된 이유는 호리 다쓰오의 「성가족(聖家族)」26)(1930)의 영향인 듯하며,
"죽음은 생의 대극으로서가 아니라 그 일부로서 존재한다"27)는 유명한
문장도 호리의 「성가족」의 첫 부분인 "죽음이 마치 하나의 계절을 열어
놓은 듯하다"28)는 구절을 연상케 한다. 「성가족」은 아쿠타가와 류노스
케(芥川竜之介)의 제자라 할 수 있는 호리가 스승인 아쿠타가와의 죽음을
소재로 하여 쓴 작품으로, 스무 살인 주인공 고노 헨리(河野扁理)는, "구
키(九鬼)의 갑작스런 죽음은 물론 이 청년의 마음을 엉망으로 만들었다.
그러나 구키의 부자연스러운 죽음조차도 그에게는 극히 자연스럽게 여
겨지게끔 하는 잔혹한 방법으로"29)라는 식으로, 구키의 갑작스런 죽음
으로 인하여 그의 내부에는 죽음이 삶의 일부이기라도 하듯이 자리 잡
게 된다. 죽음의 관념으로 빠져드는 주인공의 모습을 「성가족」과 『노르
웨이의 숲』에서 각각 인용해 본다.

갑자기 어떤 생각이 헨리에게 모든 것을 이해하게끔 해 준 듯하다.
아까부터 자신을 이토록 괴롭히고 있는 것, 그것은 죽음의 암호가 아닐

까? 통행인의 얼굴, 삐라, 낙서, 휴지조각 같은 것, 그러한 것들은 죽음이 그를 위해서 남겨놓고 간 암호가 아닐까? 이 거리의 어디를 가더라도 찰싹 달라붙어 있는 죽음의 표시. ――동시에 그에게는 그것은 구키의 그림자였다. 그리고 그에게는 어쩐지 구키가 수년전에 한 차례 이 거리에 와서, 지금의 자신과 마찬가지로 아무도 모르게 걸으면서, 역시 지금의 자신과 똑같은 고통을 느끼고 있었으리라는 느낌이 몹시 들었다…….

그리고 헨리는 간신히 이해하게 되었다, 죽은 구키가 자신의 내부(裏側)에 여전히 살아 있어 아직도 자신을 강력하게 지배하고 있다는 사실을, 그리고 그것을 눈치 채지 못했던 것이 자신의 난잡한 삶의 원인이었다는 것을.

그리고 이런 식으로 모든 것들로부터 멀어지면서, 그리고 단 하나의 죽음을 자신의 삶의 내부에 생생히 아주 가깝게 그리고 아주 멀게 느끼면서, 이 생소한 거리 가운데를 아무런 목적도 없이 걷고 있다는 것이 헨리에게는 어느새 뭐라 말할 수 없이 기분 좋은 휴식처럼 여겨지기 시작했다.   (「성가족」, p.149)

그때까지 나는 죽음이라는 것을 완전히 삶에서 분리된 독립적인 존재로 파악하고 있었다. 즉 '죽음은 언젠가 확실히 우리들을 손안에 사로잡게 될 것이다. 그러나 역으로 말하자면 죽음이 우리들을 붙잡을 날까지, 우리들은 죽음에 사로잡히지 않는다.'라고. 그것은 나에게는 지극히 정상적이고 논리적인 생각인 듯 여겨졌다. 삶은 이쪽에 있고 죽음은 저쪽에 있다. 나는 이쪽에 있지 저쪽에 있지는 않다.

하지만 기즈키가 죽은 날 밤을 경계로 하여, 나는 이미 그런 식의 단순한 죽음을(그리고 삶을) 파악할 수 없게 되어 버렸다. 죽음은 삶의 대극적인 존재가 아니다. 죽음은 나라는 존재 속에 이미 본원적으로 포함되어 있는 것이고, 그러한 사실은 아무리 노력해도 잊을 수 있는 것이 아니다. 열일곱 살의 5월의 그 밤에 기즈키를 사로잡은 죽음은, 그때 동시에 나도 사로잡고 있었기 때문이다.   (『노르웨이의 숲』, p.40)

「성가족」에서는 헨리를 '마치 구키를 뒤집어놓은 듯한(裏がえしたよう

な) 청년'이라고 표현하고 있는데, 그 일체감이 『노르웨이의 숲』에서는 나와 기즈키의 관계, 혹은 기즈키와 나오코의 관계에 반영되고 있는 것이다.

미시마의 경우, 죽음의 관념에 사로잡인 남녀를 그린 작품으로『도적(盜賊)』30)(1948)이 있는데, 3인칭 소설로서 미시마가 최초로 시도한 장편소설이다. 줄거리는 각각 사랑하는 연인으로부터 버림받은 남녀가 만나서 결혼하여 신혼 첫날밤에 자살함으로써 그들을 버린 연인들에게 복수를 한다는 내용으로, 이러한 주인공의 모습에는 역시 『성가족』의 영향이 뚜렷하게 나타나 있다. 예를 들어『도적』의 한 구절을 인용하자면, 품행이 방정하지 못한 요시코(美子)에게 버림받고 상심하여 혼자 여행을 떠난 아키히데(明秀)가 고베(神戶)의 호텔 창문에서 자동차 사고로 길바닥에 쓰러져 죽어 있는 사람을 목격하게 되고, 그날 밤 잠자리에서 그 죽은 사람의 환영을 떠올리며 죽음을 감지하게 되는 장면이다.

누가 이러한 밤에 깊은 잠을 잘 수 있겠는가. 저녁의 춘사(椿事)에서 그는 우연만을 가려내려고 노력했다. 불쾌한 일은 모두 우연의 탓으로 돌리는 이러한 고식(姑息)한 수단이, 사건 그 자체를 오히려 또렷이 떠오르게 한다. 역사자(轢死者)의 환상은 어둠속에서 수십 가지의 비슷한 얼굴로 떠오르는 것이었다. 몸을 뒤척여도 베개는 뜨거운 모래처럼 달아올랐다. 그는 죽음이 그의 잠자리로 기어들어와, 그와 동침하고 있는 것이라고 믿었다. 죽음이 오늘밤처럼 생생하고 발랄하게 느껴진 적은 없었다.
비참할 정도로 격렬한 죽음의 체온을 그는 자신의 피부의 바로 가까이에 느끼는 것이었다.　　　　　　　　　　　　　　　(『도적』, p.52)

이것은 「성가족」에서, 구키의 죽음으로 인한 충격에서 벗어나지 못한 헨리가 혼자 기차를 타고 여행을 떠나다가 무작정 뛰어내린 어느 마을 해변에서 물에 떠 있는 개의 시체를 발견하는 장면을 모방한 듯하다. 이미 앞에서 인용한 『성가족』과 바로 이어지는 장면이다.

> ——그러던 중 헨리는 심한 냄새가 나는 수많은 표류물에 둘러싸이면
> 서 어둑어둑한 해안에 멍하니 서 있는 자기 자신을 발견했다. 그리고 자
> 신의 발밑에 흩어져 있는 조개껍질이며 해초며 죽은 생선 등이, 그에게
> 스스로의 삶의 난잡함을 떠올리게끔 했다. ——그 표류물 속에는 한 마리
> 작은 개의 시체가 섞여 있었다. 그리고 그것이 심술궂은 파도의 하얀 거
> 품에 휩쓸리기도 하고 뒤집히기도 하는 것을 가만히 들여다보면서 헨리
> 는 차츰 생생하게 자신의 심장이 고동치는 것을 느끼기 시작했다…….
>
> (「성가족」, p.149)

두 작품 모두 마음의 상처를 견디지 못하여 홀로 여행을 떠난 주인공
이, 『도적』에서는 역사자의 모습에서, 「성가족」에서는 개의 시체에서
죽음의 실체를 확실히 깨닫게 된다는 설정이다.

그러나 미시마가 야심차게 시도한 최초의 장편소설 『도적』은 주위로
부터 혹평을 받으며 실패작이라는 낙인이 찍히고 말았고, 그러한 좌절
이 미시마를 더 이상 호리의 아류로서는 살아남기 힘들다고 자각하게끔
했기에, 결국 미시마는 호리에게 등을 돌려 가혹한 비판자가 된다.

> 호리 다쓰오 씨는 자신이 만든 문체에 얽매여 있었다. 나는 호리 씨의
> 문체는 존경하지만, 소설가로서 그가 자신의 문체에 얽매여 간 경로에
> 대해서는 동정을 금할 수 없다. [...] 그는 분명히 상상력이라는 것을 두려
> 워했다. 그것은 지적으로 결벽하고자 하는 사람의 두려움이라기보다도,
> 오히려 병자의 두려움이다.31)

> 호리 다쓰오 씨는 아주 좋은 문학자이지만, 평생 미열이 났다. 그렇기
> 에 문체에 미열이 있는 듯 가볍고 우아한 느낌을 준다. 호리 다쓰오 씨가
> 선반공 이야기를 쓰려고 해도 쓸 수 없을 것이다. 호리 다쓰오 씨가 프로
> 레슬링 이야기를 쓰려고 해도 쓰지 못할 것이다.32)

　이러한 미시마의 경우를 언급하는 것은, 아마도『노르웨이의 숲』집필 당시의 하루키 역시 마찬가지 입장이 아니었을까 하는 생각이 들기 때문이다. 호리의 영향이 뚜렷한 작품임에도 미국 작가들과 미국문화의 영향만 언급하는 하루키가, 청춘시절에는 한때 호리의 문학에 열중했던 것은 분명하며, 또한 미시마에게도 깊은 관심을 지녔던 시기가 있었던 듯하다. 더구나 자신의 작품에 '죽음'이라는 테마를 도입하게 된 계기 역시, 미시마도 하루키도, 호리의 영향이 컸음을 부정하지는 못할 것이다.

　미시마는 서른한 살의 나이에『금각사』를 발표하여 작가로서 최고의 절정기를 맞이하게 되고, 이에 자신감을 얻어『금각사』에서는 '개인의 소설'을 썼으니까 다음엔 '시대의 소설'을 쓰겠다며 원대한 구상의 장편소설『교코의 집(鏡子の家)』(1959)의 제작에 착수하지만, 결국은 스스로 인정하는 실패작으로 끝나고 만다. 이와 비슷한 느낌은 아마도 하루키가『노르웨이의 숲』이후에 발표한 대작『태엽 감는 새 연대기(ねじまき鳥クロニクル)』(1999)를 통해서 뼈저리게 느꼈을 것이다. 예상외의 성공을 계기로 작가로서의 재능을 자각하는 순간 소박한 감성보다는 지식을 앞세우고, 아기자기한 이야기보다는 명성에 걸맞은 스케일을 의식하여 전쟁 등의 거대한 폭력을 다룬 대작을 꿈꾸다가 맛보게 되는 좌절을. 기묘하게도『교코의 집』과『태엽 감는 새』는 발표방식도 비슷한데, 처음 일부를 잡지에 연재했다가 나머지는 단행본(書き下ろし)으로 완성시킨 것이다. 아울러 하루키가『태엽 감는 새』이후에 발표하여 전세계적으로 화제를 모았던『해변의 카프카(海辺のカフカ)』(2002)나『1Q84』(2010)가 어째서 그의 대표작이 되지 못하는가 하는 것도 짐작이 가리라고 생각한다.

5. 고백적 성장소설

나카무라 미쓰오(中村光夫)가 『금각사』를 '관념소설'33)이라고 정의한
이후로 이제까지 그에 대해서 별다른 이의는 없었다. 미의 상징인 금각
을 의인화해서 가슴속으로 대화를 나누며 인식의 세계에서 행위의 세계
로 나아가려고 하는 주인공의 심상풍경에는 관념소설이라는 명칭이 잘
어울린다. 반면에 『노르웨이의 숲』은 하루키 자신이 언급하고 있듯이,
연애소설이라기보다는 사실적 표현기법으로 작성된 성장소설이기는
하지만, 죽음의 상념에 휩싸인 남녀주인공의 내면에는 역시 『금각사』와
같은 관념적 요소가 많이 가미되어 있다고 하겠다. 두 작품의 유사성을
간략하게 표로 만들어 보면 아래와 같다.

구분	『금각사』	『노르웨이의 숲』	공통점
무대	교토의 금각사(鹿苑寺)	도쿄의 학생기숙사	고향에서 멀리 떨어진 타향
주인공	'나'(미조구치) 1인칭	'나'(와타나베) 1인칭	과거를 회상하는 고백수기
형제	외아들	외아들	고독한 존재
히로인	우이코	나오코	죽은 여성을 회상
친구1	쓰루카와	기즈키	고등학교 친구. 자살
친구2	가시와기(인식자)	나가사와(행위자)	다른 유형의 인간. 유혹자
여자친구	없음	미도리	대학에서 사귄 여자친구
여자1	하숙집 딸 등	고베의 여학생	단순한 성적체험의 상대
여자2	꽃꽂이선생	하쓰미	버림받은 여자
여자3	고반초의 매춘부	레이코	모성애
미의 유혹	남천참묘(南泉斬猫)의 고양이	레이코를 유혹한 소녀	이를 바 없는 아름다움
이공간	고반초 홍등가	요양원 아미료	여자들만 있는 이공간
본질	행위자	인식자	주인공의 본질

관념	삶	죽음	관념세계를 지배하고 있는 것
분류	관념소설	사실주의적 관념소설	성장소설
형식	모델소설. 단락적 에피소드의 나열	시간의 흐름을 세밀하게 명기	이야기를 진행하는 기본 형식

『금각사』는 금각에 방화하고 뒷산으로 도망친 주인공이 자살을 하려고 미리 준비했던 칼과 수면제를 계곡 아래로 던져버리고는, 담배를 한 대 피우면서 "살아야지"하고 결심하는 장면에서 끝난다. 반면에 『노르웨이의 숲』은 나오코의 자살로 인하여 방황하던 주인공이 요양소에서 떠나온 레이코와 하룻밤을 지내고 헤어진 뒤, 구원이라도 요청하듯 미도리에게 전화를 걸어 애절한 목소리로 그녀의 이름을 외쳐대는 장면에서 끝난다. 전자에서는 자신이 의도했던 소기의 목적을 달성한 주인공의 만족감이 느껴지고, 후자에서는 소중한 것을 잃은 상실감에서 벗어나지 못한 채 좌절 속에서 몸부림치는 주인공의 아픔이 전해온다. 한마디로 『금각사』는 자기 나름의 방식으로 삶을 찾아서 행동하는 주인공의 모습이, 『노르웨이의 숲』에서는 좌절감에서 고뇌하는 주인공의 모습이 그려져 있다. 하지만 두 작품의 마지막 장면에 숨겨져 있는 '결말의 여운'은 전혀 다르다.

국보인 금각에 불을 지른 방화범에게서는 정상적인 미래나 일상생활을 기대할 수 없기에, 따라서 그가 만족스런 심정으로 담배를 피우는 모습에서는 사형수가 마지막 만찬을 즐기는 것과도 같은 '뒤끝'이 느껴진다. 현실의 방화사건에서 금각에 불을 지른 후 자살을 시도하여 의식불명 상태로 구속된 뒤 극심한 정신질환으로 고통 받다가 세상을 떠난 방화범 하야시의 모습를 떠올리지 않더라도, 어차피 미조구치는 도피행각을 벌이거나 붙잡혀서 감옥에 들어가는 수밖에 없는 처지이기 때문이다. 소설 속에 "이상과 같은 기술(記述)을 보고" 또는 "상기해 주기 바란다"는 표현이 되풀이되고 있듯이 『금각사』는 명백한 수기형식으로 제작된 소설기는 하지만, 어차피 그 원고가 집필된 곳은 감옥이나 정신병원이 아닐까?

반면, 나오코의 자살을 계기로 죽음의 세계와는 결별을 고하게 된 '나'에게서는 오히려 새로운 삶을 기대할 수 있으며, 좌절의 수렁에 빠진 그를 도와 줄 미도리라는 여자 친구가 확고히 존재한다. 실제로 『노르웨이의 숲』은 나오코의 사후에 18년이라는 세월이 흘러 함부르크 공항에 도착하는 주인공의 모습에서, 이미 그가 어느 정도 과거의 아픔을 극복하고 일상생활에 적응하며 살고 있음을 알 수 있기 때문이다.

작품의 결말에 대한 이러한 자의적 해석을 별도로 하자면, 『금각사』와 『노르웨이의 숲』은 모두 성장소설로서의 형식을 충실하게 갖춘 고백소설의 일종이며, 주인공이 겪는 좌절과 상실감이 아무리 심하더라도, 그 주인공의 연령(청춘)이 지니는 싱싱한 매력이 수많은 독자들을 사로잡은 요인 중의 하나라 할 수 있겠다. 즉 고뇌에 어울리는 연령과 신분(도제 혹은 학생), 고향을 멀리 떠나서 홀로 지내는 고독한 나날, 수많은 만남과 헤어짐, 그리고 절친한 사람들을 잃는 아픔, 고립무원의 상황에서 겪는 갖가지 고뇌, 그러나 그 어느 하나도 사실은 결정적으로 그들을 파멸시키지는 못하고, 결국에는 그들을 한 단계 성숙한 인간으로 만드는 디딤돌이 되는 것이다. 물론 물오른 문장력을 구사하는 미시마와 하루키가 1인칭으로 '나'의 이야기를 엮어가는 수기형식의 매력도 결코 간과할 수는 없을 것이다.

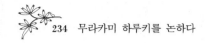

| 주 |

〈초출〉 본고는 필자가 과거에 작성한 몇몇 논문을 참고로 하면서, 일반 독자들을 염두에 두고 새로이 구성 집필한 것임.

1) 미시마 유키오의 약력 및 신상에 관해서는 안도 다케시(安藤武)의 『三島由紀夫の生涯』(夏目書房, 1998) 참조.
2) 텍스트는 「미시마 유키오 전집」 제10권 수록 작품을 사용.
3) 텍스트는 「무라카미 하루키 전 작품집1979-1989」 제6권 수록 작품을 사용.
4) 무라카미 하루키의 약력 및 신상에 관해서는 히라노 요시노부의 『하루키, 하루키』(조주희 역, 지학사, 2012) 참조.
5) 「『ノルウェイの森』―アメリカン・ロマンスの可能性」『ユリイか』, 1981年 6月号
6) 1929년3월19일 마이즈루(舞鶴)시 출생. 1956년 3월 7일 폐결핵과 전신쇠약으로 사망. 금각에 방화를 했던 1950년 7월에는 만 21세.
7) 방화사건의 전말 및 방화범의 신상에 관해서는 고바야시 준쿄(小林淳鏡)의 「금각방화승의 병지(金閣放火僧の病誌)」(『現代のエスプリ』1972.5月号), 미우라 모모에(三浦百重)의 「금각방화사건(金閣放火事件)」(『日本の精神鑑定』 1973, みずす書房) 참조.
8) 『新潮』 2001년 11월 임시증간호 「미시마 유키오 사후 30년(三島由紀夫没後三十年)」에 『금각사』 집필을 위한 「취재노트(取材ノート)」가 처음으로 전문 공개되었다. 1974년 1월부터 3월까지 『波』에 그 일부가 연재된 적이 있다.
9) 나는 1950년 11월생, 나오코는 나보다 7개월 빠른 4월생. 작자인 하루키는 1949년 1월생.
10) LP앨범 타이틀은 'Rubber Soul'. 1965년 영국판과 미국판을 동시발매, 실린 곡의 순서는 양쪽에 약간의 차이가 있으나, 'Norwegian Wood'는 모두 A면 2번째 곡으로 수록.
11) 단행본 『노르웨이의 숲』의 「후기(あとがき)」.
12) 「무라카미 하루키 전작품집 1979-1989」 제6권 부록.
13) 『金閣寺』で個人の小説を書いたから、次は時代の小説を書こうと思う(「18

세와 34세의 초상화(十八歳と三十四歳の肖像画)」「미시마 유키오 전집」제
29권, p.344)

14) 호리의 번역물은「호리 다쓰오 전집」제5권 참조.

15)「현대소설은 고전다울 수 있는가(現代小説は古典たり得るか)」(『미시마 유
키오 전집』제27권, pp.493-494)

16) "그럼 사정하세요. 괜찮아요, 어서."
내가 사정을 끝내자, 그녀는 내 정액을 점검했다. "정말 많이도 나왔네요."
그녀는 감탄한 듯이 말했다.(『노르웨이의 숲』, p.381)

17)「野上千鶴子と村上春樹はともにリズを相続し……」(2008)『村上春樹テー
マ·装置·キャラクター』『國文學 解釈と鑑賞』別冊, p.65

18) 텍스트는『호리 다쓰오 전집』제1권 수록 작품을 사용

19) 風立ちぬ、いざ生きめやも。Paul Valéry작『Le Cimetière Marin(Graveyard
by the Sea)』의 마지막 절 첫 줄로서 영어로는 'The wind is rising. We must
endeavor to live'.

20) 호리와 미시마의 관계에 관해서는 許昊의「二つの青春物語」(『日語日文学研
究』第51輯, pp.313-332) 참조

21) スコット·フィッツジェラルド原作, 村上春樹訳(2006)『グレート·ギャツ
ビー』, 中央公論社, pp.11-13

22)『Rebecca』(1938). 영국의 여류소설가 대프니 듀 모리에(Dame Daphne du
Maurier. 1907-89)의 장편소설. 듀 모리에는 히치코크 감독의 영화『레베카』
(1940)와『새』(1963)의 원작자.

23)『나오코』는 몇 종류가 있는데, 본고에서는『中央公論』1941년 3월호에 실린
「나오코」만을 대상으로 한다.

24) 텍스트는『호리 다쓰오 전집』제2권 수록 작품을 사용.

25) 구학제에서의 중학교는 현재의 중고등학교를 합친 형태로서 대부분 5년
과정이었다. 그렇기에 미조구치가 금각사의 도제시절에 다녔던 중학교는
현재의 고등학교에 해당한다.

26) 텍스트는『호리 다쓰오 전집』제1권 수록 작품을 사용.

27) 死は生の対極としてではなく、その一部として存在している。

28) 死があたかも一つの季節を開いたかのようだった。(「호리 다쓰오 전집」
제1권 p.125)

29) 九鬼の突然の死は、勿論、この青年の心をめちゃくちゃにさせた。しか
し、九鬼の不自然な死をも彼には極めて自然に思わせるような残酷な方法
で。

30) 텍스트는 『미시마 유키오 전집』 제2권 수록 작품을 사용.

31) 「비속한 문체에 관하여(卑俗な文体について)」 『미시마 유키오 전』 제26권,
p.346

32) 『三島由紀夫vs東大全共闘』, 新潮社, 1969, pp.15-16

33) 『금각사』가 일종의 관념소설로 끝나고, 아마도 작자가 의도한 사상소설에
이르지 못한 점을 아쉽게 생각한다(『金閣寺』が一種の観念小説に終り、お
そらく作者の意図した思想小説に達しなかったことを惜しむ)(「『金閣寺』
について」 『批評と研究三島由紀夫』, 芳賀書店, 1974, p.230)

【 참고문헌 】

무라카미 하루키, 허호역(1997) 『노르웨이의 숲』, 열림원

許昊(2005) 『三島由紀夫の作品における両性対立の構図』, J&C出版

히라노 요시노부, 조주희 역(2012) 『하루키 하루키』, 지학사(원본은 平野芳信
　　　『村上春樹』, 勉誠出版, 2011)

安藤武(1998) 『三島由紀夫の生涯』, 夏目書房

栗坪良樹·柘植光彦編(1999) 『村上春樹スタディーズ 03』, 若草書房

平野芳信(2001) 『村上春樹と≪最初の夫の死ぬ物語≫』, 翰林書房

堀辰雄(1977-1980) 『堀辰雄全集』全8巻·別巻2巻, 筑摩書房

松本透·佐藤秀明·井上隆史編(2008) 『三島由紀夫·金閣寺』三島由紀夫6, 鼎書房

三浦百重(1973) 「金閣放火事件」『日本の精神鑑定』, みずす書房

三島由紀夫(1973-1976) 『三島由紀夫全集』全35巻+補1巻, 新潮社

＿＿＿＿＿＿＿(2000) 『新潮』 「三島由紀夫没後三十年」 11月臨時増刊

村上春樹(1990-1991) 『村上春樹全作品1979-1989』, 講談社

許昊(2000) 「미시마 유키오(三島由紀夫) 『도적(盗賊)』론」 『日語日文学研究』 第
　　　37輯, 韓国日語日文学会, pp.327-346

＿＿(2002) 「三島由紀夫 『金閣寺』論─有為子の変容」 『日語日文学研究』 第40
　　　輯, 韓国日語日文学会, pp245-265

＿＿(2004) 「二つの青春物語」 『日語日文学研究』 第51輯, 韓国日語日文学会,
　　　pp.313-33

＿＿(2010) 「『金閣寺』の女たち」 『日本言語文化』第17輯, 韓国日本言語文化学
　　　会, pp.655-675

越川芳明(1981) 「『ノルウェイの森』─アメリカン·ロマンスの可能性」 『ユリイ
　　　か』 6月号

小林淳鏡(1972.5) 「金閣放火僧の病誌」 『現代のエスプリ』

村上春樹·大鋸一正(2000) 「言葉という激しい武器」 『ユリイカ』 3月臨時増刊

최초의 남편이 죽는 이야기

- 『노르웨이의 숲(ノルウェイの森)』에서
『마음(こゝろ)』에 놓인 다리 -

히라노 요시노부*

개인적인 체험을 적는 것이 본고에 있어서 가장 어울리는 시작일지, 나로선 판단할 수 없다. 그러나 내가 경험한 몇몇의 일들을 순서대로 상기해 보는 것은, 지금부터 서술할 내용의 서두로서 역시 어떤 종류의 의의를 인정하지 않을 수 없다.

*

다카하시 루미코(高橋留美子)의 『메종일각(めぞん一刻)』단행본 9권에서 주인공 고다이 유사쿠(五台祐作)가 교육실습을 하러 가는 장면이 있다. 여기에서 나쓰메 소세키(夏目漱石)의 『마음(こゝろ)』를 교재로 수업을 하는 장면이 있다. 여기서 『마음』은 다음과 같이, 대강의 줄거리를 나타내는 형식으로 인용된다. 처음 읽고 난 이후, 이 장면이 묘하게 마음에 걸려 어쩔 도리가 없었다.[1]

* 平野芳信 : 야마구치(山口)대학 인문학부 교수,
　　　　일본근현대문학/다니자키 준이치로 · 무라카미 하루키 전공
* 역자 정해옥(鄭亥玉) : 한국외국어대학교 강사, 일본근현대문학 전공

*

무라카미 하루키의『노르웨이의 숲』이 오랫동안 등장하지 않았던 일
본문학계—그 중에서도 소위 순문학에 있어서—의 베스트셀러, 그것도
400백만 부 이상이라는 경이적인 발행부수를 기록한 것은 우리들의 기
억에 아직 새롭다. 이 작품에 의해, 무라카미 하루키는 시대의 총아로서
인정받은 느낌이 든다. 이상하게도 나는 이 작품을 읽기 전에 어떤 예감
에 휩싸여 있었다.

그 때까지 조용한 하루키의 팬이었던 나는『노르웨이의 숲』만은 간
행 직후 읽을 타이밍을 놓쳐 버렸다. 게다가 판매부수에 비례해서 시간
이 갈수록 많아지는, 이 소설에 관한 정보의 범람에 의해, 어느 사이에
이미 읽은 듯한 기분이 되어 버렸다. 그런 탓도 있어서, 실제로 작품을
좀처럼 집어 들지 않고 있었지만, 어느 사이엔가『노르웨이의 숲』이 소
세키의『마음』과 닮았다고 생각하게 되었다.

내가 무거운 허리를 일으켜『노르웨이의 숲』을 읽은 것은 1987년 9
월, 초판간행 후 무려 11개월이 지난 1988년 8월이었다. 그 때 이미 이
작품은 백만 부를 훨씬 넘는 밀리언셀러가 되어 있었다.

*

내가『노르웨이의 숲』을『마음』과 비슷하다고 느낀 배경에는 어쩌면
하스미 시게히코(蓮実重彦)씨가, 나중에『소설에서 멀리 떨어져서(小説か
ら遠く離れて)』라는 단행본으로 출간한 일련의 에세이를 잡지『해연(海
燕)』에 1987년 3월에서 1988년 9월까지 연재하고 있었기 때문일지도 모
르겠다.

하스미 씨는『소설에서 멀리 떨어져서』에서 하루키의『양을 둘러싼
모험(羊をめぐる冒険)』(1982)이 거의 동시에 발표된 이노우에 히사시(井上
ひさし)『키리키리 사람(吉里吉里人)』(1981), 마루야 사이이치(丸谷才一)『가
성으로 불러라 기미가요(裏声で歌え君が代)』(1982), 무라카미 류(村上龍)『코

인로커 베이비즈(コインロッカ・ベイビーズ)』(1980), 오에 겐자부로(大江健三郎)『동시대게임(同時代ゲーム)』(1979), 나카가미 겐지(中上健次)『고목탄(枯木灘)』(1976) 등과 동일한 이야기 구조를 취하고 있다고 서술하고 있다.2)

*

『소설에서 멀리 떨어져서』가 연재되고 나서 약 1년 후, 이번에는 다른 사람에 의해 쓰여진, 하스미 씨와 거의 동일한 컨셉의 논고를 보고, 그때까지 단순한 망상일 뿐이라고 생각했던 자신의 직관에 어떤 가능성을 발견한 듯한 느낌이 들었다.

오쓰카 에이지(大塚英志)씨가 1989년 8월부터 1991년 2월에 걸쳐서, 「인신어공(역주: 제물로서 사람을 바침)론 노트(人身御供論ノート)」이라는 제목으로 잡지『Argama(アーガマ)』에 연속적으로 연재한 코믹론이 바로 그것이다. 오쓰카 씨는, 쓰무기 다쿠(紡木たく)의『핫로드(ホットロード)』, 아다치 미쓰루(あだち充)의『터치(タッチ)』, 다카하시 루미코(高橋留美子)의『메종일각』등 1980년대 후반에 발표된, 각각의 작가에게 있어 대표작이라고 할 수 있는 세 개의 텍스트를 '통과의례 코믹군(コミック群)'이라고 부르고, 공통된 구조적 특징을 갖고 있음을 지적했다. 그리고 그 근저에『원숭이 데릴사위(猿婿入)』라는 옛날이야기와의 관계를 특별히 지적하고 있다.3)

소위 문예연구의 말단에 서 있는 나와 같은 사람에게 있어, 오쓰카 씨의 이와 같은 시도는, 이제껏 해 왔던 연구방법의 재고를 촉구할 만한 것이었다. 그 이유는 오쓰카 씨의 다음과 같은 언설에 집약되어 있다고 할 수 있다.

'체험에 대한 태반'이라고 할 수 있는 이야기의 '모양(かたち)'이란 무엇인가가 책을 쓰는 데에 있어서 최대의 문제이다. 그것은 또한 여러 이야기를 통과의례라는 '범용(凡庸)'으로 '틀에 박힌 형태(紋切り型)'의 '이야기 (物語)'로 철저하게 돌아가는 것으로, 그 가능성을 찾아가려는 시도이기 도 하다. 현대문학이 그 아이덴티티를 이러한 '범용'적인 읽기를 거부하 는 데서 발견하고 있다는 것은, 그러한 '세계관'에 귀속되어 있지 않은 나로서도 어렴풋이 알고 있는 사실이지만, 나는 흔해빠진 그러나 그 '모 양'에 있어서는 정확하게 구조화된 '이야기'가 널리 통용되어 가는 것이, '이야기'의 마땅한 모습이라고 생각한다.[4]

민속학 분야 출신다운 오쓰카 씨는, 말할 것 없이 블라디미르 프로프 와 크로드 브레몬의 영향을 받았을 것이 틀림없다. 왜냐하면 프로프나 브레몬이나 옛날이야기의 표면적인 스토리와 플롯의 차별을 무시하고, 심층의 형태로 단번에 되돌아감으로써, 새로운 유형으로 분류한 것으로 알려져 있는데, 오쓰카 씨도 마찬가지로 '통과의례 코믹군'이라는 형태 상의 특징을 결과적으로 〈분리→이행→재통합〉의 세 개의 프로세스로 보고 있기 때문이다. 여기에서 주의해야 할 것은 프로프의 방법의 특징 이다. 스토리나 플롯뿐만 아니라 형태를 지표로 하여 분류한다는 발상 의 근저에, 어떤 의미에서 옛날이야기부터 소설까지 넓은 범위에 걸친 모든 이야기가 심층 구조와 표층의 말로 구성되어 있다는 발견이 있다 는 것이다. 서문이 길어져 버렸다. 본론으로 들어가기로 하겠다.

1

나카지마 아즈사(中島梓) 씨는 『베스트셀러의 구조(ベストセラーの構造)』 에서 1976년의 무라카미 류 『한없이 투명에 가까운 블루(限りなく透明に 近いブルー)』이후의 베스트셀러로 일컬어지는 작품이, 그 이전의 작품과 는 다르며, '지적중류계급'인 새로운 계층의 성립에 의해 초래되었다고 추론하고 있다.

> 말하자면 중류계급주의라고 할 수 있는 이 새로운 지향성의 특징은, 어디까지나 교양주의의 정반대를 지향하고 있는 것이다. 안녕과 질서, 수용과 귀속 등으로 해석하지 않고, 해설을 기다리다가 수용하려는 태도. 교양주의의 기반은 막힌 곳을 개인이 완성해 나가는 데 있지만, 중류계급에게 있어서의 '개성'이란, '같은 사택을 개성 넘치게 연출하는 것'과 같은 종류의 것, 즉 테크닉에 지나지 않는다. 그리고 그들은 노력해서 난해한 책을 읽는 '지식인' 따위는 조금도 되고 싶어 하지 않는다. 가당치도 않는 일이다.-'중류'의식의 최대의 특성은 향상을 원하지 않는 것이다.5)

'지적중류계급'이라는 새로운 계층은, 알기 쉽게 이야기 말하자면 '대중'의 별칭이라는 것은 말할 것도 없다.

> 대중은, 실로 거대한 것에는 항상 저항하지 않는다. 어떤 소설-예를 들어 알렉산도르 뒤마의 소설은 '인텔리'의 눈으로 보면 실로 틀에 박힌 형태이고, 깊이가 없고, 우연과 신의 은총을 뒤섞은 유형적인 작품으로밖에 보이지 않는다. 따라서 '인텔리'는 거기에 화가 나는 것이다. 어째서 어리석은 일반대중은, 이쪽의 고상한 예술을 이해하지 못하고 저런 하찮은 틀에 박힌 이야기에 빠지는 걸까라고 생각한다. 이 때, 그는 간과하고 있는 것이다.-대중은 거국일치의 슬로건에도, 신흥종교에도 '넘어간다'는 것이다. 그러나 그것은 대중이 '무엇을 추구하고, 필요로 하고 있는가'라는 것에 대한 응축된 자기표현이다. 대중이 뒤마나 요시카와 에이지(吉川英治)를 '국민작가'라고 한다면, 그것은, 그들이 아무리 틀에 박힌 형태라고 해도, 권선징악이나 이상주의를 절실하게 원하고 있다는 것이 된다. 그것은 경시되어서는 안 될 것이다.6)

나카지마 씨의 이러한 분석은, 하스미 시게히코 씨가 가라타니 고진(柄谷行人)씨와의 대담 중에서 '무라카미 하루키를 가볍게 읽을 수 있는 것은, 이것이야말로 완전히 패턴에 충실하다고 하는 안심감이 있기 때문이다. 즉, 그것은 소설의 장식을 두른 이야기이며, 공동체적인 이야기의 안정성을 가지고 있다[7]고 평했던 것을 연상시킨다.

이 때 '이야기'라는 용어가 의미하는 것은, 본고에 있어서의 요점이라고 할 수 있다. 왜냐하면, 앞의 대담 중에서, 가라타니 고진 씨는 다음과 같은 발언을 하고 있기 때문이다.

> 예를 들어, 아이에게 이야기를 했더니 "그래서?"라고 물어서, 되는대로 아무렇게나 이야기하면, 아니야, 그렇지 않아 라고 말하지요. 아이는 알고 있는 것입니다. 처음 이야기할 때는 다르지만, 이미 그 이야기를 알고 있는 데도 "그래서?"라고 묻는 겁니다.
>
> 머리가 피곤할 때, 재미있게 즐길 수 있는 것은, 구조를 잘 알고 있는 것입니다. 그것은 오락영화일 수도 있고, 대중소설일 수도 있습니다. 아카가와 지로(赤川次郎)가 왜 고등학생들에게 인기가 있고, 대학생에게 인기가 있는가 하면 구조적이기 때문입니다. 읽는 사람은 "그래서?"라는 서스펜스로 읽고 있는 것 같지만, 사실은 더 잘 알고 있습니다. 플라톤적으로 말하자면, 그것은 '상기'입니다. 알고 있는 것을 다시 한 번 생각해 낸다는 즐거움입니다. 그러나 이야기의 즐거움이라는 것은 무엇인가 하면, 모르는 것을 알아가는 것이 아니라, 상기하는 것에 있다고 생각합니다.[8]

알고 보면 아무 것도 아니다. 사람이 이야기를 창조하고, 그리고 읽는 것은(혹은 바라는 것은), '이미 알고 있는' 것부터일지도 모른다. 그리고 사람은 이야기의 표층에 나타나 있는 형식이 아닌, 심층의 구조(형태 · 패턴)를 즐기고 있는 것일지도 모른다.

2

알고 있었던 것을 '상기'한다고 하는 것은, 어떤 의미에서는 이것 또한 하루키의 주특기이기도 하다.

하루키는 이미 발표된 단편을 장편 속에 끼워 넣고, 나아가 양쪽 작품 모두 작자로서 분별하여 인지하는, 이제까지의 일본문학의 상식으로는 생각할 수 없는 작풍상의 특징을 갖고 있다. 즉 알고 있지만 일부 잊고 있었던 것을 떠올리게 된다는 것이다. 예를 들어 『거리와 그 불확실한 벽(街とその不確かな壁)』과 『세계의 끝과 하드보일드 원더랜드(世界の終りとハードボイルド・ワンダーランド)』, 『태엽감는 새와 화요일의 여자들(ねじまき鳥と火曜日の女たち)』과 『태엽감는 새 연대기(ねじまき鳥クロニクル)』, 그리고 본고에 있어 화제의 중심인 『노르웨이의 숲』이라는 작품이 『반딧불이(蛍)』라는 제목의 단편을 원형으로 하는 장편이라는 사실은 이미 자명한 일이다.

또한, 『토니 타키타니(トニー滝谷)』라는 작품은, 처음 1990년 6월에 『문예춘추(文藝春秋)』에 발표된 것을, 최대한으로 줄인 숏 버전(short version)으로 개고하여, 그 후 『무라카미 하루키 전작품 1979~1989 제8권(村上春樹全作品 1979~1989 第8巻)』에 수록할 때에, 다시 한 번 고쳐 써서, 도합 3개의 버전이 평행하여 존재하는 텍스트이다. 최근에도 『장님 버드나무와 잠자는 여인(めくらやなぎと眠る女)』(『문학계(文学界)』, 1983)을 거의 반 정도의 길이로 단축시키고, 신구의 텍스트를 병존시키기 위하여 『장님 버드나무와, 잠자는 여인(めくらやなぎと、眠る女)』으로 미묘하게 제목을 변경하여 『문학계』(1995)에 게재했다. 이렇게 동일한 테마로 복수의 베어리언트(변형)를 갖고 있는 현상은 하루키 문학세계의 본질을 반영하고 있다고 생각된다.

하루키의 작품은 문단 데뷔작 『바람의 노래를 들어라(風の歌を聴け)』

이래, '도회적이며 세련된'이라는 수식어가 붙여졌다. 그러나 내가 일찍이 지적한 바와 같이『바람의 노래를 들어라』의 왼손 새끼손가락이 없는 여자 아이와 쥐(鼠) 사이에는 연애관계가 존재하고, 그녀가 중절한 태아는 쥐의 아이였다.9) 사이토 미나코(斎藤美奈子)씨는 이러한『바람의 노래를 들어라』의 진정한 모습을 '손때 묻은 이야기'라고 주장하고 있다.10) 극단적으로 말하자면, 모든 소설은 어느 정도 독창적이고 신선한 자극으로 채워져 있어도, 그것은 표층의 말의 기능에 의한 것에 지나지 않으며, 심층에는 반드시라고 해도 좋을 정도로 진부하고 유형적인 이야기가 존재한다는 것이다. 하루키의 경우는, 심층에는 '손때 묻은 이야기'가 확실하게 존재하면서, 그것이 기교적인 말에 의해 언뜻 보기에는 매우 모던하고 도회적인 모습을 하고 있는 것에 지나지 않는다. 다르게 표현하자면, 심층구조와 표층의 말이 필시 의식적으로 괴리된 것이다.

『토니 타키타니』나『장님 버드나무와 잠자는 여인』모두 구조가 같고, 말에 의해 편차가 생겨난다는 것을 나타내고 있는 것에 지나지 않는다고 해석하면, 사정은 마찬가지라고 생각할 수 있을 것이다.

그러면, 하루키 자신은 단편의 장편화에 관해서 어떻게 말하고 있을까?

> 단편이라는 것은 나에게 있어 불완전한 것이므로, 풀지 않으면 안 될 원한같은 것이 쌓여 갑니다. 그러한 것이 쌓이면 또한 장편을 쓸 수 있게 됩니다. 갖은 원한이 모여 집니다.11)

그 중에서도『반딧불이』와『노르웨이의 숲』에 대해서는 작자 자신의 특별한 생각이 있었던 것 같다.

> 나는 원칙적으로 소설에 후기를 붙이는 것을 좋아하지 않지만, 아마도 이 소설은 그것을 필요로 할 것이라고 생각한다. 우선 첫째로 이 소설은

5년 정도 전에 내가 쓴 『반딧불이』라는 단편소설(『반딧불이 · 헛간을 태우다 (納屋を焼く) · 그 밖의 단편』에 수록되어 있다)이 중심축을 이루고 있다. 나는 이 단편을 베이스로 하여 400자용 300매 정도의 산뜻한 연애소설을 써 보고 싶다고 줄곧 생각하고 있었고, 『세계의 끝과 하드보일드 원더랜드』 후속 장편에 들어가기 전에 이른바 기분전환으로 써 볼까하는 정도의 가벼운 기분으로 시작했던 것인데, 결과적으로는 900매 가까운, 그다지 '가볍다'고 말하기 어려운 소설이 되어 버렸다. 아마도 이 소설은 내가 생각하고 있었던 이상으로 쓰이기를 원했던 것이라고 생각한다.12)

덧붙여 말하자면, 『반딧불이』가 세상에 나온 것은 1983년 1월(『중앙공론(中央公論)』)이고, 한편 『노르웨이의 숲』은 1987년 9월에 간행되었는데, '후기'에 의하면 '1986년 12월 21일 그리스, 미코노스섬의 빌라에서 쓰기 시작하여, 1987년 3월27일에 로마 교외의 아파트먼트 · 호텔에서 완성되었다13)'고 되어 있다.

지금 여기에서 오쓰카 에이지 씨가 '인신어공론 노트'에서 말한 다카하시 루미코의 『메종일각』이 잡지 『빅코믹 스피리츠(ビッグコミックスピリッツ)』에, 1980년 10월부터 1987년 4월까지, 아다치 미쓰루의 『터치』가 『소년 선데이(少年サンデー)』에 1981년 9월부터 1986년 12월까지, 쓰무기 타쿠의 『핫로드』가 『별책 마가레트(別冊マーガレット)』에 1986년 1월부터 1987년 5월까지 각각 연재되고 있던 것을 중시하고자 한다. 즉 성립시기가 거의 일치하고 있다는 점에 착목할 필요가 있는 것이다.

왜냐하면, 하스미씨가 『소설에서 멀리 떨어져서』에서 지적한 바와 같이 1982년 발표된 『양을 둘러싼 모험』이, 동시대에 각각 발표된 수편의 다른 작가의 문학 텍스트와 링크되어 있는 것과 같이, 『반딧불이』와 그 연장선상에서 쓰여진 『노르웨이의 숲』 또한 설화론적 환원을 적용시켰을 때, 여기에서도 '통과의례 코믹군'이라 불리는 다른 장르의 텍스트와의 교감을 찾아볼 수 있기 때문이다.

3

반복적인 이야기가 되겠지만, 오쓰카 씨의 논고의 윤곽을 따라 본고
나름대로의 '통과의례 코믹군'과 프로토타입(원형)『원숭이 데릴사위』,
그리고『반딧불이』와『노르웨이의 숲』의 관계를 살펴보고자 한다.
우선『메종일각』『터치』『핫로드』그리고『원숭이 데릴사위』의 개요
를 확인해 보고자 한다.

『메종일각』
목조의 노후화된 아파트 일각관(一刻館)에서 재수 중인 청년 고다이
유사쿠(五代裕作)는 다른 주민의 너무나도 비상식적인 행동으로부터 벗
어나려고 하고 있었다. 그러던 참에 새로운 관리인으로 살게 된 젊고 아
름다운 오토나시 교코(音無響子)에게 반해 일각관에 계속 머물게 된다.
교코는 실은 결혼 후, 겨우 반년 만에 남편이 죽어 미망인이 되었다. 두
사람 사이는 자연스럽게 친해지지만, 교코는 그녀가 다니는 테니스클럽
의 코치 미타카 슌(三鷹瞬)에게, 고다이는 대학시절 교생실습학교(교코의
모교이며, 그녀의 원래 남편 소이치로(惣一朗)는 그 곳의 교사였다)의 제
자 야가미 이부키(八神いぶき)에게 각각 구애를 받으며, 복잡한 삼각관계
에 빠져 버린다. 그러나 복잡하게 얽혀 있던 운명의 실타래가 풀리며 결
국 고다이와 교코는 맺어지게 된다.

『터치』
쌍둥이 형제, 우에스기 다쓰야(上杉達也)와 가즈야(和也)는 아사쿠라
미나미(朝倉南)는 소꿉친구였다. 형 다쓰야는 낙천가, 동생 가즈야는 노
력가로 자연스럽게 주위의 기대는 가즈야에게 집중된다. 미나미는 가즈
야와 함께 고시엔(甲子園)에 가는 것과 사랑하는 사람의 아내가 되는 것
을 꿈꾸고 있었다. 기대에 부응하게 위해 가즈야는 야구부에 들어가지만,
고시엔을 눈앞에 두고 갑자기 죽는다. 미나미의 꿈은 남겨진 형 다쓰야
에게 맡겨진다. 우여곡절 끝에 드디어 다쓰야는 고시엔에 출전하고, 미

나미와 가즈야의 꿈을 실현시켜 주게 된다.

『핫로드』

　14세의 미야이치 가즈키(宮市和希)는 두 살 때 아버지가 죽고, 35세의 엄마와 단둘이 살고 있다. 그녀는 불량스러운 친구의 소개로 16세의 쇼난(湘南)의 폭주족 멤버인 하루야마 히로시(春山洋志)와 알게 된다. 가즈키는 엄마에게 애인이 있는 탓도 있고 해서, 점점 하루야마에게 끌리게 된다. 하루야마는 폭주족 리더로 지목되며, 가즈키와의 사이에서 괴로워하다 그녀 앞에서 모습을 감춘다. 하지만 그의 교통사고를 계기로 가즈키는 하루야마를 향한 마음을 확인하게 되고, 엄마의 애인에 대한 오해를 풀고, 인생을 긍정적으로 생각하게 되었다.

『원숭이 데릴사위』

　가뭄이 계속되고 있을 때, 한 농부가 논에 물을 대어 주는 사람이 있으면 세 딸 중 한 명을 아내로 주겠다고 혼잣말을 했다. 원숭이가 논에 물을 대어 주고 약속대로 아내를 데리러 가겠다고 말했다. 농부는 그런 약속을 하긴 했지만, 딸이 말을 들을까 걱정되어 다음 날 아침이 되어도 일어날 수가 없었다. 첫째 딸이 깨우러 왔기에 원숭이의 아내가 되어 주겠는가 물으니, 첫째 딸은 화를 내며 거절했다. 둘째 딸도 화를 내며 거절했다. 막내딸은 원숭이의 아내가 되는 것을 승낙하고 혼수품으로 긴 짚신과 커다란 물 항아리를 준비해 달라고 말한다. 다음 날, 준비하고 기다리고 있자, 원숭이가 아내를 맞이하러 왔다.

　막내딸은 원숭이에게 물 항아리를 지도록 하고, 짚신을 신겨서 부모님 집을 나섰다. 도중 강에 외나무다리가 걸쳐져 있었기 때문에 막내딸은 원숭이를 먼저 가도록 하고, 자신은 뒤따라갔다. 강 한 가운데까지 왔을 때, 막내딸은 원숭이의 짚신 뒤를 밟았다. 원숭이는 중심을 잃어 물속으로 빠졌다. 물 항아리에 물이 들어가 원숭이는 휩쓸려 내려갔다. 막내딸은 집으로 돌아왔고, 아버지는 너는 부모 말을 잘 들어 주었고, 또한 원숭이 아내가 되지 않아 다행이다, 다행이다 하며 기뻐하고, 가족 모두 행복하게 살았다.14)

『메종일각』은 오토나시 교코가 최초의 남편 소이치로의 사후, 고다이 유사쿠를 만나 연을 맺는 이야기이며, 『터치』는 아사쿠라 미나미가 최초의 연인 우에스기 가즈야를 잃은 후, 우에스기 다쓰야와 맺어질 때까지의 이야기이며, 『핫로드』는 일찍이 아버지를 여읜 미야이치 가즈키가 하루야마 히로시를 만나 어른이 되기까지의 이야기라고 요약할 수 있다. 오쓰카 씨의 주장에 의하면, 그녀들은 최초의 구혼자(남편, 애인, 또는 그 대체자로서의 아버지)를 제물로 하여, 이야기에 착수, 그 근저에는 『원숭이 데릴사위』와 같은 이야기 구조가 잠재해 있다. 본고에서는 그러한 이야기 구조를 오쓰카 씨가 '최초 구혼자의 죽음'이라고 명명한15) 것에 따라서, ≪최초의 남편이 죽는 이야기≫라고 부르고자 한다. 그리고 같은 이야기 구조를 가지고 있는 텍스트로 우선 무라카미 하루키의 『반딧불이』와 『노르웨이의 숲』을 추가하고 싶다. 그렇게 생각하는 계기를 다시 한 번 강조한다면, 하루키 작품이 '온전히 패턴에 충실'하며, 동시대 다른 작가의 작품과 링크되는 『양을 둘러싼 모험』이라는 선례를 하스미 씨가 지적하고 있기 때문이지만, 무엇보다도 『노르웨이의 숲』이 다음과 같은 줄거리를 갖고 있기 때문이기도 하다.

대학생인 '나'는 고등학생 때 자살한 친구 기즈키(キズキ)의 연인 나오코(直子)와 우연히 만난다. 나오코가 20세가 되던 날 밤, 나오코와 '나'는 육체적인 관계를 맺는데, 그 직후에 마음의 병을 앓는 나오코는 교토(京都)의 요양소에 입소한다. 편지를 받은 '나'는 교토까지 가서, 나오코와 같은 방의 레이코씨(レイコさん)라는 중년여성을 알게 된다. 두 번째 방문 후에, 나오코의 병상이 악화되는데, 대학에서 만난 고바야시 미도리(小林綠)에게 점점 끌리는 '나'는 '모든 것을 밝힌 정직한 편지'를 레이코씨에게 쓴다. 이윽고 나오코가 죽음을 선택하고 '나'는 한 달 정도 방황하다 도쿄(東京)로 돌아온다. 아사히카와(旭川)에 가는 도중에 들른 레이코씨와 '나'는 '둘이서 나오코의 장례'를 하고 성적 관계를 갖는다. 헤어지고 나서 '나'는 '모든 것을 너와 둘이서 처음부터 시작하고 싶어'라고 미도리에게

전화를 건다.16)

작품의 구성을 말하자면, 단편 『반딧불이』는 장편 『노르웨이의 숲』전 21장의 제2·3장과 기본적으로 중복되어 있다. 위의 개요에 의하면 '대학생인 '나'는 고등학교 때, 자살한 친구 기즈키의 연인·나오코와 우연하게 만난다. 나오코가 20살이 되는 밤, 나오코와 '나'는 육체적인 관계를 갖게 되지만, 그 직후 마음의 병을 앓던 나오코는 교토의 요양소로 입소하게 된다'라는 부분에 해당될 것이다.

이렇게 심층의 형태까지 통틀어 생각해 보면, '통과의례 코믹군'(『메종일각』, 『터치』, 『핫로드』) 중, 원형 『원숭이 데릴사위』의 패턴에 충실하고, 또한 과부족 없이 일치하는 것은 『반딧불이』뿐이다. 『노르웨이의 숲』은 『반딧불이』의 발전 형태로써, 『원숭이 데릴사위』를 경유해서야 비로소 '통과의례 코믹군'과 어우러진다고 하는 편이 정확할 것이다.

이처럼 『노르웨이의 숲』―『반딧불이』―『원숭이 데릴사위』―'통과의례 코믹군'의 라인은 연결되어 있다. 하지만 『마음』과의 회로는 아직도 닫혀져 있는 채로 있다. 나는 『노르웨이의 숲』을 읽지 않은 단계에서, 별다른 이유 없이 『마음』과 닮아 있다고 느꼈다. 그것은 어쩌면 『노르웨이의 숲』과 『마음』이 비슷한 것이 아니라, 정확하게는 『노르웨이의 숲』의 프로토타입인 『반딧불이』와 『마음』이 동일한 설화론적 구조를 가지고 있기 때문이 아닐까 생각한다. 그렇게 느끼도록 한 계기를 제공한 것은 하스미 씨와 오쓰카 씨였다는 것은 이미 서술한 바 있다. 그러나 그들은 어디까지나 수로안내자격에 해당하며, 결코 동행자는 아니었다. 그런 의미에서 내게 이러한 시론을 쓰도록 직접적인 동기를 부여한 것은, 아쓰미 히데오(渥美秀夫)씨의 「무라카미 하루키 『반딧불이』와 나쓰메 소세키 『마음』―『근대문학』에서 본 「반딧불이」의 제상(1) ―」17)이었다.

아쓰미 씨의 논은 적어도 직관적으로 『반딧불이』와 『마음』 사이의 비슷한 점을 지적하고 있다는 점에서, 나의 예감과 기본적으로 호응하고 있다고 생각했다. 그것은 나에게 있어 미싱링크의 발견이었다. 이 논고의 출현에 의해 나는 이제까지 도저히 설명할 수 없었던, 본고의 모두에서도 밝힌 바와 같이 『메종일각』과 얼핏 아무런 맥락이 없는 듯한 『마음』을 왜 인용했는가에 대한 수수께끼가 한 번에 풀렸다.

미야카와 다케오(宮河健郎) 씨는 「『메종일각』이라는 만화 전체가 교과서판 『마음』보다 한층 더한 현대판의 재현은 아닐까」[18]라고 지적하고 있지만, 오히려 『메종일각』이라는 텍스트가 생성되는 과정에서 작가가 어느 순간 문득 자신이 잡지에 연재중인 작품과 소세키의 『마음』이 어딘가 비슷하다는(비슷해져 버렸다는) 것을 깨달은 순간에, 인용으로써 우리들 앞에 이른바 상처로 남겨졌다고 해석해야 할 것이다. 비슷해졌다고 느껴지는 부분은 굳이 반복해서 강조할 것까지 없이 ≪최초의 남편이 죽는 이야기≫의 변형이라는 것은 말할 필요도 없다.[19]

즉 여기에 이르러, 장편 『노르웨이의 숲』은 단편 『반딧불이』를 경유하여 『원숭이 데릴사위』에까지 거슬러 올라가, 거기서부터 같은 '이야기 형태'를 공유하고 있는 '통과의례 코믹군'을 매개로, 『마음』에까지 이를 수 있게 되는 것이다.

4

『노르웨이의 숲』이라는 텍스트에서 뻗은 아치의 끝이 『원숭이 데릴사위』에까지 거슬러 올라간 결과, 『마음』에까지 이어져 있다고 하고, 그러한 전제 위에 화제로 삼고자 하는 것은 그들 최초의 남편들은 왜 갑자기 생을 마감하지 않으면 안 되었나 하는 것이다.

그 오월의 기분 좋은 정오가 지난 오후에, 점심을 끝내자 기즈키는
내게 오후 수업은 빼먹고 당구나 치러가자고 했다. 나도 특별히 오후 수
업에 흥미가 있는 것도 아니어서 학교를 나서서 어슬렁어슬렁 고개를
내려가 항구 쪽까지 가서 당구장으로 들어가 네 게임정도 쳤다. 처음 게
임을 가볍게 내가 이기자 그는 갑자기 진지해져 남은 세 게임을 전부
이기고 말았다. 약속대로 내가 게임비용을 지불했다. 게임을 하는 동안
그는 농담 한 마디가 없었다. 그건 매우 드문 일이었다. 게임이 끝나고
우리는 차를 한잔씩 마시고 담배를 피웠다.

"오늘은 이상하게 진지하던데?"하고 나는 물어 보았다.

"오늘은 지고 싶지 않았어"하고 기즈키는 만족스러운 듯 웃었다.

그는 그날 밤, 자기 집 차고 안에서 죽었다. N360의 배기 파이프에
고무호스를 잇고, 창문 틈을 껌 테이프로 봉하고 엔진을 가동시킨 것이
다. (중략)

유서도 없었거니와 짐작되는 동기도 없었다. 그와 마지막으로 만나
이야기를 했다는 이유로 나는 경찰에 불려가 사정청취를 해야만 했다.
그런 기색은 전혀 없었습니다, 여느 때나 똑같았습니다, 하고 나는 조사
하는 경찰에게 말했다.　　　　　　　　　　　(『노르웨이의 숲』「제2장」)

내가 할까 말까 생각하며, 어찌 되든 간에 내일까지 기다리자고 결심
한 것은 토요일 밤이었다. 그러나 그 밤에 K는 자살로 죽어 버린 것입니
다. 나는 지금도 그 광경을 떠올리면 오싹해 집니다. 언제나 동쪽으로
머리를 두고 자던 내가, 그 날 밤만은 우연하게도 서쪽에 머리를 두고
자리를 깔았던 것도 어떤 연관이 있었는지도 모르겠습니다. (중략)

나는 어이하고 말을 걸었습니다. 그러나 어떤 대답도 없었습니다. 어
이 무슨 일 있어? 하고 나는 또 K를 불렀습니다. 그래도 K의 몸은 조금도
움직이지 않았습니다. (중략)

그래도 나는 정신을 잃을 만큼은 아니었습니다. 나는 곧 책상 위에 놓
여 있는 편지에 눈이 갔습니다. 그것은 예상대로 나의 이름 앞으로 되어
있었습니다. 나는 정신없이 봉투를 뜯었습니다. 그러나 안에는 내가 예상
한 것과 같은 일은 아무것도 쓰여 있지 않았습니다. 나는 나를 향한 가혹

한 문구가 그 안에 빼곡히 쓰여져 있으리라 예상했던 것입니다. (중략)
편지의 내용은 간단했습니다. 그리고 오히려 추상적이었습니다. 자신
은 의지가 약하고 실행력이 모자라, 도저히 앞으로의 희망이 없으므로
자살한다고만 쓰여 있었습니다.   (『마음』「하」, p.48」)

그들은 마치 죽기 위해 태어났다고 하는 것은 지나친 과언일까? 그러
나 텍스트를 구석구석 세밀하게 조사해 봐도, 독자를 진정한 의미에서
만족시키기에 충분한 결정적인 언설을 추출해 내지는 못 할 듯싶다. 『핫
로드』와 『메종일각』에서 인용조차 하지 않은 것은, 이 두 텍스트에서
최초의 남편은 이야기가 시작되기 이전에 이미 이 세상 사람이 아니었
기 때문이다.

확인하는 의미에서 말하자면, 해당 텍스트 중에서 최초의 남편들은
『노르웨이의 숲』의 기즈키, 『터치』의 가즈야, 『메종일각』의 소이치로,
『핫로드』의 가즈키의 아버지, 『마음』의 K이다. 그들이 『원숭이 데릴사
위』의 원숭이에 해당하는 등장인물이라는 것은 반복해서 말할 필요도
없다. 이러한 전제 위에서 약간 성급하게 논을 이끌어 나간다면, 이야말
로 설화론적 환원에 의해서만 풀리는 문제가 아닐까 싶다.

옛날이야기 연구자 오자와 도시오(小沢俊夫)씨는 『원숭이 데릴사위』
의 원숭이의 죽음에 관해서, 어떤 이야기꾼의 다음과 같은 증언을 기록
하고 있다.

『터치』[20]
　원숭이는 동물인 주제에 인간의 딸을 아내로 얻으려고 했기 때문에
말이지. 죽음을 당했다고 해도 어쩔 도리가 없는 거야.[21]

옛날이야기는, 막스 류티가 말한 것처럼[22] 그 단순함 때문에 때로는
의미 ―최종적으로 합목적인― 를 가장 직접적으로 우리들 앞에 분명하
게 나타내 준다. 정말로 원숭이는 '원숭이이기 때문에' 죽임을 당해야만

했던 것을 명시하고 있는 것이다. 즉 원숭이는 '인간이 아니기 때문에' 죽임을 당했다는 것이다. 쉽게 풀어 말하자면, 원숭이는 '이인(異人)이기 때문에' 죽어야만 한다고 해도 좋을지도 모르겠다.

이 관점에서 해당 텍스트군의 내러티브의 기술이 가장 많은 존재인 K의 조형성을 『마음』의 다른 등장인물과 비교검토해 보고자 한다.

> 나는 그 친구의 이름을 여기에서 K라고 부르기로 하겠습니다. (중략) K는 신종(역주: 정토종의 분파) 스님의 아들이었습니다. 원래 장남은 아니었습니다. 차남이었습니다. 그래서 어떤 의사 집안에 양자로 보내졌습니다. (중략)
> 원래 K의 양가(養家)에서는 그를 의사로 키울 생각으로 도쿄로 내보냈던 것입니다. 그런데 고집 센 그는 의사는 되지 않겠다고 결심하고, 도쿄를 떠나온 것이었습니다. (「하-19」)
> 그는 나를 알기 전에, 양가에 편지를 써서, 자기 스스로 거짓을 고백해 버렸습니다. (「하-20」)
> K의 편지를 본 양부는 매우 화를 냈습니다. 부모를 속이는 괘씸한 녀석에게 학비를 보내줄 수 없다고 엄중한 답장을 보내왔던 것입니다. (중략)
> 마지막으로 K는 결국 복적(復籍)을 결심했습니다. 양가에서 받았던 학비는 생가에서 변상하게 되었습니다. 그 대신 생가 쪽으로부터도 상관하지 않을 테니 이제부터 마음대로 하라고 하는 것이었습니다. 옛말로 말하자면, 의절이겠지요. (「하-21」)

K의 눈에 띄는 특징은 본가·양가, 나아가 고향으로부터 드롭아웃되는 존재라는 것이다. K를 이렇게 정의했을 때, '선생님'의 존재도 우리 앞에 명확히 제시되어 있다고 할 수 있다. 이미 『마음』에 관한 연구에 있어서는 오래된 이야기에 속할 정도로 정설화된 것이지만, '선생님'도 또한 K와 마찬가지로 고향상실자였다.

한 마디로 말하자면, 숙부는 나의 재산을 빼돌렸습니다. 사건은 내가 도쿄에 나가있는 삼 년 동안에 손쉽게 행해졌던 것입니다. 모든 것을 숙부에게 맡기고 태연하게 있던 나는 세상물정 모르는 바보였습니다. (중략)

나는 그 때 오랫동안 고향을 떠나있겠다고 결심을 했습니다. 숙부의 얼굴을 보지 말아야겠다고 마음속으로 다짐했습니다.

나는 고향을 떠나기 전에 또 아버지와 어머니 묘에 다녀왔습니다. 나는 그 후로는 그 묘를 본 적이 없습니다. 이제 영원히 볼 기회도 오지 않겠지요.　　　　　　　　　　　　　　　　　　　　　　 (「하-21」)

그들은 왜 고향에 귀속되는 것을 거부하지 않으면 안 되는 것일까? 언뜻 보면 미묘한 일이지만, 그것은 그들과 같은 계보에 서 있으며, '아가씨'를 '선생님'에게 빼앗기게 된 '나'라는 사람과 '아버지'와의 관계를 보면 여실히 드러나 있다. 중권에서 두 사람의 관계는 어떠했을까?

'졸업을 할 수 있어서 다행이다'

아버지는 이 말을 몇 번이나 반복했다. 나는 마음속으로 아버지가 기뻐하던 모습과 졸업식이 있던 날 밤, 선생님의 집 식탁에서 '축하하네'라는 말씀을 하시던 선생님의 표정을 비교해 보았다. 내게 말로는 축하해 주면서 속으로는 경멸하고 있는 선생님 쪽이, 별 볼일 없는 녀석을 대견하다는 듯 기뻐하시는 아버지보다도 오히려 고상하게 보였다. 나는 끝내 아버지의 무지함에서 나오는 촌스러운 점에 불쾌감을 느끼게 되었다.

"대학 정도 졸업했다고 해서, 그 정도로 대단한 것은 아닙니다. 졸업하는 사람은 매년 몇 백 명이나 있어요"　　　　　 (방점인용자 「하-21」)

'선생님'이라고 불리는 인물과 '나'라는 『마음』의 내레이터가 해후한 해를 1908년이라고 가정했을 경우, 동경제국대학 졸업생은 문과계만 합계 500명도 안되지만,[23] 그것을 「졸업하는 사람은 매년 몇 백 명」이라고 표현하는 것은 현대의 우리들에게는 추측하기 어려운 부분이 있다. 왜냐하면, 사쿠라이 데스오(桜井哲夫)씨가 말하듯 학교는 '신분상승의 회

로'라는 근대화의 장치로서 기능하고 있던[24] 현실을 한편으로 명확하게
인식할 수 있기 때문이다.

팔월 중반 즈음해서 나는 어떤 친구로부터 편지를 받았다. 거기에는
지방의 중학교 교원 자리가 있으니 가지 않겠냐고 쓰여 있었다. 이 친구
는 경제적인 사정상, 스스로 그런 자리를 이리저리 찾아보는 남자였다.
이 자리도 처음에는 자신에게 들어온 것이지만, 더 좋은 지방으로 가게
되어 남은 자리를 나에게 주는 것으로, 특별히 내게 알려준 것이다. 나는
곧 거절의 답장을 써서 보냈다. 지인들 중에는 매우 고생하며 교사 자리
를 얻고 싶어 하는 사람이 많으므로 그쪽에 이야기하면 좋지 않겠냐고
썼다.

나는 답장을 쓴 후, 아버지와 어머니에게 그 이야기를 했다. 두 사람
모두 내가 거절한 것에 의의가 없는 듯 했다.

'그런 자리에 가지 않아도, 아직 좋은 자리가 있겠지'하는 과분한 기분
을 읽을 수 있었다. 사정에 어두운 아버지와 어머니는 가당치 않은 지위
와 수입을 이제 막 졸업을 한 나에게 기대하고 있는 것 같았다.

"괜찮은 자리는 요즘 같아서는 그런 좋은 자리는 좀처럼 없어요. 특히
형과 저는 전공도 다르고 시대도 다르니까, 둘을 똑같이 생각해서는 곤
란합니다"

"하지만 졸업을 한 이상, 적어도 독립해서 스스로 생활해 가지 않으면
우리도 곤란하단다. 사람들이 댁의 둘째 아드님은 대학을 졸업하고 무엇
을 하고 계십니까 하고 물어 왔을 때, 뭐라고 대답할 수 없다면 나도 창피
하잖아"

아버지는 떨떠름한 표정을 지었다. 아버지의 생각은 오랫동안 살아온
고향 밖을 떠나지를 못했다. 그 고향의 누군가로부터 대학을 졸업하면
얼마정도의 월급을 받을 수 있다고 주워듣거나, 아마도 백 엔 정도가 아
니겠냐는 말을 들은 아버지는 그런 사람들에게 체면을 구기지 않도록
이제 대학을 갓 졸업한 나를 해치워버리고 싶어 했다. 넓은 도시를 근거
지로 하고 있던 나는, 아버지와 어머니 입장에서 본다면, 마치 발을 하늘
로 향하고 걷는 이상한 사람이었다. 나 또한 정말로 그런 인간인 것 같은

기분이 가끔 들었다. 나는 분명하게 내 생각을 밝히기에는 너무나도 거
리의 차가 심한 아버지와 어머니 앞에서 잠자코 있을 수밖에 없었다.

(「중-6」)

아마도 『마음』에 등장하는 고등교육을 받은 남자들은 특권계급으로
의 도약을 이미 내면에 가만히 앉아(또는 내면에 있었기 때문이라고 해
야 할 지도 모르겠다) 알아채 버린 '지식인'일 것이다.25)

그렇게 그들은 메이지 이후의 학교교육 안에서, 이전의 시대에서는
있을 수 없었던, 타인과는 서로 양립할 수 없는 존재로 변해 버린 것이
다. 그리고 왜 학교라는 장소는 그들을 변하게 했을까? 결론부터 먼저
말하자면, 학교는 우선 자신을 보다 높은 화폐적 가치로 환원시키기 위
한 경쟁의 장소였기 때문이다. 경쟁이란 그 집단 속에서 차이를 보다
부각시키는 행위로, 궁극적으로는 그 조직의 평균치에서 멀리 벗어나면
벗어날수록 보다 높은 임금을 받을 수 있는 직업을 얻을 수 있는 표를
손에 넣기 쉬워 지는 것이다. 그러한 일탈을 생존의 가장 근본적인 원리
로 삼는 세계에 속한 인간이 교육받지 못하고 생각이 고루한 사람들과
양립할 수 없다는 것은 지나치도록 당연한 일이다. 이런 의미에서 그들
은 일종의 주변인이며, 위에서와 같이 이인(異人)이라고 지칭한 이유이
기도 하다.

그렇기 때문에, 거꾸로 K는 양가와 같은 의사의 길을 택하지 않고(택
할 수 없고), 선생님은 고향을 등지고 집에 틀어박힌 채 직업을 갖는
것을 거부할 수밖에 없으며, '나'도 같은 길을 걷기 시작하는 것이다.

이 점에 관해서 이시하라 지아키(石原千秋)씨는

소세키의 소설에 있어, 고등교육은 자기와 타자를 동일하게 소외시키
고, 억압하는 상징적 폭력 장치로서 기능하고 있다. 이 시대의 고등교육
은 원칙적으로 남자들에게만 열려있던 것이었으므로, 이것은 틀림없이

　　구조화된 남성이라는 제도의 문제영역인 것이다.26)

라고 서술하고 있다.

　　한편 오쓰카 에이지 씨는『원숭이 데릴사위』라는 옛날이야기에서,
원숭이가 살해되는 명확한 이유가 그려져 있지 않은 이유에 대해, 이
옛날이야기는 원래「원숭이 신(猿神) 퇴치」「참외아가씨(瓜子姬)」와 같이
사람이 제물로 바쳐지는 이야기(人身御供譚)였던 것이 무슨 이유에선가
통과의례 이야기로 변환되는 과정에서 퇴치되어야 할 악신으로서의 다
른 모티브가 결락되어 버린 결과라고 해석하고 있다.27)

　　이것은『마음』을 시초로 하는 근대라는 시대에 창작된 텍스트가, 그
핵심으로서 근저에「원숭이 데릴사위」가 잠재되어 있는 경우, 어떤 유
니크한 가능성을 갖게 된다는 것을 암시하고 있는 것은 아닐까? 즉 근대
적인 텍스트가 이야기 면에서는 남자의 이야기이지만, 구조적인 면에서
는 여자가 제물로 바쳐지는 이야기이거나, 여자의 통과의례(成女式)에
관한 이야기일 수 있다는 것이다. 역으로 이야기하자면, 여성성의 통과
의례에 관한 이야기 구조가 근대소설에 있어서 무엇 때문인지 남성의
통과의례 이야기로 바뀌어 쓰여지고 있다는 가능성이 있는 것이다.

　　예전 고노 겐스케(紅野謙介)씨는「고모리 요이치 씨의 두 저술과 관련
하여 - 유토피아 저편에(小森陽一氏の二著をめぐって— ユートピアの彼方へ)」
에서, 고모리 씨의『마음』론의 성과를「「부인」이 신체성을 배제한「선
생님」의 자기동일적인 윤리의 희생자임을 지적했다」는 것에 의의를 두
며,「「선생님」과「K」라는 호칭,「부인」의「선생님」에 대한 호칭의 변화
등 작중인물간의「인칭적 관계」를 분석한 그가,「부인」이라는 호칭에
주목하지 않은 것은 왜일까?」라고 날카롭게 지적하고 있다. 나아가

　　　인칭적 표현으로서의 '부인'이, 언어의 잠재적·다의적 의미 면에서 얼
　마나 가정에서의 성차별을 의미하느냐에 관해서는 말할 것도 없다. 우리

들은 아직 이러한 문화적 규칙의 틀 안에 있다. 그것은 아직도 '함께-살아
가다'는 것이 얼마나 힘든가를 이야기하는 것이다. '부인-과-함께-살아가
는 것'이라는 고모리씨의 비전은 따라서 어떤 오류를 안고 있다. 만약
두 사람의 관계가 순조롭게 발전해 갔다고 해도, 그것은 '고요함(靜)-과-
함께-살아가는 것'임에 틀림없다. 그리고 그것이 성취될 가능성을 텍스트
는 허용하지 않고 있다.[28]

라고 못을 박고 있다. 그러나 '만약 두 사람의 관계가 순조롭게 발전해
갔다고 해도, 그것은 '고요함(靜)-과-함께-살아가는 것'임에 틀림없다. 그
리고 그것이 성취될 가능성을 텍스트는 허용하지 않고 있다'라는 것은,
본고의 문맥상에서 다음과 같이 환언할 수 있을 것이다. 고모리씨가 텍
스트의 표층을 커버하고 있는 내레이션에 착목하여, 텍스트의 반전을
시도하고 있는 이상, '고요함'은 결코 '고요함'이라고 불려질 수 없다. 왜
냐하면 『마음』이라는 텍스트는, 여성성을 제물로 바치는 이야기와 통과
의례에 관한 이야기 구조 위에, 통과의례가 좌절된 남성성의 이야기가
내레이션에 의해 코팅되어 있기 때문인 것이다.[29]

5

마지막으로 왜 반세기라는 시간을 거쳐, 서로 다른 창작주체의 다른
텍스트에 동일한 심층구조(話型)가 도입되어 있을까 라는 소박한 의문
에 대해 살펴보기로 하겠다.

『노르웨이의 숲』의 편집자 기노시타 요코(木下揚子)씨는 다음과 같은
증언을 남기고 있다.

「무라카미 씨의 데뷔작 『바람의 노래를 들어라』와 그 후의 『1973년의

핀볼(1973年のピンボール)』 중에 한 여성이 겨우 몇 줄, 몇 페이지에 나오
지요. 그것이 매우 마음에 걸려 『그 여성에 대해서 써보지 않을래요?』라
고 부탁한 적이 있습니다. 칠, 팔년 전입니다만, 그 때 『안돼』라고 거절당
했습니다.」

－ 왜입니까?

「아직 그것에 대해서는 쓰고 싶지 않다고 했습니다. 그로부터 몇 년이
흘러 로마로부터 원고를 끝마쳤다는 편지를 받고나서야 그것이 칠, 팔년
전에 내가 말한 그 여성에 대한 연애소설이라는 것을 알게 됐습니다. 너
무 기뻤습니다.」[30]

이미 지적한 부분이지만, 『바람의 노래를 들어라』는 「2장」에 명기되
어 있듯이 1970년 8월 8일부터 26일에 걸친 이야기인데, 1970년 8월 26
일은 『노르웨이의 숲』의 나오코가 스스로 목숨을 끊은 날이기도 하
다.[31]

『1973년의 핀볼』의 내용을 보면, 없어진 핀볼머신과 '내'가 재회할 때
까지의 이야기라고 할 수 있다.

　　안녕, 이라고 나는 말했다. …아니, 말하지 않았는지도 모른다. 아무튼
나는 그녀의 필드 유리판에 손을 얹었다. 유리는 얼음처럼 싸늘하고, 내
손의 온기는 하얗게 김 서린 열 개의 손가락 자국을 거기에 남겼다. 그녀
가 간신히 눈을 떴다는 듯 내게 미소 짓는다. 정겨운 미소였다. 나도 미소
짓는다.

　　꽤 오랫동안 못 만난 것 같군요. 라고 그녀가 말한다. 나는 생각하는
척하며 손가락을 꼽아본다. 삼 년 정도지. (중략)

　　왜 왔는데요?

　　네가 불렀어.

　　불렀다구요? 그녀는 잠시 머뭇거리다가 쑥스러운 듯 미소지었다. 그
래요, 어쩌면 그럴지도 모르겠어요. 불렀는지도 모르겠어요. (중략)

　　우리는 또다시 침묵하였다. 우리가 공유하고 있는 것은, 이미 오래 전
에 죽어버린 시간의 단편에 지나지 않았다. 그래도 따스한 추억의 일부

분은 오랜 빛처럼 내 마음 속에서 지금도 여전히 방황하고 있다. 그리고
죽음이 나를 가두고, 다시 무의 도가니로 던져질 때까지의 짧은 순간을,
나는 그 빛과 함께 걸어 나갈 것이다.

이제 가는 게 좋겠어요, 라고 그녀가 말했다.

과연 냉기가 참을 수 없을 정도로 혹독해 졌다. 나는 몸을 떨며 담배를
밟아 껐다.

만나러 와주어서 고마웠어요, 라고 그녀는 말했다. 이제 못 만날지도
모르겠지만 잘 지내요.

고마웠어, 라고 나는 말한다. 안녕.

나는 핀볼의 대열에서 빠져나와 계단을 올라가 레버 스위치를 내렸다.
마치 공기가 빠져나가듯 핀볼에서 전기가 사라지고, 완전한 침묵과 잠이
사방을 덮었다. 다시 창고를 가로질러 계단을 올라가, 전등 스위치를 끄
고 돌아선 채 문을 닫기까지 긴 시간동안, 나는 뒤를 돌아다보지 않았다.
한 번도 돌아다보지 않았다. (「22」)

여기에서 '그녀'라고 호칭되는 존재는 말할 것도 없이 핀볼머신 '쓰리
플리퍼 스페이스십'이다. 그러나 정말 그뿐일까? 원래 '그것'이라든지
'이것'이라고 밖에 부를 수 없는 존재를 '그녀'라고 부르고 있는 까닭은
『1973년의 핀볼』은 동시에 모두에서 이른바 죽기위해서만 등장하고, 그
리고 죽은 '나오코'와 재회하는 이야기라는 해설이 가능할 것이다.

　　신문에서 우연히 그녀의 죽음을 알게 된 친구가 전화로 나에게 그것을
　알려 주었다.

이미 모두 알고 있는 『양을 둘러싼 모험』의 「제1장 1970/11/25」의
모두의 한 문장이다. 「양을 둘러싼 모험」과는 조금도 관계가 없는, 한
여성에 대한 추억과 그녀의 죽음을 이야기하는 제1장은 이 소설에 있어
서 이른바 「말하지 않아도 충분히 알 수 있는」 것 그 자체이다. 그럼에
도 불구하고 이 여성의 존재는 독자에게 무언가를 호소하고 있다. 그것

은 왜일까? 아니 표현을 바꾸는 것이 좋을지도 모르겠다. 이러한 일련의
작품에 있어 나오코적 형상을 검토해 나가다 보면, 이 인물의 저편에
또 다른 그림자가 드리워져 있을 것 같은 느낌이 든다고 말이다.

> 우리는 숲을 빠져나가 ICU의 캠퍼스까지 걸어가 여느 때처럼 라운지
> 에 앉아서 핫도그를 먹었다. 오후 두 시였는데, 라운지의 텔레비전 화면
> 에는 미시마 유키오(三島由紀夫)의 모습이 몇 번이고 되풀이해 비쳐지고
> 있었다. 볼륨이 고장 난 탓에 말소리는 거의 들리지 않았는데, 어차피
> 어느 쪽이더라도 우리에게 있어서는 상관없는 일이었다. 우리는 핫도그
> 를 다 먹고 나서, 커피를 한 잔씩 더 마셨다. 한 학생이 의자에 올라가
> 볼륨 버튼을 잠깐 만지작거리더니, 단념하고 내려와 어디론가 사라졌다.
> 「너를 위해」라고 말했다.
> 「좋아」하고 그녀는 말하고 미소 지었다.
> 우리는 코트 주머니에 손을 넣은 채 아파트까지 천천히 걸어갔다.
> (『양을 둘러싼 모험』「제1장 1970/11/25」)

그 그림자란 말할 필요도 없이, 바로 미시마 유키오이다. 『1973년의
핀볼』에 쓰여 있는 것과 마찬가지로 1970년 11월 25일은 미시마 유키오
의 명일이며, 동시에 『1973년의 핀볼』에서 내가 핀볼머신과 재회하게
되는데, 그것이 '11월의 연휴가 끝난 수요일이었기' 때문이다. 텍스트에
서 확실히 '1973년 9월, 이 소설은 그 때부터 시작된다'고 명시되어 있는
이상, '11월의 연휴가 끝난 수요일'이란 11월 6일일 것이다. 하지만, 1970
년 달력을 찾아보면, '11월의 연휴가 끝난 수요일'은 11월 25일이다.32)
가라타니 고진 씨는 「1970년=쇼와 45년 - 근대일본의 언설공간(一九
七〇年=昭和四十五年 - 近代日本の言説空間)」에서, 쇼와라는 시대가 40년
무렵부터 쇼와로서의 동시대적 의미를 잃고, 1970년대, 1980년대라는
세계동시대적 의미를 획득함으로써, 쇼와시대가 메이지 45년간의 「재
현=표상」이라고 주장한다. 이와 관련하여 가라타니 씨에 의한 메이지

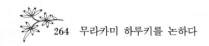

20년 이후와 쇼와 20년 이후의 비교를 살펴보면 다음과 같다.

메이지(明治)	쇼와(昭和)
(10년=1877년 세이난전쟁(西南戰爭))	(11년=1936년 2 · 26사건)
22년(1889년) 헌법발포	21년(1946년) 신헌법발포
27년(1894년) 청일전쟁	26년(1951년) 강화회담 · 미일안보조약
37년(1904년) 러일전쟁	35년(1960년) 안보전쟁 · 신안보조약
	39년(1964년) 도쿄올림픽
43년(1910년) 한국합병 · 대역사건	43년(1968년) 전공투운동
44년(1911년) 조약개정	44년(1969년) 오키나와반환
45년(1912년) 노기(乃木)장군 순사	45년(1970년) 미시마 유키오 자결33)

본고에서 주목해야 하는 점은 노기(乃木)장군 순사와 미시마의 자결이 어떤 역사적 콘텍스트에 의해 더블이미지로 다루어지고 있는 점이다. 즉, 소세키가 노기 마레스케(乃木希典)의 죽음을 『마음』 안에 그리고 있는 것과 같이, 하루키는 미시마 유키오의 죽음을, 몇 작품 안에서 나오코의 죽음이라는 형태로 계속 봉인시켜 왔다고 말할 수 있다.

그러나 어느 정도까지 논증되었다고 해도, 그것은 어디까지나 가능성의 범위에 머물러 있다. 왜냐하면 하루키 작품에 있어서 '나오코의 형상=미시마의 그림자'라고 함으로써 퍼즐의 답을 얻었을 때의 쾌감과 비슷한 무엇인가를 손에 넣은 듯한 느낌에 지나지 않으며, 하루키의 본질은 그 때 이미 멀리 떨어진 곳에 여전히 빛나고 있을 것임에 틀림없기 때문이다.

사이토 미나코 씨는 「『무라카미 하루키론』 퀘스트」라는 에세이에서 다음과 같이 말하고 있다.

　　매출 넘버원, 비평으로 다루어지는 빈도도 필시 넘버원인 무라카미의 작품이 '가볍게도 심각하게도 읽을 수 있는 소설' '초보자에게도 전문가에게도 읽히는 소설'이라는 것은 틀림없지만, 그렇다고 하더라도, 도대체 무엇이 초보독자로 하여금 '무라카미의 작품을 사는 행위'로 치닫게 하는 것이며, 전문가로 하여금 '무라카미의 작품을 사는 행위'로 몰아붙이는 것일까?[34] 무라카미 작품 그 자체보다도, 나는 이것에 더 흥미를 느낀다.

이 문장에서 '무라카미 하루키'를 '나쓰메 소세키'로 바꾼다고 해도 위화감을 느끼는 사람은 별로 없을 것이다. '무라카미 하루키'는 이른바 현대의 '소세키'로 변화해 가고 있는 것일지도 모르겠다.

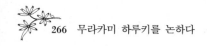

‖ 주 ‖

〈초출〉 이 글은 『漱石硏究』 제9호(翰林書房, 1997.3)에 게재된 논문을 번역한 것이며, 아울러 하루키 작품의 인용은 『村上春樹全作品(1970~1989)』(講談社)을, 나쓰메 소세키의 『마음』의 인용은 『夏目漱石全集 第六巻』(岩波書店, 1985)을 따랐음.

1) 高橋留美子(1985)「こ〻ろ」『めぞん一刻』第9巻, 小学館, pp.64-65
2) 蓮実重彦(1989)『小説から遠く離れて』, 日本文藝社 参照
3) 大塚英志(1994)「異類殺害と通過儀礼─「猿婿入」を読む」及び「最初の求婚者の死─『ホットロード』『タッチ』『めぞん一刻』を読む」『人見御供論─供犠と通過儀礼の物語」, 新曜社 参照
4) 大塚英志(1994)「通過儀礼という主題」위의 책, p.17
5) 中島梓(1984)「知識人の系譜」『ベストセラーの構造』, 講談社, pp.38-39
6) 中島梓(1984)「差別されたベストセラー」위의 책, pp.114-116
7) 蓮実重彦·柄谷行人(1988)「ポストモダンという神話」『闘争のエチカ』, 河出書房新社, p.93
8) 蓮実重彦·柄谷行人(1988) 위의 책, pp.89-90
9) 平野芳信(1991)「凪の風景、あるいはもう一つの物語─『風の歌を聴け』論─」『日本文藝論集』第23·24合併号, 山梨英和短期大学日本文学会 参照
10) 斎藤美奈子(1994)「換わりゆく妊娠小説」『妊娠小説』, 筑摩書房 参照
11) 「聞き書 村上春樹 この十年 1979年~1989年」『臨時増刊文学界村上春樹ブック』第45巻第5号, 文藝春秋, 1991. p.52
12) 村上春樹(1988)「あとがき」『ノルウェイの森』, 講談社, p.259
13) 村上春樹(1988) 위의 책, p.260
14) 小澤俊夫(1990)「日本と似ている外国の昔ばなし」『世界の昔ばなし・28-猿むこ入りと悪魔のズボン』, 小峰書店, pp.170-171
15) 大塚英志(1994)「最初の求婚者の死」앞의 책 参照
16) 和田博文(1988)「村上春樹文学マニュアル」『國文學』第33巻第10号, 學燈社, p.132

17) 渥美秀夫(1992) 「村上春樹「蛍」と漱石「こゝろ」-「近代文学」から見た「蛍」の
    諸相一)」「愛媛国文研究」 제42호, 愛媛国語国文学会
18) 宮河健郎(1994) 「再話された『こゝろ』」『総力対談 漱石『こゝろ』』, p.188
19) 여기서 말하는 「≪최초의 남편이 죽는 이야기≫의 변형(≪最初の夫の死ぬ
    物語≫のヴァリアント))」이란, 예를 들어 이이다 유우코(飯田祐子)씨가 「비
    슷한 등장인물인 두 남자(차이는 개성으로 설명된다), 그 두 남자를 두 점
    으로 하고, 한 여자를 사이에 둔 삼각형, 여기에서 생겨난 질투에 의한 무의
    식적인 살인 드라마이다. (중략) 여자는 이 드라마의 역학에 관여하지 않고
    있다」(『마음』과 같은 삼각관계의 재생산 -『중앙공론』1918년 7월 정기증간
    「비밀과 개방」호에 있어서 유사점과 그 무시- (『こゝろ』的三角関係の再生
    産)-『中央公論』大正七年七月定期増刊 「秘密と開放」号における類似とその
    無視-(「神戸女学院大学論集」)」 第42巻第2号 〈1995, 12〉 神戸女学院大学研
    究所 p.4)라고 분절화시킨 것과 등가의 구조를 갖는 것은 아닐까? 하지만
    흥미롭게도 이이다 씨는 타이쇼 시대의 독창성이 널리 세상에 퍼졌음에도
    불구하고, 그것을 거의 무시하듯이 소세키의 『마음』과 유사 혹은 「같은 형
    태의 도형을 인용」하고 있음을 「텍스트를 유형화시킴으로써」발견할 수 있
    다는 것을 지적하고 있다.
20) あだち充(1983) 「카즈야는, 어디에(和也は、どこへ)」『터치(タッチ)』제7권,
    小学館, p.122 및 p.128
21) 小澤俊夫(1990) 앞의 책, p.184
22) 막스 류티 저, 오자와 토시오 역(1995)『유럽의 옛날이야기(ヨーロッパの昔
    話)』, 岩崎美術社 참조
23) 이치카와 쇼고(市川昭午)씨의 조사『대학대중화의 구조(大学大衆化の構造)』
    (〈1995.10〉玉川大学出版部)에 따르면, 1908년의 구제도에 있어서 대학전체
    의 재학생수는 7517명이며, 이 해의 졸업자수는 단순히 4분의 일정도라고
    한다면, 1879명 정도이다. 또한『복각본 일본제국문부성 제36년보 상권
    1908년부터 1909년 3월까지(復刻 日本帝国文部省第三十六年報上巻 自明治
    四十一年四月 至明治四十二年三月)』(宣文堂)에 의하면, 1908년의 동경제국
    대학의 졸업생수는 법과대학이 286명, 문과대학이 161명, 이과를 포함한

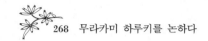

전체 졸업생수가 1188명이었다.

24) 桜井哲夫(1984) 「근대적 학교제도의 성립(近代的学校制度の成立)」『「근대」의 의미-제도로서의 학교·공장(「近代」の意味-制度としての学校·工場)』, 日本放送出版協会 참조

25) 만약 그러한 사람들을 그렇게 불러도 좋다는 이야기지만, 적어도 여기에서는 지금까지의 촌락공동체를 생활의 기반으로 하고 있던 사람들에 대하여, 주로 도시생활자 중의 일부를 지적하고 있는 것은 말할 것도 없다.

26) 石原千秋(1992) 「고등교육을 받은 남자들 -「마음」론(高等教育の中の男たち-「こゝろ」論)」『일본문학(日本文学)』제41권 제11호, 日本文学協会. p.33

27) 大塚英志(1994) 「이류살해와 통과의례」 앞의 책, 참조

28) 紅野謙介(1988) 「고모리 요이치 씨의 두 저술과 관련하여 - 유토피아 저편에(小森陽一氏の二著をめぐって-ユートピアの彼方へ)」『媒』제5호, 「媒」の会, pp.96~97

29) 이 점에 관하여 아쓰미 히데오 씨는 「「나」와 부인의 결합을 귀납시켜 「아름답게 빛나는 사랑 이야기」를 가상해 보는 것도 나쁘지 않다. 단 그 때 부인은 K와 선생님의 죽음에 있어서 보이지 않은 이유가 자신 때문임을 알고, K처럼 선생님처럼 「나」가 자신에게 접근하는 것을 웃으면 맞이한다-이러한 의미에서 K도 선생님도 「나」도 초월하고 있다-여성이라는 것을 잊지 않고 있다면 말이지만」(渥美秀夫(1992) 「村上春樹「蛍」と漱石「こゝろ」」 위의 책, p.59)이라고 말하고 있다. 이것도 환언하면, 여자의 통과의례(成女式) 이야기가 잠재되어 있다고 해석할 수 있지 않을까?

30) 「아사히신문(朝日新聞)」(1988.12.25.)

31) 졸고 「잔잔한 바다의 풍경, 혹은 또 하나의 이야기」(*9와 동일) 참조

32) 『暦日大鑑』, 新人物往來社, 1994. p.203

33) 「1970년=쇼와45년-근대일본의 언설공간(一九七〇年=昭和四十五年-近代日本の言説空間)」『종언을 둘러싸고(終焉をめぐって)』, 福武書店, 1990. p.15

34) 斎藤美奈子(1996) 「「무라카미 하루키 론」퀘스트(「村上春樹論」クエスト)」『文学界』제50권 제8호, p.162

무라카미 하루키와
요시모토 바나나 소설의 비교읽기
- 『토니 타키타니』와 『키친』을 중심으로 -

김용안*

1. 들어가기

무라카미 하루키의 『토니 타키타니』(1990)와 요시모토 바나나의 『키친』(1988)은 잔잔하게 쓰여 있어 두 작품 공히 가벼운 마음으로 읽힐 수 있는 소설임에도 불구하고 현대사회에서 소외된 인간들이 겪고 있는 고독과 그에 수반되는 근원적인 아픔이 묘사되어 있어 만만찮은 무게를 갖고 있다.

두 작가는 현대 일본 소설계의 대표 주자 군에 속하면서 정열적인 글쓰기와 대중적인 인기, 해외소개를 통한 외국 독자확보, 현대인의 고독을 내용으로 다루는 제재의 유사성은 물론, 읽기 쉬운 문체의 소프트함과 군더더기 없는 내용의 쿨함을 통해서 소설의 소비패턴 마저 바꾸

* 金容安 : 한양여자대학교 일본어통번역학과 교수, 일본근현대문학 전공

는 등의 많은 공통성을 갖고 있다. 그러면서도 주조해온 작품의 성격은 완전히 판이하다. 이런 공통성과 판이함으로 인해 두 작가의 비교읽기가 꽤나 흥미 있는 일임에도 불구하고 필자가 과문한 탓인지 그런 시도를 발견할 수가 없었다.

유사한 제재를 가지고 성격이 판이한 작품을 주조해내는 두 작가의 성향의 대비파악은 두 작가의 작품에 대한 독해에 유효한 단서를 줄 수 있다는 점에서 매우 중요한 작업이라고 할 수 있다.

흔히 두 작가의 소설에 대해서 작중인물들의 사회성과 이데올로기의 결여, 무사상, 무철학 등이 지적되곤 하는데 그것은 나름대로 치명적인 단점이 되기도 하지만 인간의 내면의 원천적인 문제를 파고드는 데는 그만큼 자유로울 수 있다는 반증도 된다.

두 작품이 비교대상이 된 것은 그것들이 작가의 특질에서 일탈되지 않은 두 작가의 전형적 작품인 점과 현대인의 고독을 작품의 제재로 했다는 유사성이 우선의 고려 대상이었다. 그리고 작품의 수나 인기도 등에 있어서도 두 작가는 어깨를 나란히 하고 있으나(최근에는 그렇지도 않지만) 나타난 작품성과 받고 있는 평가에 있어서는 완전히 판이하다는 점도 고려의 대상이 되었다. 전자는 비교읽기의 충분조건일 수 있고 후자는 비교읽기의 필요조건일 수 있을 것이다.

따라서 이 글은 제재의 유사성이 작가에 따라서 작품에는 어떤 경향으로 나타나는가에 대한 상대비교가 될 것이며 그것은 이 글의 목적이 될 것이다. 이 상대비교가 양 작가와 작품성향을 분석하는 데 새롭고 유효한 단서를 제공할 것이라고 전망하는데 그것은 이 글의 의의가 될 수 있을 것이다.

2. 고독한 군상

현대사회의 가장 두드러진 현상 중의 하나가 고독인데 그 고독은 소통의 부재에서 비롯되는 경우가 대부분이다. 양 작품의 작중인물들의 가장 두드러진 특징은 진정한 소통의 부재로 인해 고독을 운명처럼 지고 살아가는 데 있다. 작중인물들이 마음을 나누는 대화 회로는 굳게 닫혀 있으며 모두들 외딴 섬 같은 형태로 존재하는 가운데 진정한 소통이 없다. 모두가 한결같이 힘겹게 부과된 고독이라는 자장 속에서 서성이는 실루엣들이다.

두 작가는 공히 현대는 물론, 미래사회에서도 고독이 인간사회와 더욱 더 불가분의 관계를 가지게 될 것이라는 사실을 잘 알고 있다.

기하라 부이치(木原武一)는

> 미래는 혼자서 사는 것이 요구되는 시대이다. 통계는 혼자서 사는 사람들의 증가를 나타낸다. 혼자 사는 것을 단독세대라고 하지만 현재 일본에서는 총 세대 중 약20%가 단독세대이고 전 인구 가운데서 15명 중의 한사람은 독신 생활을 하고 있다. (중략) 친한 친구와 교제 중에 있어도, 즐거운 가족속의 단란한 생활 가운데에서도 고독은 존재한다.
> 모든 인간에게 있어서 고독은 피할 수 없는 현실이다. 사람이란 혼자라는 것이다. 혼자이기 때문에 사람(히토)이다. 혼자서 살 수가 있을 때 비로소 사람(히토)이 된다.[1]

라며 이제 고독은 극소수에게 국한된 문제라기보다는 인간 대다수의 현실이며, 앞으로도 그 현실이 개선되기는커녕 더욱 심화될 것이라는 우울한 전망을 하고 있다.

그는 이어

> 개(個)라는 것은 고독이라는 것이고 그 자체는 딱히 나쁜 것도 좋은 것도 아니다. 고독이라는 것은 인간이라는 사실과 함께 하는 피치 못할 또 하나의 사실이다. 인간은 누구나 고독하다. 고독을 모르는 사람은 없다. 한사람의 당당한 성인이라는 사실은 고독을 알고 있다는 뜻이다. 문득 생각해보면 모두 자신이 고독하다는 사실을 알 수 있다. 그러나 우리들은 고독을 두려워하고 있지는 않을까? 고독을 가능하다면 피하고 싶은 재난쯤으로 생각하고 있지는 않을까? 2)

라면서 현대인 누구에게나 운명처럼 닥쳐오는 고독과 그것을 회피하려는 경향을 지적하고 있다. 물론 인간에게는 자신의 고독을 회피해보려는 측면도 있지만 한편으로는 타인과의 교류를 번잡하다고 느끼며 스스로 고독을 자초하기도 하고 관음취미처럼 타인의 고독에 집요한 관심을 갖기도 한다. 이것도 인간의 고독에 대한 이율배반적인 양상일 것이다.

인간의 그런 속성을 모를 리 없는 두 작가는 고독이 있는 인간풍경을 소설의 바탕 그림으로 즐겨 그린다. 그 속에서는 주로 인간이 고독을 회피해가는 양상이 아니라, 고독과 정면으로 맞서는 상황을 묘사한다. 두 작품은 그런 현상이 두드러진다.

하루키의 『토니 타키타니』의 작중인물들은 한결같이 모두가 고독한 존재이다. 우선, 타키타니 쇼자부로(滝谷省三郎)는 2차대전 중에 중국으로 갔다가 죽을 고비를 넘기고 구사일생, 일본으로 귀환하게 된다. 그의 집은 동경의 대공습으로 불타고 그때 이미 그의 부모는 죽었으며 유일한 형마저 미얀마전투에 끌려갔다가 전선에서 행방불명된다. 즉 타키타니 쇼자부로는 완전한 천애고독의 신세가 되고 만다. 그러나 그는 그 사실을 그다지 슬프다거나 숨 막히게 괴롭다고 느끼지 않으며 쇼크조차 받지 않는다. 물론 상실감 같은 것은 엄습해온다. 그러면서 인간이 살아간다고 하는 것 자체가 다소의 차이는 있지만 상실의 연속이며 결국 인간은 언젠가는 혼자가 되는 법이라는 것이라고 체념한다.

　미야와키 도시부미(宮脇俊文)는 하루키 소설의 상실감에 대해서

　　무라카미의 글은 상실감을 묘사 할 때가 가장 아름답다. 우리들을 순간적으로 그 세계에 몰입시키고 유미(唯美)적 세계에 젖어들게 해준다. 그 장면만을 오려내서 한 장의 그림으로 만들고 싶을 정도이다. 물론 그것은 슬픈 체험이다. 그러나 그곳에 몸을 맡기고 함께 무너져가는 자신을 상상하는 것은 너무나도 감미롭다. 다만 다음 순간, 우리들 안에 깊은 고독감이 남아 있다는 사실을 감지시켜준다. 그리고 그것이 현실이라는 사실도 아울러 인식시켜 준다.[3]

라고 지적하고 있다. 그의 말대로 본 소설에서는 고독과 상실이 주선율이고 그것들이 감미로운 것처럼 느껴질 정도로 자연스럽고 투명하기까지 하다. 그것은 하루키의 소설 속에서 상실이 얼마나 친근한 주제인가를 대변하는 것이기도 하며 동시에 고독이 작중인물의 실존과 항상 연루되어 있다는 사실에 대한 지적이기도하다.

　고독의 양상에 대해서 기하라는

　　무슨 일이든지 상반된 두 개의 얼굴이 있다. 혼자 있고 싶은 때가 있는가하면 모두 함께 떠들고 싶을 때도 있다. 고독으로 고독감을 느끼는 사람이 있는가하면 고독으로 쾌적하다고 느끼는 사람도 있다. 다른 사람에게 말참견이나 쓸데없는 참견을 당하고 번잡하다고 느끼는 경우가 있는가 하면, 어느 누구도 신경 쓰지 않고 상대해주지 않으면 버림받았다고 느끼는 사람도 있다.[4]

며 고독에 대한 양면성을 드러내는 인간의 아이러니를 읽어내고 있다. 하루키의 본 소설도 고독을 당연한 것으로 받아들이며 개별적인 사건으

로는 쾌적하게 느낄만한 작중인물들이 속속 등장하지만 그것들이 모인 소설전체는 우수에 깃드는 것도 바로 이 고독의 상반된 얼굴의 작용 탓이다.

타키타니는 고독을 잊기 위해서 재즈를 결성하고 연주를 하며 살아 간다. 어느 날 길에서 우연히 마주친 먼 친척뻘 되는 여인과 차를 마시 는 것이 계기가 되어 그녀와 결혼을 하게 된다. 결혼 한 다음 해에 아들 이 태어나고 아들이 태어난 지 3일 만에 그 부인은 죽고 만다.

> 순식간에 죽고 순식간에 화장되었다. 매우 조용한 죽음이었다. 사르르
> 꺼져가듯이 죽어갔다. 마치 누군가가 뒤에서 살짝 스위치를 끈 것처럼.5)

비극이다. 그것도 아들을 낳은 부인의 급사가 야기한 처절한 비극이 다. 하지만 적어도 위 소설 속에서는 비극이 아니다. 이 시대의 진정한 비극은 비극이 사라졌다는 데 있다고 작가가 말하고 있는 듯하다. 남편 이 자신의 부인의 죽음에 대해 느끼는 감정에 슬픔에 복받치는 한탄이 나 절규가 전혀 없다. 더구나 마치 죽음을 스위치를 끄는 일상생활의 비일비재한 일처럼 묘사하고 있으며 죽음을 목격한 남편의 상실감과 고독이 군더더기 없이 묘사되어 있다. 죽음이 삶의 끝이고 완전한 파탄 이며 더 없는 충격의 대사건이라는 상식을 이 소설은 완전히 배반한다. 아내의 죽음이라는 사건을 감정이 완전히 배제된 투명한 시선으로 조명 하는 것이 이 소설의 세계이다. 가족의 죽음이 충격이나 인식의 전환을 가져다주지 않은 채 그대로 무화되어 버리는 세계, 폐쇄적인 개인의 생 활공간 속에서 유대와 의사소통의 가능성은 완전히 배제되고 극심한 소외, 일탈, 무관심만이 지배하는 세계—바로 이런 풍경이 이 작품을 관류하고 있다.

죽음마저도 평온과 권태 속에 무의미한 도시적인 일상으로 치부되어

버리는 이 소설에, 죽음이 더 이상의 충격이나 파탄의 대사건이라는 개념은 폐기되어야 할 것이라는 작가의 섬뜩한 메시지가 담겨있다.

소프트한 문체로 장착된 소설의 부드러운 이미지 뒤에 이런 전율스러운 작가의 메시지가 잠복되어 있는 것이다. 이것이 하루키 문학의 한 특질이다.

당연한 귀결로 타키타니 쇼자부로는 그 뒤로 죽을 때까지 재혼을 하지 않고 혼자 살아간다. 그건 운명이다. 그리고 그 고독은 대물림된다. 아들이자 주인공인 토니 타키타니 즉, 타키타니 Jr.는 집에 항상 홀로 남겨져서 혼자 생활 해간다. 그리고 그가 만나서 결혼하게 되는 여인도 혼자이긴 마찬가지이다.

바나나의 『키친』의 경우도 작중인물군의 가장 두드러진 특징의 하나가 운명처럼 고독을 짊어지고 살아가는 데 있다. 그들은 외견으로는 서로 일상적인 대화도 나누고 관능처럼 평범한 생활을 영위해간다. 하지만 그들 간에 마음의 고통을 나누는 대화 회로는 굳게 닫혀 있으며 모두들 고도(孤島)와 같은 형태로 존재하고 진정한 소통이 없다. 주인공인 미카게가 대하는 유이치는 부드러운 남자이지만 그도 역시 냉정하면서도 혼자라는 느낌을 지울 수 없는 사람이다.

> 그는 긴 손발을 가진 수려한 얼굴의 청년이었다. 성격은 전혀 몰랐지만 굉장히 열심히 꽃집에서 일하고 있는 것을 봤던 느낌이 든다. 조금 알게 된 다음에도 그의 그 냉정한 인상은 변함없었다. 행동이나 말투가 아무리 상냥해도 그는 혼자서 살아가는 느낌이 들었다. 즉 그는 그 정도의 아는 사람에 불과한 완전한 타인이었다.6)

주인공 미카게가 유일한 가족이었던 할머니의 갑작스런 죽음으로 홀로 되었을 때 그녀를 자기 집으로 거두어준 착한 청년 유이치에 대한 미카게의 인상이다. 그는 일상생활은 열심히 하지만 내부에는 고독의 그림자가 짙게 드리워져 있다. 미카게는 그의 집에 와있고 그의 상냥함이 마음에 들었으며 그의 쿨함이 신뢰를 주었음에도 불구하고 그와의 진정한 커뮤니케이션이 존재하지 않을 것이라는 우울한 예감을 갖고 있다. 혼자 살아가는 느낌이 있는 청년이기에 그는 마음을 열지 않을 것이고 따라서 그는 언제나 나와는 완전한 타인으로 존재할지 모른다는 그런 어두운 예측을 하고 있는 것이다.

미카게 자신도 고독하기는 마찬가지이다. 미카게는 자신과 단둘이 사는 유일한 가족인 할머니가 죽기 전, 그녀가 죽는 것을 두려워하면서 살고 있었다.

> 나는 언제나 언제라도 「할머니가 죽는 것이」무서웠다. 내가 귀가하면 텔레비전이 있는 일본식 방에서 할머니가 나와서는 어서 오라고 한다. 늦을 때는 언제나 케이크를 사왔다. 외박이든지 뭐든지 말을 꺼내면 화내지 않는 너그러운 할머니였다. 때로는 커피로, 때로는 일본차로 우리들은 텔레비전을 보면서 케이크를 먹고 자기 전의 한때를 보냈다. (중략) 어떤 사랑에 미쳐 있어도 아무리 많이 술을 마시고 즐겨 취해 있어도 내 마음속에서는 언제나 오직 한 분의 가족을 걱정하고 있었다.
> 방구석에서 숨 쉬며 밀려오는 오싹한 적막감, 아이와 노인이 아무리 활기차게 지내도 채워질 수 없는 공간이 있다는 사실을 나는 누구에게 배우지 않아도 일찌감치 느끼고 있었다.   (p.30)

할머니와 다정하게 일상생활을 하며 지내고 있는 미카게의 모습이 묘사되고 있다. 하지만 할머니가 곧 죽을 수 있다는 사실과 할머니와는 진정으로 소통을 이룰 수 없다는 점이 그녀를 고독으로 내몰고 있다. 할머니와 아무리 다정하게 지낸다 하더라도 그녀와의 채울 수 없는 세대차의 갭은 오싹하게 느껴질 정도의 적막으로 다가선다. 할머니나 나나 절대 고독 속에 있다는 사실을 나타내고 있다. 이런 사실은 허무사상이나 무상감으로 이어져, 자신 앞에 있는 청년 유이치마저도 언젠가는 어둠속으로 산산이 부서져 갈 것이라고 생각한다.

　　유이치도 그렇다고 생각한다.
　　언젠가 누구나 어둠속으로 산산이 부서져 갈 것이다. 그 사실을 몸에
배게 한 시선으로 걷고 있다. 나에게 유이치가 반응한 것은 당연한 일일
지도 모른다.　　　　　　　　　　　　　　　　　　　　　　　(p.30)

　부모의 사랑을 받지 못한 채, 언젠가 가까운 시일 안에 죽을지도 모르
는 할머니와 살면서 얻게 된 생각은 시간의 연속이나 지속이 아니라,
곧 허무하게 스러져버릴 운명을 예감하는 무의식에 사로잡힌다. 이런
허무나 무상감의 감상들은 타인과의 진정한 소통을 방해한다.

　　거의 첫 번째 집으로 지금까지 그다지 만난 적이 없는 사람과 마주보
　고 있으면 왠지 천애고독의 기분이 든다.　　　　　　　　　(p.30)

　고독감은 고독을 낳고 또 고독은 고독감을 낳는 악순환의 고리 속에
서 고독은 점점 심화 될 수밖에 없다. 삶의 경험이 가져다 준 짐이 얼마
나 큰 것인가를 알 수 있는 대목이다.
　그러나 그런 완전한 고독 속에서도 미카게는 변화를 모색한다.

　　조금씩 마음에 빛이나 소망이 들어오는 것이 매우 기쁘다.　(p.31)

　그 변화를 통해 아주 조금씩 긍정과 치유의 세계로 한걸음, 한걸음
나아가지만 미카게가 스스로 생각하는 것 이상으로 가족상실이 가져온
영향은 크다. 그녀의 간절한 염원이나 안간힘과는 별도로 고독의 어두운
그림자는 미카게가 모르는 사이에 미카게의 모든 것을 지배하고 있다.

　　마지막 짐이 나의 두 다리 옆에 있다. 나는 이번에야말로 홀홀단신이

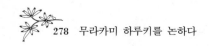

될 것 같은 나를 생각하자, 울래야 울 수 없는 묘하게 들 뜬 기분이 되어
버렸다.   (p.47)

결국 미카게가 그렇게 몸부림 쳤음에도 불구하고 스스로가 확인한 자
신은 절대 고독 속에서 한걸음도 빠져 나오지 못하고 있는 자신의 몽타
주이며 상실에서 비롯된 허무의 현장에 유기되어버린 자신의 몰골이다.
 이 소설의 기타의 등장인물들도 모두 고독 속에서 지친 삶을 영위하
고 있다. 에리코는 자신의 고독을 성전환과 자식을 위하여 바치면서 즉
흥적 기분으로 살아가고 있고, 미카게의 과거 애인이었던 쇼타로도 헤
어진 과거의 여인에게 미련을 버리지 못하고 홀로 살아가고 있다. 모두
들 한결 같이 각자에게 힘겹게 부과된 고독과 정면으로 맞서는 실루엣
들이다.

3. 집착의 양상

완전한 상실감은 무엇인가에 대한 강한 집착으로 나타난다.
야마자키 시게루(山崎森)는 이 점을 다음과 같이 지적하고 있다.

> 사람은 심리적 존재이고 사회적 존재이고 타자에게 빼앗기거나 상실
> 의 체험을 강요당할 때 빼앗기거나 상실한 것을 그 사람 나름의 수단
> 방법에 의해서 되돌리려고 하거나 원래의 상태로 복원시키려려는 기능
> 이 있다. (중략) 인간의 심리작용 가운데에는 고통을 당했던 것, 혐오하
> 는 것 등을 마음의 심층에 가두어두거나 발산, 전가함으로써 심리적 고
> 통을 경감시키거나 망각하려고 하는 기능이 있다.[7]

상실한 경험으로 인해 고독을 느끼는 사람은 그 심리적 고통을 경감

시키거나 망각하려고 하는 기능이 있다고 했는데 여기서 다루는 두 소
설은 그 경향이 두드러지게 나타난다. 타자가 배제된 상태가 고독인 점
을 감안한다면 고독한 사람에게 필연적으로 따르는 것은 역시 자아와의
만남일 것이다.

기하라 부이치는 이 점에 대해서

> 중요한 것은 타인과 어떻게 별 탈 없이 교제할 것인가가 아니라, 자기
> 자신과 어떻게 교제할 것인가이다. 타인과의 교제방식은 사회가 집단생
> 활을 통해서 어쩔 수 없이 가르쳐 줄 것이다. 그러나 자기 자신과 어떻게
> 교제 할 것인가? 고독이라는 피치 못할 사실에 어떻게 대처할 것인가에
> 대해서는 누구도 가르쳐주지 않는다.
> 그것은 스스로 혼자서 체험하고 배우지 않으면 안 된다.[8]

라며 고독은 자신과의 교제의 문제로 수렴된다는 것을 역설하고 있다.

고독을 극복하는 방법의 하나가 자신과의 교제이고 그 방편이 양 소
설에서는 작중인물들의 집착이나 탐닉으로 나타난다.

『토니 타키타니』의 경우에서 아버지는 재즈음악에 빠지고 타키타니
Jr.는 일러스트레이션에 몰두한다. 다행히도 타키타니 Jr.의 경우는 그
몰두하는 취미가 직업이 되고 그것은 시운을 타며 상당한 재산가가 된
다. 그리고 마치 고독한 자신의 존재에 대한 보상이라도 받으려는 듯이
고독을 잊은 채 오로지 일에만 몰두하게 된다. 그러다가 그는 자신의
사무실에 원고를 가지러오는 여인과 사랑에 빠져 결혼에 골인하게 된
다. 그 여인도 예외 없이 집착이 강하고 옷을 사는 일에 탐닉한다. 그녀
는 유럽으로 신혼여행을 가서도 그 흔한 박물관 하나 들르지 않고 명품
부티크만 섭렵하며 쇼핑하는데 시간을 다 쓰고 만다. 급기야는 그녀
를 위해서 방 하나를 몽땅 드레스룸으로 개조해야했고 하루에 두 번을
갈아입는다고 해도 전부 갈아입는데 2년은 족히 걸릴 엄청난 옷을 사고

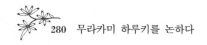

만다.

이렇듯 상실을 운명처럼 안고 가는 작중인물들에게서 공통적으로
나타나는 현상이 집착이다.

『키친』의 미카게는 상실할 것도 별로 없지만 마지막으로 부여잡고
있던 할머니마저 죽자, 모든 것을 상실한 것처럼 느낀다.

> 부엌의 창, 친구의 미소 띤 얼굴, 쇼타로의 옆얼굴 너머 보이는 대학
> 정원의 선명한 녹색이나 밤늦게 걸려오는 할머니의 목소리, 추운 아침의
> 이불, 복도에 울려 퍼지는 할머니의 슬리퍼 소리, 커튼 색…다다미… 벽
> 시계.
> 그 모두. 이미 그곳에 있을 수 없게 된 것 모두.   (p.47)

미카게는 자신과의 회로역할을 하던 모든 것이 끊어지고 말았다고
생각한다. 그야말로 절대 고독상태에 있는 것이다. 미카게에게서도 상
실한 것에 대한 보상심리가 부엌이나 소파에 대한 집착으로 나타난다.

부엌은 최소한의 삶을 위해서 창조적이든 반복적이든 무언가를 만들
어내는 곳이며 인간의 본능을 채워줄 수 있는 역동의 공간이다. 적어도
인간이 목숨을 부지하고 있는 한, 그곳과는 불가분의 관계를 맺어야한
다. 그리고 그곳은 적어도 할머니처럼 상실할 위험성이 극히 적은 공간
이다. 그곳은 일종의 해방구이다. 하지만 그곳은 음악을 듣거나 차를
마시거나 우아한 커뮤니케이션이 이루어지는 꾸밈의 공간이 아니다. 그
곳은 연극무대의 이면 같은 투박한 공간으로 꾸밈없고 다듬어지지 않은
인간의 모습이 여과 없이 반영되는 장소이다.

> 나와 부엌만 남는다. 나밖에 없다고 생각하는 것 보다는 조금은 더
> 나은 생각이라고 느낀다. 완전히 녹초가 되었을 때 나는 황홀경에 빠진
> 다. 언젠가 죽을 때가 오면 부엌에서 마지막 숨을 거두고 싶다. 나 홀로

추운 곳이든 누군가가 있어 따스한 곳이든 나는 두려움에 떨지 않고 똑
바로 응시하고 싶다. 부엌이라면 괜찮다고 생각한다.   (p.7)

미카게가 막다른 골목으로 몰리거나 치유 불능 상태에 빠졌을 경우,
그녀에게 부엌은 응급처치의 공간이며 부활과 치유와 삶을 확인하는
공간이다. 그곳만이 자신을 안락함과 쾌락으로 감싸주는 자궁역할의 포
용의 공간이다. 따라서 고독에 지친 주인공이 녹초가 되어 그곳을 찾아
도 이내 황홀경에 빠져들 수 있는 곳이다. 미카게는 마지막 숨마저 그곳
에서 거두고 싶어 한다. 그곳은 피곤하고 지친 삶을 받아줄 수 있는 장
소일 뿐만 아니라, 자신의 영혼을 거두어 줄 수 있는 장소로 생각하고
있는 것이다.

　　나는 담요를 휘감고 오늘밤도 부엌 옆에서 잔다는 것이 이상해서 웃었
다. 그러나 고독은 없었다. 나는 기다리고 있었는지 모른다. 지금까지도,
앞으로도 잠시 동안 잊을 수 있는 잠자리만을 원하고 있었는지도 모른다.
옆에 사람이 있어서는 고독이 가중되니까 안 된다. 하지만 부엌이 있고
식물이 있고 같은 지붕아래 사람이 있고 조용하고 베스트였다. 안심하고
잤다.　　　　　　　　　　　　　　　　　　　　　　　　(pp.24-25)

옆에 사람이 있으면 고독이 가중된다는 미카게의 생각은 부엌에서
안락한 잠을 청하는 자신의 정신 상태와 불가피하게 연루되지 않을 수
없다. 시공을 초월하며 존재하는 부엌은 미카게에게 있어서 최면의 바
다이기도 하다.
　마틴 부버는 인간의 이런 점을 다음과 같이 지적했다.

　　사물들의 세계에서 살아가며 사물들을 경험하고 사용하는 것으로 만
족해하는 많은 사람들이 자신을 위해 이념이라고 하는 별채나 누각을
짓고 그 안에 들어가 밀려오는 허무를 피하며 위안을 찾는다. 그들은 이

별채의 현관에서 일상의 추한 옷을 벗어버리고 새하얀 세마포로 몸을 두르고 자신의 삶과는 아무 관계도 없는 근원적인 존재나 마땅히 있어야 한다고 생각되는 존재를 생각함으로써 기운을 차린다. 또한 그러한 존재가 있다는 것을 사람들에게 알려주는 일도 그들에게는 기분 좋은 일일 것이다.[9]

미카게에게 있어서 허무를 피하고 위안을 찾기 위한 별채나 누각이 바로 부엌인 셈이다. 그런 그녀가 바람막이 공간인 부엌 내부를 전시관처럼 즐기는 것은 당연한 일인지도 모른다. 흔히 우리가 간과하기 쉬운 부엌 내부의 실루엣을 심미적인 표정 있는 공간으로 읽어내고 있다.

작은 형광등의 빛을 받아 차분하게 자기 차례를 기다리는 식기류, 찬찬히 보니 완전히 제각각이어도 묘하게 질이 좋은 제품뿐이었다. 특별요리를 위한 예컨대 덮밥용 사발이나, 그라탱 접시, 혹은 거대한 접시, 손잡이가 달린 맥주잔 등이 있는 것도 왠지 기분이 좋았다. 작은 냉장고도 유이치가 괜찮다고 해서 열어보았더니 잘 정돈되어 있고 쑤셔 넣은 것은 없었다. 끄덕끄덕 긍정하면서 둘러보았다. 좋은 부엌이었다.　　　(p.15)

마치 배우처럼 자신의 출연을 기다리는 식기류, 특별 출연을 기다리는 식기류, 심지어는 냉장고 속의 풍경까지 긍정적인 표정으로 미카게에게 읽혀지고 있다. 미카게는 부엌을 속성으로만 사랑하는 것이 아니라 표정까지도 사랑하고 있는 것이다. 미카게의 사랑으로 넘치는 너그러운 시선과 풍요로운 심상풍경이 보이는 대목이다.

사물은 그것을 보는 사람에게만 소유된다는 말처럼 온갖 부엌의 다양한 표정을 읽어내는 미카게에게 부엌은 온갖 다양한 모습으로 소유되고 있는 모습이다.

어떤 사람들은 말한다. 현실은 추하다고, 그러나 어떤 이들은 그렇게 생각하지 않는다. 아무리 추한 현실이라도 그 인식은 아름답다는 것을…… 도대체 그 자체가 아름다움인 것이 존재할까? 인식하는 자의 행복은 아름다움을 배가시키고 존재하는 모든 것을 밝은 빛 속에 둔다. 인식은 그 아름다움을 단지 사물의 주변에 둘뿐만이 아니고 그 아름다움을 오랫동안 사물 속에 넣어둔다.…… 미래의 인류가 그 주장에 대해 증명을 해주도록!(曙光550번)10)

절망의 현실 속에서 굳게 봉인되어진 아름다움을 찾아내는 것은 바로 인식이다. 그녀의 인식은 집착에서 온 것이고 집착은 자신과의 교제에서 온 것이며 자신과의 교제는 고독에서 온 것이다. 결국은 고독이 인식을 낳았으며 인식이 그것을 가능하게 했던 것이다. 고독하지 않았다면 현실에서 그런 아름다움을 읽어내지 못했을 것이다.

그와 더불어 그녀는 소파에 대한 집착도 나타나는데 이것은 그녀가 상실감과 고독으로 심신이 지칠 대로 지쳐있다는 반증이기도 하다.

> 그 부엌과 마찬가지로 다나베 네의 소파를 나는 사랑했다. 거기서는 졸음을 음미할 수 있었다. 꽃들의 호흡을 듣고 커튼 건너편의 야경을 느끼면서 항상 푹 잘 수 있었다. 그것보다 갖고 싶은 것은 지금은 생각나지 않기 때문에 나는 행복했다.
> (p.31)

그녀는 소파에 앉을 수 있는 것만으로 행복을 느끼고 있다. 소파라는 곳이 마음 편히 앉거나 일상의 잡일과 결별하여 자신만의 자유를 만끽하는 공간이기도 하지만 가족들이 모이고 소통을 나누며 친밀감을 확인하는 공간이기도 하다. 따라서 주인공 미카게가 그곳을 집착한다는 것은 잃어버린 가족에 대한 염원이기도 하다.

> 부엌으로 이어지는 거실에 떡 버티고 있는 거대한 소파가 시선을 사로잡았다. 그 넓은 부엌의 식기장을 배경으로 하고 테이블도 놓지 않고 융단도 깔지 않은 채 그것은 거기에 있었다. 베이지색의 천으로 된 소파로

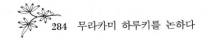

광고에나 나올듯한, 가족 모두가 앉아서 텔레비전을 볼법한, 옆에는 일
본에서는 키울 수 없는 커다란 개가 있을 법한 정말 멋진 소파였다.
(pp.13-14)

삶을 지탱하기 위한 필수불가결한 공간으로서의 부엌이 주인공의 삶
에 대한 열정을 부여해주는 공간이라면 삶의 무거운 짐을 잠시나마 내
려놓고 휴식을 취할 수 있는 공간으로서의 소파는 가족애를 연상케 하
는 소통의 공간이다.

> 소파는 너무 기분 좋았다. 한 번 앉으면 두 번 다시 일어나고 싶지
> 않을 정도로 부드럽고 깊고 넓었다.   (p.23)

어머니의 품을 상실하고 살아가는 미카게가 그와 비슷한 공간에 대
한 간절한 염원에 대해 대리만족시켜줄 수 있는 공간이 바로 소파인
것이다. 일어나고 싶지 않은 부드럽고 넓고 깊은 품은 바로 어머니의
품이자 가족의 품인 것이다.

미카게에게 있어 또 하나 간과할 수 없는 것이 빛에 대한 집착이다.
미카게는 아름다움을 그 자체보다 훨씬 상회하는 아름다움으로 완상할
수 있는 정서를 가지고 있다.

> 그 남자의 그와 같이 결코 도를 넘쳐 따스하지도, 차갑지도 않은 태도
> 가 지금 나를 매우 따스하게 하는 것처럼 느껴졌다. 왠지 울음을 터뜨릴
> 것 같은 마음으로 스며드는 것이 있었다. (중략) 이 사람이 엄마? 라는
> 놀라움 이상으로 나는 눈을 뗄 수가 없었다. 어깨까지 치렁치렁한 머릿
> 결, 가늘게 치켜 올라간 눈동자의 깊은 휘황찬란함, 잘생긴 입술, 오뚝한
> 콧날 그리고 전체에서 배어나오는 생명력의 흔들림 같은 선명한 빛, 인
> 간 같지 않았다. 그런 사람을 본 적이 없다.   (pp.16-17)

위의 장면은 미카게가 유이치의 엄마 역할을 하는 사람에게서 생명

력으로 상징되는 빛을 읽어내는 모습이다. 아름다운 사람을 보는 시선
이 예사롭지가 않다. 따스한 사람을 보면서 울음을 터뜨릴 것 같은 풍요
로운 감성이 충일한다. 미카게는 천성적으로 넘치는 감수성을 갖고 태
어났다. 따라서 그녀는 사람에게서 생명력의 흔들림 같은 선명한 빛까
지 읽어낼 수 있는 것이다. 여기서 생명력의 흔들림은 선명한 빛과 동의
어의 세계이다. 빛은 역동적인 것이다.

　미카게는 자신에게 밀려오는 온갖 우수와 고독을 빛으로 상쇄해 가
고 있다. 그것은 또한 미카게가 그만큼 어둡다는 반증이다.

　　　자세히 보니 나이에 어울리는 주름이라든가 치열이 약간 고르지 못한
　　점이라든가 확실히 인간다운 부분을 느꼈다. 그렇다손 치더라도 그녀는
　　압도적이었다. 다시 한 번 만나고 싶었다. 마음속에 따스한 빛이 잔상처
　　럼 빛나고 바로 이런 것이 매력이라는 것이구나. 나는 느꼈다. 처음으로
　　물을 접했던 헬렌처럼 말이 살아있는 모습으로 눈앞에 신선하게 터졌다.
　　과장이 아니라 그만큼 놀라운 만남이었다.　　　　　　　　　　(p.18)

　햇살 아래서 좀 더 분명하고 확실하게 유이치의 엄마 역을 하는 사람
과의 첫 대면인데 그 사람을 명품 감상하듯 넋을 잃고 보고 있는 모습이
다. 여기서는 그녀의 모습을 빛으로 변환시켜서 관찰하고 있다. 앞의 빛
이 역동적인 빛이었다면 여기서의 마음속의 따스한 빛은 잔상처럼 빛나
는 정적인 빛이다. 그 빛이 말로 변주되고 말이 햇살처럼 터졌다는 표현
은 미카게가 그만큼 아름다움을 감상할 수 있는 심미안을 가졌다는 뜻이
며 그것은 또한 고독의 반증으로 나타나는 아름다움에 대한 집착이다.

4. 현상의 방관과 치유의 모색

현대사회가 휘황찬란한 불빛을 발하면 할수록 그 불빛아래에서 사는 많은 사람들의 내면의 어둠은 상대적으로 깊어 간다. 이 사회는 많은 인간들에게 꿈과 환희를 안겨주지만 같은 크기로 절망과 환멸과 고독감을 안겨준다. 욕망의 크기가 크면 클수록 그 종말은 더욱 황폐하고 쓸쓸한 것이라는 사실 자체가 이른바 인간사회가 안고 있는 치명적인 결함일지도 모른다.

이런 현상에서 소설가의 글쓰기 전략은 묵시록적 상황의 드러냄으로 일관하든가, 아니면 극도의 결핍의 상황 속에서도 한 줄기의 생명의 빛을 찾아내려는 간절하고 눈물겨운 노력의 양상으로 시종하든가의 둘 중의 하나로 집약될 수 있다. 이런 글쓰기 양상은 두 소설에서 두드러지게 나타나는 대비현상이다. 바로 전자가 하루키의 소설 『토니 타키타니』라면 후자는 바나나의 『키친』이다.

『토니 타키타니』에서는 부인이 엄청난 양의 옷 중 일부를 가게에서 물리고 오다가 교통사고로 죽고, 아버지도 암으로 죽어서 그들이 남기고 간 엄청난 양의 옷과 재즈 앨범을 처리하는 주인공의 장면으로 마지막을 장식한다.

> 레코드는 곰팡이 냄새가 났기 때문에 환기를 위하여 가끔 창문을 열 필요가 있었다. 그러나 그것을 제외하고는 그는 좀처럼 그 방에 발을 들여놓지 않게 되었다. 1년쯤 지나자 그런 것을 집에 부둥켜안고 있는 것이 거추장스러워져서 그는 중고 레코드 상인을 불러 전부 처분했다. 귀중한 레코드가 많았던 탓인지 상당한 가격이 매겨졌다. 소형자동차를 살 정도의 금액이었지만 그것조차 그에게 있어서는 아무래도 상관없었다. 그 레코드의 산더미가 완전히 치워지자 토니 타키타니는 이번에야말로 정말 외톨이가 되었다.(p.49)

주인공이 완전히 외톨이가 된 모습만을 클로즈업시키고 있다. 무한
질주가 자행되는 고속도로 한켠에 버려진 사고차량의 처참한 몰골을
연상케 하는 문명의 최첨단과 그 문명의 잔해가 내동댕이쳐져 있는 풍
경이 하루키가 그리고 있는 마지막 신(scene)이다. 그곳에는 절대고독만
존재할 뿐 고독 이후의 어떤 기록조차 없다. 고독이 있는 풍경만 있을
뿐, 고독에 대한 그 어떤 진단도 그 어떤 전망도 내리고 있지 않다. 이
시대의 독자들이 간절히 원하고 있을 지도 모를 희망의 메시지나 그럴
싸한 복음이나 어떤 신화적인 갈구를 하루키는 매몰차게 외면한다.

그 모든 것을 독자의 몫으로 남겨두는 하루키가 남긴 메시지는 강렬
할 수밖에 없다.

이에 비해 요시모토 바나나는 절망적인 고독에서 감히 희망을 캐려
는 시도를 감행하고 있다. 그것은 미카게의 행동으로 나타난다.

절대적인 고독에 견인되어 피해망상적인 삶을 꾸려가는 미카게에게
서도 고독을 새롭게 볼 수 있는 전향적인 자세가 여기저기 나타난다.
미카게는 고독을 꿰뚫어 볼 수 있는 혜안을 가지려고 안간힘을 쓴다.

> 세상에 이 나에 가까운 피를 나눈 사람은 없고 어디에 가서 무엇을
> 하든지 가능하다는 것은 호쾌한 일이었다. 이 세상은 상당히 넓고 어둠
> 은 이렇듯 캄캄한데 그 끝없는 흥미로움과 고독을 나는 처음으로 이 손
> 으로 이 눈으로 접하게 된 것이다. 지금까지 나는 한 눈을 감고 세상을
> 본 것이다.   (p.16)

고독의 이면의 세계에서 자유가 있다는 사실을 그녀는 얼핏 본 것이
다. 그녀에게 이것마저 없으면 삶을 지탱해나갈 수 없다. 자신 앞에 어
두움은 널려 있지만 그걸 꼭 부정적으로 볼 필요가 없으며 경우에 따라
서는 흥미로움의 세계일 수도 있고 그 결과로 고독이 세상을 잘 이해하
는데 도움을 줄지도 모른다. 거의 폐쇄적인 삶을 살아가는 사람에게 있

어 이런 깨달음은 놀라운 변화이다. 금방이라도 파멸해버리고 말 것 같은 극도의 절망의 순간과 당장 질식해버릴 것 같은 숨 막히는 상황과 빛이라고는 전혀 없는 캄캄한 어둠 속에서도 바나나의 소설은 치유와 화해와 구원의 메시지를 건져내는 노력을 게을리 하지 않는다.

> 문득 정신을 차리자, 머리 위에 보이는 밝은 창에서 흰 김이 나오고 있는 것이 어둠에 떠 있었다. 귀를 기울이자, 안에서는 부산하게 일하는 목소리와 냄비소리, 식기소리가 들려왔다. 부엌이다. 나는 어쩔 수 없이 음울하고 그리고 밝은 기분이 되어 머리를 감싸고 웃었다. 그리고 벌떡 서서는 스커트를 털고 오늘 돌아갈 예정으로 있던 다나베 집으로 향했다. (중략) 실컷 울었더니 상당히 가벼워져서 기분 좋은 졸음이 찾아왔다. (중략) 유리케이스 안에 들어있는 고요함이었다.　　　　　(pp.51-53)

이미 언급한 바와 같이 미카게는 극도의 절망 속에서 부엌을 갈구하고 있다. 그녀에게서 부엌의 이미지인 밝은 창과 하얀 김, 식기소리와 유리케이스 안의 고요함 등은 구원과 치유의 메시지이다. 그것들은 미카게와 진정으로 소통할 수 있는 존재들이다. 인간과의 소통불능상태에 빠져있는 미카게이지만 부엌과는 진정으로 소통할 수 있다는 점이 작가의 시선이다. 따라서 인간과의 유대관계는 없어도 부엌과의 유대관계는 돈독하다. 실컷 울음을 통해 찾아오는 카타르시스에서 부엌은 빠질 수 없는 공간인 것이다. 이 소설 전편의 마지막에도 주인공은 부엌과 동행할 것임을 선언하고 있다.

> 나는 몇 개나 몇 개나 그것을 가질 것이다. 마음속에서 혹은 실제로 혹은 여행지에서 혼자서 여럿이서 둘만이 내가 사는 모든 장소에서 틀림없이 많이 가질 것이다.　　　　　(p.62)

인간과의 관계는 집착하지 않더라도 부엌과의 관계는 이렇듯 집요하

다. 이로써 부엌은 미카게에게 있어서 무한대의 동행관계이며 불멸의
관계이며 완성의 관계인 것이다.

> 방전체가 선룸처럼 빛으로 가득 차 있었다. 달콤한 색깔의 푸른 하늘
> 이 끝없이 보이고 눈이 부셨다.   (p.26)

하룻밤을 보내고 난 다음에 광휘로 가득한 방에서 달콤한 색깔의 푸
른 하늘을 주인공은 만끽하고 있다. 방 전체에 넘치는 빛이 미카게의
우수를 말끔히 털어내고 있다.

> 나는 문득 그녀를 보았다. 폭풍 같은 데자뷰가 엄습해온다.
> 빛, 내려 쏟아지는 아침 햇살 속에서 나무냄새가 난다. 이 먼지 쌓인
> 방의 마룻바닥에 쿠션을 깔고 뒹굴면서 텔레비전을 보는 그녀가 무척이
> 나 정겨웠다. (중략)
> 대낮, 봄다운 날씨로 밖에서부터는 아파트의 정원으로 떠드는 아이들
> 의 웃음소리가 들린다. 창가의 초목은 부드러운 햇살에 쌓여서 선명한
> 녹색으로 빛나고 멀리 맑은 하늘에 옅은 구름이 천천히 흐른다. 느긋하
> 고 따뜻한 낮이었다.   (p.26)

내려 쏟아지는 아침 햇살의 은총을 받아 유이치의 어머니가 뒹굴고
있고 떠드는 아이들의 웃음소리가 나고 초목이 부드러운 녹색을 드리운
다. 이것은 아주 자연스럽고 흔하게 주변에서 얼마든지 연출될 수 있는
장면이다. 그저 평화로운 광경이다. 하지만 주인공은 그런 모습을 아주
절실하게 바라보고 있다. 주인공 미카게가 이런 안락함에 얼마나 목말
라 하고 있는지를 나타내는 반증이다. 항상 찾아드는 빛에 눈길을 주고
그 빛을 음유할 줄 아는 대단한 정서는 외로움과 원천적인 고독 속에서
길러진 병적인 갈망이자 집착이기도 하다. 이 여인의 눈길은 찰나적인
햇살도 간과하지 않고 있다.

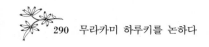

> 컵이 햇살에 비쳐서 차가운 일본차의 녹색이 바닥에 아름답게 흔들렸다.
>
> (p.27)

　물에 탄 차가운 질감의 일본차의 녹색 이미지라는 필터를 통해서 흔들리는 햇살을 감각으로 느껴내는 주인공의 섬세함이 찰나적이기에 더욱 예리해 보인다. 그런 여인이 사랑에 빠진다면 그것은 얼마나 심연일까를 상상하게 하는 대목이다. 무사상이나 무철학 등의 이유로 바나나 작품의 중량감이 다소 떨어진다는 지적도 있지만 바나나의 아버지이자 평론가인 요시모토 다카아키(吉本隆明)는 이 점을 다음과 같이 지적하고 있다.

> 　너의 소설 독법이라 할까, 어째서 그렇게 많은 사람에게 읽혀지고 있는가 하면 요컨대, 네 작품 속에는 부드러움이라 할까, 치유라고 해도 좋을지 모르겠는데. 그런 것이 있어. 이것이 객관적으로 존재하고 있으니까, 어쩔 수 없다고나 할까, 그것마저 없으면 그다지 많은 독자가 읽지 않겠지만 그것이 있어.[11]

　현대인의 고독과 아픔을 날카롭게 파헤쳐내고 부드럽게 치유를 모색하는 모습은 그녀의 아버지가 지적하고 있듯이 현대인의 신화적인 갈구나 복음에 대한 목마름을 촉촉이 적셔주려는 바나나의 문학적인 봉사이다.

5. 나가기

　현대인의 욕망의 무한적인 확장과 그에 따라 필연적으로 수반되는 종말의 황폐하고 쓸쓸함으로 귀결되는 현상에서 소설가의 글쓰기 전략은 묵시록적 상황의 드러냄으로 일관하든가, 아니면 극도의 결핍의 상황 속에서도 한 줄기의 생명의 빛을 찾아내려는 간절하고 눈물겨운 노력의 양상으로 시종하든가의 둘 중의 하나로 집약될 수 있다. 이런 글쓰기 양상은 두 소설에서 두드러지게 나타나는 대비현상이다. 바로 전자가 하루키의 소설 『토니 타키타니』라면 후자는 바나나의 『키친』이다.

제재와 쓰인 시기의 유사성으로 선택된 두 작품인 무라카미 하루키의 『토니 타키타니』와 요시모토 바나나의 『키친』은 그 유사성에서도 불구하고 작품성은 판이함을 발견했다.

양 작품의 작중인물들은 모두들 각자에게 힘겹게 부과된 고독이라는 자장 속에서 서성이는 실루엣들이다. 이들은 모두 자신이 처한 절대 고독을 순응하며 살아간다. 그러면서 그 고독을 견디어내기 위하여 작중인물 모두가 한결같이 자살이나 비상수단을 강구하지 않고 대신에 무언가에 집착하는 모습을 보이며 그것이 그들의 힘겨운 삶을 지탱해주는 요소이다.

『토니 타키타니』의 작중인물들은 고독을 운명처럼 받아들이며 그 고독의 굴레 속에서 물 흐르듯 살아가고 그러다가 죽어간다. 그리고 이 소설에서는 가족의 죽음마저도 평온과 권태 속의 무의미한 도시적인 일상으로 치부되어 버린다. 소프트한 소설의 외관과는 달리, 가족의 죽음이 더 이상 충격이나 파멸적인 대사건이 아닌 시대, '비극이 사라진 현대야말로 진정한 비극'이라는 작가의 섬뜩한 메시지가 담겨 있음도 파악했다. 그리고 "사람은 나이를 먹는 만큼 점점 고독해져간다. 여기엔 예외가 없다. 어떤 의미에서 우리들 인생이란 것은 고독에 익숙해지기 위한 하나의 연속된 여정에 불과하다."라는 하루키의 철학을 체현하는 작중인물들의 실루엣자체가 이 소설의 미학이었음도 발견했다. 그러니 더 이상의 언설은 사족일 수밖에 없었던 것이다.

『키친』에서는 주인공 미카게가 고독하게 살면서 부단히 고독의 이면에 숨어 있는 희망을 캐려는 노력을 멈추지 않는다. 금방이라도 파멸해 버리고 말 것 같은 극도의 절망의 순간과 당장 질식해버릴 것 같은 숨 막히는 상황 속에서도 이 소설은 치유와 화해와 구원의 메시지를 건져 내는 눈물겨운 노력을 멈추지 않는다. 이 소설이 바로 현대인의 신화적인 갈구나 복음에 대한 목마름을 촉촉이 적셔주려는 바나나의 문학적인 봉사의 결정(結晶)이라는 사실을 파악할 수 있었다.

결론적으로 말해서 같은 제제를 다루는 양 작품 속에서의 절대고독의 순간에서도 『키친』에는 바나나적인 치유의 모색과 긍정적인 메시지가 있는 반면, 하루키의 『토니 타키타니』에서는 다만 그곳에 고독이 존재하는 풍경만을 현상, 인화하여 보여줄 뿐 고독에 대한 어떤 전망이나 메시지를 주고 있지 않다.

바나나의 따스함과 하루키의 냉정함이 좋은 대조를 이룸을 알 수 있다.

무라카미 하루키와 요시모토 바나나 소설의 비교읽기 / 김용안 293

주

〈초출〉 이 글은『일본문화연구』제24집(동아시아일본학회, 2007.10)에 게재된 논문「하루키와 바나나의 소설 소고」를 가필 보완한 것임.

1) 木原武一(1993)『孤独の研究』, PHP研究所, p.8
2) 위의 책, p.9
3) 宮脇俊文(2000)『ユリイカ総特集　村上春樹を読むVol.32-4』, 青土社, p.76
4) 주1)과 같은 책, p.9
5) 村上春樹(1999)「トニー滝谷」『レキシントンの幽霊』文藝春秋社, p.45. 이하 페이지만 기록
6) 吉本ばなな(1998)『キッチン』, 角川書店, p.12. 이하, 본문은 페이지만 표기함.
7) 山崎森(1973)『喪失と攻撃』, 立花書房, pp.3-5
8) 주1)과 같은 책, p.10
9) 마틴 부버 저, 박문재 옮김(1992)『나와 너』, 도서출판 인간사, p.38
10) 三島憲一, 남이숙 옮김(2002)『니체의 생애와 사상』, 한국학술정보주, pp.136-137
11) 吉本隆明・吉本ばなな(1997)『吉本隆明×吉本ばなな』, ロッキング・オン, p.119

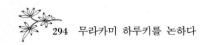

【참고문헌】

마틴 부버 저, 박문재 옮김(1992) 『나와 너』, 도서출판 인간사

木原武一(1993) 『孤独の研究』, PHP研究所

三島憲一, 남이숙 옮김(2002) 『니체의 생애와 사상 』, 한국학술정보주

宮脇俊文(2000) 『ユリイカ総特集　村上春樹を読むVol.32-4』, 青土社

村上春樹(1999) 『レキシントンの幽霊』, 文藝春秋社

山崎森(1973) 『喪失と攻撃』, 立花書房

吉本隆明・吉本ばなな(1997) 『吉本隆明×吉本ばなな』, ロッキング・オン

吉本ばなな(1998) 『キッチン』, 角川書店

무라카미 하루키와 비틀즈

김화영*

1. 무라카미 하루키의 문학작품에 흐르는 음악선율

음악을 문학에 도입할 때, 작가는 음악의 어떤 요소에 중점을 두고 작품을 그리고자 하는 것일까? 마쓰다 요이치(松田良一)의 「작가와 음악-음악소설이라는 꿈」[1]에서 문학과 음악, 그리고 회화는 '미'를 추구하는 예술이며 상호 유기적으로 연관되어 있다고 논하고 있다. 그리고 작가가 '어떻게 ⟨음악⟩을 그리고 ⟨음악미⟩를 작품 속에 수용하려고 하는가'에 대한 연구방법을 자세하게 제시하고 있다. 즉, 음악을 다루는 작가의 경험이 작품에 중요한 영향을 미치며 작가는 음악을 통한 경험을 여러 가지 형태로 작품에 수용하고 있다는 것이다. 따라서 우리가 작가의 경험과 음악에 관한 지식을 이해한다면 그 작가의 작품을 보다 깊이 이해할 수 있다고 볼 수 있다.

무라카미 하루키(村上春樹, 이하 무라카미로 한다.)의 작품에 인용된 음악은 대중음악이 대부분이다. 1970년대에 재즈바 '캣츠'를 경영했던 무라

---

* 金華榮 : 수원과학대학교 관광일어과 교수, 일본근현대문학/한일비교문학 전공

카미 하루키는 음악경험에 대한 조예가 다른 누구보다도 깊을 것으로 생각된다. 그의 작품에 쓰인 음악 장르도 비틀즈. 비치 보이스, 밥 딜런 등의 대중가요에서부터 바하, 브라암스, 모차르트의 클래식에 이르기까지 방대하다. 무라카미의 작품에 나타난 음악 묘사는 노래명과 노래의 주인공, 가수명을 그대로 도입하고 있다.

그렇다면 무라카미의 작품 속에 보이는 음악은 어떤 의미를 갖고 있는 것일까? 마쓰다는 무라카미의 작품에 나타난 음악의 성격을 다음과 같이 논하고 있다.

> 무라카미 하루키는 시대적 분위기를 표현하기 위해 또한 음악 그 자체의 분위기를 정경과 겹치게 하여 효과적으로 보이려는 BGM 발상으로 곡명을 써놓은 것이 아니다. 작중인물의 심경과 다음 행동의 심리적인 요인으로써 그 곡이 작용하고 있는 것이다. 그것은 『댄스 댄스 댄스』에서 유키가 듣는 80년대 전반에 유행했던 브리티시 록이 '나'를 제쳐두고 60년대에 나온 오래된 곡을 들려주는 부분에서도 알 수 있다. 무라카미 하루키는 곡명으로 주인공의 의지나 생각과 같은 내면을 대변하고 있는 것이다. 곡명은 작품의 심층구조에 유기적으로 작용하고 있다.[2]

이렇듯 음악은 무라카미 작품에 시대적 분위기를 불어넣고 등장인물의 심정까지 표현하고 있는 것이다. 그러나 이러한 음악의 성격과 무라카미의 텍스트의 관계에 대해서는 지금까지 구체적인 연구가 거의 행해지고 있지 않다. 여기에서는 마쓰다의 논점에 근거해서 무라카미의 작품과 음악의 관계를 『노르웨이의 숲(ノルウェイの森, 이하 노르웨이의 숲으로 한다.)』에서 살펴보고자 한다.

이 작품에는 수많은 음악이 인용되어 있으며 종류도 클래식을 비롯하여 재즈와 보사노바에 이르기까지 다양하다. 음악 중에서도 특히 대중가요가 주류를 이루고 있는데 곡명으로 보면 48곡 중 15곡이 비틀즈의 곡이라는 것에 주의할 필요가 있다고 생각한다. 작품의 제목도 비틀즈의 「노르웨이 숲」과 같다는 사실에 주목할 필요가 있다. 선행연구에서는 『노르웨이의 숲』의 첫머리에 인용된 비틀즈의 노래가 주인공을 잃어버린 시간으로 이끄는 요인으로서 작용하고 있다는 지적이 많다. 무라카미가 타이틀을 설정할 때 비틀즈의 노래 재목이 작품 내용에 잘 어울린다고 생각했다3)는 기술에서도 작품과 비틀즈의 노래와 관계가 깊다는 것을 엿볼 수 있다. 요컨대 작품 『노르웨이의 숲』에 인용되고 있는 비틀즈의 노래는 작품의 실마리를 제공할 뿐만 아니라 작품 전반에 걸쳐 중요한 역할을 하고 있다.

2. 무라카미 하루키의 소설 『노르웨이숲』과
　　비틀즈의 노래 「노르웨이 숲」

　문학비평가 한기는 『노르웨이 숲』과 노래의 관계를 다음과 같이 말한다.

　　　노래가 불러일으키는 추억의 감흥, 이것이야말로 하나의 글쓰기의 진정한 기원이라고 말할 수는 없을까. (중략) 이 노래의 다른 제목이 「this bird has flown」으로 주어지듯이, 여기엔 무엇보다 진한 상실의 분위기가 있다. 마리화나를 피우며 한때 사랑을 나누었던 여자에 대한 새처럼 날아가 버린 사랑의 상실에 대한 추억의 노래인 것이다. 특별한 관심이 아니고서는 잘 알 수 없는 이런 노래의 내용, 분위기를 잘 모르고서는 하루키가 그의 소설 전편을 구상했다고 보기는 어렵다.4)

　다나카 레이기(田中励儀)도 무라카미의 작품에 인용되어 있는 노래처럼 깊은 고독과 상실감을 안고 방황하는 남자의 이야기를 그리고 있다

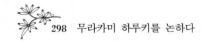

고 지적하고 있다.5) 무라카미는 「노르웨이의 숲」이란 타이틀이 정말로
심볼릭하다고 진술하며 작품의 타이틀로 정한 이유를 아래와 같이 설명
한다.

> 원시(原詩)를 읽어보면 알겠지만 NORWEGIAN WOOD라는 단어 자체
> 가 자연스럽게 커다랗게 팽창해 가는 분위기를 느낄 수 있다. 조용하고
> 멜랑꼴리하고 게다가 어딘지 모르게 감정을 격양시킨다.6)

윗글은 작가가 비틀즈의 노래에 영향을 받은 사실을 스스로 인정하
는 문장이라고 할 수 있다. 무라카미는 노래의 제목을 그대로 차용하는
데는 조금은 저항도 있었지만 「노르웨이의 숲」이란 단어는 너무나 강하
게 머릿속에 남아서 다른 어떤 제목도 작품에 어울리는 것 같지 않았다
고 한다. 「노르웨이의 숲」이란 타이틀에서 느껴지는 '심볼릭하고 조용
하면서 멜랑꼴리한' 감정은 무라카미의 작품 전체에서 느낄 수 있다.

이처럼 노래의 분위기까지도 작품에 주입시키려고 한 작가의 의도에
대해서는 의심할 여지가 없다. 더욱이 「노르웨이의 숲」뿐만 아니라 작
품에 인용된 다른 비틀즈의 노래도 중요한 의미를 갖고 있는 것은 특히
흥미롭다.

작품의 끝부분에 "지금 난 어디에 있는가? 난 수화기를 든 채로 얼굴
을 들고 공중전화 박스의 주위를 둘러보았다."라는 장면에 대해서 무라
카미는 인터뷰에서,

> 마지막 장면은 비틀즈를 좋아하는 사람이라면 「엘레나 리그비」와 「노
> 웨어 맨」의 가사를 읽어 보면 내가 그 문장을 마지막에 가져온 이유를
> 알 수 있을 것이다.7)

라고 설명했다. 노래 「엘레나 리그비」와 「노 웨어 맨」를 상기시키는 불

안과 의문을 안은 채 전화박스에 서 있는 '내'가 보일 것이다. 이렇듯 작가가 인용한 음악 중에서도 비틀즈의 곡은 작품에 큰 영향을 미치고 있다는 것을 시사하며 노래의 해석이 작품을 읽어가는 데에 열쇠가 된 다는 사실을 암시하고 있다. 대부분의 선행연구에서는 멜로디를 중심으 로 추상적인 해석이 행해져 왔다. 하지만 위에 소개한 무라카미의 이야 기를 보면 가사가 작품에 적지 않은 영향을 미치고 있는 사실을 알 수 있다.

그러면 우선 작품의 머리 부분을 이끄는 비틀즈의 노래 「노르웨이의 숲(Norwegian Wood)」을 해석한 후, 노래와 등장인물의 관계를 검토해 보 도록 하겠다.

비틀즈의 「노르웨이의 숲(Norwegian Wood(This Bird Has Flown))」은 앨 범 『러버 소울(Rubber Soul)』에 수록되어 1965년 12월에 발매되었다. 일 본에서는 1966년 「ノルウェイの森(이후 「노르웨이의 숲」으로 한다)」라는 타이틀로 판매되었다. 이 앨범은 그때까지의 비틀즈의 노래와는 달리 인간에게 공통된 문제―타인과 어떻게 관계를 맺어갈 것인가―를 다루 고 있다.

예를 들면 부모와 헤어진 아이들과 다툰 적이 있던 옛 친구와 자신의 개인적인 문제, 계급과 민족 분쟁 같은 사회문제, 전쟁회피와 핵, 환경 파괴 방지와 같은 지구 문제에 이르는 인간의 모든 문제에 적용할 수 있다. 그 가운데 「노르웨이의 숲」은 다른 곡보다도 뛰어난 걸작이라고 불리고 있다. 노래를 보면 「노르웨이의 숲」은 순수하고 기지가 가득 찬 단어가 갖고 있는 언어의 미를 엿볼 수 있다.

노래는 "예전에 나에게 여자 친구가 있었다.(I once had a girl)"라는 문 장으로 시작되어, "라고 하기 보단 그녀가 나를 남자 친구로 생각했 다.(or should I say she once had me)"라고 말을 바꾼다. '나와 그녀는 사랑했 는지' 아니면 '나만 그녀를 사랑했는지'라는 불분명한 사랑의 관계를 노래의 첫머리에 제시하고 있다. 하지만 이렇게 돌려 말함으로써 노래는 한층 분위기가 고조된다.

그녀가 나를 불러 그녀의 방에 들어가는데 방안에는 융단만 깔려 있었다. "나는 주위를 둘러보았지만 의자는 없었다(I noticed there wasn't a chair)". 의자가 없는 방, 심플하게 보이는 공간이지만 보통과는 다른 공간임을 나타낸다. 그녀는 남자 친구에게 "앉아"라고 말하고 "와인을 마시며 시간을 보낸다(biding my time, driking her wine)". "벌써 잘 시간이네 (It's time for bed)". 그녀는 미소를 지으며 '아침부터 일이 있어서'라고 말하며 자리를 뜬다. 다음날 일어나서 주위를 둘러보니 방에 있는 것은 '나' 혼자. 그녀는 새처럼 날아가 버렸다. "작은 새는 달아나 버렸네. 노르웨이지안 우드(This bird has flown. isn't it good Norwergian wood)"라고 노래를 마친다.

이러한 「노르웨이의 숲」은 냉정하면서도 세련된 도시적인 장면을 그린 노래이다. 노래가 표현하고 있는 것은 섹스의 기회를 잃은 서운함[8] 뿐만 아니라 사람과 사람 사이에서 방해가 되는 전달 불가능성에 대한 불안을 노래하고 있다고 볼 수 있다. 그것을 현대적으로 'isn't it good Norwegian wood' 라고 말을 돌려 감추고 있는 것이다.

그렇다면, 「노르웨이의 숲」은 무라카미의 작품에 어떠한 영향을 끼치고 있는가? 이상을 과제로 설정하여 노래 「노르웨이의 숲」과 작품 속의 인물 조형의 관계를 구체적으로 고찰해 보고자 한다.

종래의 견해를 보면 작품 첫머리에 나온 비틀즈의 노래가 옛 기억을 불러일으키는 열쇠로써 사용된 것이라는 지적이 많다. 작중에서 레이코가 연주를 하는 비틀즈의 곡은 작품의 앞부분에서 '나'의 기억을 불러일으키는 곡이며, 작품의 끝 부분에서도 '내'가 "지금 어디에 있는가"라는 물음에 대답할 수 없는 상태에 빠지게 하는 기능을 하고 있다는 견해도 있다.[9] 요컨대 작가는 작품의 첫머리에 인용한 음악으로 소설을 시작해서 끝머리에 그 음악을 다시 사용함으로써 작품의 막을 내리는 효과를 노리고 있다고 볼 수 있다.

작품의 앞부분에 인용된 노래가 주인공을 작품 세계로 이끌어가는 것은 확실하다. 그러나 노래에 집착하고 있던 것은 '내'가 아니라 나오코이며 그녀의 요구에 응해 연주하는 인물이 레이코이다. 선행연구에서는 노래와 관련된 인물로서 '나'에게 초점을 맞추고 있으며 나오코와 레이코 두 사람과 노래의 관련에 대한 논은 아직 찾아볼 수 없다. 따라서 음악의 고찰을 주인공 '나'뿐만 아니라 나오코와 레이코도 주목하여 생각할 필요가 있다고 본다.

'나'와 레이코에게 부여된 노래에 대해서, 컨트리 안만은 레이코가 50가지나 되는 노래를 부른 것과 그리고 나오코가 입고 있던 옷을 입은 레이코와 '나'의 4번의 섹스는 두 사람의 새로운 생활을 위한 통과의례10)이기도 하다고 기술하여, 작품의 마지막에 나오는 노래와 섹스가 내적 세계에서 밖으로 나오기 위한 과정이라고 지적하고 있다. 이러한 지적은 노래가 레이코라고 하는 인물에게도 중요한 기능을 하고 있는 것을 재확인시키는 것이다.

다음에서는 등장인물이 심정을 토로하는 노래를 중심으로 살펴보고자 한다.

3. 무라카미 하루키의 사람들, 비틀즈의 노래와 '사랑'에 빠지다.

여기에서는 노래와 관련이 깊은 인물—'나' '나오코' '레이코'에 주목하여 인물과 음악의 묘사를 비교해 보자.

1) ‘나’와 비틀즈 「노르웨이의 숲(Norwegian Wood)」

먼저, ‘나’와 음악의 묘사에 관해서 보기로 한다. 작품의 앞머리에 함부르크 공항에 착륙한 비행기 안에 흐르는 비틀즈의 「노르웨이의 숲」은 ‘나’를 자리에 그대로 있을 수 없을 정도로 “흔들어 혼란시켰다”. 비행기 기내의 스피커에서 들리는 「노르웨이의 숲」에 의해 주인공은 기억의 저편으로 잊혀져가는 것을 상기시켜 그것을 재편성한다.

> 훨씬 예전에 내가 아직 젊고 그 기억이 선명하던 때 난 나오코에 대해서 써보려고 했던 적이 몇 번 있다. 그렇지만 그때는 한 줄도 쓸 수가 없었다. 처음 한 줄만 쓰면 나중은 어쩐지 잘 써질 것이라고 자주 생각했었는데 그 한 줄이 도저히 써지지 않았다. 모든 것이 너무나 또렷해서 어디부터 손을 대면 좋을지 잘 몰랐다. 너무나 지도가 자세해서 도움이 되지 않는 것과 마찬가지다. 결국—나는 생각한다—글이라는 불완전한 용기에 담을 수 있는 것은 불완전한 기억과 불완전한 사고밖에 없다. 그리고 나오코에 대한 기억이 내 속에서 희미해져 가면 갈수록 난 보다 깊이 그녀를 이해할 수 있게 되었다고 생각한다. 왜 그녀가 ‘날 잊지 말아줘’라고 부탁했는지, 그 이유를 지금 난 알 것 같다. 물론 나오코는 알 수 있었다. 내 안에서 그녀에 관한 기억이 언젠가 잊혀져 갈 것을. 그래서 그녀는 나에게 호소하지 않으면 안 되었을 것이다. ‘나를 언제까지나 잊지 말아줘. 내가 존재하고 있던 것을 기억해줘’라고)
> (『노르웨이의 숲』 상, pp.18-19, 이하 페이지만 표시, 필자역.)

‘나’의 이야기는 이제까지 한 줄도 쓸 수가 없었던 나오코에 관해서 쓸 수 있게 된 것을 자각하며 시작된다. 그 이유로써는 “문장이란 불완전한 용기에 담을 수 있는 것은 불완전한 기억과 불완전한 사고 밖에 없다”는 “언어의 본질적 불완전성”을 ‘나’의 안에 받아들였기 때문이다. 즉 ‘내’가 글을 쓴다는 것은 확실한 과거의 재현 전달을 위해서가 아니라 글쓰기라는 행위의 불완전성[11]을 수용하여 과거를 재해석하는 것이다.

이런 '나'는 나오코 이외에도 타인을 언어로 이해하기 어렵다는 의식을 나타내는 "고독을 좋아하는 인간은 없어. 무리하게 친구를 만들지 않을 뿐이야. 그런 일을 해봐야 또 실망할 뿐이지", "사람들이 어느 정도 이해해 주지 않아도 음, 그것은 어쩔 수 없지 라고 생각할 뿐이야. 포기했어" 등의 언설이 작품의 여러 곳에서 보인다. 이것에 대해서 미에노 유카(三重野由加)는 우리는 누군가와 대화를 할 때 그 사람의 말과 제스츄어를 해석하여 그의 내부에 존재하는 심정을 추측한다. 이러한 심정들은 듣는 이의 자의적인 해석으로 새로운 이야기로 구축되는데 그러한 자의적인 해석은 말을 왜곡하기 마련이다. 따라서 언어는 내면을 표현하기 위해서는 불완전한 존재이며 입에서 나온 말은 왜곡되기 마련이다. 타인을 이해하기 위해서 말한다는 것은 불완전한 언어의 왜곡을 수용하는 것이 된다[12]고 논하고 있다. 따라서 '내'가 친구를 만들어도 "실망할 뿐이야"라고 말하는 것은 타인과 자신의 관계를 부정함으로써 언어 전달성이 곤란하다는 것을 의미하는 것이다.

노래 「노르웨이의 숲」에서 본 것과 같이 언어전달에 대한 불안은 작품 줄거리의 실마리가 되는 것을 알 수 있다. 이러한 언어의 불완전성 소위 언어 전달에 대한 불완전성의 인식은 '나' 이외에도 등장인물 전원에게 볼 수 있다. 특히 나오코의 언어 전달에 대한 불안은 '나'에게도 미치게 된다. 그러한 언어대신에 등장인물들은 노래를 부르거나 듣는다. 즉 노래로 등장인물은 언어 전달의 가능성에 대한 시도를 하는 것이다. '나'에게 「노르웨이의 숲」은 기억 저편으로 잊혀져가는 나오코를 환기시켜 글을 쓸 수 있게 만드는 매체가 된다. 결과적으로 「노르웨이의 숲」은 현재 '나'에게 언어 전달에 대한 가능성을 재인식시키는 역할을 하는 것이다.

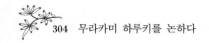

2) 나오코와 비틀즈의 「노르웨이 숲(Norwegian Wood)」

다음으로 나오코와 노래의 관계는 어떠한가?

고교 2학년때 만난 나오코는 '나'와 친구 기즈키의 연인이었다. 셋이서 더블 데이트를 하는 날도 있었는데 그때마다 기즈키는,

> 그것은 마치 내가 게스트로 또한 기즈키는 유능한 호스트로 나오코는 보조 출연자로 나오는 TV토크쇼 같았다. 항상 기즈키가 중심에 있었고 그는 그런 것에 능숙했다. (중략) 셋이서 함께 있으면 그는 나오코와 나에 대해서도 똑같이 공평하게 말을 걸기도 하고, 농담을 하거나 해서 누구든지 따분하지 않도록 맘을 썼다. 어느 쪽이 긴 시간 말이 없으면 자신이 먼저 말을 걸어 상대의 이야기를 능숙하게 이끌어 내었다. 그런 그를 보고 있으면 힘들겠구나 라고 생각했지만 실제로는 아마도 그에게 그런 것이 그다지 대단한 일은 아니었던 것 같다. 그는 분위기를 순간순간 분별할 줄 알았으며 거기에 대응하는 능력이 있었다. 게다가 그리 재미도 없는 상대의 이야기에서 재미난 부분을 몇 부분을 찾아낼 수 있는, 좀처럼 얻기 힘든 재능을 갖고 있었다.　　　　　　　　　　　(상, p.41)

위와 같은 성격의 소유자인 기즈키는 나오코와 '나'의 대화를 잇는 중간 매체적인 존재이다. 기즈키가 자리를 비울 때 '나'와 나오코 사이엔 갑자기 언어전달의 매개를 잃은 듯이 대화가 중단된다.

> 나와 기즈키와 나오코는 이런 식으로 몇 번이나 함께 시간을 보내었는데 기즈키가 한 번 자리를 비워 둘만 있으면 나와 나오코는 이야기를 잘 할 수 없었다. 둘이서 도대체 무엇에 대해서 말하면 좋을지 몰랐던 것이다.　　　　　　　　　　　　　　　(상, p.42)

결국 이러한 기즈키의 죽음은 "내 맘을 솔직하게 말할 수 있는 상대"의 상실이며 소위 언어 전달의 매개를 상실한 것과 같다. 이러한 언어

전달의 매개 상실에 대한 문제는 나오코의 언어 장해를 만드는 원인이
된다. 나오코는 '나'와 다시 만나서 말을 하려고 노력하지만 잘 되지 않
아서 언어 이외의 다른 매체를 찾으려고 한다.

> 때때로 나오코는 이렇다 할 이유도 없이 뭔가를 찾으려는 듯이 나의
> 눈을 지그시 바라보았다. (중략) 아마도 그녀는 나에게 뭔가를 전하고
> 싶었던 것이다. 그렇지만 나오코는 그것을 능숙하게 말로 할 수가 없는
> 것 같았다. 그래서 그녀는 자주 머리끈을 만지작거리거나 손수건으로 입
> 주의를 닦거나 하며 의미도 없이 내 눈을 지그시 바라보고 있는 것이다.
>
> (상, p.53)

20살 생일날 나오코는 '나'에게 끊임없이 말을 한다. 그러나 시간이
가면 갈수록 그녀가 말하는 내용은 정상적인 얘기에서 점점 부자연스럽
게 꼬여간다.

> 그날 나오코는 드물게도 말을 많이 했다. 어릴 때의 일들, 학교에서
> 있던 일들, 집에서 있던 일들을 이야기했다. 어느 것도 긴 이야기로 마치
> 세밀화처럼 분명했다. 난 이야기를 들으며 대단한 기억력이라고 감탄했
> 다. 그러나 어느 새 난 그녀의 말이 뭔가 점점 신경이 쓰였다. 뭔가 이상
> 하다. 뭔가 부자연스럽게 이야기가 꼬여간다. 하나하나의 이야기는 정상
> 이고 완전한 줄거리가 있지만 그 연관고리가 기묘하다. A의 이야기가
> 어느 샌가 거기에 겹치는 B의 이야기가 되고 이윽고 B에 겹치는 C의
> 이야기가 되고 그것이 어디까지고 이어졌다. 끝이라는 것이 없었다.
>
> (상, p.71)

'나'와 재회한 나오코의 바램은 언어전달의 가능성이었다. 그러나 그
시도가 좌절된 나오코는 요양소 아미료에 들어가고 만다. 나오코의 언
어 전달에 대한 갈망은 그녀가 죽을 때까지 계속 된다. 아미료에서 '말하
는(語る)'것이 불완전한 나오코가 언어대신으로 이용하는 것이 비틀즈의

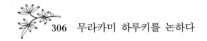

노래이다. 나오코는 레이코에게 비틀즈의 노래만 연주하게 된다. 노래
중에서 「노르웨이의 숲」은 나오코가 집착하는 노래이다.

> "나오코가 온 후 난 매일 매일 비틀즈 곡만 연주하고 있어요. 마치 가
> 련한 음악의 노예처럼 말이죠."
> 그녀는 그렇게 말하면서 「미셸」을 정말로 잘 쳤다.
> "괜찮은 곳이지. 난 이 곡이 좋아요"라고 레이코는 말하고 와인을 한
> 모금 마시고 담배를 피웠다.
> "마치 넓은 초원에 부드럽게 내리는 비같은 곡이에요."
> 그리고 그녀는 「노 웨어 맨」, 「줄리아」를 연주했다. 이따금 기타를 치
> 면서 눈을 감고 고개를 흔들었다. 그리고 다시 와인을 마시고 담배를 피
> 웠다.
> "「노르웨이의 숲」을 들려 주세요"라고 나오코가 말했다.
>
> (상, pp.197-198)

작품에서 등장인물은 자신의 심정을 노래를 빌어 토로하는데 작품에
나오는 노래는 『러버 소울(Rubber Soul)』에 수록되어 있는 곡이 많다. 인
용된 곡은 커뮤니케이션의 문제를 다루고 있는 것이 특징이다. 이것은
작가가 처음부터 작품의 주제를 선명하게 드러내기 위해 장치한 것이라
고 말할 수 있지 않을까?
더욱이 비틀즈의 노래 중에서 「노르웨이의 숲」은 "이 곡을 제일 좋아
해서 특별히 그렇게 하는 거야. 정성을 다해 신청하는 거야."라고 말할
만큼 나오코가 고집하는 노래이다. 이 곡을 듣는 나오코는,

> "이 곡을 들으면 난 이따금 슬퍼지는 일이 있어. 이유는 잘 모르겠지만
> 내 자신이 깊은 산속을 헤매는 기분이 들어."라고 나오코는 말했다. "외롭
> 고 춥고 어둡고 ....아무도 구하러 오는 사람이 없어서......그래서 내가
> 신청하지 않는 한 레이코 씨는 이 곡을 치지 않아."   (상, p.198)

라고 노래에서 느끼는 심정을 기술하고 있다. 요컨대 나오코에게 노래 「노르웨이의 숲」은 "한없이 슬픈 마치 숲속을 헤매는 외톨이가 되어 혼자라는 두려움에 빠지는 기분이 드는" 곡이다. 「노르웨이의 숲」에서 느끼는 이미지에 의해 제목인 『노르웨이의 숲』을 지었다는 작가의 말처럼 작품은 비틀즈의 「노르웨이의 숲」의 분위기와 상통하고 있다. 나오코의 내면 속 좌절과 불안, 내향적인 자세를 비틀즈의 노래에서도 읽을 수 있다.[13] 즉, 나오코에게 노래는 그녀의 말을 대신하는 매체이다.

그러나 '나'의 언어전달에 대한 문제는 나오코에 비해서 구제가 가능한 것으로 생각된다. 이것은 '내'가 "바깥 세계를 연결하는 링크"로 '나'를 "매개로 바깥 세계에 잘 동화하려고" 노력했다는 나오코의 대사에서 엿볼 수 있다. '나'는 나오코의 언어 전달에 대한 구제를 가능하게 하는 존재이다. 이러한 '내'가 느끼는 음악은 나오코와는 다른 면을 보이고 있다.

3) '나'와 비틀즈 「히어 컴즈 더 선(Here comes The sun)」

다음에 인용한 부분은 아미료를 방문한 다음날 산책을 하다가 '나'와 나오코, 레이코 셋이서 커피하우스를 들르는 장면이다.

> 노래를 부르면서 「히어 컴즈 더 선」을 쳤다. 아마도 담배를 너무 피워서 그런지 약간은 쉬었고 성량은 그리 크지 못했지만 존재감이 있는 멋진 목소리였다. 맥주를 마시면서 산을 바라보며 그녀의 노래를 듣고 있으면 정말로 거기에서 태양이 한 번 더 얼굴을 내민 것 같은 기분이 들었다. 그것은 매우 따뜻하고 부드러운 기분이었다. (상, p.253)

비틀즈 노래 「히어 컴즈 더 선(Here comes The sun)」은 1969년에 발표된 노래[14]로 조지 해리슨은 '서류에 사인만 하는 일을 제쳐두고 에릭 클랩

튼의 집에 놀러가서 거기에서 만끽한 해방감을 그대로 표현한 곡이라고 기술하고 있다. 노래 가사 "봐봐, 밝은 햇살이 들어왔잖아. 이제 괜찮아 (Here comes the sun, and I say, it's alright)"는 "춥고 쓸쓸한 긴 겨울(it;s been along cold lonely winter)"에 희망이 가득찬 구절이다. 이러한 노래를 들은 '내'가 "정말로 거기에서 태양이 한 번 더 얼굴을 내민 것 같은 기분이 들었다. 그것은 매우 따뜻하고 부드러운 느낌이었다"라는 대사와 같이, 나오코의 정신적인 회복에 대한 '나'의 회구로 가득하다. 그것은 '나'와 나오코에 대한 언어전달의 가능성에 대한 소망이며 그 소망은 노래에서도 느껴진다. 이처럼 '나'는 노래에서 나오코처럼 전달에 대한 불가능성을 느끼고 있는 것이 아니라 재생 가능한 언어 상태를 자각하고 있는 것이다.

4) 레이코와 비틀즈의 「미셸(Michelle)」

이러한 '나'의 언어 상태와 유사한 인물이 레이코이며 그녀는 노래와 관련하여 큰 의미가 있고 언어전달에 대한 면에서도 폭넓은 경험을 한 인물이기도 하다.

나오코의 요양소 룸메이트 레이코는 프로피아니스트를 목표로 하고 있던 음대 4학년 때 "갑자기 왼손 새끼손가락이 움직이지" 않게 되었다. 어려서부터 피아노를 배워 "그것만을 생각해 온" 레이코에게 음악은 하나의 언어이자 그녀와 외부를 연결하는 매체이기도 하다. 그녀가 피아노를 칠 수 없게 된다는 것은 언어의 상실상태에 빠지는 것을 의미한다. 이것은 나오코에게 기즈키의 죽음과 같은 의미를 갖고 있는 것이라고 볼 수 있다. 이후 레이코는 결혼하여 정신적인 안정을 찾지만 허언증 소녀에게 레즈비언 관계를 강요하여, 그것을 거부하자 소녀는 거짓말로 그녀를 궁지에 몰리게 한다. 그 일로 그녀의 안정된 생활은 철저하게 무너지고 다시 발작을 일으켜 요양소에 들어가게 된다.

그러나 요양소에 있던 시점에서 레이코는 과거를 "그런 일들은 나중에 생각해보면 그랬었지 라고 생각할 뿐 그땐 잘 모르지"라고 정리한다. 그리고 자신을 레즈비언이라고 거짓말을 했던 소녀에 대해서도 "생각해보면 불쌍한 아이"라고 말하며 소녀의 말을 믿었던 사람들에 대해서 "모두 비난할 필요는 없어요"라고 말한다. 대사에서 보이듯이 현재의 레이코에게는 과거는 정리되어 나오코처럼 과거의 일에 연연해하지 않고 있는 것을 알 수 있다.15) 이것은 레이코가 확실히 정신적으로 회복해가고 있는 것을 의미하는 것이기도 하다. 실제로 그녀는 처음으로 아미료를 찾아온 '나'에게 "난 회복되고 있어요. 지금은 단지 내가 여기에 남아서 여러 사람들의 회복을 돕는 일이 정말 좋아요."라고 말한다. 이러한 대사에서도 요양소에 있는 레이코는 이미 정신적인 고뇌, 소위 타인과 그녀의 전달에 대한 고뇌를 극복한 것을 알 수 있다.

나오코가 죽은 후 레이코는 아미료를 나와 새로운 생활을 할 것을 결심한다. '나'를 만난 레이코는 나와 새로운 생활을 할 것을 결심한다. '나'를 만나 레이코는 '나'와 아파트에서 나오코를 위해 연주하던 노래를 치면서 "그 아이가 좋아하던 음악은 마지막까지 센치멘탈의 지평을 떠나지 않네"라고 말하며 나오코의 장례식을 마친 후 '나'와 섹스를 한다. 레이코가 노래를 부르거나 섹스를 하는 것은 그녀의 재출발을 위한 것이며 타인과 그녀 사이의 장애가 되었던 불안, 긴장감을 제거하는 행위에 해당한다.16) 즉 레이코와 타인의 사이에 있던 정신적인 고뇌의 회복, 소위 언어전달의 회복을 의미하는 것이다.

이러한 레이코의 인물 조형과 어울리게 그녀는 비틀즈의 「미셸」을 "마치 넓은 초원에 부드럽게 내리는 것 같은 비"와 같다고 말한다.

「미셸」은 『러버 소울(Rubber Soul)』에 수록되어 있는 노래이다. 이 곡은 「예스터데이(Yesterday)」와 함께 비틀즈의 곡 중에서 발라드 최고의 곡으로 연인끼리의 커뮤니케이션에 대한 문제를 그린 곡이다. 폴이 쓴 「미셸」은 연인 사이에 언어의 벽이 있는 것을 노래하고 있다. 언어의 벽이란 자신에게 상대의 존재가 어떠한 의미를 가지고 있는가를 상대에게 전달하기가 쉽지 않다는 것을 말한다.

노래는 그녀에게 "미셸, 나의 연인(Michelle, ma belle)"이란 문장으로 시작한다. "정말 듣기 좋은 말이다. 나의 미셸(These are words that go together well, my Michelle)" 내가 부르는 그녀의 이름인 미셸은 "정말 듣기 좋은 말이야 아름다운 말(Sont les mots qui vont tres bien ensemble, tres bien ensemble)"이다. 나의 연인 미셸에게 전하고 싶은 감정은 "사랑해, 사랑해, 사랑해(I love you, I love you, I love you)"라는 말이다. 그러나 단어가 떠오르지 않아서 같은 말을 반복한다. 그녀에게 전달하고 싶은 단어를 계속 찾는다. "너를 갖고 싶어. 너를 갖고 싶어(I want you, I want you, I want you)"라는 말은 그녀의 맘을 사로잡을 것이다. 그녀가 알 때까지 "오로지 이 말을 바칠게(Until I do I'm telling you, so you'll understand)"라고 말한다.

그러나 역시 의미 있는 말은 '미셸'인 것 같다. "나의 미셸, 나의 미셸, 봐, 마음을 흔드는 말이다. 아름다운 말(Michelle, ma belle. Sont les mots qui vont tres bien ensemble, tres bien ensemble)" 결국 '나'는 그녀의 이름 '미셸'에 나 자신의 기분을 말하련다 라고 한다. 이것이 꼭 상대에게 전해질 것이라는 희망이 노래에 흘러넘치고 있다. "이거라면 너도 알겠지? 나의 미셸(And I will say the only words I know that youn'll understand, my Michelle)"이라며 노래는 끝난다.

비틀즈는 사람과 사람 사이의 커뮤니케이션에 대한 문제를 다정한 연애 노래로 노래하고 있다. 노래의 주인공은 상대에 대한 존재 의미를 느끼게 하는 말이 '미셸'이라는 이름인 것을 자각한다. 언어에 대한 전달 가능성이란 주제를 노래 「미셸」에서 엿볼 수 있다. 살펴본 것과 같이 「미셸」은 노래 「노르웨이의 숲」에서 보이는 인간관계의 전달 불가능성과 대립하는 노래라는 것을 알 수 있다. 이러한 노래에 대해서 레이코는 "마치 넓은 초원에 비가 다정하게 내리는 것 같은 곡", "이 사람들은 확실히 인생의 비애의 다정함을 아는 것 같애"라고 말한다. 레이코도 전달의 불가능을 고민하여 요양소에 들어가지만 이미 요양소에서 '나'를 만난 시점에서 전달의 불가능을 극복하고 있다. 비틀즈의 노래도 등장인물의 성격에 맞추어 언어 전달에 대한 희망이 가득 찬 노래이다. 따라서 레이코의 「미셸」과 '나에게 부여된 「히어 컴즈 더 선」의 의미가 유사한 것을 알 수 있다.

5) 미도리에게는 '비틀즈'가 없다.

그렇다면 '바깥세계'의 인물로서 종종 언급되고 있는 미도리와 음악의 관계는 어떠할까?

나오코에게 '나'는 외부와 연결된 링크와 같은 존재이듯이 미도리는 '나'에게 외부로 연결된 입구이다. 예를 들어 나오코가 있는 요양시설에서 돌아온 '나'는 "아마도 세계에 아직 익숙하지 않은 거야", "여기가 어쩐지 진짜 세계가 아닌 것 같다. 사람들도 주위의 풍경도 어쩐지 진짜 같지가 않아"라고 느끼는데 미도리와 만나고 "널 만난 덕택에 조금은 이 세계에 익숙해진 것 같아"라고 말하는 대사에서도 볼 수 있다. 이렇듯 '내'가 말하는 미도리와 나오코는 인물조형상 대립관계에 있다.

> 나와 미도리 사이에 존재하는 것은 음 뭐랄까 결정적인 것입니다. 그리고 난 그 힘에 저항하지 못하고 이대로 자꾸만 끝으로 떠밀려 갈 것 같은 기분이 듭니다. 내가 나오코에게 느끼는 것은 아마도 조용하고 투명한 애정이지만 미도리에게는 전혀 다른 종류의 감정을 느낍니다. 그것은 일어나서 걸어가고 호흡하고 고동치는 것입니다. 그리고 그것이 나를 흔들며 움직이게 합니다.
> (하, p.213)

선행연구에서는 미도리와는 대조적인 존재로서 나오코가 죽음, 정(靜)에 반해, 미도리는 생명, 동(動) 등이라고 해석한 것이 많다. 따라서 나오코와 다른 캐릭터인 미도리에 대해서 전혀 다른 음악을 사용했다고 해서 이상할 것은 없는 것이다. 미도리의 언어 환경은 나오코와 분명한 대조를 보이고 있다. 미도리는 '나'에게 끊임없이 말하는데 그녀만의 독특한 단어를 사용하여 자신의 생각을 쏟아낸다. 이것에 대해서 미도리는 "단지 내가 느끼는 것을 그대로 정직하게 너에게 전하고 싶을 뿐이야"라고 말한다. 이러한 말은 나오코와 레이코가 있는 요양소에 정해져 있는 "가능한 정직하게 이야기를 하세요"라는 언어 전달의 룰과 상통하고 있음을 알 수 있다. 결국 요양소에 있던 나오코는 언어 전달에 실패하지만 미도리는 그 가능성을 향해 계속해서 도전을 시도한다.

이러한 미도리에 대한 음악은 위에서 말한 세 인물과 다른 면을 보이고 있다. 세 사람 전부 비틀즈의 노래를 빌어서 자신의 심정을 말하지만, 미도리에게는 비틀즈의 노래가 한 곡도 부여되지 않았다. 이러한 사실로부터 미도리라는 인물이 다른 인물과는 차별된 언어 상태를 의미하고 있으며 독립적인 존재의 표상이라는 것을 알 수 있다.

4. 무라카미 하루키, 비틀즈를 품다

무라카미 작품에 나타난 음악은 단순히 음계와 선율을 표현하는 것에 머물러 있지 않다. 『노르웨이 숲』에는 비틀즈의 노래가 많이 나오는데 여기에선 음악이 시대적 의미로서가 아니라 작품의 주제인 언어 전달의 문제를 부각시키기 위해서 사용되고 있다. 따라서 작품의 주제인 언어 전달과 관련된 점을 비틀즈의 노래에서도 볼 수 있었다. 이러한 노래를 통해 등장인물은 자신의 심정을 토로하고 있다. 또한 등장인물에게 어떤 음악이 적합한지를 선택할 때 등장인물의 성격이 반영되고 있다는 것을 살펴보았다. 가령 작품을 이끌어 가는 '나'의 이야기는 '내'가 비틀즈의 노래 「노르웨이의 숲」을 듣고 옛 기억을 상기시켜 그것을 써 나가는 것으로 시작된다. 다시 말해서 노래가 '나'에게 언어 전달의 가능성을 재인식시키는 역할을 하고 있다. 또한 작가는 나오코의 언어를 대신하는 수단으로써 「노르웨이의 숲」을 이용하고 있으며 작품 속에 나오는 나오코의 대사는 노래에서 느껴지는 언어 전달의 불완전성을 노출시키고 있다. 그러나 이러한 언어 전달에 대해서 불안을 느끼는 나오코에 비해 '나'는 나오코와 외부세계를 연결하는 링크적인 존재로 등장하고 있다.

'나'에게 부여된 「히어 컴즈 더 선」은 '나'의 인물성격과 마찬가지로 언어 전달의 가능성에 대한 희망을 말하고 있다. 또한 '나'와 같이 레이코도 언어 전달의 불완전성을 극복한 인물이라 할 수 있다. 그녀의 심정을 토로한 비틀즈의 노래 「미셸」에서는 레이코의 인물성격과 마찬가지로 언어 전달의 가능성에 대한 희망을 볼 수가 있었다. 그러나 앞에서 말한 세 명과 다른 인물 성격을 지닌 미도리에게는 비틀즈의 음악이 한 곡도 부여되지 않고 있다. 즉 그녀는 다른 작중 인물과는 다른 음악 코드를 갖고 있는 독립된 존재로 그려져 있는 것이다.

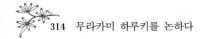

▌ 주 ▐

　〈초출〉 이 글은『일본연구』제17집(중앙대학교 일본연구소, 2002.2)에 게재 된 논문「무라카미 하루키의 작품에 나타난 음악의 수용」을 가필 보완한 것임.

1) 松田良一(1999)「作家と音楽─音楽という夢)」『國文學』11월호 p.76
2) 위의 책, p.79
3) 村上春樹(1991)「自作を語る『100パーセント・リアリズムへの挑戦』」『村上 春樹全作品6』, p.11
4) 한기(1996)「한국에 뿌리내린 하루키 문학의 특성-하루키 소설의 기원에 관하여」『문학사상』2월호, p.71
5) 田中礼儀(1995)「『ノルウェイの森』─現実界と他界との間で」『國文學』3월 호, 學燈社, p.81
6) 村上春樹(1991), 앞의 책, p.11
7)「ロング・インタヴュー」『Par Avion』1988년 12월호, p.24
8) メーク・ハーツガード, 湯川れい子訳(1997)『ビートルズ』, 角川春樹事務所
9) 中川成美(1992)「村上春樹、ジャズとロック─非在の森─」『國文學』3월호, 學燈社
10) カトリン・アマン(1998)「『僕が電話をかけている場所』の謎」『國文學』2월 임시중간호, 學燈社　p.179
11) 遠藤伸治(1999)「村上春樹『ノルウェイの森』論」『村上春樹スタディーズ03』, 若草書房
12) 三重野由加(1995)「村上春樹『ノルウェイの森』」『立命館文学』
13) 무라카미는 인터뷰에서 미도리와 나오코를 비교하여 "나오코라는 존재 속 에는 '노르웨이의 숲'이란 단어가 상징하는 것과 같은 어둡고 무거운 것이 잠재되어 있다. 그리고 그것은 '나'를 점점 그런 세계로 끌고 간다"(『Par Avion』, 1988년 12월호)라고 논하고 있는데 이것은 나오코란 인물의 성격 이 작품과 노래의 제목의 이미지와 같다는 것을 작가 자신이 직접 설명하 고 있는 것이라고 볼 수 있다.
14) 영국에서는 1969년 9월 26일에 그리고 일본에서는 1969년 10월 21일에 발

매되었다.
15) 遠藤伸治(1999), 앞의 책.
16) 高橋丁未子(1990) 『ハルキの国の人々』, CBS·ソニー出版

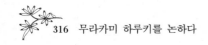

【참고문헌】

〈텍스트〉

村上春樹(1987)『ノルウェイの森』講談社

〈단행본 및 논문〉

한기(1996)「한국에 뿌리내린 하루키 문학의 특성-하루키 소설의 기원에 관하여」 『문학사상』 2월호

青木保(1983)「60年代に固執する村上春樹がなぜ80年代の若者たちに支持されるのだろう」『中央公論』12월호

遠藤伸治(1999)「村上春樹『ノルウェイの森』論」『村上春樹スタディーズ03』, 若草書房

加藤典洋編(1997)『村上春樹イエローページ』, 荒地出版社

加藤典洋他(1997)『群像日本の作家26村上春樹』, 小学館

加藤弘一(1989)「異象の森を歩く─村上春樹論」『群像』11월호, 講談社

カトリン・アマン(1998)「『僕が電話をかけている場所』の謎」『國文學』2월임시 증간호, 學燈社

佐藤祐輔(1998)「時代の風に吹かれて─'60年代の子供たち'─村上春樹 t ボブ・ディランそしてビートルズ」『村上春樹の音楽図鑑』, ジャパン・ミックス

千石英世(1998)「アイロンをかける青年─『ノルウェイの森』のなかで─」『群像』11월호, 講談社

高橋丁未子(1990)『ハルキの国の人々』, CBS・ソニー出版

竹田青嗣(1998)「恋愛小説の空間」『群像』8월호, 講談社

田中励儀(1995)「『ノルウェイの森』─現実界と他界との間で」『國文學』3월호, 學燈社

中川成美(1992)「村上春樹、ジャズとロック─非在の森─」『國文學』, 學燈社

林淑美(1991)「『ノルウェイの森』─喪った『心』、閉じられた『身体』─」『國文學』1월호, 學燈社

松田良一(1999)「作家と音楽─音楽という夢」『國文學』11월호

三重野由加(1995)「村上春樹『ノルウェイの森』」『立命館文学』

村上春樹(1999)「自作を語る『100パーセント・リアリズムへの挑戦』」『村上春

　　　樹全作品6』

メーク・ハーツガード, 湯川れい子訳(1997)『ビートルズ』, 角川春樹事務所

飯塚恆雄(2000)『ぽぴゅらりてぃ―のレッスン―村上春樹長編音楽ガイド』,
　　　シンコー・ミュージック

山本三郎(1984)『都市の感受性』, 筑摩書房

「1980年の透明感覚―村上春樹vs村上春樹」『小説現代』講談社, 1980년 12월호

「ロング・インタヴュー」『Par Avion』, 1988년 12월호

「『ノルウェイの森』の秘密」『文芸春秋』文藝春秋社, 1989년 4월호

서브컬처로서의 하루키 문학

1. 왜 하루키인가?

2014년 8월 28일 무라카미 하루키(이하 하루키라 함)의 신작 단편집『여자 없는 남자들(女のいない男たち)』(이하『여자...』라 함)이 문학동네에서 발간되었다. 2013년 7월 1일에『색채가 없는 다자키 쓰쿠루와 그가 순례를 떠난 해(色彩を持たない多崎つくると、彼の巡礼の年)』(이하『색채...』라 함)가 발간됐을 때의 그 떠들썩한 분위기에 비하면 굉장히 차분한 분위기이다. 초판 5만부에 2판 3만부 정도라고 하니 전작에 비하면 그 규모가 확연히 대비된다. 물론『색채...』나『1Q84』는 장편소설이고 아무래도 단편보다는 장편이 인기가 있다는 것을 보여주는 좋은 예라고 할 수 있겠지만, 개인적으로는 톡톡 튀는 개성이 넘치는 초기작품을 좋아하는 터라 장황하게 길어지고 사회적인 메시지가 강해진 그의 장편들보다

---

* 趙柱熹 : 한양여자대학교 일본어통번역학과 겸임교수, 일본근현대문학 전공

이번 단편집이 더 마음에 드는 게 사실이다. 하지만 한 가지 마음에 걸리는 것은 그동안 청장년층에 머물렀던 하루키 작품의 주인공이 이 단편집에서는 중년남성으로 바뀐 점이다. 하루키가 그동안 대단하다고 여겨진 것은 대부분의 작가들이 자신의 연배와 비슷한 나이의 주인공들을 그리는 데 반해 하루키는 불과 얼마 전까지도 자신의 나이의 절반 정도에 해당하는 20~30대 남성을 주인공으로 설정해 왔기 때문이다. 이제 더 이상 젊은 세대의 사고를 따라잡기 어려운 건지, 아니면 그 시대의 기억을 바탕으로 한 소재가 고갈된 건지, 영원히 늙지 않는 주인공을 만들어낼 수 있을 거라는 기대가 무너지면서 하루키라는 작가의 나이가 새삼 가슴에 와 닿는다. 이러한 감상은 비단 필자만 느끼는 것은 아닌 것 같다. 교보문고의 발표에 따르면 기존 세 작품의 주 독자층이었던 20대 여성의 비율이 크게 낮아졌고, 40대 여성과 남성 독자가 크게 늘어 전체의 20.68%를 차지했다고 한다.[1]

독자의 연령층이 왜 중요한가 하면 그 연령대에 미치는 파급효과가 크기 때문이다. 필자가 아는 일본 여성은 하루키에 대해 그리 곱지 않은 시선을 보내는데, 그 이유는 하루키의 대표작『노르웨이의 숲(ノルウェイの森)』이 외설적인 것은 둘째 치고, 아이들이 주인공 와타나베와 나오코, 미도리의 다소 왜곡된 연애패턴을 무작정 따라할까 봐 걱정이라는 것이었다. 하루키 작품을 읽는 연령층이 해마다 낮아지고 있는 현상을 생각하면, 그런 우려도 십분 이해가 간다.[2] 이제는 40대 중년 이상의 독자에게 인기가 있고, 한국의 젊은이들이 좋아하는 인기작가 순위에서 슬그머니 밀려나는 현실을 알면 하루키는 어떻게 생각할까(하루키보다 출판사들이 더 조바심을 내겠지만, 문학동네는 이 현상을 두고 하루키의 독자층이 확대됐다는 분석을 내놓고 있다). 인터넷에 히가시노 게이고(東野圭吾)가 하루키를 앞서고 있다는 기사들이 올라오고 있지만, 올해만 해도 하루키 작품이 10권 출판되었는데, 신간인『여자...』를 제외

하면 모두 기존에 출판됐던 것들이다. 그런데도 잘 팔리는 것을 보면 확실히 이 작가만의 힘이 느껴지는 게 사실이다.

그의 인기가 절정을 이룬 때는 작년 7월 1일에 『색채...』가 출간됐을 때이다. 이미 일본에서 출간되었던 4월 시점에 한국에서는 어느 출판사가 판권을 갖게 될지 초미의 관심사였고, 선인세를 16억을 쓰고도 떨어졌다는 어느 출판사의 이야기가 인터넷을 달구며 역대 최고의 인세를 지불했다는 소문까지 퍼졌다(물론 민음사는 부정하고 있지만).3) 또한 각종 인터넷서점에서는 예약판매만으로 베스트셀러 1위에 올랐을 뿐만 아니라 작품에 등장하는 '베르만'의 「리스트: 순례의 해」가 라이선스 음반으로 발매되었다.

출간을 전후하여 인터넷에는 연일 하루키와 신작에 대한 기사가 끊이지 않았다. 하루키의 작품이 한국에 소개되기 시작한 것은 『노르웨이의 숲(ノルウェイの森)』이 번역 출간된 1988년부터인데,4) 2000년을 경계로 기사 수가 급격히 증가하기 시작했다. 인터넷 포털사이트 네이버(NAVER)에 '무라카미 하루키'를 검색어로 넣었을 때 조회되는 기사 건수는 총 5,236건인데, 가장 많은 기사가 보도된 것은 2013년 1,484건과 2010년 820건이다.5) 2010년은 하루키의 작품이 가장 많이 번역 출간된 해이고6), 2010년에는 『1Q84』 BOOK3가, 2013년에는 『색채...』가 발간되어 이에 대한 소개 및 인세에 대한 기사가 절반 이상을 차지하고 있다.

그렇다면 왜 이렇게 하루키가 신작을 발표할 때마다 언론은 국내외를 막론하고 경쟁적으로 기사를 내보내고, 사람들은 왜 이렇게 그의 신작에 과하게 반응하는 걸까. 필자는 일찍이 이러한 과열 현상을 일컬어 '하루키이즘'이라 명명하고 그 원인을 분석한 적이 있는데7), 일본에서는 '무라카미 하루키 현상'이라고 하여 사회학적인 분석을 하기도 하고, 하루키의 작품이 이념을 갖지 않고 읽기 쉬워서 세대적 공감대 형성에 성공했기 때문이라는 평이 지배적이다.

그런데 독자들이 하루키의 작품을 수용하는데 있어 무시할 수 없는 것이 바로 서브컬처성이라고 할 수 있을 것이다. 그의 작품은 데뷔 초부터 '가볍다'는 평가가 꼬리표처럼 따라다녔고 그로 인해 기존 문단에서 그다지 인정받지 못했던 것이 사실이다. 그 예로 오에 겐자부로(大江健三郎)는 어느 강연에서 자신의 문학은 '순문학'의 범주에 넣고, 하루키나 요시모토 바나나(吉本バナナ)의 문학은 도쿄의 소비문화의 비대와 세계적인 서브컬처를 반영한 소설이라고 평가하고 있는 것을 보아도 알 수 있다.8)

하루키의 작품과 서브컬처의 관계에 대해서는 다양한 각도에서 연구가 이루어지고 있다. 가장 대표적인 것으로 아즈마 히로키(東浩紀)는 포스트모던 시대의 문학의 조건으로서 '거대한 이야기'가 쇠퇴하고 '작은 이야기'가 증식되고 있으며, 우화적이고 환상적이며 메타 소설적인 포스트모던의 실존문학의 계보로서 하루키의 『세계의 끝과 하드보일드 원더랜드』(1985)와 마이죠 오타로(舞城王太郎)의 『쓰쿠모쥬쿠(九十九十九)』(2003)를 들고 있다.9)

하루키의 작품의 서브컬처성에 대해서 가토 노리히로(加藤典洋)는 『1Q84』를 들어 여주인공 아오마메(青豆)의 얼굴이 구깃구깃 움직인다는 설정과, 시금치를 즐겨먹는 다마루(タマル)의 개는 뽀빠이의 이미지를 떠올리게 하는 등 하루키가 의식적으로 엔터테인먼트성을 작품에 도입하고 있고, 그것을 방법론적으로 전진시켜서 보여준 작품이라고 평가하고 있다.10)

이에 본고는 하루키 문학의 대중적 인기의 기반을 서브컬처성에 두고, 일본의 대표적인 서브컬처 중의 하나인 라이트노벨과 비교하여 그 공통점을 분석하고 그것이 하루키 문학에서 차지하는 위치와 역할에 대해 검증해 보고자 한다.

2. 하루키 문학의 서브컬처적인 요소

1) 일러스트의 삽입과 그 효과

하루키 작품과 라이트노벨의 연관성을 검토하기 위해 간단하게 라이트노벨의 특징에 대해 살펴보도록 하겠다. 라이트노벨의 정의에 관해서는 여러 연구자들이 의견을 내놓고 있지만 그 중에서 몇 가지만 살펴보면, 에노모토 아키(榎元秋)는 '1980년대부터 1990년대 초에 등장한 가도카와 문고, 후지미 판타지 문고 이후의 중학교~고등학교 남학생이라는 주요 고객들이 읽기 쉽게 쓰인 오락소설'[11]이라고 지적하고 있고, 이치야나기 히로타카(一柳廣孝)는 '만화적·애니메이션적인 일러스트가 첨부된 10대 젊은층을 주요 독자로 하는 엔터테인먼트 소설'[12]이라고 정의한다. 가장 구체적으로 그 조건을 제시하고 있는 것은 오모리 노조미(大森望)[13]인데 그는 라이트노벨의 특징에 대해 다음과 같이 이야기하고 있다.

① 제본 : 문고/애니메이션풍 그림의 커버, <u>본문 삽화 삽입</u>/ 300쪽 이내
② 이야기 : 결말의 회피, 시리즈화(5권 이상)
③ 무대 : <u>현실에서 유리된 세계관(판타지/SF적인 異세계)</u>
④ 등장인물 : 회화 등에 따른 캐릭터부각, 기호성, <u>비리얼리즘</u>
⑤ 미디어간 교차성 : 애니메이션/만화/TV/영화의 선행작의 존재가 암묵적인 전제
⑥ 문체 : 줄바꿈이 많다. 의성어·의태어의 다용
⑦ 주제 : 사회적인 테마, 메시지성의 결여

위의 내용 중에서 밑줄 친 부분 중 본문에 삽화가 들어간다는 내용은 하루키의 초기작품에도 해당된다. 즉 그의 초기작품에는 만화 정도는

아니더라도 라이트노벨 정도의 키워드가 되는 삽화가 들어있는 작품들이 있다. 『바람의 노래를 들어라』에서는 라디오 DJ가 주인공 '나(僕)'에게 전화를 걸어오는 장면이 등장한다. 내용은 '나'에게 신청곡을 선물한 여자가 있는데, 누구인지 맞추면 '특제 T셔츠'를 보내준다는 것이었다. '나'는 그녀의 이름을 겨우 기억해 내서 말하고 며칠 후 그 T셔츠가 도착한다. 작품 14장에는 명료하게 그 T셔츠가 그려 있다(〈그림 1〉).

삽화의 목적은 그 시각적인 효과에 의해 지문을 보조하여(물론 일본 근세의 구사조시(草双紙)나 요미혼(読本)과 같이 지문보다도 삽화 그 자체가 우선인 문학적 장르도 있지만), 독서행위를 촉진시키는 데 있을 것이다. 하지만 이 T셔츠 삽화는 지문을 능가하는 임팩트가 있고, 그것은 원래 일러스트가 중요

〈그림 1〉 특제 T셔츠

한 구성요인이 되고 있는 라이트노벨의 그것 보다 독자들에게 강한 인상을 남기고 있음에 틀림없다.

하루키가 그린 그림에는 작품을 이해하는 키워드가 숨겨져 있다. 〈그림 1〉을 잘 보면 라디오 방송국 이름이 'NCB'이고, 그림에 전화가 그려 있는데 전화는 말하기와 듣기 기능이 이루어지는 기기이고, 라디오는 시청자들의 의견을 듣고, 시청자들은 라디오에서 나오는 DJ의 멘트와 노래를 듣는다는 점에서 공통적으로 듣기 기능이 강조되고 있다는 것을 알 수 있다. 이러한 '듣기'는 바로 이 작품의 주제이기도 하다는 점에서 〈그림 1〉은 주제에 관한 복선적인 기능을 한다는 것을 알 수 있다.

이 그림에 관해 「군조신인문학상(群像新人文学賞)」의 심사위원이었던 시마오 토시오(島尾敏雄)도 비슷한 인상을 이야기하고 있는데, 그는 하루키의 소설 내용은 잘 기억나지 않지만, T셔츠 그림이 삽입되어 있던 것은 기억에 남는다는 평을 하고 있다.[14]

　　이런 삽화는 하루키의 세 번째 작품인『양을 둘러싼 모험(羊をめぐる冒險)』에도 등장하는데, 예를 들면 '양남자(羊男)'의 일러스트가 그것이다(〈그림2〉). 한 페이지 전면을 장식하고 있는 이 삽화는 '양남자'에 관한 기술15)에 근거하여 그 모습이 묘사되어 있는데 만약 그림이 없었다면 독자들은 이보다 좀 더

〈그림 2〉 양남자

무게가 있는 캐릭터를 연상하게 되었을 것이다. 아무튼 독자들이 상상에 사용할 시간을 절약해 주고 있지만, 그 반면에 독자들의 상상의 자유가 박탈되며 작가가 설정해 놓은 틀에 갇히는 듯한 느낌이 드는 것도 사실이다.

　　한국어판에는 〈그림 2〉는 삽입되어 있지 않고, 그 대신 일본어판 본문 중에 나와 있는 〈그림 3〉의 화살표가, 한국어판에는 〈그림 4〉와 같이 모두 '양남자'로 되어 있다.16) 이에 따라 한국어판에서는 일본어판에서의 화살표의 역할, 즉 방향성이나 긴박함 혹은 모험의 길안내가 되는 듯한 기능성은 사라지고, 그 대신 이 작품의 키워드가 '양남자'라는 사실이 더 부각되고 있음을 알 수 있다. 나라에 따라 전략은 다르지만 그와 같은 단적인 차이에 의해 독자들이 작품전체에 대해 품는 이미지 또한 상당한 차이가 발생한다고 할 수 있을 것이다.

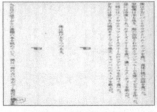

〈그림 3〉 일본어판 본문

〈그림 4〉 한국어판 본문

　하루키의 작품에서 일러스트의 역할이 최대한으로 발휘되는 것은 『세계의 끝과 하드보일드 원더랜드(世界の終りとハードボイルド・ワンダーランド)』에서이다. 내용은 높은 벽에 갇혀 일각수의 두개골에서 꿈을 읽으며 살아가는 '나(僕)'가 사는 '세계의 끝'과, 자신의 '의식의 핵'에 사고회로가 들어간 '나(私)'의 이야기가 전개되는 '하드보일드 원더랜드'가 교차되는 구조로 되어 있다. 중요한 것은 이 작품 속의 두 세계 즉 '세계의 끝(현실세계)'과 '하드보일드 원더랜드(가상세계)'가 작품 구성상으로는 아무 연관이 없이 따로 전개되다가, 마지막에 이르러 '세계의 끝'의 주인공 '나'의 뇌 속에 '하드보일드 원더랜드'가 존재한다는 것을 느끼게 하지만, 전혀 연관이 없는 두 세계라고 보아도 무방할 만큼 독자적으로 움직인다는 점이다.

　아즈마 히로키(東浩紀)는 이 작품을 1990년 후반 이후의 '세계계(セカイ系)'의 원조라는 평가를 내리고 있는데[17], 여기서 '세계계'란 '일상계(日常系)'와 더불어 라이트노벨 작품의 스토리 유형을 지칭한다. 원래는 인터넷에서 유래했는데 이것을 평론의 대상으로 거론하기 시작한 것은 가사이 기요시(笠井潔)이다. 간단하게 정리하면 '세계계' 속에서는 일상적이고 평범한 현실과 망상적인 세계전쟁이 대립하는데 그것이 캐릭터적으로 전환되어 무기력한 소년과 전투미소녀의 대립으로 그려지는 이야기를 말한다. 이에 반해 '일상계'란 학교나 집 주변 등 좁은 생활공간을 무대로 일상세계를 그린 작품을 말한다.[18]

　'세계계'의 특징 중 중요한 것은 일상과 이상(異常)세계의 사이에 존재해야 할 중간세계, 즉 사회영역이 존재하지 않는다는 점이다. 즉 두 세계의 연결고리가 없이 독자적으로 움직인다는 것인데, 이 점이 바로 하루키의 『세계의 끝과 하드보일드 원더랜드』의 두 세계와 같다는 것이다.

　작품의 권두에는 〈그림 5〉와 〈그림 6〉처럼 '세계의 끝'의 지도가 있고, 본문 중에도 몇 개의 삽화가 들어 있는데 가장 흥미로운 것은 두 세계를 구분하는 2장의 일러스트이다(〈그림 7〉〈그림 8〉).

〈그림 5〉 문고판 지도   〈그림 6〉 전작품 지도

특히 〈그림 8〉의 '하드보일
드 원더랜드' 장에는 '밥 딜런'
의 모습과 사인이 그려져 있
고, 본문 중에도 몇 번인가 '밥
딜런'의 노래가 등장하는데 이
것이 '하드보일드 원더랜드' 장
의 키워드인 것이다. 특히 그
것은 작품 말미에 집중적으로
나오고 있는데 마지막 부분에
는 '밥 딜런'의 'Blowing The
Wind'와 'Hard Rain'이 등장하

〈그림 7〉 '세계의   〈그림 8〉 '하드보일드
끝'의 삽화   원더랜드'의 삽화

고 주인공 '나'가 그 음악을 들으며 옛 추억에 잠기며 조용히 이야기가
막을 내린다.

'Blowing The Wind'의 노래가사를 보면 평화로운 세상이 언제 올지,
인간이 자유로운 세상이 언제 올지 그 모든 대답은 바람만이 알고 있다
고 되어 있다. '하드보일드 원더랜드'의 장은, 주인공 '나'가 '그림자'의
권유를 따르지 않고 '도서관 여자'와 함께 그 세계에 남기로 결정하면서
끝나는데 결국 이러한 모든 일은 바람만이 알고 있다고 말함으로써, 왜

그 세계에 남았는지를 궁금하게 여기는 독자들에게 해답의 실마리를 제공하고 있다고 할 수 있을 것이다.

이처럼 하루키의 작품에 삽입된 일러스트들은 만화나 라이트노벨과 마찬가지로 작품의 내용을 이해하기 쉽게 도와주고 있을 뿐만 아니라, 그 보다도 훨씬 더 함축성이 크고 작품의 주제와 접목되어 있음을 알 수 있다.

2) 초식남의 원조

하루키 작품의 가장 큰 특색이라고 하면 무엇보다도 수동적이고 여성에게 한없이 친절한 남자주인공일 것이다. 물론 주인공의 캐릭터는 시대의 흐름에 따라 서서히 변하고 있지만, 그 기본적인 스타일은 대체로 일관되어 있다. 그리고 그것은 얼마 전까지 일본에서 화제가 되었던 '초식남'과 닮아 있는데. 시기적으로 보아 오히려 그 원조라고 해도 무방할 것 같다.

'초식남'이라는 말은 2006년 10월 13일 「닛케이 비지니스 온라인(日経ビジネスオンライン)」이라고 하는 『닛케이 비즈니스(日経ビジネス)』의 웹사이트에 연재된 칼럼에서 등장한 말로 '연애나 섹스에 인연이 없는 건 아니지만, 적극적이지 않고 육욕(肉慾)에 담담한 남자'[19]를 말한다.

하루키 작품의 남자주인공은 특히 섹스에 있어 적극적이지 않지만, 그럼에도 불구하고 '육식녀'들의 덕택으로 섹스할 기회에 많이 접하는 전형적인 '초식남'의 특성을 보인다. 『양을 둘러싼 모험』을 예로 들어 보면, 29세 이혼남인 '나'는 21살에 '품격 있는 사람들끼리 만으로 구성된 작은 클럽에 속한 콜걸'인 그녀와 만나서 30분도 안되어 '아주 친한 친구'가 되고 그녀에게 이끌려 같이 자게 된다. 도대체 왜 그녀가 이렇게 잘 해주는지 이해를 못하는 '나'에게 그녀는 다음과 같이 말한다.

확실히 나는 여러 가지 일들을 전혀 몰랐던 것 같다.

우선 나를 특별대우해 주는 이유를 몰랐다. 남들에 비해 내게 특별히 뛰어나다거나 다른 점이 있다는 생각이 들지 않았기 때문이다.

내가 그렇게 말하자 그녀는 웃었다.

"아주 간단한 거예요." 하고 그녀는 말했다. "당신이 나를 원하니까. 그게 제일 큰 이유예요."[20)]

자기 스스로 아무런 매력이 없다고 느끼는 '나'에게, 당신이 원하니까 들어준다는 여주인공의 대사는 불평등하게 보이기도 하지만 남성독자 들에게는 대리만족을 느끼게 함에 틀림없을 것이다. 하루키 작품의 남 녀 구성을 보면 대체적으로 남자 주인공의 주변에 2~4명 정도의 여성이 배치되어 있다. 그리고 '나'는 수동적이어서 그 중의 어느 여성에게 적극 적으로 자신의 의사를 표시하거나 하지는 않지만, 대부분의 여성들이 '나'에게 호감을 보이고 '나'를 이끄는 와중에 '나'가 한 사람을 정하는 구조로 되어 있다.

이와 가장 비슷한 구조가 라이트노벨 중 '할렘물(ハーレムもの)'[21)]인데 둘을 비교해 보면 '할렘물'에서 주인공 남학생은 온순하고 그다지 눈에 띄지 않는 평범한 캐릭터이고, 그런 그를 좋아하는 미소녀(학교에서 가 장 예쁘거나 청초하거나, 아니면 가장 파워 있는)가 복수로 등장한다. 남자 주인공은 여러 미소녀한테 어프로치 받으면서 그 중에 어느 소녀 를 고를지 고민한다는 식으로 이야기가 전개된다.

하루키 소설에 등장하는 여성은 대개 두 가지로 나눌 수 있는데, 한쪽 은 청초하고 여성스러운 타입으로 하루키 자신이 좋아하는 스타일이 고[22)], 다른 한 쪽은 성격이 강하고 적극적으로 행동하는 소위 '육식녀' 타입이다. 주인공은 대체로 전자에 마음이 있지만 후자에게 끌려 다니 면서 심적인 안정감을 느낀다. 그 대표작은 『노르웨이의 숲』의 '나오코 (直子)'와 '미도리(緑)'인데, 이 두 사람은 이후의 하루키 작품에 있어 영원

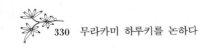

한 여성상으로 반복적으로 등장한다.

흥미로운 것은 아무리 얌전한 타입이라도 섹스에 있어서는 꽤 적극적이고 그 점에서 본다면 하루키 작품의 남자주인공은 정말로 혜택받은 존재라고 할 수 있을 것이다. 다소 남권적으로 보이기도 해서 우에노 치즈코(上野千鶴子)를 비롯한 여성 연구자들로부터 불평등한 남녀관계에 대해 비판도 받고 있지만23), 그러한 남녀 구조는 최근작에까지 이어지고 있다.

『노르웨의의 숲』을 예로 들어보면 주인공 '와타나베'와 20세 생일에 첫 육체관계를 경험한 후 정신병원에 입원하는 나오코는, 그 후 병문안을 온 와타나베와 몇 차례인가 육체적인 접촉을 하는데, 그 때마다 꽤 주도적으로 관계를 리드하고24), 미도리는 일방적으로 와타나베에게 성적인 서비스를 해 주면서 거침없는 언설(주로 성적인 내용)까지 내 뱉는다.25) 미즈코시 마키(水越真紀)는 『1Q84』의 남자 주인공 덴고(天吾)를 '참치남'이라 했는데26), 하루키 작품의 대부분의 남자 주인공들이 비슷한 캐릭터라고 할 수 있다.

결국 와타나베는 무리하게 섹스를 요구하지 않지만 여자들의 자발적 협력에 힘입어 목적을 달성한다. 이 뿐만이 아니다. 작품 중에서 와타나베는 선배인 나가사와(永沢)에게 이끌려 몇 명의 여자와 자는데 그 때도 '초식남'이면서도 그 성적인 흡인력을 엿볼 수 있는 장면이 등장한다.

> 6월에 두 번 정도, 나는 나가사와 선배와 같이 시내에 나가 여자들과 잤다. 모두 간단했다. 한 여자는 내가 호텔 침대에 데려가 옷을 벗기려고 하자 난폭하게 저항했지만 내가 귀찮아져서 침대 속에서 혼자 책을 읽고 있자, 그 사이에 자기 몸을 내게 밀착시켜 왔다. 다른 한 여자는 섹스 후에 나에 관한 모든 것을 알고 싶어 했다.27)

자신은 섹스에 대해 별 관심이 없는 척 행동하면서 오히려 여자들을 안달나게 만들고, 여자들의 적극적인 행동을 불러일으키는 매력, 이것은 '초식남'의 전형적인 예로 볼 수 있을 것이다. '초식남'이라는 용어가 등장한 것이 2006년인데. 하루키 작품 속에서는 1982년부터 등장했으니 하루키 작품의 남자 주인공들이야말로 '초식남'의 원조라고 할 수 있을 것이다. 전통적인 리드하는 남성과 순종하는 여성이라는 남녀관계에서 벗어난 '하루키'식의 연애 그리고 남녀관계는 새로운 연애패턴을 만들어냈다고 할 수 있을 것이다. 또한 와타나베 같은 초식남이나, 그를 둘러싼 복수의 여주인공(나오코, 미도리, 레이코)이라는 연애패턴[28]은 라이트노벨에서 자주 볼 수 있으니 이 둘을 비교해 보는 것도 의미 있는 일일 것이다.

라이트노벨을 예로 들어 보자. 2003년 6월부터 간행된 『스즈미야 하루히(涼宮ハルヒ)』시리즈[29]를 보면 지극히 평범한 고등학생 '쿈(キョン)'을 4명의 히로인 즉, 하루히, 아사쿠라 료코(朝倉涼子), 아사히나 미쿠루(朝比奈みくる), 나가토 유키(長門有希)가 에워싸는데, 그 4명 모두 초능력자에다가 미인이다. 라이트노벨이 청소년을 대상으로 하는 장르라는 점을 고려하면 이러한 구조에서 현대 일본 청소년들의 욕망을 엿볼 수 있을 것이다.

4명의 히로인 중 하루히에 대한 묘사를 살펴보면 다음과 같다.

> 길고 곧은 검은 머리에 헤어밴드를 하고 클래스 모두의 시선을 거만하게 받는 얼굴은 더할 나위 없이 정돈된 콧날, 의지가 강해 보이는 검은 눈을 이상하게 긴 눈썹이 감싸고, 엷은 복숭아 빛 입술을 강하게 다문 아이.
> 하루히의 하얀 목이 너무 눈부셨던 게 기억난다. 상당한 미인이 거기에 있었다.　　　　　　　　　　　　　　　　　　　　　　(p.11)
> 그건 그렇다 치고 대단한 글래머였다....　　　　　　　　　(p.24)

하루히 이외에도 나머지 여주인공들의 공통점을 살펴보면 모두 미인이고, 하루히와 아사히나는 글래머이고 꽤 섹슈얼하게 그려져 있다. 하지만 여기에서 가장 중요한 것은 작품 중에서 유일하게 초능력을 갖지 않는 '100퍼센트 순수 보통인'인 '쿈'은 초월적 존재인 하루히에게 선택되지만 그녀에게 도움을 받는 것이 아니라, 오히려 '하루히에게 있어서 열쇠'가 되고, 또한 아사히나에게는 "...제가 결혼 못하면 저를 받아주시겠어요?"라는 말을 듣는다. 또한 '쿈'을 죽이려고 하는 아사쿠라에 대해, 나가토는 자기 몸을 던져 '쿈'을 지킨다.

이처럼 한 명의 소년과 복수의 미소녀라는 패턴은『스즈미야 하루히』시리즈 이외에도『도라도라(とらドラ)』시리즈(電撃文庫)의 다카스 류지(高須竜児)를 둘러싼 아이사카 다이가(逢坂大河), 구시에다 미노리(櫛枝実乃梨), 가와시마 아미(川嶋亜美)의 1:3 구조를 볼 수 있다. 이보다 더 복잡한 관계는『제로의 사역마(ゼロの使い魔)』시리즈(MF文庫J)인데 주인공 히라가 사이토(平賀才人)에 대해 기본적으로는 루이즈(ルイズ)와 연애관계를 형성하면서, 그 이외에도 시에스타(シエスタ), 다바사(タバサ), 안리엣타(アンリエッタ) 등의 여학생들이 사이토를 좋아하고 루이즈를 질투하는 구조를 보이고 있다. 이와 같은 패턴은『신세기 에반게리온(新世紀エヴァンゲリオン)』에서 비롯됐다고 하는데30), 이것이 방영된 것이 1995년으로 하루키의 소설은 그보다도 훨씬 전에 그와 같은 구조를 하고 있기 때문에 그러한 의미에서 '초식남'이나 '할렘물'의 원조는 하루키로부터 시작됐다고 할 수 있을 것이다.

3) 메시아적인 여전사의 등장

하루키의 작품과 라이트노벨과의 관련성에 대해 활발하게 연구가 된 것은『1Q84』부터였다. 예를 들면 오모리 노조미(大森望)와 도요자키 유

미(豊崎由美)의 대담에서는 『1Q84』의 여주인공 '후카에리(ふかえり)'를
『신세기 에반게리온』의 레이(綾波レイ)에 비유하거나 『스즈미야 하루히』
시리즈의 나가토 유키(長門有希)에 비유하기도 한다.31) 확실히 '신비하
고 무표정系'의 나가토와 난독증을 앓고 말이 없는 후카에리는 어딘가
연결되어 있는 듯이 보인다. 구체적으로 둘의 모습을 비교해 보자.

　　후카에리는 인사도 하지 않고 그냥 덴고의 얼굴을 바라보고 있었다.
"당신을 알고 있어요" 드디어 후카에리는 작은 목소리로 그렇게 말했다.
(중략) 그녀의 말투는 몇 가지 특징이 있었다. 수식을 제거한 문장, 악센
트의 만성적인 부족, 제한된(적어도 제한된 것 같은 인상을 상대에게 주
는) 어휘.　　　　　　　　　　　　　　(『1Q84』 BOOK1, 제4장)

　　흰 피부에 감정이 결여된 얼굴, 기계처럼 움직이는 손가락. (중략) 렌
즈 속에서 어둔 빛의 눈동자가 나를 본다. 그 눈에도 입술에도 전혀 아무
런 감정도 없다. 무표정의 극치.
　　　　　　　　　　　　　　(『스즈미야 하루히의 우울』, 제2장)

　　후카에리와 나가토를 연결하는 '과묵'과 '무표정'은 이 캐릭터들에게
신비함을 더하여 독자들로 하여금 호기심을 불러일으키게 하고 있는데
바로 이런 점이 하루키 작품에 있어서 서브컬처가 적극적으로 도입된
양상이라고 할 수 있을 것이다.
　　그러나 이 작품에서 가장 눈에 띄는 특징이라고 하면 바로 '아오마메'
라는 인물조형일 것이다. 일단 그녀의 직업부터 범상치 않다. 그녀는
고급 스포츠클럽의 강사인데, 가정폭력을 일삼는 남자들을 암살하는 일
을 하고 있다. 또한 스타일도 터프하고 얼굴 생김새도 특이하다. 키는
168센티, 모든 근육이 단련되어 있고, 좌우의 귀와 가슴이 크기와 모양
이 상당히 다르고, '가늘고 작은 코, 다소 튀어나온 광대뼈와 넓은 이마
와 길고 곧은 눈썹'을 가지고 있으며 대체로 '정돈된 계란형 얼굴'을 하

고 있다. 가장 인상적인 것은 얼굴을 찡그리면 그녀의 얼굴은 확 바뀌어 '좌우의 일그러짐이 극단적일 정도로 강조'되면서 '코와 입이 폭력적으로 일그러지고' 순식간에 '전혀 다른 사람'이 된다는 점이다.

　이와 같은 주인공 또한 애니메이션이나 라이트노벨에 자주 등장하는 캐릭터라고 할 수 있을 것이다. 하루키의 작품에서 보아왔던 청초하고 예쁜 여성의 이미지나, 다소 적극적이고 능동적인 육식녀의 이미지가 『1Q84』에서는 역전되어 악당을 격퇴시키고 세상을 구하는 메시아적인 여전사로 등장한다. 게다가 그녀는 일(암살)이 끝나면 섹스할 상대를 물색하여 자신의 성욕을 과감하게 발산하는 취미까지 가지고 있다. 암살에 임하는 그녀의 태도는 지금까지 하루키의 작품에서 전혀 볼 수 없었던 캐릭터임을 알 수 있다.

　다음은 아오마메가 얼음송곳을 이용하여 남성을 암살하는 장면이다.

> 일단 위치를 정하고 마음을 가다듬자 그녀는 오른손 바닥을 공중으로 들어올려 숨을 죽이고 약간의 시간을 둔 후에 그것을 획하고 내린다. 나무 손잡이 부분을 향해. 그다지 강하지는 않다. (중략)
> 남자가 헉하고 숨을 멈추는 소리가 들렸다. 전신의 근육이 움찔하며 수축된다. 그 감촉을 확인하고 나서 그녀는 재빨리 송곳을 뺐다.
>
> (『1Q84』 BOOK1, p.72)

　이러한 여전사 캐릭터는 일본에서는 드물다고 할 수 있다. 서양에 비해 일본에서는 '전투 미소녀' 쪽이 보다 대중적이기 때문이다. 예를 들면 『슬레이어즈(スレイヤーズ)』(富士見ファンタジア文庫)의 '리나'(リナ)나, 『작안의 샤나(灼眼のシャナ)』(電撃文庫)의 샤나(シャナ), 『키노의 여행(キノの旅)』(電撃文庫)의 키노(キノ) 등 셀 수 없을 정도로 많이 있다. 이렇게 전투 미소녀가 많이 등장하는 이유에 대해 사이토 다마키(斎藤環)는 일본 남성은 성적인 억압이 강해, 성인여성을 앞에 두면 위축되어 버리기 때문

에 '전투 소녀'야 말로 일본인이 좋아하는 다형도착적(多形倒錯的)인 심 볼이라고 지적하고 있다.[32] 확실히 일본에서는 '세일러문'을 비롯하여 여러 '전투 미소녀'를 볼 수 있지만 성인 여전사는 극히 드물다고 할 수 있다. 그런 의미에서 아오마메의 캐릭터는 정확하게 일치하지는 않지만 정의를 위해 악과 싸우는 헐리웃 영화의 여전사, 예를 들면 『에이리언』 시리즈의 시고니 위버나 『터미네이터』의 린다 해밀턴 쪽에 가깝게 느껴 진다.

라이트 노벨은 미소녀를, 하루키 소설은 성인 여성을 등장시키고 있 어 연령대로는 일치하지 않지만, 세상을 구하는 메시아적인 역할을 하 는 여전사가 작품을 이끌어나간다는 공통점을 가지고 있다. 하루키 소 설에서 강하고 적극적인 여성은 『노르웨이의 숲』의 미도리를 비롯하여, 『태엽감는 새 연대기』의 구미코로 이어지는 계보를 가지고 있지만, 아 오마메처럼 총을 들고 다니고, 얼음송곳을 사용하여 사람을 죽이는 전사 의 이미지는 그 예를 찾을 수 없다. 하루키는 언제나 다양한 인간군상을 작품에 도입해 왔는데, 아오마메와 같은 인물조형은 21세기의 일본인들 의 아니, 전 세계인들의 욕망을 반영한 것으로 보인다. 그리고 그것은 일찍이 전투 미소녀들을 등장시켜 일본 청소년들을, 일본 남성들을 치유 해 주었던 라이트노벨과 같은 역할을 하고 있다고 할 수 있을 것이다.

또 한 가지는 이러한 여전사들의 작품 내 역할에 있어서도 공통점이 있다. 즉 얼핏 보면 사건을 해결하는 열쇠를 전투 미소녀나 여전사가 쥐고 있는 듯이 보이지만, 사실은 그러한 초능력과 전투능력을 여성들 이 보유하고는 있어도 결과적으로 그녀들이 기대는 곳은 바로 평범한 초식남인 남자주인공이라는 점이다. 구메 요리코(久米依子)는 라이트노 벨의 남녀관계가 전통적인 남녀상과는 대조적인 조합이 증가하고 있다 고 지적하며 하지만 다음과 같은 한계가 있다고 평하고 있다.

즉 라이트노벨은 언뜻 보면 주인공인 소년이 허약하고 강한 소녀에게
압도당하는 것처럼 보여도 결국은 종래와 마찬가지로 소년의 활약으로
결말지어지는 소년소설이고, 거기에 미소녀로부터의 호의라는 이상적인
섹슈어리티도 덧붙여 제공되고 있다. 강인한 소녀상도 소년의 파워를 끌
어내는 계기로 기능한다.[33]

『스즈미야 하루히』를 보더라도 천방지축
인 하루히는 이것저것 문제를 만들어 놓기
만 하고 이에 대한 뒤처리와 해결은 '쿈'이 해
준다. 『1Q84』의 아오마메도 악당을 처벌하
면서 세상의 부조리를 평정하는 역할을 하지
만 결국 그녀가 '1Q84'의 세계에서 '1984'년으
로 돌아오기 위해서는 덴고의 존재가 필수
적이고, 그와의 합일에 의해 하늘에 떠 있는
두 개의 달이 하나가 되는 '1984'년으로 돌아
올 수 있게 된다. 라이트노벨의 주요 독자는
10대 남자 중고교생이니 당연히 그들이 동

〈그림9〉「흐드러지다」

일시를 통해 대리만족을 느낄 수 있도록 작품이 만들어져 있겠지만, 하
루키의 작품 역시 남성 독자 취향으로 쓰였다는 것을 부인할 수 없게
만드는 점이다.

이러한 여전사는 소설이나 라이트노벨 뿐만 아니라 최근 들어서는
만화나 애니메이션에서도 자주 등장한다. 흥미로운 것은 한국의 웹툰
중에서 『1Q84』와 그 구조가 유사한 작품이 있다. 연제원의 네이버 데뷔
작 『흐드러지다』(2009)가 그것이다. 시대극으로 내용은 왕권을 둘러싼
궁정의 권력다툼이다. '쥬신국'의 폭군이자 독재자인 황제와 그를 암살
하려고 하는 왕자와 암살자의 대립이 그려져 있다. 그 중에서 '단향'이라
는 여주인공이 아오마메와 닮았다. 그녀는 어렸을 때 황제에 의해 일가

가 몰살당하고, 복수를 위해 황제를 암살하려고 계획하고 있으며 주로
칼과 비녀를 무기로 사람 죽이는 일을 하는데, 그 비녀를 이용하는 장면
이 아오마메가 얼음송곳을 사용하여 사람을 죽이는 장면과 비슷하다
(〈그림 9〉). 그녀 또한 아오마메와 마찬가지로 누군가에게 의뢰를 받아
청부살인을 하는데 그 때의 대사와 일러스트 상의 모습도 아오마메를
연상시킨다.

제2화 「암살자」의 내용을 보자. 단향은 마을 최대 지주인 '변관'에게
땅도 뺏기고 딸도 어디론가 팔려가고, 남편마저 자살한 어느 여인에게
의뢰를 받아 '변관'을 살해한다. 다음 장면은 살해 다음 날 그녀의 스승
과의 대화이다.

스승 : 이걸로 끝난 거라 생각하니?
단향 : .....
스승 : 네가 변관을 죽인다고 저 여인과 변관의 고리가 끊어지진 않아.
변관의 복수를 하고자 하는 사람이 생겨나면 또 다시 피를 피로
씻는 일이 생길 테지.... 그 때의 너처럼.
단향 : 알고 있어요. 그래도 세상엔 죽어 마땅한 자들이 있게 마련이에요.
게다가 이미 피로 물든 제 손이라면 그게 몇 번이든 달라질 건
없어요. 저도 피를 피로 씻고자 하는 사람 중 하나니까요.

위 인용문 중 밑줄 친 부분은 『1Q84』의 노부인이 하는 대사와 비슷하
고, '쥬신국'의 황제는 '선구'의 리더를 닮았다. 게다가 작품의 라스트 신
에서 '단향'은 황제를 살해하고, 자신을 사랑하는 '무량'과 함께 '쥬신국'
을 탈출한다. 이것은 『1Q84』에서 아오마메가 '선구'의 리더를 살해하고,
마지막에는 자신이 20년이나 기다렸던 텐고와 함께 '1Q84'의 세계를 탈
출하여 '1984년'의 세계로 귀환하는 스토리와 거의 비슷한 구조를 하고
있다. 물론 본고는 그 영향관계를 규명하고자 하는 것이 아니고 이러한

설정은 판타지 소설에서는 자주 볼 수 있는 것으로, 하루키는 자신의
작품 세계에 그와 같은 요소를 집어넣음으로써 순문학과 대중문학의
경계를 허물려고 하고 있다고 할 수 있다.

3. 시대를 반영하는 작가, 하루키

무라카미 하루키의 작품이 세계적인 인기를 획득하게 된 이유 중의
하나는, 그의 작품이 강력한 서브컬처의 지지를 기반으로 하는 순문학
이기 때문이다. 그는 거대한 주제나 메시지를 제시하기 보다는 어디에
서나 볼 수 있는 극히 일상적인 사건이나 평범한 사람들의 일상을 픽션
으로 그려 왔다.

21세기에 들어와 인터넷이나 휴대전화와 같은 뉴미디어의 등장으로
전통적인 스토리텔링을 기반으로 한 문학 장르는 해체되고, 종이와 문
자를 통한 2차원의 독서 세계가 점점 좁아지는 대신 각종 미디어를 통
한 전자책, e북 등 3차원의 독서 세계가 확대되면서 일대전환이 이루어
지고 있다. 현대를 일컬어 문학의 위기라고 일컫는데 이러한 시대에 하
루키는 묵묵히 자신의 문학가로서의 소임을 다하면서 다양한 시도를
하고 있다.

예를 들면 그는 라이트노벨이나 만화 같은 서브컬처의 특징 중 하나
인 일러스트를 작품에 도입함으로써 시각적인 효과는 물론이고 독자들
의 가독성을 높이도록 하고 있다. 또한 남녀상을 그리는 데 있어서도
전통적인 이미지에서 탈피하여 시대가 요구하는 다양한 인간상을 작품
에 담아 넣어 순문학의 세계에 들어가기 어려워하는 청소년들까지도
끌어당김으로써 문학의 저변 확대에 기여하고 있다.

수동적이지만 여성들에게 친절하고, 평범하지만 여성들에게 인기가

많은 남자 주인공의 설정은 최근에 화제가 되었던 '초식남'의 이미지와 비슷하고, 여자 주인공에게는 전투적인 이미지를 부가하여 세상을 악에서 구하는 메시아적 존재로 부각시키면서 작품에 긴박감을 더해주고 있다.

물론 이러한 점 때문에 그의 문학은 대체적으로 '가볍다'거나 상업적이라는 평이 지배적이고 순문학과 대중문학의 경계에서 비판을 받아왔지만, 그는 꾸준히 그 탈경(脫境)과 월경(越境)을 시도해 왔으며 그 노력은 위기의 시대를 뛰어넘고 있다. 엄밀히 말하자면 현대에 있어 과연 순문학과 대중문학의 경계는 어디이고, 어떤 잣대로 대중문학의 범위를 정해야 할지 그 기준이 모호한 것도 사실이다. 그리고 어떤 의미에서는 이 두 문학 사이의 경계를 허문 데는 하루키의 영향이 크다고 할 수 있을 것이다.

종이책이 위기를 맞고 있다고 하지만, 하루키의 작품은 오히려 더 많은 독자들에게 수용되고 있다. 이러한 모순이 발생하는 이유는 역시 하루키 작품에 반영된 시대성이라고 할 수 있을 것이다. 이 시대는 분명 1980년대의 독자들과는 다른 독자들이, 그 시대와는 다른 스토리를 원하고 있다. 문자만으로 이루어진 전통적인 문학 양식에서 벗어나 일러스트를 삽입하고 전사적인 이미지의 여주인공을 등장시켜 악을 처단하는 내용들은 다분히 서브컬처적이라고 할 수 있다. 하지만 그의 작품을 엔터테인먼트 소설이나 서브컬처라고 폄하하지 못하는 이유는 대다수의 서브컬처들의 목적이 독자들의 스트레스 해소를 위한 자극을 주는데 치중하는 반면, 하루키의 작품에서는 그러한 자극이 하나의 도구로 사용될 뿐이기 때문이다.

더 중요한 것은 그가 그려내는 인물과 세계가 황당하지만 그것이 이 시대의 인간들의 욕구를 바탕으로 하고 있다는 점이다. 다시 말해 이 시대에는 '읽는' 소설보다도 간편하게 '보는' 소설을 원하는 독자층이 늘고 있고, 크로스 섹슈얼 시대에 맞춰 점점 더 강한 여성을 원하는 남성들의 심리는 여전사로 투영되어 나타나게 된 것이다. 이렇듯 하루키야말로 서브컬처를 가장 잘 활용하여 자신만의 작품세계를 구축해 나가는 작가이고, 시대를 반영하되 시대성을 강요하지 않는 완급의 조절이야말로 하루키 문학이 세계문학이 된 원동력이라고 할 수 있을 것이다.

주

〈초출〉 이 글은 『일본언어문화』 제28집(한국일본언어문화학회, 2014.9)에 게재된 논문 「무라카미 하루키 문학과 서브컬처의 관계성 연구」를 가필 보완한 것임.

1) 연합뉴스 기사 「아저씨들 하루키 신작 소설집에 열광하다」(2014.9.2.)
2) 2000년을 기준으로 하루키의 독자층이 20대에서 10대로 확산되기 시작했는데, 14세에 『노르웨이의 숲』을 읽었다는 학생도 있었다. 이미 인터넷에서 더 외설적인 동영상이나 영화에 익숙해진 세대라 『노르웨이의 숲』에 대해 기성세대가 생각하는 '외설' 논란은 이들에게는 크게 의미가 없어 보인다.
3) 참고로 『여자 없는 남자들』은 2억 5천만 원에 계약됐다.(황수현 기자 「하루키의 초대장: 관계의 결핍과 쾌락이 가득한」 『한국일보』 2014.8.27)
   인세 부분의 과열경쟁이 문제가 되는 것은 국내 작가의 인세 현황이 하루키에 비하면 턱없이 적기 때문이다. 하루키의 『색채...』는 일본에서는 초판 50만부, 출간 7일 만에 100만부를 돌파했고, 국내에서는 초판 20만부였다. 보통 국내 작가들의 작품은 초판 3000부 정도에 인세 300만원 전후인 것과 비교하면 엄청난 격차를 실감할 수 있을 것이다(자료는 「슈퍼스타 하루키」 VOGUE 10월호에서 인용). 그의 대표작 『노르웨이의 숲』에 대해 출판을 담당한 고단샤(講談社)는 2009년 8월 5일부로 일본 내에서 상하권을 합해 1000만부를 돌파했다고 밝혔다. 일본 이외에도 한국을 비롯해, 대만, 미국 등 11개 국가에서 번역, 출판된 것을 감안하면, 하루키의 인세 수입이 어느 정도일지는 가늠하기도 힘들 것 같다.
4) 『노르웨이의 숲』은 1988년 11월 삼진기획(역자 노병식)에서 원제 그대로 번역 출간되었지만 일반인들의 호응을 불러일으키지는 못하고, 1989년 6월에 문학사상사에서 제목을 바꾸어 『상실의 시대』(역자 유유정)로 출간되면서 인기를 얻기 시작했다.
5) 본고 말미의 《참고자료》의 〈자료 1〉 〈자료 2〉 참고
6) 출판부수는 인터넷 교보문고에서 「무라카미 하루키」, 「국내도서」를 범주로

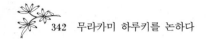
하여 최근순으로 검색한 것으로 증쇄도 개별 부수에 포함시켰다. 예를 들어 『바람의 노래를 들어라』 초판은 1989년, 2부는 1995년이었다면, 1989년 1995년 모두 출간부수에 포함시켰다.

7) 조주희 「하루키이즘」 『이슈포커스』(2013.8.11)

8) 大江健三郎(1994) 『あいまいな日本の私』, 岩波書店, p.11

9) 東浩紀(2011) 『ゲーム的リアリズムの誕生—動物化するポストモダン2』, 講談社, pp.288-289

10) 加藤典洋(2009) 「あからさまなエンターテインメント性はなぜ導入されたか」 『村上春樹 『1Q84』をどう読むか』, 河出書房新社, p.7

11) 榎本秋(2008) 『ライトノベル文学論』, NTT出版, p.3

12) 一柳廣孝(2009) 「はじめに」 『ライトノベル研究序説』, 青弓社, p.13

13) 大森望外(2004) 『ライトノベルめった斬り』, 太田出版, p.28

14) 「昭和54年第22回群像新人文学賞選評」(『群像』6月号, 講談社, 1979)

15) 양남자는 머리부터 푹 양가죽을 뒤집어쓰고 있었다. 그의 땅딸막한 몸은 그 의상과 딱 맞았다. 팔과 다리 부분은 덧대어 이어붙인 가짜였다. 머리를 덮은 후드도 역시 가짜였는데 그 꼭대기에 달린 두 개의 둥글게 말린 뿔은 진짜였다. 후드 양쪽에는 철사로 모양을 만든 것 같은 납작한 두 개의 귀가 수평으로 나와 있었다. 얼굴 반을 덮은 가죽 마스크와 장갑과 양말은 전부 검정이었다. 의상의 목에서 허벅지에 걸쳐 지퍼가 달려 있어 간단하게 입고 벗을 수 있게 되어 있었다.
   팔 부분에는 역시 지퍼가 달린 포켓이 있었는데, 거기에 담배와 성냥이 들어 있었다.(村上春樹(1990) 「羊をめぐる冒険」 『村上春樹全作品1979~1989 ②』, 講談社, p.313. 번역은 인용자에 의하며, 이하 모든 인용문도 동일하다.)

16) 현재 판매중인 문학사상사 刊 『양을 둘러싼 모험』에는 양남자의 일러스트가 삽입되어 있지 않지만, 이전에 간행됐다가 절판된 한양출판과 열림원 刊 『양을 둘러싼 모험』에는 양남자의 일러스트가 원본과 동일하게 삽입되어 있었다.

17) 東浩紀 「【東浩紀】セカイ系の親、村上春樹 - YouTube」 http://www.youtube.com/watch?v=Op7raZM_5sY (2014.5.10)

18) 山口直彦 「セカイ系と日常系」(주 11과 같은 책), pp.148-150

19) 「U35男子マーケティング図鑑第5回・草食男子」 『日経ビジネスオンライン』 (2006. 10. 13)

20) 주 14)와 같은 책, p.63

21) 라이트노벨은 내용에 따라 판타지, 학원물, 역사물, 러브 코메디, 호러물, 할렘물, SF 등의 장르가 있다. 할렘물은 평범한 남자 주인공이 미녀들에게 둘러싸이는 내용을 말한다. 용어의 유래는 이슬람교에서 여성의 방을 의미하는데, 그 여성의 권리 중에 여성이 그 장소에 드나들 수 있는 남자를 고를 수 있다고 하는 부분이 확대되어, 이슬람권 이외의 많은 사람들 사이에서 많은 여성 속의 한 명의 남자를 지칭하는 말이 되었다.

22) 저는 뭐니 뭐니 해도 자연스런 사람을 좋아합니다. 거만하거나 점잔을 빼거나 하는 타입은 그다지 좋아하지 않습니다. 정신적으로 순박한, 하지만 매력적인 사람이랄까, 그런 사람과 있으면 마음이 차분해 집니다. 풀 먹이지 않은 심플하고 고급스런 흰 면셔츠 같은 사람이 좋습니다.(村上春樹(2007) 『「そうだ、村上さんに聞いてみよう」』朝日新聞社, p.169)

23) 요시모토 다카아키는 그렇다 치고, 무라카미 하루키는 도대체 무슨 생각으로 쓴 걸까요? 진짜 불쾌해요 이런 섹스. 여자에 대한 남자의 배려는 없어요. 하지만 거꾸로 남자에 대한 여자의, 남자의 성욕에 대한 배려가 있어요. 삽입은 하지 않지만 사정(射精)하잖아요. 사정하게 도와주는 것이 남자에 대한 여자의 사랑인 건가요? 뭐에요. 그게.(上野千鶴子・小倉千加子・豊岡多恵子(1992) 『男流文学論』 筑摩書房, p.283)

24) "지금 안아 줘, 여기서"하고 나오코가 말했다.(上, p.259)
    "빼줄까?"(上, p.261)

25) 미도리는 끄덕거리며 이불 속에서 꼼지락거리며 팬티를 벗어 그것을 내 페니스 끝에 대었다. "여기다 해도 돼"(下, p.214)
    "많이 먹고 정액을 잔뜩 만드는 거야"하고 미도리는 말했다. "그럼 내가 친절하게 빼줄 테니까"(下, p.215)

26) '참치남'이란 어시장에서 경매에 나와 매달려 있는 참치를 빗대어 말하는 것으로, 성관계 시에 아무런 성적반응도 나타내지 않는 남자를 말한다. 여

자는 '참치녀'라고 한다.(水越眞紀(2009) 「天吾はなぜ青豆を殺したか？」(각주 9), p.179)

27) 村上春樹(2004) 『ノルウェイの森(上)』, 講談社, pp.80-81

28) 남자 주인공 대 복수의 여자 주인공이라는 패턴은 『노르웨이의 숲』 이외에도, 『국경의 남쪽, 태양의 서쪽(国境の南、太陽の西)』에서는 남자 주인공 하지메(ハジメ)와 유키코(有紀子), 시마모토(島本), 이즈미(イズミ), 이즈미의 사촌언니 라는 1:4 구조, 『태엽감는 새 연대기(ねじまき鳥クロニクル)』에서는 남자 주인공 오카다 도루(岡田亨)에 대해 구미코, 가사하라 메이, 가노 크레타 라는 1:3 구조, 『1Q84』에서는 주인공 덴고(天吾)와 아오마메(青豆), 후카에리(ふかえり)라는 1:2 구조를 보이고 있다.

29) 가도카와 스니커 문고(角川スニーカー文庫)에서 2003년 6월부터 간행된 시리즈물로 2011년까지 총 11권이 간행되어 있다. 작가는 다니가와 나가루(谷川流), 일러스트는 이토노이지(いとのいぢ).

30) 『신세기 에반게리온』은 남자 주인공 이카리 신지(碇シンジ)에 대해 아야나미 레이(綾波レイ)와 소류 아스카 랑그레이(惣流·アスカ·ラングレー)의 두 여자 주인공이 좋아하는 구조로 되어 있다.

31) 大森望·豊崎由美 「対談『1Q84』メッタ斬り！」(주 9와 같은 책), p.130

32) 斉藤環(2006) 『戦闘美少女の精神分析』, ちくま文庫, p.13

33) 久米依子(2009) 「少年少女の出会いとその陥穽—性制度の攪乱に向けて」(주 9와 같은 책), p.163

【 참고자료 】

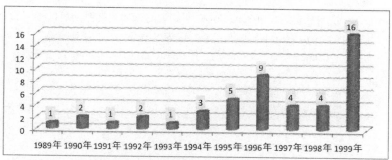

〈자료 1〉 1989년~1999년 무라카미 하루키 관련 기사 건 수

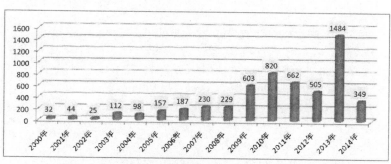

〈자료 2〉 2000년~2014년 무라카미 하루키 관련 기사 건 수

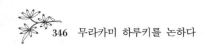

【참고문헌】

〈텍스트〉

무라카미 하루키著, 신태영訳(2004)『양을 좇는 모험』, 문학사상사

村上春樹(1990)「風の歌を聴け」『村上春樹全作品1979～1989 ①』, 講談社

_____(1990)「羊をめぐる冒険」『村上春樹全作品1979～1989 ②』, 講談社

_____(1990)「世界の終りとハードボイルド・サンダーランド」『村上春樹全作品1979～1989 ④』, 講談社

_____(2004)『世界の終りとハードボイルド・ワンダーランド』(上), 新潮社

_____(2004)『ノルウェイの森』(上)『ノルウェイの森』(下), 講談社文庫

_____(2009~2010)『1Q84』BOOK1~BOOK3, 新潮社

谷川流(2010)『涼宮ハルヒの憂鬱』, 角川書店

〈단행본〉

上野千鶴子他(1992)『男流文学論』, 筑摩書房, p.283

榎本秋(2008)『ライトノベル文学論』, NTT出版, p.3

大江健三郎(1994)『あいまいな日本の私』, 岩波書店, p.11

大森望他(2004)『ライトノベルめった斬り』, 太田出版, p.28

斉藤環(2006)『戦闘美少女の精神分析』, ちくま文庫, p.13

〈논문, 잡지〉

昭和54年第22回群像新人文学賞選評,(『群像』6月号, 講談社, 1979)

村上春樹(2007)「『そうだ、村上さんに聞いてみよう』」朝日新聞社, p.169

水越眞紀(2009)「天吾はなぜ青豆を殺したか?」『村上春春樹『1Q84』をどう読むか』河出書房新社, p.179

〈인터넷 자료〉

연제원『흐드러지다』(http://comic.naver.com/webtoon/list.nhn?titleId=72499)

(검색일 : 2014. 2.10)

『세계의 끝과 하드보일드 원더랜드』의
한국어 번역본 검토

정인영*

1. 들어가며

본 연구의 목적은 무라카미 하루키(村上春樹, 1949~, 이하 '하루키'라 함) 소설 『세계의 끝과 하드보일드 원더랜드(世界の終りとハードボイルド·ワンダーランド)』(1985)의 한국어 번역본 3종을 비교 검토하여, 공통적으로 나타나는 번역양상과 함께 각 번역본의 번역상의 특징을 고찰하는 것이다. 하루키는 1988년 이래 계속해서 한국 출판계와 독자들의 사랑을 받아온 작가이며, 따라서 하루키 문학의 한국 수용에서 한국어 번역 양상에 대한 논의는 반드시 짚고 넘어가야 할 중요한 문제라고 여겨진다. 1990년대 이후 번역문학에서 빼놓을 수 없는 존재라는 점, 그리고 여러 출판사에서 경쟁적으로 번역한 재번역 출판1)이 많이 양산되었다는 점에서 하루키 소설의 한국어 번역본은 번역양상 비교라는 본고의 목적에

* 鄭仁英 : 동남보건대학교 강사, 일본근현대문학 전공

부합된다. 그 밖의 연구동기로는 한국어로 번역되어 소개되는 일본 소설들이 아무런 여과 없이 번역되어 나오고 있는 현상 및 지금까지의 일한 번역에 대해 체계적으로 짚어 보는 과정이 꼭 필요하다는 것, 그리고 우수한 번역물들이 많이 배출되기 위해서는 냉철한 번역비평 등 전문적인 번역연구가 정착되어야 하는 것이 시급하다는 문제의 인식 등을 들 수 있겠다.

　한국 독자들에게 하루키는 『노르웨이의 숲(ノルウェイの森)』(1987)의 작가로 더 유명하지만, 그의 작가인생에서 『세계의 끝과 하드보일드 원더랜드』 역시 빼놓을 수 없는 작품이다. 작가 스스로 "내가 여태껏 써왔던 장편소설 중 가장 힘들었다"고 토로하였으며, 그런 만큼 "나에게 매우 중요한 작품"이라고 언급2)한 바 있듯이, 이 작품은 하루키의 문학세계가 가장 뚜렷하게 표현된 소설이라고 할 수 있다. 즉 그의 다른 작품들 역시 직접적이든 간접적이든 모두 이 작품과 연결되어 있다는 것이 여러 평론가들의 지배적 견해이다. 이중적 스토리의 교차구조3)로 구성된 이 소설은 전체 40개의 장(章, chapter)으로 이루어져 있으며, 각각의 장은 「세계의 끝」과 「하드보일드 원더랜드」라는 소제목의 이야기가 교차로 배치되어 있다. 두 개의 소제목 속 세계는 전혀 다른 시·공간을 배경으로 하고 있어 두 개의 독립된 이야기처럼 보이지만, 스토리가 전개됨에 따라 두 세계에서 일어나는 사건이 사실은 동일인물의 사건이라는 것을 알 수 있다.

　'조직(組織, システム)'에 소속된 '계산사(計算士)'4)라는 직업을 가진 35세의 주인공 '나(私)'는 자신도 모르는 사이 어떤 사건에 연루된다. 정보기밀을 빼내려는 '공장(工場, ファクトリー)'으로부터 정보를 지켜내기 위해 계산사들의 뇌가 일종의 블랙 박스와도 같은 기록 장치로 이용된 것이다. 이 블랙박스 프로젝트의 책임자였던 생물학자인 '박사(博士)'는, 계산사들의 뇌에 제3의 회로를 짜넣고 그들의 의식 세계를 영상화시키

는 작업을 통해 정보를 보존하는 실험을 실행한다. 소설은 주인공이 살아가는 세계를 현실 세계와 무의식 세계로 나누어 묘사하고 있는데, '나(私)'가 현재 살고 있는 현실세계가 '하드보일드 원더랜드'이고, 영상화된 '나'의 의식의 핵 속 무의식의 세계가 바로 '세계의 끝'인 것이다.5)

『세계의 끝과 하드보일드 원더랜드』는 3개 출판사에서 한국어로 번역되었으며, 검토할 텍스트 역시 이 3종의 번역본(이하 한국어 텍스트라 함)과 원본(이하 일본어 텍스트라 함)이다. 일본어 텍스트로는 단행본, 문고본, 전작품(전집) 등 여러 버전(version)이 존재하지만 작가가 최종적으로 수정·손질한 전작품(全作品) 수록본을 검토 텍스트로 정했다.

일본어 텍스트(원본)	한국어 텍스트(번역본)
『村上春樹全作品 1979-1989 ④ 世界の終りとハードボイルド·ワンダーランド』, 講談社, 1990	김난주 역 『일각수의 꿈』 상·하, 한양출판, 1992
	김진욱 역 『세계의 끝과 하드보일드원더랜드』 1·2, 문학사상사, 1996
	김수희 역 『세계의 끝과 하드보일드원더랜드』 1·2, 열림원, 19976)

이상 3종의 번역텍스트의 사례를 각각 일괄적으로 검토한 뒤 각 번역본의 번역상의 특징을 고찰해 보겠다. 번역 양상은 주로 오역 및 추가, 한자어 번역과 번역투로 나누어 알아보고, 각 번역본만의 특이한 번역상의 특징 또한 살펴보고자 한다.7) 검토 방법은 번역 사례 예문과 번역문을 제시하고 번역상의 특징을 지적하는 식으로 서술하였으며, 일본어 텍스트는 괄호 안에 페이지 수만 표시하고, 한국어 텍스트는 괄호 안에 출판사명과 권호, 페이지 수를 표시하는 식으로 발췌 부분을 나타내었다.

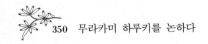

2. 번역사례

1) 오역 및 추가

오역이 발생하는 경우는 여러 가지[8]가 있으나, 어떠한 유형의 오역
이건 간에 번역자들에게 오역은 매우 치명적이다. 번역본으로밖에 작품
을 접할 수 없는 독자들의 경우 오역으로 인해 작가나 작품에 대해 부정
적인 평가를 내리게 될 수도 있기 때문이다. 오역은 그 오역의 정도가
많건 적건 문맥의 흐름을 깨뜨리게 되기 때문에 번역자라면 조심해야
하는 함정이다.

단순 오역의 결정적인 원인은 역시 원본 대조작업을 소홀히 했기 때
문일 것이다. 번역자들이 빈번히 저지를 수 있는 작은 실수이지만 번역
서 자체에 대한 신뢰감을 떨어뜨리므로 바람직하지 않다.

[사례1]
そのエレベーターは私のアパートについている進化した井戸つるべの
ような安手で直截的なエレベーターとは何から何まで違っていた。(15)

그 엘리베이터는 내 아파트에 붙어있는 진화한 우물의 두레박 같은
싸구려에다 단순 명료한 엘리베이터와는 하나에서부터 열까지 달랐다.
(한양출판 ㉏, 11)

이 엘리베이터는 우리 아파트에 딸려 있는 우물의 두레박이 진화한
양 볼품없는 것으로, 보통의 엘리베이터와는 하나에서부터 열까지 모두
달랐다. (문학사상사 ①, 11)

엘리베이터는 내가 사는 아파트의, 우물 두레박이 진화된 것 같은 싸
구려 엘리베이터와는 그야말로 천지 차이로 달랐다. (열림원 ①, 11)

　　인용 부분은 소설의 첫 장(章)에 나오는 장면이다. 일본어 텍스트에서 ‘エレベーター(엘리베이터)’라는 단어는 두 번 등장하는데, 처음 나오는 ‘엘리베이터’는 현재 주인공이 타고 있는 엘리베이터이고, 두 번째 나오는 ‘엘리베이터’는 주인공이 사는 아파트의 엘리베이터를 뜻한다. 즉 “내가 사는 아파트에 달린 진화한 우물 두레박처럼 싸구려에 단순한(私のアパートについている進化した井戸つるべのような安手で直截的な)”이라는 부분이 ‘엘리베이터’를 수식하는 것이다. 박사의 의뢰로 그의 연구실을 방문하게 된 주인공 ‘나(私)’는, 빌딩의 엘리베이터가 너무나 넓고 깨끗하고 군더더기 없이 단순하다는 사실에 놀라며 자신이 사는 아파트의 낡은 엘리베이터와 비교한다. 그러나 문학사상사 번역본은 문장을 중간에 끊어 전혀 다른 의미를 가진 번역문을 만들어 버렸다. 주인공이 탄 ‘이 엘리베이터’가 ‘볼품없는 것’이라고 번역하고 있으나 이는 명백한 오역이라 할 수 있다.

　　[사례2]
　「それで迎えに来たです」と男は繰りかえした。「やみくろはいかんですから」
　「それはどうも御親切に」と私は言った。(44)

　　“그래서 마중하러 왔소.”라고 사내는 되풀이했다. “야미구로는 안 되니까.”
　　“그것 참 친절하게도 고맙습니다”라고 나는 말했다. (한양출판 ㉛, 44)

　　“그래서 마중하러 왔네.”라고 남자는 또 한 번 말했다.
　　“야미쿠로는 안 되니까.”
　　“그것참, 친절하게도. 대단히 고맙습니다”라고 나는 말했다.
　　　　　　　　　　　　　　　　　　　　　　　　(문학사상사 ①, 42)

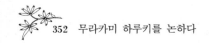

"그래서 마중을 왔소. 야미쿠로는 오지 않을 테니까 걱정마시오."
"친절하시군요. 고맙습니다."　　　　　　　　　　(열림원 ①, 47)

　일본어 텍스트에서 박사(博士)가 말하는 "いかんですから"의 'いかん'
은 '안 된다'라는 의미이다. 즉 박사의 연구실에 야미쿠로(やみくろ)라는
존재가 침입해서는 안 되기 때문에 박사가 '나'를 마중 온 것이라는 의미
로 사용되고 있는데, 열림원 번역본은 이를 "오지 않을 테니까 걱정마시
오"라고 번역하고 있다. 이것은 'いかん'을 아마도 'いかない(가지 않다)'
라고 잘못 해석한 데서 발생한 오역이라고 할 수 있다. 한국어 번역본만
을 읽을 때는 이상하지 않은 문장처럼 보이지만 실제 일본어 텍스트와
는 전혀 다른 말이 되어 버리고 말았다.

　[사례3]
　「あんたには落ちつき次第まず図書館に行ってもらうことになる」と
門番は街についた最初の日に僕に言った。「そこには女の子が一人で番
をしているから、その子に街から古い夢を読むように言われてきたって
いうんだ。そうすればあとはその子がいろいろと教えてくれるよ」(60)

　"자리가 잡히는 대로 우선 도서관에 가 주었으면 해."라고 문지기는
내가 마을에 도착한 첫날 내게 말했다. "거기는 여자아이가 혼자서 지키
고 있으니까, 그 아이에게 마을로부터 오래 된 꿈을 읽으라는 말을 듣고
왔다고 얘기한다. 그러면 그 다음은 그 아이가 이것저것 가르쳐 줄거야."
　　　　　　　　　　　　　　　　　　　　　　(한양출판 ㉒, 62)

　"당신은 자리가 잡히는 대로 우선 도서관에 가야만 한다구. 거기는 여
자가 혼자서 지키고 있으니까, 그 여자에게 거리로부터 오래된 꿈에 관한
책을 읽으라는 말을 듣고 왔다고 얘기해. 그러면 그 여자가 이것저것 잘
가르쳐 줄 거야."라고 문지기는 내가 거리에 도착한 첫날 그렇게 말했다.
　　　　　　　　　　　　　　　　　　　　　　(문학사상사 ①, 59)

"자리가 잡히는 대로 먼저 도서관에 가보도록 해. 여자 아이가 혼자 거길 지키고 있을 테니까 그애를 찾아가 보라구. 그애한테 마을에서 오래된 꿈을 읽으라는 말을 듣고 왔다고 말하는 거야. 그러면 그 다음은 그 아이가 이런저런 것들을 가르쳐 줄 테니까."

문지기는 내가 마을에 도착한 첫날 나에게 그렇게 말했다.

(열림원 ①, 66)

[사례3]은 번역자가 작품을 제대로 독해하지 않고 그때그때 보이는 단어 위주로 문맥이나 내용을 유추해가며 번역할 때 일어날 수 있는 오역 사례라고 할 수 있다. 일본어 텍스트에서는 단지 "古い夢を読む(오래된 꿈을 읽다"라고 되어 있지 '오래된 꿈에 관한 책'이란 말은 아무 데도 없다. 아마도 번역자는 '도서관'이라는 어휘만을 보고 당연히 책을 읽는 것이라고 짐작하고 번역한 듯하다. 그러나 소설을 읽다보면 이 부분이 오역이라는 걸 알게 된다. 왜냐하면 '세계의 끝'의 마을 도서관에서 '꿈읽기(夢読み)'의 역할은 일각수의 두개골에 새겨져 있는 사람들의 마음(=꿈)을 읽어내는 것이지 책을 읽는 것이 아니기 때문이다. 이런 오역은 발생하지 않도록 주의해야 할 것이다.

[사례4]

「それはそうと、あと何時間残っているの？」と娘が私にたずねた。
「その世界の終りなり、ビッグ・バンなりまでには」
「三十六時間」と私は言った。(271-272)

"그건 그렇고, 이제 몇 시간 남았죠?"하고 손녀딸이 내게 물었다. "그 세계의 끝이니, 빅 벤이니 하는 때까지는."
"서른 여섯 시간" 하고 내가 말했다.

(한양출판 ㉓, 313)

"그건 그렇고, 앞으로 몇 시간 남았나요?"하고 그녀가 나에게 물었다.
"세계의 끝이나 빅 벤까지 말이에요."

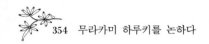

　　"서른 여섯 시간" 하고 나는 말했다.　　　　　　(문학사상사 ①, 298)

　　"그건 그렇고 이제 몇 시간 남았죠? 그 세계의 끝이니, 빅 뱅이니 하는
때까지는."
　　"서른 여섯 시간."
　　내가 말했다.　　　　　　　　　　　　　　　　(열림원 ①, 311)

　　[사례4]는 가타카나(カタカナ)를 제대로 읽지 않고 번역하여 발생한 오
역이다. 일본어 텍스트의 "ビッグ·バン"이란 '빅 뱅(Big Bang)', 즉 대폭발
이론을 말한다. 한양출판과 문학사상사 번역본의 '빅 벤(Big Ben)'의 일본
어 표기는 'ビッグ·ベン'이다. 단어의 뜻을 잘못 해석함에 따라 내용과
전혀 관계없는 '영국 국회 의사당 시계탑' 이 등장해 버렸다. 가타카나
표기의 경우 외래어나 외국인 이름을 표기할 때 흔히 사용되기 때문에
가타카나로 표기된 어휘를 발견할 경우 원래 어떤 외래어(혹은 외국인
이름)였는지를 판단하고, 생각해낸 어휘가 문맥과 맞는지를 읽어보는
것은 일한번역의 상식이라고 여겨진다. 이러한 어휘의 단순 오역은 너
무나 부주의한 번역자의 실수이므로 반드시 시정되어야 할 것이다.[9]

　　[사례5]
　　彼女の首筋からはメロンのオーデコロンの匂いはもう消えていた。
そのかわりに十七歳の女の子の首筋の匂いがした。首筋の下からは私
自身の匂いがした。米軍ジャケットにしみついた私の生活の匂いだ。私
の作った料理や私のこぼしたコーヒーや私のかいた汗の匂いだ。(294)

　　그녀의 목덜미에서는 멜론향의 오데코롱 냄새는 이미 사라지고 없었
다. 그 대신 열일곱 살 소녀의 냄새가 났다. 그 목덜미의 밑에서 나 자신
의 냄새가 났다. 미군 재킷에 배어 들어 있는 내 생활의 냄새다. 내가
만든 요리와 내가 쏟은 커피와 내가 흘린 땀 냄새다. (한양출판 ㉓, 339)

그녀의 목덜미에서는 이미 멜론 향의 오데코롱 냄새가 사라지고 없었
다. 그 대신 열일곱 살 소녀의 냄새가 났다. 목덜미 밑에서는 나 자신의
냄새가 났다. 내가 만든 요리, 내가 쏟은 커피 그리고 내가 흘린 땀 냄새다.
(문학사상사 ②, 31)

그녀의 목덜미에서는 멜론 향의 오데코롱 냄새가 이미 사라지고 없었
다. 그 대신 열일곱 살 소녀의 냄새가 났다. 내 목덜미에서는 나 자신의
냄새가 났다. 미군 재킷에 배어 있는 내 일상의 냄새다. 내가 만든 요리와
내가 쏟았던 커피와 내가 흘린 땀 냄새다.
(열림원 ①, 336)

[사례5]의 번역문 중, 열림원 번역은 문장 구조를 잘못 해석한 데서
발생한 오역이다. 일본어 텍스트의 '首筋(목덜미)'는 '彼女(그녀)'의 목덜미
이지 내 목덜미가 아니다. 일본어 텍스트 문장 자체에 '누구의' 목덜미인
지 언급이 되어 있지 않아도 문장을 읽어보면 금새 알 수 있었을 내용인
데도 문장 구조를 꼼꼼히 보지 않아 발생한 오역이라고 할 수 있다.

[사례6]
結局私に思いつけるのは女の子と二人で美味しい食事をして酒を飲
むことだけだった。その他にはやりたいことといっても何もなかっ
た。私は手帳のページを繰って図書館の電話番号を調べ、ダイヤルを
回し、リファランスの係を呼んでもらった。(475)

결국 내가 생각할 수 있는 것은 여자와 둘이서 맛있는 식사를 하고
술을 마시는 것뿐이었다. 그 밖에는 하고 싶은 일이라 해도 아무것도 없
었다. 나는 수첩의 페이지를 넘겨 도서관의 전화 번호를 찾아서는 번호
를 누르고, 참고 문헌 담당을 부탁했다.
(한양출판 ㉝, 193)

결국 내가 생각해 낼 수 있는 것은 도서관의 참고문헌담당 직원인 그녀
와 둘이서 맛있는 식사를 하고 술을 마시는 일뿐이었다. 그 밖에 하고
싶은 일이라고는 아무것도 없었다. 나는 수첩을 뒤져서 도서관의 전화번

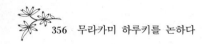

호를 찾아내 다이얼을 돌리고 참고 문헌 담당 직원을 바꾸어 달라고 했다.
(문학사상사 ①, 226)

　　결국 내가 생각해낸 것은 여자와 둘이서 맛있는 식사를 하고 술을 마
시는 것뿐이었다. 그밖에는 하고 싶은 일이라 할 만한 것이 아무것도 없
었다. 나는 수첩의 페이지를 넘겨 도서관의 전화 번호를 찾아서는 번호
를 누르고 상담 창구 담당을 부탁했다. 　　　　　　(열림원 ②, 195)

　[사례6] 역시 문맥을 전혀 생각지 않은 오역이다. 일본어 텍스트의 '女
の子'는 그냥 '여자'이다. 여자와 맛있는 식사를 하고 싶었고, 그래서 생
각난 사람이 도서관에 근무하는 그녀였을 뿐이다. 즉 문장 처음에 등장
하는 '여자'는 일단 불특정 다수임에 분명한데, 문학사상사 번역본은 '도
서관의 참고문헌담당 직원인 그녀'라고 번역했다. 이 역시 문맥을 고려
하지 않은 오역인 것이다.[10]

　다음은 추가의 예를 보겠다. 번역에서 추가의 방법을 사용하는 경우,
이 '추가'는 '의역'이라고 생각할 수도 있으나, 본고에서는 의역의 개념에
서의 추가가 아닌 단순 추가, 즉 일본어 텍스트에 없는 말을 임의로 추
가시키는 경우에 대해 논한다.

　　[사례7]
　　「車というのは本来こういうもんなんです」とその中年のセールスマ
ンは言った。「はっきり言って、みんな頭がどうかしてるんです」(105)

　　"자동차란 본래 이런 것이죠."하고 그 중년의 세일즈맨이 말했다. "분
명히 말하지만, 모두들 머리가 어떻게 된 거예요." (한양출판 ㉟, 113)

　　"자동차란 본래 이런 거죠. 분명히 말하지만, 차에 잡다하게 많은 걸
부착하려 드는 건 모두들 머리가 어떻게 된 탓이에요"하고 그 중년의 세
일즈맨이 말했다. 　　　　　　　　　　　　(문학사상사 ①, 107)

그 중년 세일즈맨이 말했다.

"자동차라고 하는 건 본래 이런 겁니다. 분명히 말하지만, 모두들 머리가 어떻게 된 거예요."

(열림원 ①, 117)

[사례7]의 일본어 텍스트에서의 자동차 세일즈맨의 말은 매우 단순하다. 그런데 이와 달리 문학사상사 번역본은 밑줄 친 부분을 「분명히 말하지만, 차에 잡다하게 많은 걸 부착하려 드는 건 모두들 머리가 어떻게 된 탓이에요」라는 식으로 추가 설명을 하고 있다. 일본어 텍스트에는 있지도 않은 내용을 추가하여 일본어 텍스트에 없는 뉘앙스까지 추가시켜 버리는 것이다.

[사례8]
彼女がすべての服を身につけて手の甲で上に持ちあげるようにして長い髪を整えると、部屋の空気が入れかわったような気持になった。
(152)

그녀가 옷을 다 입고 손등으로 들어올리듯이 하여 긴 머리카락을 손질하고 나니까, 방 안의 공기를 새롭게 환기시킨 듯한 기분이 들었다.

(한양출판 ㉝, 172)

그녀가 옷을 모두 몸에 걸치고 손등을 위로 들어올리듯이 하여 긴 머리카락을 손질하고 나자, 마치 방안의 공기를 새로 갈아 넣은 듯한 상쾌한 기분이 들었다.

(문학사상사 ①, 162)

그녀가 옷을 다 입고, 손등으로 들어올리듯 긴 머리카락을 매만지고 나자, 방안의 공기가 환기된 것 같은 기분이 들었다. 방안이 다 훤했다.

(열림원 ①, 174)

문학사상사 번역본의 「상쾌한 기분」, 열림원 번역본의 「방안이 다

휜했다」역시 마찬가지로 일본어 텍스트에 없는 말을 불필요하게 삽입한 예라고 할 수 있다. 특히 열림원 번역본의 「방안이 다 휜했다」는 전적으로 역자의 창작이다. 일본어 텍스트에도 없는 뉘앙스를 무리하게 만들어낸 과잉번역인 것이다.

[사례9]
それに少くとも集中して夢を読んでいるあいだは僕は僕のなかの喪失感を一時的であるにせよ忘れることができたのだ。(248)

더욱이 적어도 오래 된 꿈을 읽는 작업에 열중하는 있는 동안의 나는 자신 속의 상실감을 일시적이라고는 해도 잊어버릴 수가 있었던 것이다.
(한양출판 ㉖, 286)

그리고 적어도 꿈을 읽고 있는 동안만은 고도의 집중력이 요구되므로 내 자신 내부의 상실감을 일시적으로라도 잊을 수가 있었다.
(문학사상사 ①, 272)

더욱이 나는 적어도 오래된 꿈을 읽는 작업에 열중하는 동안만은 자신 속의 상실감을 일시적이라고는 해도 어쨌든 잊어버릴 수가 있었다.
(열림원 ①, 284)

[사례9]의 예문은 일본어 텍스트에 없는 말을 만들어내어 임의로 추가하고 있다. 일본어 텍스트에 전혀 없는 '고도의 집중력' 운운하며 새로운 문장을 창작해 내었다. 필요없는 말을 자꾸 삽입할 경우 번역문은 설명조가 되어 작품성을 손상시키고 이는 심하면 번역이 아니라 개작이 될 위험이 있다.

2) 한자어 번역의 문제

일본문학의 한국어 번역본에서 사용된 어휘를 보면 현대 한국어 문장에서 어색하게 느껴지는 것이 종종 눈에 띈다. 주로 한자어를 직역한 경우가 그러한데, 같은 계통에 속하는 한국어와 일본어가 어순 및 어휘에서 매우 비슷하다는 것은 이미 잘 알려진 사실이며 일본어와 한국어는 같은 한자어를 사용하는 경우가 많다. 그러나 같은 한자어를 사용한다고 해도 경우에 따라 한자 자체만 같을 뿐 의미가 달라지는 경우도 있으며 용법을 달리하는 경우도 있다. 물론 일본어 텍스트의 한자어를 그대로 한국어로 옮겨 적어도 문제될 것은 없으나 굳이 그 한자어가 아니라도 대체할 만한 번역어(한자가 아닌 한국어)가 있거나, 혹은 같은 의미를 가지고 있으면서 한국에서 더 일반적으로 통용되는 한자어로 바꿔서 번역하는 정도의 배려는 번역자에게 갖추어져야 한다고 본다.

> [사례10]
> しかし地球が巨大なコーヒー・テーブルであるという便宜的な考え方が、地球が球状であることによって生じる様々な種類の瑣末な問題 - たとえば引力や日付変更線や赤道といったようなたいして役に立ちそうにもないものごと-をきれいさっぱりと排除してくれることもまた事実である。(18)

> 그러나 지구가 거대한 커피 테이블이라고 하는 편의적인 사고 방식이, 지구가 구상(球狀)이라는 것에 의해 발생하는 여러 종류의 사소한 문제 - 예를 들면 인력이라든가 날짜 변경선이라든가 적도라든가 하는 그다지 도움이 될 법하지 않은 것들──을 깨끗이 싹 배제해 주는 것 또한 사실이다.
> (한양출판 ㉛, 15)

> 그러나 지구가 거대한 커피 테이블처럼 평평하게 생겼다고 하는 편의적인 사고 방식이, 지구가 둥근 공 모양으로 되어 있는 사실에 의해 발생

하는 여러 종류의 사소한 문제—예를 들면 인력이라든가 날짜 변경선이
라든가 적도라든가 하는 그다지 일상 생활에 도움이 될 것 같지 않은
것들 - 를 깨끗이 배제해 줄 수 있는 것 또한 사실이다.
(문학사상사 ①, 14)

그러나 지구가 거대한 커피 테이블이라고 하는 편의적인 사고 방식이,
지구는 둥근 것이라는 사실에 의해 발생하는 여러 가지 종류의 사소한
문제, 예를 들면 인력이라든가 날짜 변경선이라든가 적도라든가 하는,
그다지 도움이 될 법하지 않은 것들을 깨끗이 배제해 주는 것 또한 사실
이다.
(열림원 ①, 17)

[사례11]
その悪い兆しが明白な災厄として現出する前に、私は失地をきちん
と回復しておかなければならなかった。(21)

그 나쁜 조짐이 명백한 재액으로 출현하기 전에, 나는 실지(失地)를
정확히 회복시켜 두지 않으면 안 되었다.
(한양출판 ㉛, 18)

그 나쁜 조짐이 명백한 재앙으로 나타나기 전에, 나는 실수를 정확하
게 바로잡아야만 한다.
(문학사상사 ①, 17)

그 나쁜 조짐이 명백한 재앙으로 나타나기 전에, 나는 한시라도 빨리
잃어버린 땅을 다시금 회복시켜 두지 않으면 안 되었다. (열림원 ①, 20)

[사례10], [사례11]에서도 충분히 대체 가능한 한국어가 있음에도 불
구하고 한양출판 번역본에서는 「둥근 모양」이라고 충분히 바꿀 수 있는
「球狀」이라는 한자어를 「구상」으로, 「재앙」, 「악재」 등 익숙한 다른 한
자어로 바꿀 수 있는 「災厄」 역시 한자 발음 그대로 「재액」이라고 번역
하는 등 직역어휘로 번역하는 경향이 높음을 알 수 있다.

[사례12]
　街にとって秋は心地良く美しい来訪者だったが、その滞在はあまり
にも短かく、その出立はあまりにも唐突だった。(195)

　마을에 있어서 가을은 상큼하고 아름다운 방문객이었지만, 그 머무름
은 너무나 짧고, 그 떠남은 너무나도 당돌했다.　　(한양출판 ㉕, 186)

　가을은 기분 좋고 아름다운 방문객이었으나 그 체류 기간이 너무나도
짧고 또 그 소리없는 사라짐은 너무나도 당돌했다.

(문학사상사 ①, 195)

　마을에서 가을은 기분 좋고 아름다운 방문객이긴 했지만, 그 머무름은
너무나 짧았고 그 떠남은 너무나 급작스러웠다.　　(열림원 ①, 226)

　일본어 텍스트의 '唐突だった'는 '갑작스럽다'라는 의미의 일본어이
다. 한자를 한국어 발음으로 읽으면 '당돌'이라고 읽지만, '唐突だ'는 한
국어의 '당돌하다'가 아니다. '당돌하다'를 국어사전에서 찾아보면 "1)꺼
리거나 어려워하는 마음이 조금도 없이 올차고 다부지다, 2)윗사람에게
대하는 것이 버릇이 없고 주제넘다"라는 뜻인데, 일본어의 한자어를 그
대로 한국어 발음대로 번역한 나머지 번역문의 전후 문맥이 전혀 맞지
않는 오역이 되어 버렸다.11)

[사례13]
　酒の酔いはシャフリングの妨げにはならないし、どちらかといえば
緊張をほぐすために適度の飲酒が示唆されているくらいなのだが、私
は私自身の主義として、シャフリングの前にはいつも体内からアル
コールを抜くことにしている。(156)

　취기는 샤프링을 하는 데 방해가 되는 것은 아니고, 오히려 긴장을

풀기 위해서 적당한 음주가 시사되고 있는 정도지만, 나는 나 자신의 주
의로서, 샤프링을 하기 전에는 늘 체내에서 알코올 성분을 빼내도록 하
고 있다. 　　　　　　　　　　　　　　　　　　　(한양출판 ㉝, 178)

　취기는 샤프링을 하는 데 방해가 되지 않으며, 오히려 긴장을 풀기
위해 적당한 음주가 허용되고 있을 정도지만, 나는 나 자신의 주의(主義)
로, 샤프링을 하기 전에는 늘 체내에서 알코올을 몰아내려고 하고 있다.
　　　　　　　　　　　　　　　　　　　　　　　(문학사상사 ①, 167)

　취기는 샤프링을 하는 데 방해가 되지는 않는다. 오히려 긴장을 풀기
위해 적당량의 음주를 하도록 권유받고 있을 정도다. 그러나 나는 나 자
신의 개인적인 신조로서 샤프링을 하기 전에는 늘 체내에서 알코올의
성분을 빼낸다. 　　　　　　　　　　　　　　　　(열림원 ①, 178)

　[사례13]에서, 일본어 텍스트의 '示唆'를 한양출판 번역본에서는 한자
발음 그대로 '시사'라고 번역하였다. '시사'라는 단어를 국어사전에서 찾
아보면 "어떤 것을 미리 간접적으로 표현해 줌. 귀띔, 암시로 순화"라고
나와 있다. 즉 '시사'라는 단어 자체가 한국어 표현에서는 적합하지 않으
므로 '암시하다' 정도로 바꿔서 표현하는 게 좋다는 의미일 것이다. 소설
의 앞뒤 문맥으로 보면, '샤프링(셔플링, shuffling)' 작업 시 맨정신으로 하
는 것보다는 오히려 긴장 완화를 위해 적당한 음주를 해도 상관없다는
암시를 직장에서 준 바 있다는 뜻인데, "시사되고 있는 정도지만"이라는
한국어 문장은 사실 이해하기가 어렵다. 그래서인지 문학사상사와 열림
원 번역본에서는 '허용' '권유' 등의 표현으로 풀어서 번역하였음을 알
수 있다. 일본어 텍스트의 '主義' 역시 마찬가지 맥락으로 생각할 수 있
겠다. 한양출판과 문학사상사 번역본에서는 한자발음 그대로 '주의'라
고 번역하였으나, 열림원 번역본은 '신조'로 바꾸어 번역하였다.

[사례14]

それは僕の読みとり方に何かしら欠陥があるからかもしれない。あるいは、それは彼らの言葉が長い年月のあいだに擦り減り、風化してしまったせいかもしれない。またあるいは彼らの考える物語と僕の考える物語のあいだに決定的な時間性やコンテキストの相違があるからかもしれない。(250)

나의 읽기 방식에 어떤 결함이 있어서인지도 모른다. 혹은, 그들의 언어가 오랜 세월 동안에 닳고, 풍화되어 버린 탓인지도 모른다. 혹은 또 그들이 생각하는 얘기와 내가 생각하는 얘기 사이에 결정적인 시간성이나 문맥의 상위가 있기 때문인지도 모른다.　　　　(한양출판 ㉒, 289)

그것은 나의 꿈 읽기 방법에 어떤 결함이 있기 때문일지도 모른다. 혹은 그들의 말이 오랜 세월 동안에 닳아 없어지고 풍화되어 버린 탓일지도 모른다. 또 어쩌면 그들이 이야기하려는 말과 나의 생각 사이에 결정적인 시간적 격차나 문맥의 차이가 있기 때문일지도 모른다.
　　　　　　　　　　　　　　　　　(문학사상사 ①, 275)

나의 읽는 방식에 어떠한 결함이 있었는지도 모르겠다. 혹은 그들의 언어가 오랜 세월 동안 닳고 풍화되어 버린 탓인지도 모른다. 혹은 그들이 생각하는 이야기와 내가 생각하는 이야기 사이에 결정적인 시간성이나 문맥의 차이가 있기 때문인지도 모른다.　　(열림원 ①, 287)

[사례14]의 일본어 텍스트의 '相違'란, '서로 틀림, 어긋남'의 의미이다. 그러나 사실 한국어 그대로 '상위'라는 한자 직역투의 번역어를 사용하는 것은 옳지 않다. '상위'라는 어휘를 사용하는 경우는 그나마 이력서의 '위 내용은 사실과 상위 없음'이라는 구절 정도에서나 볼 수 있을 것이며, 보편적으로 사용되고 있는 한자어도 아닌데도, 한양출판 번역본에서는 직역투의 한자어를 사용하여 '문맥의 상위가 있기 때문인지도 모

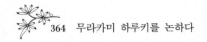

른다'라는 어려운 한국어로 번역해버리는 결과가 되어버렸다.

3) 번역투

'번역투(飜譯套, translationese)'란 우리말에 전이된 외국어의 흔적을 가리키는 말이다. 일한 번역의 경우를 예로 들자면, 번역된 텍스트를 읽을 때 일본어 텍스트의 번역문이라는 흔적이 일정하게 반복해서 출현하는 경우라고 할 수 있겠다. 번역투의 일반적인 정의는 "직역의 번역 방법으로 산출된 번역문에 존재하는 원문 외국어 구조의 전이 흔적"[12]이라고 할 수 있다.

[사례15]
　壁は白、天井も白、カーペットはコーヒーブラウン、どれも趣味の良い上品な色だ。ひとくちに白といっても上品な白と下品な白とでは色そのもののなりたちが違うのだ。(36)

　벽은 하양, 카펫은 커피 브라운, 어느 것 하나도 세련되고 품위 있는 색이었다. 한마디로 하양이라고 해도 품위 있는 하양과 그렇지 않은 하양과는 색깔의 내력이 다른 것이다.　　　　　　　(한양출판 ㊖, 35)

　벽은 흰색, 천장도 흰색, 카펫은 커피빛 나는 다갈색, 모든 것들이 하나같이 세련되고 품위 있는 색상이었다. 한마디로 흰색이라고 해도 품위가 있는 흰색과 그렇지 않은 흰색은 색깔 그 자체의 성질이 다른 것이다.　　　　　　　(문학사상사 ①, 33)

　흰 벽, 흰 천장, 커피브라운 색의 카펫. 모두 고상하고 세련된 색들이었다. 똑같은 흰색이라도 품위있는 흰색과 그렇지 않은 흰색은 천지 차이인 법이다.　　　　　　　(열림원 ①, 37)

[사례15]에서, 일본어 텍스트의 'どれも'는 앞서 열거한 것들 '모두, 전부다'라는 의미로 사용되었다. 한양출판 번역본의 경우 'どれも'를 '어느 것 하나도'라고 번역했는데, 한국어의 '어느 것'의 의미는 보통 의문문이나 부정의 표현에 자주 이용된다. 이를 'どれ'라는 일본어 의문사에 해당하는 한국어로 직역을 함으로써 어색한 표현이 되었음을 알 수 있다.

[사례16]
「森にはいったい何があるのですか？」
「何もないよ」と少し考えたあとで老人は言った。「何もない。少くとも私や君にとって必要なものはそこには何もない。我々にとっては森は不必要な場所なんだ」(197)

"숲에는 도대체 무엇이 있는 것이죠?"
"아무 것도 없어."하고 잠시 생각한 후에 노인이 말했다. "아무 것도 없어. 적어도 자네나 내게 있어 필요한 것은 거기에 아무 것도 없어. 우리들에게 있어 숲은 불필요한 존재일 뿐일세."   (한양출판 ㉝, 229)

"숲에는 도대체 무엇이 있나요?"
"아무것도 없네"하고 잠시 생각하고 난 뒤에 대령이 말했다.
"아무것도 없네. 적어도 그 곳에는 나나 자네에게 필요한 것은 아무것도 없네. 우리들에게 있어서 숲은 불필요한 장소일세."
(문학사상사 ①, 217)

"아무것도 없어."
대령은 잠깐 생각한 후에 말을 이었다.
"아무것도 없어. 적어도 자네나 내게 필요한 것은 거기엔 아무것도 없네. 우리들에게 숲은 불필요한 존재일 뿐이야."   (열림원 ①, 227)

[사례16]의 번역은 일한번역에서 흔히 저지르기 쉬운 번역투 발생의

대표적인 예라고 할 수 있다. 일본어를 한국어로 번역할 때 일본어를 문장 처음부터 어순에 맞춰 한 단어 한 단어 한국어로 바꿔 가기만 해도 일단 번역이 가능하기 때문인데, 이러한 번역은 특히 일본어의 후치사(後置詞, 복합격조사라고도 함)를 한국어로 옮기는 과정에서 많이 발생한다. 일본어 텍스트의 밑줄친 'にとって'는 보통 사전적 의미로는 '~에 있어서'라는 우리말로 해석된다. 그러나 문학작품의 번역에서 'にとって'를 '~에 있어서'로 번역할 경우 어색한 경우가 많은데13), 이는 [사례16]에서도 마찬가지이다. 한양출판과 문학사상사 번역본에서 밑줄 친 두 군데의 'にとって'를 '~에 있어서'로 번역하였으며, 열림원 번역본만이 '자네나 내게', '우리들에게' 등의 일본어의 간섭에서 벗어난 한국어 표현으로 바꾸어 번역하였다.

사실 번역투는 오역이라고 할 수는 없다.14) 그러나 번역된 텍스트를 읽는 독자에게 낯설고 어색한 느낌을 줄 수 있다. 따라서 독자가 이해하기 어려우며 판에 박은 듯한 표현으로 번역문의 질이 낮아질 위험이 있는데다 가독성에 부정적인 영향을 미칠 수 있기 때문에 번역자 입장에서는 가능한 삼가야 하는 번역상의 문제점이라고 할 수 있으며, 조금만 신경써도 충분히 개선 가능한 부분이기도 하다.15)

4) 그 외

(1) 역주의 문제

다음 사례를 보자. 일본어 텍스트는 생략하고 한국어 텍스트만 보도록 하겠다.

[사례17]
나는 냉장고를 열어, 위스키에 타기 위해 사 두었던 캔 코카 콜라를 두 개 꺼내어, 컵과 함께 테이블 위에 놓았다. 그리고 나서 내가 마실

에비스(일본 상품의 맥주 이름 = 역주)를 꺼냈다. (한양출판 ㉵, 209)

[사례18]
'데니스'(24시간 영업하는 체인 경양식집의 상호명 = 역주)의 간판이
되었든지, 교통 신호가 되었든지, 내 얼굴이 되었든지, 뭐 아무거라도 좋
았던 것이다.   (한양출판 ㉵, 299)

'에비스(エビス)' '데니스(デニーズ)' 등의 어휘의 번역에서 괄호 안에 역
주를 달아 설명하고 있는 한양출판의 번역텍스트를 보자. '에비스'는 일
본의 삿포로(SAPPORO)사(社)의 맥주 브랜드명이며, '데니스(Denny's)'는
일본의 패밀리 레스토랑의 상호이다. 두 어휘 모두 일본인에게는 친숙
한 브랜드이지만, 한국인에게는 생소할 것이라는 번역자의 판단으로 역
주를 일일이 달아 설명해 놓았다.16) 일본의 문화적 환경에서 나온 어
휘17)를 어떻게 번역할 것인가 하는 문제와도 관련이 있다고 할 수 있겠
다. 역자가 주를 달아 설명하는 것은 그 말이 생소하다는 것을 번역문을
읽는 독자에게 각인시키는 것이라고 할 수 있다. 그렇지만 역자가 주를
달지 않고 '에비스' '데니스'라는 일본어 음만을 표기하면 낯선 어휘라고
해도 의외로 독자는 가볍게 지나칠 수 있다. 그러나 역주를 달아두면
오히려 지나칠 수 없게 된다. 굳이 독자에게 그 어휘에 대해 장황히 설
명할 필요가 없다면 역주를 달지 않아도 된다고 본다. 정확한 역주는
독자가 작품을 이해하는 데 많은 도움을 주지만, 쓸데없이 길고 장황하
게 역주가 많이 달린 경우 작품에의 편한 접근, 몰입을 방해할 수 있다.

(2) 부제 삽입 등 텍스트 변형의 문제
『세계의 끝과 하드보일드 원더랜드』는 앞서 언급한 바와 같이 40개
의 장으로 이루어져 있고, 각 장에는 부제(副題) 역할을 하는 단어들이
2,3개 씩 나열되어 있다. 예를 들어 다음과 같은 식이다.

01. エレベーター、無音、肥満(엘리베이터, 소리 없음, 비만)
02. 金色の獣(금빛 짐승)
03. 雨合羽、やみくろ、洗いだし(비옷, 야미쿠로, 브레인워시)
04. 図書館(도서관)
05. 計算、進化、性欲(계산, 진화, 성욕)
06. 影(그림자)

일본어 텍스트는 단순한 몇 개의 어휘가 부제 역할을 하며, 한양출판과 열림원 번역본도 그 구성을 그대로 따르면서 번역했으나 문학사상사 번역본에는 일본어 텍스트에는 없는 소제목을 삽입한 것을 발견할 수 있었다(밑줄 부분 참조).

01. 엘리베이터, 소리 없음, 비만 - 기묘한 세계 속으로 들어가다
02. 금빛 짐승 - 문지기와의 대면
03. 비옷, 야미쿠로, 세뇌 작업 - 노박사의 소리 뽑기
04. 도서관 - 꿈을 읽는 사람
05. 계산, 진화, 성욕 - 세뇌 작업을 성공리에 끝마치다
06. 그림자 - 뜯겨져 나간 그림자

번역·편집[18] 과정에서 발생하는 부제의 삽입은 아마도 독자의 흥미 유발이나 텍스트의 내용을 목차만 보고도 파악할 수 있게 하려는 의도에서일 것이다. 이는 오늘날의 일한 번역이 "독자지향적" 경향을 지향함에 따라 발생되는 작업이라 할 수 있으며, 이는 번역텍스트 상에서 일본어 텍스트에 구애받지 않고 단락을 나눈다거나 문장부호 등의 텍스트 변형을 시도하는 "번역 전환"의 일부분으로서[19] 발생된다고 할 수 있는데, 번역시 어느 정도의 번역전환은 피치 못할 부여물이고 번역전환이 많다고 해서 그 번역이 충실하지 못하다고 단언할 수는 없는[20] 것도 사실이지만, 오리지널 텍스트에 없는 부제의 삽입, 단락 나누기 등은

텍스트 전체에 영향을 미칠 수 있기 때문에 이러한 변형을 시도했을 경우에는 번역자 혹은 편집부 나름의 기준을 명시하는 과정이 필요할 것이라고 본다.

3. 나오며

하루키의 초기작에 속하는『세계의 끝과 하드보일드 원더랜드』는 하루키의 작품세계에서 매우 중요한 위치를 차지하는 작품이다. 작가 스스로도 본인에게 중요한 작품이며 혼신의 힘을 다해 썼다고 인정하는 이 소설로 그는 이전까지의 그에 대한 일련의 "작가로서의 미래에 대한 불투명감마저 불식시켰"으며, 개인적으로는 앞서 집필한 3부작으로부터 자유로워질 수 있었다. 한국어로 옮긴 번역자도 인정하듯 "줄곧 읽어나가게 하고 뭔가를 생각하게 하는 힘"이 이 소설의 묘미라고 할 수 있다.[21)]

본고에서는『세계의 끝과 하드보일드 원더랜드』를 한국어로 옮긴 번역텍스트 3종을 서로 대조해보고 그 번역양상을 살펴 오역 및 의역, 누락 및 추가, 한자어 직역의 문제 등 일본어 텍스트를 한국어로 옮기는 과정에서 발생할 수 있는 다양한 번역양상을 알아보고 동일한 일본어를 한국어로 옮긴 번역텍스트가 어떻게 달라지는지, 그리고 각각의 번역본들에서만 발견되는 번역상의 특징은 무엇인지를 검토해 보는 것을 목적으로 하였으며, 이를 통해 다음과 같은 사실들을 밝혀낼 수 있었다.

검토 대상인 3종의 번역본 모두가 오역과 의역, 누락과 추가라는 부분에서 자유로울 수 없었다. 원본 대조작업을 소홀히 했거나 일본어텍스트에서 그때그때 보이는 어휘에 1:1 대응을 해 나가며 번역을 한 경우에 오역이 많이 발생했음을 알 수 있었다. 그밖에 일본어 텍스트의 앞뒤

문장과 문맥을 고려하지 않은 경우, 가타카나(カタカナ)를 제대로 읽지 않고 번역한 경우에서도 오역이 발생하였다. 검토한 한국어텍스트에서 발견된 오역은 전부다 결정적인 오역이라기보다는 사소한 부분에서 발생된 오역이었다. 그러나 번역본으로밖에 작품을 접할 수 없는 독자들의 경우 오역으로 인해 작가나 작품에 대해 부정적인 평가를 내리거나 그 오역의 정도가 많건 적건 문맥의 흐름을 깨뜨리게 되기 때문에 번역자라면 주의해야 하는 부분이다. 또한 번역시 주의해야 할 점이 누락과 추가인데, 번역된 텍스트를 읽는 독자도 일본어 텍스트의 내용을 그대로 옮긴 한국어 텍스트를 읽어야 한다는 점에서 생각할 때 기본적으로 번역에서는 누락과 생략이 있어서는 안 될 것이다. 그러나 그렇다고 해서 일본어 텍스트에는 있지도 않은 내용을 추가하여 일본어 텍스트에 없는 뉘앙스까지 추가시켜 버리는 것은 과잉번역이다. 이는 심하면 번역이 아니라 개작이 될 위험이 있기 때문이다.

본고에서 검토한 번역상의 오역, 추가 외의 번역상의 특징으로 한자어 직역의 문제와 번역투를 들 수 있겠는데, 이 부분은 특히 한양출판 번역본에서 두드러지게 나타났다. 굳이 그 한자어가 아니라도 대체할 만한 번역어휘(한자가 아닌 한국어)가 있는데도 일본어 텍스트의 한자어휘를 그대로 직역한 부분이 많았으며, 경우에 따라 이는 단순한 직역이 아닌 오역으로 이어지는 결과가 발생하기도 했음을 알 수 있었다. 꼭 한자어로 번역하고자 했다면, 같은 의미를 가지고 있으면서 한국에서 더 일반적으로 통용되는 한자어로 바꿔서 번역하는 정도의 배려가 필요했다고 여겨진다. 번역투의 경우도 직역의 경우와 마찬가지 관점에서 정리될 수 있겠다.

3종의 번역본의 특징을 각각 정리하자면(표 참조) 한양출판 번역본의 경우 앞서 논의한 한자어 직역, 일본어 직역에 의한 번역투의 경향이 두드러졌으며 그 밖의 특징으로는 지나치게 자세하고 긴 역주의 삽입을 들 수 있겠다. 문학사상사 번역본의 특징으로는 일본어 텍스트에 없는 내용의 추가, 의역 등의 경향이 강했으며 그밖에 일본어 텍스트에 구애받지 않고 단락을 나눈다거나 일본어 텍스트에는 없는 부제(소제목)를 각 장마다 삽입하는 등의 텍스트 변형을 시도한 것을 발견할 수 있었다. 열림원 번역본의 경우는 사소한 오역과 누락을 제외하고는 대체로 무난한 번역 결과물이라고 여겨졌는데, 아마도 3종의 번역본 중 가장 나중에 번역된 텍스트이다 보니 선행 번역본들의 도움을 직간접적으로 받기도 했을 것이고 기존 번역본에서 발견된 오류의 시정 또한 용이했기 때문이리라고 본다.

출판사	번역상의 특징
한양 출판	일본어 한자어휘의 직역, 그로 인한 오역 다소 발생 일본어 직역에 의한 번역투 다소 발견 지나치게 자세하고 긴 역주의 삽입이 잦음
문학 사상사	번역 과정에서 일본어 텍스트에 없는 내용을 추가하여 의역 일본어 텍스트에 구애받지 않은 단락 나누기 일본어 텍스트에는 없는 부제(소제목) 삽입
열림원	적은 빈도의 오역, 누락, 추가 외의 특별한 번역상의 특징은 없음 위의 두 번역본과는 달리 처음부터 원문텍스트로 삼았던 텍스트가 최종버전인 『村上春樹全作品』이었음22)

'문학작품의 세계화'를 논할 때, 번역의 중요성에 대한 논의는 이제 진부할 정도라 할 수 있다. 2000년대 중반을 넘어서면서 일일이 열거할 수도 없을 정도로 수없이 많은 일본 작가들의 작품이 한국어로 번역, 소개되고 있다. 그러나 이처럼 많은 일본 작가들 중 한국의 독자들에게 가장 영향력 있는 일본 작가가 하루키라는 데 이견을 제시하기는 힘들 것이다. 일본 문단이나 일본인들 사이에서 존재감이 큰 작가라도 한국에서 대중성을 획득하지 못할 경우 한두 작품 번역된 후 사라지는 경우도 많은 한국의 출판계에서, 하루키는 거의 모든 작품이 번역되는 꾸준

한 인기를 20년이 넘게 누리고 있다. 당연한 얘기겠지만 이렇게 하루키가 한국에서 인기작가로 자리매김하기까지의 과정에서 빼놓을 수 없는 역할을 한 존재는 번역자이다. 1988년 이래 하루키 문학의 한국 수용에 있어서 가장 중요한 역할을 한 존재는 번역자라고 해도 과언이 아닐 것이다. 이러한 흐름 속에서 하루키 문학의 한국어 번역에 대한 논의가 새삼스러운 문제는 아니며, 반드시 짚고 넘어가야 할 중요한 문제라고 판단된다. 본고에서는 하루키의 작품, 그것도 한 작품만을 검토텍스트로 하여 그 번역양상에 대해 논했지만, 일·한 번역양상의 검토 대상이 되는 텍스트는 아직도 다양하다. 하루키의 다른 작품뿐만 아니라 다른 일본 현대 작가의 작품의 번역양상에 대한 연구와 검토 역시 차후 계속해서 연구해야 할 과제이다. 물론 예전부터도 일본 현대소설의 한국어 번역과 관련한 선행연구가 적게나마 계속해서 있었으므로 새삼스러운 이야기는 아닐 것이라고 여겨진다. 일본 문학의 한국 시장 점유율이 나날이 증가하고 있는 데 비해 이를 한국어로 옮긴 번역에 대한 논의는 현재로는 아주 적은 편이지만, 독자가 일본문학을 선호하고 번역이 계속 나오고 있는 한 번역을 검증하여 걸러주는 과정 그리고 그에 대한 지속적인 연구는 꼭 필요한 과제이다. 본고의 연구가 번역사례를 유형화하여 번역자들에게는 보다 나은 번역문을 생산하는 데 조금이나마 도움이 되는 한편, 일본어·일본 문학 전공자들에게는 번역의 오류 및 번역 비교, 번역 비평 및 번역 연구에 보다 많은 관심을 갖게 하는 계기가 될 것을 기대한다.

| 주 |

〈초출〉이 글은 『이문논총』 제29집(한국외국어대학교 대학원, 2009.11)에 게재된 논문 「일본현대소설의 한국어 번역양상 비교연구 고찰」을 가필 보완한 것임.

1) 1996년 7월 1일부터 시행된 개정 저작권법은 1)베른협약의 소급 보호 원칙을 수용하고 있으며 2)저작권 보호 기간을 저작자 생존 기간과 사후 50년으로 연장하고 3)UCC(세계저작권협약)에서 개발도상국에 인정하였던 강제 허락제도를 폐지하였다. 그 전의 저작권법은 한국이 UCC조약에만 가입되어 있었으므로 가입일자인 1987년 10월 1일 이후에 공표된 저작물만을 보호해 주면 되었다. 다시 말해 UCC조약 가입 전인 1987년 9월 30일 이전에 외국에서 발표된 저작물은 계약 없이도 자유롭게 번역 출판할 수 있었다. 따라서 한국에서도 개정 저작권법의 시행 이전까지는 하루키의 작품들을 여러 출판사에서 경쟁적으로 중복 출판하는 일들이 많았다(오에 겐자부로 (大江健三郎)가 노벨문학상을 수상했을 당시의 중복 출판도 유명하다). 하루키 작품 중 그러한 중복 출판의 결정판은 역시 『노르웨이의 숲』이다. 이 소설은 1988년 처음 번역 소개된 이후 2008년까지 역자를 달리하여 총 7번 번역 출간되었다. 이 중 문학사상사의 번역본 『상실의 시대』(역자 유유정)는 2005년까지 70만 부가 팔린 것으로 추정되며, 10년 이상 소설부문 베스트셀러 순위 10위 안에 랭크되는 놀라운 기록을 세운 바 있다.

2) 따옴표 부분은 『村上春樹全作品 1979~1989④ 世界の終りとハードボイルド・ワンダーランド』(講談社, 1990)의 「自作を語る」에서 인용.

3) 『1Q84』(2009-2010)를 비롯, 『해변의 카프카(海辺のカフカ)』(2002), 『애프터다크(アフターダーク)』(2004) 등 2000년대 작품들에서는 이러한 교차 구조를 쉽게 발견할 수 있으나 이러한 식의 교차구조를 처음으로 시도한 장편은 『세계의 끝과 하드보일드 원더랜드』라고 할 수 있다.

4) 계산사란 소설 속에 등장하는 가공의 직업으로, 뇌를 이용하여 정보를 암호화하거나 암호화된 정보를 다시 처음과는 전혀 별개의 수치로 전환하는

브레인워시(洗いだし)와, 무의식의 핵(核)을 이용하는 샤프링(シャフリン グ)이라는 두 가지 업무의 면허를 가지고 있는 직종이다.

5) 원문 텍스트에서 「하드보일드 원더랜드」의 '나'는 〈私〉로, 「세계의 끝」의 '나'는 〈僕〉로 표현되어 있는데, 한국어 번역 텍스트에서는 모두 '나'로 번역 되었다.

6) 참고한 번역본은 모두 초판이며, 한양출판 번역본의 경우 초판 5쇄, 문학사 상사 번역본의 경우는 초판 20쇄를 검토 텍스트(문학사상사 번역본은 쇄를 거듭할수록 약간씩 수정 보완하는 경향이 있기 때문에, 2009년에 간행된 34쇄도 참고하였음)로 삼았음을 밝혀 둔다. 또한 한양출판과 열림원 책은 절판되었으며, 현재까지 출간되고 있는 것은 문학사상사 간행본뿐이다.

7) 문학번역이라는 분야 자체가 매우 까다롭고 힘든 작업을 요하며, 번역한 작품은 번역자의 노고의 결과물이기 때문에, 그 번역본에서 오류를 지적한 다는 것은 다소 조심스럽다. 그러나 본고에서 강조하고자 하는 것은 동일한 텍스트의 번역이라도 번역양상이 상당부분 달라진다는 문제의식에서의 번 역비교일 뿐, 번역자들의 번역 자체를 깎아내리려는 의도는 조금도 없었음 을 밝혀두고 싶다.

8) 일본 현대 소설의 오역의 유형으로서 호사카 유지(保阪祐二) 교수는 단순 오역, 어학적 오역, 독해상의 오역, 문화적인 의미 파악 부족에 의한 오역, 역사적 사실에 관한 오역 등 다섯 가지 유형으로 나누어 제시한 바 있다. (호사카 유지(2001) 「일본 현대소설의 오역사례」, 『번역학 연구』 제2권 2호, 한국번역학회)

9) 2008년에 출판된 문학사상사 번역본 34쇄에는 이 부분이 「빅 뱅(Big Bang)」 으로 수정되어 있다.

10) 어쩌면 문맥을 앞뒤로 너무 고려하다보니 발생한 의역일수도 있겠다.

11) 「唐突」이라는 한자어휘를 발음 그대로 읽어 직역어휘로 사용했기 때문에 발생한 오역이라고도 볼 수 있다. 한자어 직역으로 인한 문제일 수도 있으 나 오역의 범주에 포함시켰다. 이 외에도 [사례12]의 한국어텍스트들은 지 적한 부분 외에도 누락, 일본어의 간섭으로 인한 번역투 등 짧은 번역문 안에서 여러 가지 번역상의 문제점들이 발견되었다.

12) 김정우 「국어 교과서의 외국어 번역어투에 대한 종합적 고찰」, 『배달말』 33, 배달말학회, 이근희 『번역의 이론과 실제』(서울문화사, 2005)에서 재인용.

13) 비슷한 경우로 「~において」「~について」「~によって」 등의 후치사를 번역하는 경우를 예로 들 수 있겠다.

14) 오역이란 일본어 텍스트의 이해, 지식 부족으로 일본어 텍스트의 정확한 의미 전달에 실패한 번역을 말한다. 오역이 일본어 텍스트와 번역문의 관계 개념이라면, 번역투는 번역문과 번역문 독자와의 관계 개념이다. 독자 대상의 번역을 지향하는 경우라면 더더욱 이러한 번역투 표현은 줄여나가야 할 필요가 있다.

15) 번역시 사전에 등재된 대표적인 의미 외에 가독성을 고려한 다른 표현을 찾아보는 연습이 그 중 하나일 것이다.

16) 다른 두 번역본의 경우 「エビス」는 「캔맥주」(문학사상사), 「맥주」(열림원)로, 「デニーズ」는 「가게」(문학사상사), 「패밀리 레스토랑 데니스」(열림원)로 아예 생략하거나 간단히 풀어서 번역하는 방법을 택했다.

17) 이한정 「어떻게 옮겼는가」, 『일본문학 번역 60년 현황과 분석 1945~2005』, 소명출판, 2008. p.137.

18) 사실 최종적으로 완성되어 나오는 번역본에는 번역자뿐 아니라 편집자의 개입이라는 부분도 간과할 수 없다. 특히 문학사상사는 『세계의 끝과 하드보일드 원더랜드』 외에도 하루키 소설의 모든 번역본에 일본어 텍스트에 없는 소제목을 일일이 삽입하였는데, 이는 편집부의 정책일 수도 있을 것이다. 그러나 일단 본고에서는 이와 같은 양상을 번역본의 특징으로서 다룬 것이지 편집자의 개입은 논외로 하였음을 밝혀둔다.

19) 따옴표 부분은 김경정 「일한문학번역의 독자지향적 경향 연구 - 『도련님』 번역본을 중심으로」 (『日語日文學』第36輯, 대한일어일문학회, 2007)에서 인용.

20) 김경정, 위의 논문, p.192-193.

21) 따옴표 부분은 김난주 「역자후기」(『일각수의 꿈』, 한양출판, 1992. p.330.)에서 인용.

22) 열림원 번역본은 출판사에서 하루키의 전집이기도 한 「全作品」을 텍스트로

하여 번역된 시리즈 중 하나로서 간행된 것이다. 따라서 한양출판과 문학사상사에서 번역한 일본어 텍스트(단행본, 문고본)과는 내용이 약간 수정 보완된 부분이 있는 관계로, 본고에서도 검토한 번역사례의 예문은 세 번역본에 공통적으로 들어간 동일한 일본어 텍스트만을 검토대상으로 삼았음을 밝혀둔다.

【참고문헌】

[텍스트]

村上春樹(1990)『村上春樹全作品1979-1989④世界の終りとハードボイルド・ワンダーランド』, 講談社

＿＿＿＿＿(1985)『世界の終りとハードボイルド・ワンダーランド』, 新潮文庫

무라카미 하루키, 김난주 역(초판 1992/1994)『일각수의 꿈』상・하, 한양출판

＿＿＿＿＿＿, 김진욱 역(초판 1996/2004)『세계의 끝과 하드보일드 원더랜드』1・2, 문학사상사

＿＿＿＿＿＿, 김수희 역(1997)『세계의 끝과 하드보일드 원더랜드』1・2, 열림원

[단행본 및 논문]

김경정(2007)「일한문학번역의 독자지향적 경향 연구 -『도련님』번역본을 중심으로」『日語日文學』第36輯, 대한일어일문학회

오경순(2006)「「～てもらう」구문의 한국어 번역상의 일고찰 - 겸양적 사역표현 번역문을 중심으로」『日語日文學硏究』제56집, 한국일어일문학회

＿＿＿＿(2007)「일한 번역의 번역투 고찰 - 텍스트 번역 실험 결과를 중심으로 -」『日語日文學硏究』제61집, 한국일어일문학회

윤상인 외(2008)『일본문학번역 60년 현황과 분석 1945-2005』, 소명출판

이근희(2005)『번역의 이론과 실제』, 서울문화사

호사카 유지(2002)「『KYOKO』번역판으로 본 번역의 생략과 누락 소고」『번역학연구』제3권 1호, 한국번역학회

＿＿＿＿＿＿(2003)「일본 대중소설에 대한 직역과 의역 및 개작에 관한 소고」『번역학연구』제4권 1호, 한국번역학회

＿＿＿＿＿＿(2001)「일본 현대소설의 오역사례」『번역학연구』제2권 2호, 한국번역학회

▌ 찾아보기 ▌

(1-10)

11월 25일 ················185, 263

『1973년의 핀볼』 ··········14, 17, 40,
57, 60, 63, 67, 76, 90, 260, 261,
262, 263

1984년 ······················337

『1984』 ·····················168, 170

1988년 ········23, 24, 240, 321, 341,
347, 372, 373

『1Q84』 ·········22, 29, 30, 167, 175,
176, 230, 319, 321, 322, 334, 336,
337, 344

2000년 ··················321, 341

2010년 ·······················321

2013년 ·················175, 319, 321

208 ·····························62

209 ·····························62

4부작 ············57, 58, 65, 68, 69

(A-Z)

BGM ·····················194, 296

Blowing The Wind ··············327

commitment ··················49, 51

Hard Rain ····················327

NAVER ·······················321

T셔츠 ·························324

"Who Will Tell The Story of Japan"
··································184

WSJ ·······················173, 184

(ㄱ)

가라타니 고진 ·······37, 43, 47, 76,
244, 263

『가면의 고백』 ··185, 187, 199, 209

가와바타 야스나리 ··········34, 107,
108, 110, 114, 122, 123

가토 노리히로 ············78, 99, 322

강간관계도 ····················67

강박관념 ·····················88

강요 ············87, 88, 278, 308, 340

개(個) ························272

거대한 이야기 ··············69, 322

거리 ·················63, 72, 79

검색어 ·······················321

검은 옷의 남자 ··················65

결핍(감) ············58, 62, 92, 114,
286, 291

경험 ·········45, 113, 116, 129, 131,
139, 193, 209, 216, 225, 239, 277,
278, 281, 295, 308, 330

계급 ·····························43, 299
고도성장(rapid growth) ·······42, 117
고도성장기 ··············105, 109, 115, 120, 121
고독 ······44, 55, 66, 171, 174, 178, 214, 215, 216, 221, 231, 233, 269, 270, 271, 272, 273, 274, 275, 276, 277, 278, 279, 280, 281, 283, 285, 287, 289, 290, 291, 292, 297, 303
고독한 군상 ·····························271
고탄다 ·····························66, 67, 120
공동묘지 ·····························63
과묵 ·····························333
관념의 왕국 ·····························64
구니키다 돗포(國木田独歩) ·······179
구미코 ·····129, 133, 141, 151, 152, 153, 157, 158, 159, 160, 161, 164, 335, 344
구사조시 ·····························324
구제 ··············20, 58, 60, 65, 92, 98, 99, 307
『구토』 ·····························69
『국경의 남쪽, 태양의 서쪽』 ·····························109, 114, 127, 344
귀 모델 여자 친구 ·····························65
귀지 ·····························63
그림자 ·····························327, 368
글래머 ·····························331, 332
『금각사』 ··185, 186, 187, 189, 193, 194, 200, 204, 207, 208, 209, 210,

211, 213, 217, 218, 219, 221, 222, 224, 225, 230, 231, 232, 233, 236
기사 건수 ·····························321
기억 ······8, 23, 33, 34, 45, 49, 52, 55, 61, 63, 73, 92, 93, 157, 161, 167, 168, 169, 170, 172, 173, 174, 175, 176, 177, 191, 193, 194, 240, 300, 302, 313, 320, 324, 331
『기억의 암살자들』 ··········170, 171, 172, 184
『기억／이야기』 ·····························184
기원 ··············61, 63, 66, 67, 297
『꿈을 꾸기 위해 매일 아침 저는 잠에서 깨는 것입니다』 ·······178, 179
끝말잇기 ·····························63

(ㄴ)

나가토 ·············331, 332, 333
「나는 왜 예루살렘에 갔는가」 ·····························184
나쓰메 소세키 ·············34, 53, 123, 239, 251, 265, 266
나오코 ·······60, 61, 62, 63, 82, 83, 84, 85, 86, 87, 88, 89, 90, 91, 93, 94, 95, 96, 97, 98, 99, 100, 194, 195, 196, 202, 203, 210, 214, 215, 216, 217, 218, 219, 220, 221, 223, 225, 226, 228, 231, 232, 233, 234, 235, 250, 251, 261, 262, 263, 264, 301, 302, 303, 304, 330, 331, 343

난독증 ·······································333
내러티브 ·····································255
내레이션 ·································59, 260
냉동 창고 ·····································63
『노르웨이의 숲』 ·······8, 9, 10, 11,
　18, 23, 24, 26, 27, 28, 37, 38, 39,
　59, 68, 81, 82, 87, 88, 90, 91, 92,
　93, 94, 95, 100, 101, 116, 118,
　122, 124, 127, 160, 178, 180, 181,
　182, 185, 186, 194, 196, 197, 198,
　200, 201, 202, 204, 205, 206, 208,
　209, 214, 215, 216, 217, 218, 219,
　220, 221, 223, 224, 225, 226, 227,
　228, 230, 231, 232, 233, 235, 239,
　240, 245, 246, 247, 248, 250, 251,
　252, 253, 254, 260, 261, 296, 297,
　298, 299, 300, 302, 303, 306, 307,
　310, 313, 314, 320, 329, 335, 341,
　348, 373
노 웨어 맨 ·······························298, 306

(ㄷ)

다마루 ······································322
다카하시 루미코 ·······239, 241, 247
단장(斷章) ······························59, 60
단향 ····································336, 337
대위법 ···································60, 67
대중가요 ··································296
대중음악 ································10, 295
대화 ·············11, 51, 59, 62, 120,

　131, 132, 137, 141, 142, 151, 161,
　175, 181, 204, 231, 271, 275, 303,
　304, 337
『댄스 댄스 댄스』 ········23, 57, 61,
　65, 66, 67, 90, 97, 120, 128, 296
데이트 ····························195, 218, 304
덴고 ···············167, 168, 170, 174,
　176, 330, 333, 336, 337, 344
『도라도라』 ·································332
『도적』 ································228, 229
도서관 여자 ·······························327
돌고래 호텔 ·····························65, 66
돌핀호텔 ····································149
두 개의 세계 ·························147, 149
두개골 ··································326, 353
듣기 ·······································324
디스크자키 ·······························59

(ㄹ)

라이트노벨 ··············322, 323, 324,
　326, 328, 329, 331, 332, 334, 335,
　336, 338, 343
러버 소울 ····················299, 306, 309
레이 ····································333, 344
레즈비언 ·················216, 308, 309
로맨스 ··················61, 65, 66, 69
론도 ·······································66
리셉터(386세대) ·············38, 39, 40,
　43, 44, 45, 46, 47
리스트 ·······13, 58, 59, 60, 65, 321

(ㅁ)

『마음』 ············123, 239, 240, 251, 252, 254, 255, 256, 258, 259, 260, 264, 266, 267

마이죠 오타로 ······················322

막스 류티 ·····················254, 267

『말』 ·······································60

말찾기병 ···············83, 88, 95, 96

말하기 ·········58, 59, 60, 149, 197, 247, 324

매개 ········107, 252, 304, 305, 307

『메종일각』 ··············239, 241, 247, 248, 250, 251, 252, 254

멜랑꼴리 ·······························298

멜로디 ·····························10, 299

모험 ·······65, 71, 72, 78, 113, 325

목가적(idyllic) ··············112, 115

무녀 ··63

무라카미 하루키 ···7, 8, 9, 19, 24, 25, 26, 27, 28, 31, 34, 37, 39, 49, 55, 69, 76, 82, 83, 92, 105, 106, 107, 108, 109, 110, 112, 114, 115, 117, 121, 124, 127, 130, 133, 135, 136, 141, 147, 168, 175, 176, 177, 183, 185, 186, 240, 243, 250, 265, 269, 291, 295, 296, 297, 301, 312, 319, 321, 338, 343, 347

무라카미 하루키 롱 인터뷰 ·····184

무라카미 하루키 현상 ···········7, 9, 11, 25, 28, 321

문명 ·····················14, 60, 96, 287

문체 ·····9, 25, 27, 29, 30, 45, 106, 200, 201, 202, 229, 269, 275, 323

문학 ·······8, 31, 37, 39, 41, 42, 43, 45, 58, 81, 105, 117, 247, 295, 322, 324, 338, 339

미 ···295

미도리 ········10, 82, 87, 92, 94, 95, 97, 98, 99, 100, 195, 196, 204, 219, 221, 231, 232, 233, 250, 311, 312, 313, 314, 320, 329, 330, 331, 335, 343

미디어 ············136, 152, 153, 154, 156, 183, 323, 338

미셸 ················306, 308, 309, 310, 311, 313

미시마 유키오 ··········53, 185, 263, 264

미완성 ·······························58, 59

민족 분쟁 ······························299

(ㅂ)

『바람의 노래를 들어라』 ········8, 9, 11, 12, 14, 15, 17, 18, 23, 26, 31, 33, 57, 58, 60, 61, 63, 65, 67, 68, 90, 92, 97, 110, 111, 112, 113, 114, 116, 117, 119, 124, 177, 200, 204, 245, 246, 261, 321, 324, 342

『바람이 일다』 ·········205, 206, 216

바이츠 제커(Weizsäcker) ··173, 174

바하 ·······················296
『반딧불이』 ········10, 161, 199, 245,
　　246, 247, 248, 250, 251, 252
반점 ·····················158, 161
발라드 ·······················309
발화 ···············51, 61, 62, 63, 68,
　　69, 153
밥 딜런 ···················296, 327
방해 ·······132, 189, 277, 300, 361,
　　362, 367
방황 ·············10, 45, 73, 114, 196,
　　215, 219, 232, 250, 262, 297
배전반 ·······················40, 62
번역 ·······7, 8, 11, 15, 17, 18, 23,
　　24, 25, 26, 27, 29, 30, 31, 32, 37,
　　38, 62, 81, 105, 183, 202, 206,
　　209, 321, 341, 342, 347, 348, 349,
　　350, 355, 356, 358, 359, 360, 361,
　　362, 364, 365, 366, 367, 368, 369,
　　370, 371, 372, 373, 374, 375, 376
범용 ·········71, 73, 74, 75, 78, 242
베르만 ·······················321
벽시계 ·······················65, 280
보사노바 ·······················296
부부의 이야기 ···············128, 130
불완전 ···········68, 90, 91, 92, 93,
　　100, 101, 131, 246, 302, 303, 305
불완전성 ···········89, 302, 303, 313
브라암스 ·······················296
브리티시 록 ·······················296

비범 ···············73, 78, 202, 223
비애 ·······················311
비치 보이스 ·······················296
비틀즈 ·······10, 93, 196, 295, 296,
　　297, 298, 299, 300, 301, 302, 304,
　　305, 306, 307, 308, 309, 310, 311,
　　312, 313
비현실적 ···············71, 72, 73, 74,
　　77, 78, 120
「비현실적인 몽상가로서」 ········183
빛 ·······················67, 68, 69

（ㅅ）
사람이 제물로 바쳐지는 이야기 ··259
사랑 ··········10, 61, 82, 92, 93, 94,
　　95, 96, 97, 98, 99, 100, 101, 139,
　　141, 174, 182, 192, 201, 218, 225,
　　228, 248, 276, 277, 279, 282, 283,
　　290, 297, 299, 301, 310, 337, 343
사르트르 ·······················60
사자(死者) ···············61, 63, 135
사회문제 ·······················299
삽화 ···········59, 63, 323, 324, 325,
　　326, 327
상기(想起) ···········42, 63, 79, 232,
　　239, 244, 245, 298, 302, 313
상실 ······9, 18, 19, 39, 42, 58, 60,
　　63, 68, 116, 117, 119, 120, 128,
　　133, 142, 159, 164, 179, 273, 278,
　　280, 284, 297, 304, 305

상실감 ······18, 22, 27, 29, 45, 49, 118, 136, 220, 232, 233, 272, 273, 274, 278, 283, 297, 358

『상실의 시대(ノルウェイの森)』
············37, 46, 47, 81, 102, 105, 122, 180, 181, 341, 373

새로운 역사 교과서를 만드는 모임
·······················171

『색채가 없는 다자키 쓰쿠루와 그가 순례를 떠난 해』·················7, 8, 19, 21, 23, 33, 167, 175, 319

생명 ··········90, 149, 286, 291, 312

서브컬처 ·········322, 323, 333, 338, 339, 340

서브컬처성 ···························322

선인세 ·······························321

설화론적 환원 ·················247, 254

성장소설 ················116, 124, 127, 200, 201, 231, 232, 233

세계계 ·······························326

『세계의 끝과 하드보일드 원더랜드』
·······················26, 247, 322, 326, 347, 348, 373

섹슈얼 ·························332, 340

섹스 ···············10, 15, 68, 95, 96, 97, 98, 200, 300, 301, 309, 328, 330, 334, 343

소비문화 ·······················113, 322

소비사회(consumer society) ·····120

『소설에서 멀리 떨어져서』······240, 241, 247

속박 ······························87, 176

손상 ··········57, 58, 60, 61, 62, 63, 64, 69, 114, 226, 358

수기형식 ·············58, 59, 189, 209, 216, 233

수용 ········7, 8, 27, 29, 31, 32, 37, 38, 40, 43, 45, 47, 49, 105, 106, 119, 194, 202, 243, 295, 302, 303, 322, 339, 347, 372, 373

순례 ··········20, 21, 22, 23, 66, 67, 176, 179

순례의 해 ···························321

순수 ······20, 31, 94, 143, 162, 224, 225, 299, 332

『스즈미야 하루히』···332, 333, 336

스토리텔링 ·························65, 338

시민적 ······························60

『신세기 에반게리온』·············332, 333, 344

심볼릭 ·····························298

심층구조 ·················246, 260, 296

쌍둥이 ···············62, 63, 117, 248

『쓰쿠모쥬쿠』························322

(ㅇ)

아놀드 웨스커(Arnold Wesker)
·······························177

아다치 미쓰루 ·················241, 247

아미료 ·············83, 84, 88, 89, 90,

91, 92, 93, 95, 96, 98, 101, 216, 219, 231, 305, 307, 309
아오마메 ·········168, 171, 172, 174, 322, 333, 334, 335, 336, 337, 344
아즈마 히로키 ·················322, 326
『악령』 ····································64
안내인 ····································65
암흑 ·····················67, 68, 69, 75
양 ···············64, 71, 72, 73, 75, 78
양남자 ········65, 66, 67, 73, 74, 75, 77, 325, 342
양의성 ·································59, 68
『양을 둘러싼 모험』 ···········8, 15, 57, 64, 65, 66, 67, 68, 71, 72, 73, 75, 78, 79, 115, 116, 120, 124, 128, 130, 159, 204, 240, 247, 250, 262, 263, 325, 328, 342
언어 장해 ·····························305
『언더그라운드』 ·················8, 179
얼음송곳 ·················334, 335, 337
에릭 클랩튼 ···························307
엔터테인먼트 ····················28, 32, 323, 339
엘레나 리그비 ·······················298
『여자 없는 남자들』 ········319, 341
여전사 ··················332, 334, 335, 336, 340
역기(力技) ····························65
역사 ······8, 20, 23, 29, 34, 41, 47, 48, 49, 52, 55, 75, 79, 127, 154,

167, 168, 170, 171, 172, 173, 174, 176, 184, 211, 264
역사성(歷史性, historicity) ······109, 110, 112, 115, 117, 119, 120, 123
연애소설 ·················8, 29, 45, 94, 101, 127, 199, 200, 201, 202, 231, 247, 261
연약함 ·································64, 67
연제원 ··································336
예루살렘상 수상 연설 ············174
예스터데이 ···························309
오락소설 ·······························323
오쓰카 에이지 ·········241, 247, 259
오에 겐자부로 ·····················34, 47, 106, 107, 108, 110, 114, 220, 241, 322, 373
오역 ···········17, 18, 349, 350, 351, 352, 353, 354, 355, 356, 361, 366, 369, 370, 371, 374, 375
오카 마리(岡真理) ···········171, 172
와타나베 ···············82, 83, 84, 86, 87, 88, 89, 91, 92, 93, 94, 95, 96, 97, 98, 99, 100, 124, 178, 194, 202, 222, 231, 320, 330, 331
완벽한 문장 ········11, 12, 13, 16, 18
완벽한 절망 ·······11, 16, 18, 58, 92
완전성 ···········58, 60, 61, 62, 64, 67, 68
요미우리문학상 ·····················147
요미혼 ··································324

요시모토 바나나 ········24, 49, 108,
　122, 269, 287, 291, 322
요시카와 야스히사(芳川泰久)
　······························102, 184
요양소 ···········84, 195, 196, 205,
　214, 215, 216, 219, 232, 250, 251,
　305, 308, 309, 311
우물 ········50, 133, 150, 151, 159,
　160, 161, 164, 205, 350, 351
우에노 치즈코 ·······················330
우이코 ··········188, 189, 190, 191,
　192, 210, 211, 212, 213, 218, 219,
　220, 221, 231
원무곡 ······························66, 67
『원숭이 데릴사위』 ·········241, 248,
　249, 250, 251, 252, 254, 259
원형반복 ·························61, 63
원환 ···············57, 62, 65, 67, 68,
　69, 175
웹툰 ···································336
『위대한 개츠비』 ·············199, 206
유미요시 ······················66, 67, 68
유키 ·········66, 67, 120, 331, 333
육식녀 ··························331, 334
음악 ········8, 20, 25, 66, 108, 131,
　134, 196, 197, 280, 295, 296, 299,
　300, 301, 302, 306, 307, 308, 309,
　311, 312, 313, 327
음악미 ·······························295
의식의 핵 ·····················326, 349

의역 ·····················17, 82, 356, 369,
　371, 374
이 세계 ···········64, 67, 68, 69,
　73, 76, 153, 163, 213, 311
이름 ·····20, 63, 75, 76, 77, 78, 79,
　133, 135, 145, 151, 157, 186, 188,
　189, 210, 212, 214, 220, 232, 253,
　255, 310, 324, 354
이야기 형태 ·······················252
이중구조 ·············64, 86, 147, 159
이쪽 세계 ·················66, 148, 150,
　151, 211
이해 ·····61, 72, 83, 101, 215, 216,
　219, 226, 227, 243, 302
인용 ········15, 40, 59, 79, 174, 295,
　296, 297, 298, 299, 300, 301, 306
일각수 ·························326, 353
일러스트 ·········323, 324, 325, 326,
　327, 328, 337, 338, 339, 344
일본의 전도와 역사교육을 생각하는
젊은 의원 모임 ·····················171
일상계 ·······························326
『잃어버린 시간을 찾아서』 ·········69

(ㅈ)
자기 요양 ·····························13, 58
자살 ·····10, 60, 64, 73, 82, 83, 85,
　86, 87, 89, 90, 92, 97, 99, 124,
　187, 192, 195, 196, 219, 220, 221,
　224, 226, 228, 231, 232, 233, 250,

251, 253, 254, 291, 337
「자작을 말한다」 ·······················180
장례 ·······························61, 250
재번역 ································347
재즈 ···············46, 274, 286, 296
재즈바 ································295
재현 ·········120, 220, 252, 263, 302
저 세계 ·················64, 65, 67, 69
저쪽 세계 ···············147, 148, 150,
   151, 152, 157, 158, 159, 161, 164
전달 ·········14, 31, 59, 60, 96, 121,
   169, 300, 302, 303, 304, 305, 307,
   308, 309, 310, 311, 312, 313
전달 불가능성 ·················300, 310
전쟁회피 ·····························299
전투미소녀 ··························326
전화 ············62, 98, 99, 108, 129,
   131, 196, 199, 232, 251, 262, 324
절대고독 ·····················287, 292
정원 ···············109, 110, 114, 129,
   130, 131, 133, 134, 280, 289
정직 ··········82, 84, 88, 89, 90, 91,
   92, 93, 96, 97, 101, 152, 250, 312
제네시스 ························61, 66
『제로의 사역마』 ···················332
조지 오웰 ···························168
『종언을 둘러싸고』 ············76, 268
죽음 ····10, 20, 21, 28, 39, 60, 63,
   64, 68, 82, 83, 99, 116, 131, 137,
   138, 139, 143, 145, 148, 157, 174,

187, 188, 190, 191, 192, 200, 213,
   217, 219, 220, 221, 224, 225, 226,
   227, 228, 229, 230, 231, 232, 233,
   250, 254, 262, 264, 268, 274, 275,
   291, 304, 308, 312
중간 매체 ····························304
중단 ····························211, 304
중복 출판 ···························373
쥐 ·········9, 57, 60, 63, 64, 65, 67,
   71, 72, 73, 74, 75, 76, 77, 78, 79,
   113, 114, 120, 123, 124, 246, 335
지구 문제 ····························299
지도 ·····78, 87, 113, 302, 326, 327
진실화 ·················59, 60, 62, 68
집착 ···········64, 65, 137, 142, 278,
   279, 280, 283, 284, 285, 288, 289,
   291, 301, 306

(ㅊ)

참치남 ························330, 343
초능력 ························332, 335
초식남 ············328, 330, 331, 332,
   335, 339
최선 ·······························98, 99
추억 ······18, 33, 93, 134, 137, 194,
   204, 214, 261, 262, 297, 327
쓰무기 타쿠 ························247
치료 ·········9, 14, 64, 83, 88, 89,
   92, 101, 161
치유 ··········18, 19, 22, 28, 29, 63,

99, 100, 120, 135, 155, 157, 158,
159, 161, 277, 281, 286, 288, 290,
292, 335
치유의 모색 ·····················286, 292

(ㅋ)

카탈루냐 국제상 연설 ·············183
캐릭터 ·····132, 155, 156, 159, 312,
323, 325, 326, 328, 329, 330, 333,
334, 335
캐치 플레이즈 ·····························61
캣츠 ···295
커뮤니케이션 ················15, 62, 63,
97, 310
커피하우스 ·································307
코끼리 무덤 ·································63
콘 ································331, 332, 336
키리로프 ·······································64
『키친』 ······················269, 275, 280,
286, 291, 292
키키 ······································67, 120

(ㅌ)

타자 ···········52, 137, 139, 140, 141,
142, 143, 258, 278, 279
타자성 인식 ·······························127
탐닉 ·····································139, 279
『터치』 ·············241, 247, 248, 250,
251, 254, 267
토포스 ·······································131

통과의례 ···242, 259, 260, 268, 301

(ㅍ)

패러렐 월드 ·····················65, 66, 67
평행선상의 세계 ·······················149
포스트모더니즘 ··········27, 45, 117
포스트모던 시대 ·······················322
폭력 ··········8, 29, 48, 49, 53, 112,
151, 153, 154, 155, 156, 157, 158,
159, 163, 171, 230, 258, 334
폭력성 ·····································8, 158
표상 ·································263, 312
표현과 전달 ···························11, 14
풍경(scene) ··············76, 105, 106,
108, 110, 111, 112, 114, 115, 118,
119, 120, 121, 123, 205, 206, 274,
287, 311
피에르 비달-나케 ·····················184
핀볼 기계 ······························61, 63

(ㅎ)

하드필드 ·····································59
하루키 ·······7, 8, 9, 11, 18, 23, 24,
25, 26, 27, 28, 29, 30, 31, 39, 40,
41, 43, 44, 45, 46, 47, 48, 49, 51,
53, 59, 69, 90, 92, 97, 110, 115,
147, 148, 149, 150, 151, 154, 155,
157, 158, 160, 161, 162, 186, 198,
200, 202, 203, 204, 206, 209, 214,
216, 230, 231, 233, 240, 245, 246,

250, 264, 266, 272, 273, 275, 286,
287, 291, 292, 297, 320, 321, 322,
323, 324, 325, 326, 328, 329, 330,
331, 332, 333, 334, 335, 336, 338,
339, 340, 347, 372, 373, 375
하루키 수용 ·················37, 51
하루키이즘 ························321
하루키즘 ··························122
하루히 ···············331, 332, 336
하스미 시게히코 ···········240, 243
할렘물 ················329, 332, 343
『핫로드』 ············241, 247, 248,
249, 250, 251, 254
핵 ································299
허구화 ·············59, 60, 62, 68
허언증 ·············91, 92, 308
헐리웃 영화 ····················335
현상의 방관 ·····················286
현실적 ····72, 73, 74, 75, 131, 212
호리 다쓰오 ···········202, 203, 205,
206, 214, 226, 229
혼란 ······10, 83, 96, 97, 129, 151,
153, 302
홋카이도 ·······71, 72, 78, 79, 120,
156, 157
화살표 ···························325
환경파괴 ·························299
회복 ·····9, 22, 57, 63, 69, 89, 95,
98, 120, 161, 225, 308, 309, 360
회화 ·······················295, 323

후카에리 ··167, 168, 170, 171, 333
『흐드러지다』 ···················336
희망 ······19, 44, 97, 199, 254, 287,
292, 308, 310, 311, 313
히가시노 게이고 ·················320
히라노 게이이치로(平野啓一郎)
····························169
히어 컴즈 더 선 ·······307, 311, 313
힐링 ····························30